Erin Watt
Paper Princess

Erin Watt

Paper PRINCESS

Die Versuchung

Aus dem amerikanischen Englisch
von Lene Kubis

Mehr über unsere Autorinnen, Autoren und Bücher:
www.everlove-verlag.de

Wenn dir dieser Roman gefallen hat, schreib uns unter Nennung des
Titels »Paper Princess – Die Versuchung« an *empfehlungen@piper.de*,
und wir empfehlen dir gerne vergleichbare Bücher.

Von Erin Watt liegen im Piper Verlag vor:
Paper-Reihe:
Paper Princess
Paper Prince
Paper Palace
Paper Passion
Paper Paradise
Paper Party

One Small Thing – Eine fast perfekte Liebe
When it's Real – Wahre Liebe überwindet alles

ISBN 978-3-492-06751-5
© Erin Watt 2016
Titel der englischen Originalausgabe:
»Paper Princess«, EverAfter Romance 2016
© der deutschsprachigen Ausgabe:
everlove, ein Imprint der Piper Verlag GmbH, München 2025
Erschienen zuvor in der Piper Verlag GmbH, München 2017
Satz: psb, Berlin
Gesetzt aus der Dolly Pro
Druck und Bindung: GGP Media GmbH, Pößneck
Printed in Germany

1. Kapitel

»Ella, der Direktor möchte dich in seinem Büro sprechen«, verkündet Miss Weir mir, noch ehe ich das Klassenzimmer betreten habe. Aber der Matheunterricht beginnt doch gleich!

Ich werfe einen Blick auf meine Armbanduhr. »Ich bin heute gar nicht zu spät!«

Es ist eine Minute vor neun, und meine Uhr geht auf die Sekunde genau. Wahrscheinlich ist sie das Kostbarste, was ich besitze. Meine Mom hat gesagt, dass mein Dad sie mir sozusagen vererbt hat. Eine Armbanduhr, ein bisschen Sperma. Mehr gab es da nicht zu holen.

»Darum geht's nicht. Nicht dieses Mal.« Sie sieht mich ungewöhnlich liebevoll an, und auf einmal wird mir ganz schlecht vor Sorge. Eigentlich ist Miss Weir eine richtig harte Nuss, und genau das schätze ich an ihr. Sie will einfach nur Mathematik unterrichten und nicht irgendwelchen Mist über Nächstenliebe oder so. Wenn die mich so mitleidig ansieht, muss das, was mich beim Direktor erwartet, richtig, richtig übel sein.

»Na schön.« Als hätte ich irgendeine Wahl! Ich nicke und mache mich auf den Weg.

»Ich schicke dir die Hausaufgaben zu!«, ruft sie mir nach. Anscheinend denkt sie, dass ich nicht zum Unterricht zurückkomme. Aber eigentlich kann der Besuch beim Direx auch nicht schlimmer werden als das, was ich schon hinter mir habe.

Ehe ich mich für die elfte Klasse an der *George-Washington*-Highschool eingeschrieben habe, habe ich bereits alles verloren, was mir wichtig war. Selbst wenn Mr Thompson herausgefunden hat, dass ich theoretisch gar nicht im Einzugsgebiet der Highschool lebe, kann ich immer noch flunkern, um Zeit zu schinden. Und falls ich dann die Schule wechseln muss – so what? Ist doch halb so wild.

»Na, wie geht's, wie steht's, Darlene?«

Die grauhaarige Schulsekretärin sieht kaum von ihrem *People*-Magazin auf. »Setz dich doch, Ella. Mr Thompson ist gleich bei dir.«

Jepp, Darlene und ich duzen uns. Ich bin erst einen Monat an der *G.-W.*-High und habe schon viel zu viel Zeit hier im Direktorat verplempert, weil ich immer wieder zu spät gekommen bin. Aber so was kann passieren, wenn man jede Nacht bis drei Uhr morgens ackern muss.

Ich verrenke mir den Hals, um durch die offenen Vorhänge in Mr Thompsons Büro zu linsen. Irgendwer sitzt auf dem Besucherstuhl, aber ich kann nur einen ausgeprägten Kiefer und dunkelbraunes Haar erkennen. Das exakte Gegenteil von mir. Ich bin so blond und blauäugig, wie man nur sein kann. Das habe ich, laut meiner Mom, meinem Dad zu verdanken, dem großzügigen Samenspender.

Thompsons Gast erinnert mich an die Businessleute von außerhalb, die meiner Mom eine Menge Kohle dafür gezahlt haben, einen Abend lang so zu tun, als wäre sie ihre Freundin. Manche Kerle stehen darauf tatsächlich mehr als auf richtigen Sex. Das weiß ich natürlich alles nur von meiner

Mom. So weit ist es mit mir zum Glück noch nicht gekommen, und ich hoffe auch, dass mir das erspart bleibt. Deswegen brauche ich dringend meinen Highschool-Abschluss. Dann kann ich aufs College, meinen Abschluss machen und hinterher ein ... stinknormales Leben führen.

Andere Kids träumen davon, eine Weltreise zu machen, einen schnellen Flitzer zu kaufen oder ein großes Haus zu haben. Und ich? Ich hätte gern eine eigene Wohnung. Einen Kühlschrank voller Essen, einen geregelten, gut bezahlten Job – am liebsten einen, der in etwa so spannend wie die Buchhaltung eines Bleistiftproduzenten ist.

Die zwei Männer reden und reden. Eine Viertelstunde ist bereits verstrichen, und sie kommen immer noch nicht zum Punkt.

»Hey, Darlene? Ich verpasse gerade meinen Matheunterricht. Ist es okay, wenn ich später noch mal wiederkomme, wenn Mr Thompson Zeit für mich hat?«

Ich versuche, das so nett wie möglich zu sagen. Aber wenn man jahrelang keine echten Erwachsenen um sich hatte – meine etwas flatterhafte, wundervolle Mom kann man nicht richtig mitzählen –, dann ist es wirklich schwer, Erwachsenen gegenüber die nötige Unterwürfigkeit rüberzubringen. Die erwarten sie nämlich von jemandem, der noch nicht mal Alkohol trinken darf. Streng genommen.

»Nein, Ella, Mr Thompson kommt gleich.«

Tatsächlich öffnet sich in diesem Moment die Tür, und der Direktor stolziert heraus. Mr Thompson ist vielleicht einen Meter fünfzig groß und sieht aus, als hätte er gerade erst seinen Highschool-Abschluss gemacht. Irgendwie schafft er es dennoch, ein gewisses Verantwortungsbewusstsein auszustrahlen.

Er winkt mich zu sich. »Miss Harper, kommen Sie doch rein.«

Aber Don Juan sitzt noch in seinem Zimmer!

»Sie haben doch schon Besuch.« Mann, die Sache sieht ziemlich verdächtig aus, und mein Bauchgefühl sagt mir, dass ich mich schleunigst verkrümeln sollte! Aber wenn ich jetzt abhaue, riskiere ich, dass der Plan scheitert, den ich die letzten Monate über so sorgfältig ausgetüftelt habe.

Thompson dreht sich um und sieht zu Don Juan, der sich gerade erhebt und mir mit seiner riesigen Pranke zuwinkt.

»Sicher, wegen ihm bist du ja auch hier!«

Widerwillig schlüpfe ich an Mr Thompson vorbei und bleibe kurz hinter der Tür stehen. Der Direx zieht die Vorhänge zu und schließt die Tür. Jetzt bin ich wirklich nervös!

»Setzen Sie sich, Miss Harper.«

Pah, das könnte ihnen so passen! Ich verschränke die Arme und bleibe stehen.

Mr Thompson lässt sich seufzend auf einen Stuhl sinken. Er weiß, wann es keinen Sinn hat, mit mir zu diskutieren. Paradoxerweise macht mich das noch unruhiger, weil ich befürchte, dass er mich erst mal schonen will. Vielleicht, weil mir noch Schlimmeres bevorsteht.

Er greift nach einem Blatt Papier auf seinem Schreibtisch. »Ella Harper, das ist Callum Royal.« Er macht eine bedeutungsvolle Kunstpause.

Unterdessen starrt Royal mich an, als hätte er noch nie zuvor ein Mädchen gesehen. Mir fällt auf, dass durch meine verschränkten Arme meine Brüste zusammengedrückt werden. Schnell lasse ich die Arme wieder sinken, sodass sie unbeholfen an mir herabbaumeln.

»Freut mich, Sie kennenzulernen, Mr Royal.« Es ist bestimmt jedem hier im Raum klar, dass ich das ganz und gar nicht so meine. Der Klang meiner Stimme reißt ihn glücklicherweise aus seiner Hypnose. Er macht einen riesigen

Schritt nach vorn, und ehe ich's mich versehe, hat er meine Hand schon zwischen seine Pranken genommen.

»Gütiger Himmel. Du siehst aus wie er.« Er flüstert so leise, dass nur ich ihn hören kann. Dann schüttelt er meine Hand, als fiele ihm plötzlich wieder ein, wo er ist. »Bitte, nenn mich doch Callum.«

Irgendwie klingt seine Stimme komisch. So als hätte er Mühe, auch nur einen geraden Satz rauszukriegen. Ich ziehe meine Hand weg, was gar nicht so einfach ist, weil der Kerl mich einfach nicht loslassen will. Erst als Mr Thompson sich laut räuspert, gibt er mich frei.

»Was soll das hier werden?«, frage ich. Mein Ton ist ein bisschen patzig, aber das scheint hier niemanden zu kümmern.

Mr Thompson fährt sich nervös mit der Hand durchs Haar.

»Ich weiß nicht, wie ich es am besten sagen soll, also rede ich nicht lang um den heißen Brei herum: Mr Royal hat mir gesagt, dass Ihre Eltern beide von uns gegangen sind und er jetzt Ihr Vormund ist.«

Kurz schwanke ich. Nur eine Millisekunde, ehe der Schock sich in Empörung verwandelt.

»Bullshit!« Das Schimpfwort ist raus, ehe ich mich selbst bremsen kann. »Meine Mutter hat mich doch zum Unterricht angemeldet! Ihre Unterschrift steht auf den Anmeldeformularen.«

Mein Herz rast wie ein Presslufthammer, weil ich die Unterschrift selbst gefälscht habe. Anders ging's leider nicht, wenn ich die Kontrolle über mein Leben behalten wollte – eigentlich bin ich ja sowieso schon die Erwachsene in der Familie gewesen, seit ich fünfzehn war.

Man muss Mr Thompson zugutehalten, dass er mir die Fälschung nicht vorwirft. »Die Dokumente besagen, dass Mr Royal Ihr rechtmäßiger Vormund ist.«

»Ach ja? Na, er lügt aber. Ich habe diesen Typen noch nie gesehen, und wenn Sie mich jetzt mit ihm mitgehen lassen, stehen bestimmt die Cops demnächst hier auf der Matte. Weil ein Mädchen der *G.-W.*-High miesen Menschenhändlern zum Opfer gefallen ist.«

»Du hast recht, wir kennen uns noch nicht«, wirft Royal ein. »Das ändert aber nicht das Geringste an der Tatsache.«

»Lassen Sie mal sehen.« Ich springe zu Mr Thompsons Schreibtisch und reiße ihm die Dokumente aus der Hand. Eilig überfliege ich sie, ohne wirklich etwas aufzunehmen. Ein paar Worte wie *Vormund* oder *verschieden* und *Erbe* springen mir ins Auge, aber das ist mir völlig schnuppe. Mr Royal ist ein Fremder. Basta.

»Wenn Ihre Mutter mal hier vorbeischauen würde, könnten wir vielleicht alles in Ruhe klären«, schlägt Mr Thompson beschwichtigend vor.

»Ja, Ella. Wenn du deine Mutter nächstes Mal mitbringst, dann ziehe ich meinen Anspruch natürlich zurück.«

Auch wenn Royal sich bemüht, sanft wie ein Lämmchen zu klingen, ist seine Stimme doch hart wie Stahl. Er weiß Bescheid.

Ich wende mich wieder an den Direx, weil ich mit ihm leichteres Spiel habe.

»Diesen Wisch hier hätte sogar ich im Computerraum fälschen können. Würde nicht mal Photoshop dafür brauchen.« Ich knalle den Papierstapel vor ihm auf den Tisch. Offenbar beginnt er ein wenig zu zweifeln, und das sollte ich ausnutzen. »Ich muss zurück zum Unterricht. Das Halbjahr hat doch gerade erst begonnen, und ich will nichts verpassen.«

Er leckt sich unentschlossen die Lippen, und ich starre so überzeugend wie möglich auf ihn hinunter. Ich habe keinen Dad. Und ich habe ganz bestimmt keinen Vormund. Wenn dem so wäre – wo war er dann mein Leben lang? Wieso ist er uns nicht zu Hilfe gekommen, als meine Mutter versucht hat, irgendwie genug für uns beide zu verdienen, mit dem Krebs gekämpft und im Hospizbett bitterlich geweint hat, weil sie mich nicht allein zurücklassen wollte? Wo, bitte schön, war er da?!

Thompson seufzt. »Na schön, Ella. Dann geh zurück zum Unterricht. Mr Royal und ich haben sowieso noch einiges zu besprechen.«

»Diese Dokumente hier sind echt«, schaltet sich Royal wieder ein. »Mr Thompson, Sie kennen mich und meine Familie. Ich wäre hier doch nicht aufgetaucht, wenn es nicht wahr wäre! Wieso sollte ich das tun?«

»Es gibt eine Menge Perverslinge auf dieser Welt«, zische ich giftig. »Und die lassen sich auch irgendwelche Märchen einfallen, um an ihr Ziel zu kommen.«

»So, Ella, das reicht jetzt.« Mr Thompson klingt langsam etwas ungeduldig. »Mr Royal, diese Nachricht kommt für jeden von uns überraschend. Sobald wir Ellas Mutter kontaktiert haben, klärt sich bestimmt alles.«

Royal passt die Verzögerung überhaupt nicht in den Kram. Er wiederholt seine abgedroschenen Argumente und betont noch mal, wie furchtbar wichtig er ist und dass ein Royal niemals lügen würde. Ich erwarte schon fast, dass er uns gleich mit George Washington und der alten Geschichte vom Kirschbaum kommt. Als die zwei die Diskussion fortsetzen, schlüpfe ich aus dem Zimmer.

»Bin noch schnell auf der Toilette, Darlene!«, schwindle ich. »Danach gehe ich gleich wieder in den Unterricht.«

»Lass dir Zeit«, meint Darlene leichthin. »Ich gebe deiner Lehrerin Bescheid.«

Aber ich gehe nicht auf die Toilette. Und ich gehe auch nicht zurück in den Unterricht. Stattdessen flitze ich zur Bushaltestelle und fahre mit der Linie G bis zur Endstation.

Von dort aus brauche ich zu Fuß noch mal eine halbe Stunde bis zu meiner Wohnung, die ich für lumpige fünfhundert Dollar im Monat gemietet habe. Es gibt ein Schlafzimmer, ein schmuddeliges Bad und eine Wohnküche, die nach Schimmel riecht. Aber die Bude ist relativ günstig, und die Vermieterin akzeptiert Bargeld und hat auch keine Hintergrundrecherchen angestellt, ehe sie mir die Wohnung vermietet hat.

Ich habe keine Ahnung, wer dieser Callum Royal sein soll, aber sein Erscheinen in Kirkwood ist überflüssig wie ein Pickel. Diese Dokumente waren nicht gefälscht. Sie waren echt. Aber ich werde mein Leben auf keinen Fall in die Hände eines Fremden legen, der einfach so aus dem Nichts auftaucht.

Mein Leben gehört *mir*. Ich lebe, wie ich will, und habe die Kontrolle darüber.

Ich kippe meine Schulbücher aus dem Rucksack und fülle ihn mit Kleidung, Kosmetikartikeln und meinen letzten Ersparnissen: tausend Dollar. Mist. Ich muss dringend an Kohle kommen, um aus der Stadt verschwinden zu können. Ich bin so was von pleite. Es hat mich ja schon zwei Tausender gekostet, um hierherzuziehen – die Bustickets, die erste und zweite Monatsmiete und die Kaution haben einiges an Geld gefressen. Es ist verdammt ärgerlich, dass ich eine Miete quasi umsonst bezahlt habe, aber ich muss nun mal dringend weg. Hier kann ich nicht bleiben.

Wieder haue ich ab. Wie gut ich das kenne. Meine Mom und ich waren auch ständig auf der Flucht. Vor ihren Liebhabern, ihren perversen Chefs, dem Sozialamt, vor der Armut. Erst im Hospiz sind wir eine längere Zeit am Stück geblieben, und das nur, weil sie im Sterben lag. Manchmal habe ich das Gefühl, dass das Universum mich dazu verdammt hat, unglücklich zu sein.

Ich sitze auf der Bettkante und versuche, vor Frust, Zorn und, okay, ich gebe es zu: Angst, nicht laut loszuheulen. Ich gönne mir fünf Minuten Selbstmitleid, dann greife ich zum Telefon. Scheiß aufs Universum.

»Hey, George. Ich habe über dein Angebot nachgedacht, im *Daddy G's* zu arbeiten. Ich würd's gern annehmen.«

Ich habe eine Weile im *Miss Candy's* gearbeitet, einer Table-Dance-Bar, in der ich an der Stange getanzt und mich bis auf meinen G-String und Nippel-Pasties ausgezogen habe. Man verdient nicht übel, aber auch nicht richtig viel. George hat die letzten Wochen über auf mich eingeredet, um mich davon zu überzeugen, im *Daddy G's*, einem richtigen Striplokal, aufzutreten. Ich habe mich nie darauf eingelassen, weil ich keine Notwendigkeit dafür gesehen habe. Jetzt schon.

Glücklicherweise habe ich den tollen Körper meiner Mutter geerbt. Lange Beine. Wespentaille. Mein Busen ist nicht riesig, aber George sagt immer, dass ihm meine spitzen kleinen Brüste gefallen, weil sie so jugendlich wirken. Tja, von wegen *wirken*. Aber auf meinem Ausweis steht nun mal, dass ich vierunddreißig bin und nicht Ella, sondern Margaret Harper heiße. So wie meine tote Mutter. Ganz schön gruselig, wenn man genauer drüber nachdenkt.

Mit siebzehn hat man nicht die größte Auswahl an Teilzeitjobs, von denen man noch dazu die Miete bezahlen kann. Schon gar nicht im legalen Bereich. Man kann Drogen verticken. Anschaffen gehen. Strippen. Ich habe mich für Letzteres entschieden.

»Ey, Mädchen, das sind ja super Neuigkeiten!«, johlt George. »Heute Abend ist eine richtig große Show, und du könntest die dritte Tänzerin sein. Du kannst eine katholische Schulmädchen-Uniform anziehen, darauf fahren die Kerle total ab.«

»Wie viel gibt es?«

»Wovon?«

»Kohle, George. Wie viel Kohle.«

»Fünfhundert plus Trinkgeld. Wenn du noch ein paar private Lapdances machst, kriegst du dafür jeweils hundert.«

Shit. Ich könnte in nur einer Nacht richtig Asche machen. Ich schiebe all meine Angst und mein Unbehagen beiseite. Nein, jetzt ist nicht der richtige Moment für moralische Bedenken.

»Mache ich. Buch so viele Auftritte wie möglich für mich.«

2. Kapitel

Das *Daddy G's* ist ein richtiges Drecksloch, aber es ist immer noch um einiges netter als viele andere Clubs hier in der Stadt. Auch wenn das irgendwie so klingt wie: *Hier, nimm dir doch ein Stück von diesem vergammelten Hühnchen! Es ist nicht ganz so grün und schimmelig wie der Rest!* Na ja. Geld ist Geld.

Ich hatte noch den ganzen Tag an Callum Royals Auftritt in der Schule zu knabbern. Wenn ich einen Laptop inklusive Internetzugang hätte, hätte ich ihn längst gegoogelt. Leider ist mein alter Computer kaputt, und ich habe nicht genug Geld für einen Ersatz. Ich wollte mich dafür auch nicht in die Bibliothek setzen. Klingt vielleicht bescheuert, aber irgendwie hatte ich Angst, Royal auf der Straße in die Arme zu laufen.

Wer *ist* er nur? Und wieso hält er sich für meinen Vormund? Mom hat ihn mir gegenüber nicht ein einziges Mal erwähnt. Einen Moment lang habe ich mich tatsächlich gefragt, ob er mein Vater sein könnte. Aber in den Unterlagen stand, dass der ebenfalls tot ist. Und solange meine Mom mich in dieser Hinsicht nicht angelogen hat, hieß er auch nicht Callum, sondern Steve.

Steve. Irgendwie kam mir das immer vor wie ein Fantasiename:

Erzähl mir von meinem Daddy, Mom!

Ähm, dein Daddy, ähm ... hieß Steve!

Aber ich will auch nicht davon ausgehen, dass meine Mom mich angelogen hat. Wir waren schließlich immer ehrlich zueinander.

Ich verdränge den Gedanken an Callum Royal, so gut ich kann, weil ich das bei meinem ersten Auftritt im *Daddy G's* wirklich nicht gebrauchen kann. Hier sitzen auch so schon genug Säcke mittleren Alters herum.

Der Club ist wirklich gesteckt voll. Scheinbar ist die Katholische-Schulmädchen-Nacht hier eine richtig große Nummer. Alle Tische und Sitznischen im Hauptsaal sind besetzt, aber die VIP-Lounge im ersten Stock ist noch vollkommen verlassen. Eigentlich ist das nicht weiter überraschend. In Kirkwood, diesem kleinen Tennessee-Kaff vor Knoxville, gibt es nun mal nicht viele VIPs. Es ist eine Arbeiterstadt, und die Einwohner gehören eher der Unterschicht an. Wenn du mehr als vierzigtausend Dollar im Jahr verdienst, dann giltst du schon als gemachter Mann. Genau deswegen wohne ich hier. Die Miete ist niedrig, und die staatliche Schule ist auch ganz okay.

Die Umkleide liegt im hinteren Teil des Clubs, und als ich sie betrete, herrscht schon großer Trubel. Halb nackte Frauen sehen mich an, ein paar nicken mir zu, ein paar lächeln, ehe sie sich wieder aufs Schminken oder ihre Strapse konzentrieren.

Eine kommt auf mich zu.

»Cinderella?«, fragt sie.

Ich nicke. Diesen Shownamen habe ich im *Miss Candy's* benutzt, weil er mir damals passend erschien.

»Ich bin Rose. George hat mich gebeten, dich heute Abend einzuarbeiten.«

In jedem Club gibt es eine Mutterhenne – eine ältere Frau, der klar ist, dass sie den Kampf gegen Zeit und Schwerkraft verloren hat, und die sich auf andere Weise nützlich macht. Im *Miss Candy's* war das Tina, eine alternde Blondine, die mich vom ersten Moment an unter ihre Fittiche genommen hat. Hier ist es die alternde rothaarige Rose, die diesen Part übernimmt und mich jetzt zu der Kleiderstange mit den Kostümen führt.

Als ich nach der Schulmädchenuniform greifen will, winkt sie ab. »Die ist für später. Nimm mal das hier.«

Ehe ich's mich versehe, hat sie mich auch schon in ein schwarzes Lack-Korsett und ein schwarzes Spitzenhöschen gesteckt.

»Darin soll ich tanzen?« Das Korsett ist so fest geschnürt, dass ich kaum atmen kann. Und wie soll ich das selbst aufbekommen?

»Mach dir nicht zu viele Gedanken«, rät sie mir. »Wackel einfach mit deinem Hintern und rutsch an Mr VIPs Stange auf und ab, und alles ist bestens.«

Ich sehe sie verblüfft an. »Ich dachte, ich gehe jetzt raus auf die Bühne.«

»Oh, hat George es dir nicht gesagt? Du bist für einen Private-Dance in der VIP-Lounge gebucht.«

Was? Das ist doch mein erster Abend hier! Im *Miss Candy's* hat man immer erst ein paarmal auf der Bühne getanzt, ehe man privat gebucht werden konnte.

»Scheint ein Stammkunde aus deinem ehemaligen Club zu sein«, vermutet Rose, die bemerkt hat, wie verwirrt ich bin. »Richie Rich ist hier hereinstolziert, als gehörte ihm der Club! Er hat George fünf Hunderter in die Hand gedrückt und ihm gesagt, dass er dich rüberschicken soll.«

Sie zwinkert mir zu. »Wenn du es geschickt anstellst, kannst du bestimmt noch ein paar Scheinchen mehr rausschlagen.«

Und weg ist sie, springt zu einer anderen Tänzerin, während ich vollkommen bedröppelt dastehe und mich frage, ob das alles ein riesiger Fehler war.

Ich tue gern so, als wäre ich eine richtig toughe Nuss, und bis zu einem gewissen Punkt stimmt das ja auch. Ich bin arm und hungrig. Ich wurde von einer Stripperin großgezogen. Ich weiß, wie man jemandem eine verpasst, wenn es nötig ist. Aber ich bin trotzdem erst siebzehn! Manchmal kommt es mir so vor, als wäre ich ein bisschen zu jung für das Leben, das ich führe. Dann sehe ich mich um und denke: *Ich gehöre hier nicht her.*

Dennoch bin ich hier. Ich bin hier, ich bin ziemlich im Arsch, und wenn ich das normale Leben führen will, nach dem ich mich so sehr sehne, dann muss ich jetzt raus und auf Mr VIPs Stange auf- und abrutschen, wie Rose es so nett formuliert hat.

Im Flur kommt mir George entgegen. Er ist ein stämmiger Typ mit Vollbart und warmen Augen. »Hat Rose dir von dem Kunden erzählt? Er wartet schon auf dich.«

Ich nicke und versuche, den Kloß in meinem Hals runterzuschlucken. »Ich muss doch nichts Besonderes machen, oder? Nur einen ganz gewöhnlichen Lapdance.«

Er gluckst. »Mach, was immer du willst, aber wenn der Kerl dich anfasst, dann wird ihn unser guter alter Bruno windelweich schlagen.«

Ich bin sehr erleichtert, dass die Regel des Nicht-Anfassens auch hier gilt. Für schleimige Typen zu tanzen, ist sehr viel angenehmer, wenn klar ist, dass sie dich nicht antatschen dürfen.

»Das wird schon, Mädchen.« Er tätschelt meinen Arm.

»Und falls er dich fragen sollte, dann bist du vierundzwanzig, okay? Hier arbeitet niemand über dreißig.«

Und unter zwanzig?, hätte ich ihn fast gefragt. Aber ich presse die Lippen zusammen. Eigentlich muss ihm klar sein, dass ich in Bezug auf mein Alter mächtig geschummelt habe. Das macht hier garantiert jede Zweite. Und es kann ja sein, dass mein Leben bis jetzt hart war, aber ich sehe nun mal niemals aus wie vierunddreißig. Mit ein bisschen Make-up gehe ich vielleicht als einundzwanzig durch – gerade so.

George verschwindet in der Umkleide, und ich hole noch mal tief Luft, ehe ich den Flur hinuntergehe.

Im Hauptsaal empfängt mich schon die sexy Musik mit dem stampfenden Bass. Die Tänzerin auf der Bühne hat gerade ihre Bluse aufgeknöpft, und als die Kerle ihren durchsichtigen BH sehen, drehen sie völlig durch. Dollarscheine regnen auf die Bühne hinab, und genau darauf konzentriere ich mich jetzt. Auf das Geld. Scheiß auf den Rest.

Trotzdem macht mich der Gedanke daran, die *G.-W.*-High und all die Lehrer, denen ihr Job wirklich am Herzen zu liegen scheint, zu verlassen, richtig fertig. Aber ich werde schon eine andere Schule in einer anderen Stadt finden. Eine Stadt, in der Callum Royal mich nicht ...

Ich bleibe abrupt stehen und wirble herum.

Zu spät. Callum kommt bereits quer durch die VIP-Lounge auf mich zu und packt mich mit festem Griff am Oberarm.

»Ella«, sagt er leise.

»Lassen Sie mich los!« Ich versuche, so gleichgültig wie möglich zu klingen, zittere aber heftig, als ich versuche, ihn abzuschütteln.

Er lässt mich nicht los, bis eine andere Gestalt in schwarzem Anzug und mit breiten Schultern aus dem Schatten hervortritt. »Hier wird niemand angefasst«, sagt der Security-Mann streng.

Royal lässt meinen Arm los, als bestünde er aus glühender Lava. Er sieht Bruno finster an und wendet sich dann wieder an mich, wobei er versucht, nicht in meinen Ausschnitt zu gucken. »Wir sollten uns mal unterhalten.« Sein Whiskeyatem wirft mich fast um.

»Ich habe Ihnen nichts zu sagen«, erwidere ich kühl. »Ich kenne Sie gar nicht.«

»Ich bin immerhin dein Vormund!«

»Nein. Sie sind einfach irgendein Fremder, der mich davon abhält, meinen Job zu machen.« Jetzt klinge ich wunderbar herablassend.

Er öffnet kurz den Mund und schließt ihn dann wieder. »Okay. Dann ab an die Arbeit.«

Was?!

Er lässt sich auf die Couch plumpsen und lehnt sich zurück.

»Dann biete mir mal was für mein Geld.«

Mein Herz rast. Auf keinen Fall! Ich werde für diesen Mann nicht tanzen.

Aus dem Augenwinkel sehe ich, wie mein neuer Chef die Lounge betritt und mich erwartungsvoll ansieht.

Ich versuche, so selbstbewusst wie möglich auf Royal zuzuschlendern.

»Schön. Ganz wie Sie wollen!«

Kurz spüre ich einen dicken Kloß im Hals, aber hier wird nicht geheult. Das habe ich zum letzten Mal am Sterbebett meiner Mutter getan, und ich habe nicht vor, es jetzt zu wiederholen.

Callum Royal sieht mich seltsam gequält an, als meine Hüften im Takt der Musik zu kreisen beginnen, fast wie von allein. Ich habe schon immer gern getanzt. Als ich noch jünger war, hat meine Mom ihre letzten Ersparnisse zusammengekratzt, um Ballett- und Jazzunterricht für mich zu finanzieren, drei Jahre lang. Als das Geld alle war, hat sie mich selbst unterrichtet. Sie hat sich Videos angesehen oder heimlich Tanzkurse im Sportverein besucht, ehe sie sie rausgeworfen haben, um dann zu Hause ihr Wissen an mich weiterzugeben.

Ich bin ziemlich gut darin, aber ganz sicher nicht so naiv zu denken, dass ich eine große Tanzkarriere hinlegen werde. Ich strebe eher was Vernünftiges an, Jura oder Wirtschaft oder so. Irgendwas, womit sich ordentlich Geld verdienen lässt. Das mit dem Tanzen ist reine Träumerei.

Ich tanze immer weiter und höre plötzlich, wie Royal aufstöhnt. Allerdings nicht so, wie die anderen Männer es tun. Sondern traurig.

»Er würde sich gerade im Grabe umdrehen«, meint er mit rauer Stimme.

Ich ignoriere ihn. Tue so, als wäre er nicht da.

»Das ist nicht richtig«, sagt er gepresst.

Ich werfe mein Haar zurück und will mich gerade daranmachen, mein Korsett aufzuschnüren, weil ich spüre, wie Bruno mich beobachtet. Für einen zehnminütigen Tanz gibt es hundert Kröten, und zwei habe ich schon herumbekommen, ohne mich auszuziehen. Noch acht Minuten. Das kriege ich hin.

Royal allerdings nicht. Er packt mich am Arm und ruft: »Nein! Steve hätte das nicht gewollt!«

Ich habe nicht mal Zeit zu verstehen, was er da gesagt hat, weil er mich da schon über seine Schulter geworfen hat, als wäre ich eine Spielzeugpuppe.

»Aus dem Weg!«, ruft er, als Bruno auf ihn zukommt. »Dieses Mädchen hier ist gerade mal siebzehn! Sie ist minderjährig, und ich bin ihr Vormund. Glauben Sie mir, wenn

Sie noch einen Schritt näher kommen, hetze ich jeden Cop in Kirkwood auf Sie. Und die sorgen dafür, dass Sie und all die anderen Perversen hier im Kittchen landen, weil Sie Minderjährige strippen lassen.«

Bruno mag zwar so aussehen, aber er ist nicht bescheuert. Tatsächlich macht er Callum Royal Platz.

Ich bin da weniger kooperativ. Stattdessen prügle ich auf Royals Rücken ein und zerre an seinem teuren Designeranzug. »Lassen Sie mich runter!«, brülle ich.

Macht er aber nicht. Niemand hält ihn auf, als er auf den Ausgang zustürmt. Die Männer im Publikum sind viel zu beschäftigt damit, die Tänzerin anzugaffen und zu johlen. Ich sehe, wie George zu Bruno tritt und der ihm wütend etwas erklärt, aber dann sind sie auch schon weg, und ich spüre die kühle Abendluft. Obwohl wir draußen sind, denkt Callum Royal nicht daran, mich abzusetzen. Er rennt über den Parkplatz, dessen Teeroberfläche rissig ist. Ich sehe seine schicken Schuhe im Licht der Laterne glänzen, dann höre ich das Klirren eines Schlüsselbundes und ein lautes Piepen. Und schon befinde ich mich auf einem lederbezogenen Autositz, während eine Tür mit einem lauten *Rumms* zugeworfen wird. Der Motor wird gestartet.

O mein Gott. Dieser Typ entführt mich!

3. Kapitel

MEIN RUCKSACK!

Da sind mein Geld und meine Uhr drin! Der Rücksitz des Ungeheuers, das Callum Royal *Auto* nennt, ist luxuriöser als alles, was mein Hintern je berührt hat. Zu schade, dass mir gerade die Muße fehlt, die Fahrt zu genießen. Ich rüttle am Türgriff, aber die Tür ist verriegelt.

Ich linse zum Fahrer. Wahrscheinlich ist es sinnlos, aber einen Versuch ist es wert. Also packe ich den Fahrer, dessen Nacken so breit ist wie mein Oberschenkel, an der Schulter. »Hey! Drehen Sie um! Ich muss zurück!«

Er zuckt nicht mal zusammen. Ist der Kerl ein Roboter? Ich rüttle noch ein paarmal an seiner Schulter, aber ich befürchte, dass ihn nur ein Messer an seinem Hals zum Leben erwecken würde – und vielleicht nicht einmal das. Anscheinend macht er rein gar nichts, solange Royal es ihm nicht befiehlt.

Callum sitzt wie versteinert auf dem Beifahrersitz, und ich vermute stark, dass ich das Auto nur mit seiner ausdrücklichen Erlaubnis verlassen darf. Testweise fummle ich am Fenster herum, aber natürlich lässt es sich nicht öffnen.

»Kindersicherung, oder was?«, murmele ich, obwohl ich die Antwort schon kenne.

Er nickt kaum merklich. »Unter anderem, ja. Suchst du etwa den?«

Mit diesen Worten landet mein Rucksack auf meinem Schoß. Ich will lieber gar nicht wissen, ob er mein Bargeld oder meinen Pass an sich genommen hat. Dann wäre ich ihm tatsächlich komplett ausgeliefert, aber das will ich ihm nicht auf die Nase binden, bis ich seine Beweggründe verstanden habe.

»Sehen Sie, Mister. Ich weiß nicht, worum es geht, aber Sie haben offensichtlich ordentlich Asche. Da draußen gibt es 'ne Menge Nutten, die alles tun, was Sie wollen, und wegen denen Sie auch keinen Ärger mit dem Gesetz bekommen – bei mir allerdings schon. Lassen Sie mich doch an der nächsten Ausfahrt raus, und ich verspreche Ihnen, dass Sie nie wieder von mir hören werden. Ich gehe nicht zu den Cops, okay? Ich werde George einfach sagen, dass Sie ein alter Stammkunde sind und wir jetzt alles geklärt haben.«

»Ich bin nicht auf der Suche nach einer Prostituierten. Ich bin nur wegen dir hier.« Nach dieser geheimnisvollen Aussage schlüpft Royal aus seinem Mantel und reicht ihn mir.

Ich wäre gern ein bisschen dreister, aber irgendwie fühle ich mich doch ganz schön unwohl. Ich meine, immerhin sitze ich hier in einem superschicken Auto mit dem Mann, vor dem ich im Korsett herumgehüpft bin. Gerade würde ich alles für ein richtig schönes Omakleid geben. Widerwillig schlüpfe ich in den Mantel und versuche zu ignorieren, wie sehr die verdammte Korsage kneift.

»Ich habe Ihnen nichts zu bieten.« Die paar Kröten, die ich bei mir trage, sind garantiert nur Peanuts für diesen Kerl. Allein von dem Wert dieses Autos könnte man das ganze *Daddy G's* ohne Weiteres kaufen!

Royal zieht die Augenbrauen nach oben. Jetzt, wo er nur noch ein Hemd trägt, kann ich seine Armbanduhr sehen, die ... genauso aussieht wie meine. Er folgt meinem Blick.

»Du hast die schon mal gesehen.« Nein, das ist keine Frage. Er streckt mir sein Handgelenk entgegen. Die Uhr hat ein schlichtes Lederarmband, silberne Aufzugkronen und ein Achtzehn-Karat-Goldgehäuse. Die Ziffern und Zeiger leuchten im Dunkeln.

»Hab ich noch nie gesehen«, erwidere ich mit trockenem Mund.

»Wirklich? Das ist eine Oris. Handgefertigt, aus der Schweiz. Habe ich geschenkt bekommen, als ich das *BUD/S*-Training bei der Navy abgeschlossen habe. Mein bester Freund Steve O'Halloran hat genau dieselbe bekommen, als er seinen Abschluss gemacht hat. Auf der Rückseite ist etwas eingraviert ...«

Non sibi sed patriae.

Ich habe den Satz nachgeschlagen, als ich neun war und meine Mutter mir die Geschichte von meinem Vater erzählt hat.

Sorry, Kleine, aber ich habe mit einem Matrosen geschlafen. Er hat mir nichts als seinen Vornamen und diese Uhr hinterlassen.

Und mich!, habe ich sie erinnert. Sie hat mir mein Haar zerzaust und gesagt, dass ich das Beste bin, was ihr je passiert ist. Wieder versetzt mir ihre Abwesenheit einen Stich.

»Das bedeutet: ›Nicht für einen selbst, sondern fürs Vaterland‹. Steve hat seine Uhr vor achtzehn Jahren verloren. Er hat sich nie eine neue besorgt.« Royal schnaubt leise. »Damit hat er auch immer sein Zuspätkommen entschuldigt.«

Ich lehne mich nach vorn, begierig darauf, mehr von meinem Vater zu erfahren. Außerdem wüsste ich zu gern, was dieses *BUD/S* bedeuten soll und woher die Männer sich kennen. Dann verpasse ich mir eine mentale Ohrfeige und lehne mich wieder zurück.

»Nette Geschichte, Kumpel. Aber was hat das mit mir zu tun?« Ich spähe zu dem Goliath-Fahrer und hebe die Stimme. »Sie sollten beide nicht vergessen, dass Sie mich gerade kidnappen. Schätze mal, dass das in allen fünfzig Staaten als Schwerverbrechen gilt.«

»Da hast du recht. Aber da ich nun mal dein Vormund bin und du in illegale Handlungen verstrickt warst, habe ich das Recht dazu, dich da rauszuholen.«

Ich zwinge mich zu einem gekünstelten Lachen. »Ich weiß ja nicht, was Sie denken, aber ich bin vierunddreißig.« Ich krame in meinem Rucksack nach meinem Pass und stoße dabei auch auf die Armbanduhr, die exakt so aussieht wie die von Callum.

»Sehen Sie? Margaret Harper. Vierunddreißig.«

Er greift nach dem Pass. »Aha, interessant. Eins dreiundsiebzig groß. Neunundfünfzig Kilo.« Er wirft mir einen Blick zu. »Hätte eher auf fünfundvierzig getippt, aber vielleicht hast du ja auf der Flucht eine Menge Gewicht verloren.«

Auf der Flucht? Woher zum Teufel weiß er das?

Er schnaubt, als könnte er meine Gedanken lesen. »Ich habe fünf Söhne! Glaub mir, es gibt keinen Trick, den ich nicht kenne. Die haben alles ausprobiert ... Und wenn vor mir ein Teenager steht, dann merke ich das sofort. Selbst wenn sie sich zwei Tonnen Make-up aufs Gesicht geklatscht hat.«

Ich sehe ihn mit steinerner Miene an. Wer auch immer dieser Mann ist: Er wird nichts von mir bekommen.

»Dein Vater ist Steven O'Halloran. Das heißt, *war*.«

Ich sehe aus dem Fenster, damit er mein schmerzverzerrtes Gesicht nicht sehen kann. Natürlich ist mein Vater tot. Natürlich.

Ich habe einen dicken Kloß im Hals und merke, wie mir die Tränen in die Augen steigen. Aber nur Babys heulen, verdammt. Nur Waschlappen. Wegen eines Vaters flennen, den ich nie kennengelernt habe? Schwachsinn.

Neben dem Rauschen des Verkehrs höre ich plötzlich ein Klirren und dann, wie Likör in ein Glas gegossen wird.

»Dein Vater und ich waren beste Freunde. Wir sind zusammen aufgewachsen und aufs selbe College gegangen. Dann haben wir beschlossen, der Navy beizutreten. Wir sind dann irgendwann zu den *SEALS* gewechselt, aber unsere Väter wollten früh in den Ruhestand gehen. Also sind wir heimgekehrt, um das Familienunternehmen zu leiten. Falls du dich gefragt hast, was genau wir machen: Wir bauen Flugzeuge.«

Was auch sonst?, denke ich bitter.

Es scheint ihn nicht weiter zu wundern, dass ich so wortkarg bin.

»Vor fünf Monaten ist Steve beim Segelfliegen verunglückt. Aber ehe er aufgebrochen ist, hatte er wohl so eine Art Vorahnung.« Royal schüttelt den Kopf. »Er hat mir einen Brief gegeben und gesagt, dass das vielleicht das wichtigste Schriftstück ist, das er besitzt. Außerdem meinte er noch, dass wir es zusammen durchgehen würden, wenn er wieder zurück ist. Aber eine Woche später ist seine Frau von dem Trip zurückgekehrt und hat mich über seinen Tod informiert. Ich habe den Brief dann erst mal zur Seite gelegt, weil ... es Probleme wegen des Tods und Steves Witwe gab.«

Hm? Eigentlich stirbt man doch, und das war's, oder? Außerdem hat er *Witwe* so verächtlich ausgesprochen, als könnte er nicht besonders viel mit der Frau anfangen.

»Der Brief ist mir erst ein paar Monate später wieder eingefallen. Willst du wissen, was drinsteht?«

Was für eine dämliche Frage. Natürlich will ich das! Diese Genugtuung gönne ich ihm aber nicht. Ich drücke meine Wange an die Autoscheibe.

Ein paar Wohnblocks sausen am Fenster vorbei, ehe Royal schließlich nachgibt.

»Der Brief war von deiner Mutter.«

»Was?!«

Er sieht nicht so aus, als würde ihn meine Reaktion befriedigen – er wirkt eher müde. Man sieht ihm an, dass der Tod meines Vaters ihn sehr mitgenommen hat. Zum ersten Mal begreife ich, dass dieser Mann seinen besten Freund verloren hat und jetzt von der überraschenden Tatsache, Vormund einer Siebzehnjährigen zu sein, völlig überfordert ist.

Ehe er noch etwas sagen kann, bleibt das Auto stehen. Ich sehe aus dem Fenster und stelle fest, dass wir auf dem Land sind. Vor uns liegt ein lang gezogenes, einstöckiges Gebäude mit Metallfassade und ein Turm. Neben dem Gebäude steht ein großes weißes Flugzeug mit der Aufschrift *Atlantic Aviation*. Uff, solche Teile hatte ich nicht erwartet, als Royal meinte, er baue Flugzeuge!

»Gehört das Ihnen?«, keuche ich.

»Ja, aber wir steigen hier nicht extra aus.«

Ich ziehe meine Hand von dem schweren silbernen Türgriff zurück.

»Was meinen Sie?«

In der Zwischenzeit habe ich mich halbwegs von dem Schock erholt, gekidnappt zu werden und von meinem verstorbenen Samenspender und einem geheimnisvollen Brief zu erfahren. Ich gaffe mit offenem Mund hinaus auf das, was ich für die Landebahn halte. Am hinteren Teil des Flugzeugs wird eine Klappe hinuntergelassen, und sobald die Rampe den Boden berührt, fährt Goliath sie einfach hinauf und mitten in den Bauch des Flugzeugs hinein.

Ich sehe durch die hintere Windschutzscheibe, während die Klappe sich mit einem lauten Rumpeln schließt. Sobald die Türen des Flugzeugs ebenfalls geschlossen sind, öffnen die Wagentüren sich mit einem leisen Klicken. Und schon bin ich frei. Na ja, nicht so richtig.

»Nach dir.« Callum deutet auf die Tür, die Goliath mir aufhält.

Ich halte den Mantel fest an mich gedrückt und versuche, mich zu sammeln.

»Ich muss mich umziehen.« Ich bin dankbar, dass meine Stimme halbwegs normal klingt. Über die Jahre hinweg bin ich so oft in hochpeinliche Situationen geraten, dass ich gelernt habe, dass eine saftige Beleidigung die beste Verteidigung ist. Gerade habe ich leider schlechte Karten. Ich will einfach nicht, dass irgendjemand mich in diesem Outfit sieht. Weder Goliath noch sonstiges Flugpersonal.

Das hier ist mein erster Flug. Sonst habe ich mich immer in Bussen oder irgendwelchen Trucks mit mürrischen Fahrern fortbewegt. Was für ein Riesenteil dieser Flieger ist! Immerhin ist er groß genug, um ganz gemütlich mit dem Auto hineinzufahren. Es muss hier doch irgendwo die Möglichkeit geben, sich umzuziehen?

Callums Blick wird weich, und er nickt Goliath zu.

»Wir warten oben.« Er deutet aufs andere Ende des garagenartigen Raums. »Da hinten ist die Treppe. Komm hoch, wenn du fertig bist.«

Sobald ich allein bin, reiße ich mir die Stripklamotten vom Leib und schlüpfe in meine gemütlichste Unterwäsche, eine Baggyjeans, ein Tanktop und ein Flanellhemd, das ich normalerweise offen trage, heute aber bis unters Kinn zuknöpfe. Ich sehe wie ein Volltrottel aus, aber immerhin ist jetzt mein ganzer Körper bedeckt.

Dann stopfe ich meine Stripausrüstung in die Tasche und überprüfe, ob mein Geld noch da ist. Ist es glücklicherweise, zusammen mit Steves Armbanduhr. Irgendwie fühlt sich mein Handgelenk ohne die Uhr so nackt an, und weil er sowieso Bescheid weiß, kann ich sie genauso gut tragen. Sofort fühle ich mich besser – stärker. Jetzt kann ich mich allem stellen, was Callum von mir will.

Ich werfe den Rucksack über die Schulter, und während ich auf die Tür zusteuere, entwerfe ich einen Plan. Ich brauche Geld. Callum hat welches. Ich brauche ein neues Dach über dem Kopf, und zwar schnell. Falls er mir genug Geld gibt, fliege ich einfach weg und fange noch mal ganz von vorn an. Ich weiß schließlich, wie das geht!

Alles wird gut.

Alles wird gut! Das sage ich mir selbst immer wieder, so lange, bis ich es wirklich glaube ...

Callum wartet bereits oben an der Treppe auf mich. Er stellt mich dem Fahrer vor. »Ella Harper, das ist Durand Sahadi. Durand, das ist Stevens Tochter Ella.«

»Freut mich, dich kennenzulernen.« Durand hat eine lächerlich tiefe Stimme, ein bisschen so wie Batman. »Mein Beileid.«

Er neigt den Kopf, und das finde ich so verdammt nett, dass ich gar nicht anders kann, als ihm die Hand zu schütteln. »Danke.«

»Danke, Durand«, wendet Callum sich an den Fahrer. »Komm, Ella. Setzen wir uns. Ich will endlich heim. Bis Bayview dauert der Flug eine Stunde.«

»Eine Stunde? Und dafür haben Sie das Flugzeug kommen lassen?!«

»Die Fahrt hätte sonst sechs Stunden gedauert. Das ist

viel zu lang! Immerhin hat es schon neun Wochen und eine ganze Armee von Detektiven gebraucht, um dich aufzuspüren.«

Da mir ja doch nichts anderes übrig bleibt, folge ich Callum zu einer Sitzgruppe mit cremefarbenen Lederbezügen. Dazwischen steht ein schicker Tisch aus dunklem Holz mit Silberintarsien. Er macht es sich bequem und bedeutet mir dann, mich ebenfalls zu setzen. Ein Glas und eine Flasche stehen schon bereit, als wüsste das Team an Bord genau, wie der Herr es am liebsten hat. Besonders, wenn es um ein wichtiges Gespräch geht.

Auf der anderen Seite des schmalen Gangs neben Callum befinden sich weitere bequeme Sessel und ein Sofa. Ob ich wohl als Stewardess für ihn arbeiten dürfte? Hier drin ist es ja noch schöner als in seinem Auto. In diesem Flieger lässt es sich eine Weile aushalten, keine Frage!

Ich setze mich und stelle den Rucksack zwischen meine Beine.

»Schöne Uhr«, meint er trocken.

»Danke. Hab ich von meiner Mutter. Sie hat gesagt, dass das das Einzige neben seinem Namen ist, was von ihm geblieben ist. Na, und mich gibt es natürlich auch noch.« Bringt ja nichts, es weiter abzustreiten. Wenn er schon all die Detektive losgeschickt hat und die mich wirklich in Kirkwood ausfindig gemacht haben, weiß er über mich und meine Mom wahrscheinlich besser Bescheid als ich selbst! Von meinem Dad hat er jedenfalls eine Menge Ahnung. Und ich will zu gern mehr erfahren. »Wo ist der Brief?«

»Zu Hause. Ich gebe ihn dir, wenn wir angekommen sind.« Er greift nach einer Ledermappe und zieht ein Bündel Geldscheine heraus – die Art, die man aus Filmen kennt. Mit Banderole und so.

»Ich möchte dir einen Deal vorschlagen, Ella.«

Wahrscheinlich sind meine Augen gerade so groß wie Turmuhren, aber ich kann leider nichts dagegen tun. Ich habe nun mal noch nie so viel Kohle auf einmal gesehen.

Er schiebt das Bündel über die glänzende dunkle Holzfläche zu mir. Ist das hier ein Fernsehquiz oder irgendeine seltsame Reality-Show? Ich richte mich gerade auf. O nein, für dumm lasse ich mich nicht verkaufen!

»Lassen Sie mal hören«, sage ich und verschränke meine Arme, während ich Callum aus zusammengekniffenen Augen ansehe.

»Ich vermute mal, dass du strippst, um deinen Lebensunterhalt zu verdienen und deinen Highschool-Abschluss machen zu können. Darum gehe ich davon aus, dass du aufs College willst, mit dem Strippen aufhören und lieber irgendetwas anderes werden willst. Vielleicht Buchhalterin, vielleicht aber auch Ärztin oder Anwältin. Dieses Geld ist eine Art ... Vertrauensvorschuss.« Er klopft auf die Scheine. »Das hier sind zehntausend Dollar. Jeden Monat, den du bei mir bleibst, bekommst du ein neues Bündel – mit derselben Summe. Wenn du bis zum Highschool-Abschluss bei mir bleibst, bekommst du noch mal zweihunderttausend als Bonus. Damit kannst du deine College-Ausbildung finanzieren, deine Unterkunft, Kleidung und dein Essen. Und wenn du einen Abschluss machst, bekommst du noch mal einen Bonus.«

»Und wo ist der Haken?« Es juckt mich in den Fingern, mir das Geld einfach zu schnappen, irgendwo einen Fallschirm zu finden und dann den Klauen Callum Royals zu entfliehen, ehe er auch nur *Aktienmarkt* sagen kann.

Stattdessen bleibe ich sitzen und warte ab, was für kranke Forderungen er für dieses Geld stellt. Hauptsache, ich weiß, wo meine Grenzen liegen ...

»Na, der Deal ist, dass du nicht mehr gegen mich ankämpfst. Du versuchst nicht mehr davonzurennen und erkennst meine Rolle als dein Vormund an. Du lebst in meinem Haus, und meine Söhne sind wie Brüder für dich. Wenn du diese Bedingungen erfüllst, kannst du das Leben führen, von dem du immer geträumt hast.« Er schweigt. »Das Leben, das Steve sich für dich gewünscht hätte.«

»Und was genau muss ich für Sie tun?« Ich muss alles vorher ganz genau abklären!

Callum reißt die Augen auf und wird ein wenig grün im Gesicht.

»Nichts, um Gottes willen! Du bist sehr hübsch, Ella, aber du bist noch ein junges Mädchen, und ich bin ein zweiundvierzigjähriger Mann mit fünf Söhnen! Keine Sorge, ich habe eine hübsche Freundin, bei der keine Wünsche offenbleiben!«

Uff. Sofort halte ich die Hand hoch. »Keine Details, bitte!«

Callum lacht erleichtert auf, ehe er wieder einen ernsteren Ton anschlägt. »Ich weiß, dass ich deine Eltern nicht ersetzen kann. Aber ich bin für dich da, so gut ich kann. Du magst deine Familie verloren haben, aber du bist nicht allein, Ella. Du bist jetzt eine Royal.«

4. Kapitel

Bei der Landung ist es viel zu dunkel, um etwas zu erkennen, obwohl ich meine Nase neugierig ans Fenster presse. Aber ich kann nur die blinkenden Lichter an der Landebahn ausmachen, und sobald wir wieder festen Boden unter den Füßen haben, lässt Callum mir keine Zeit, mich genauer umzusehen. Natürlich benutzen wir nicht das Auto, mit dem wir ins Flugzeug gefahren sind. Nein, bei dem muss es sich um einen reinen Reisewagen handeln, denn Durand führt uns jetzt zu einem windschnittigen, schwarzen Sedan. Die Scheiben sind getönt, sodass ich immer noch keine Chance habe, draußen etwas zu erkennen. Als Callum aber die Scheibe herunterlässt, kann ich es riechen – Salz. Wir sind am Ozean.

Also müssen wir uns an der Küste befinden. Vielleicht in North oder South Carolina? Sechs Stunden Fahrt von Kirkwood könnte bedeuten, dass wir jetzt irgendwo am Atlantik sind. Würde auch Sinn machen, wenn man an den Namen von Callums Flugunternehmen denkt. Ist aber auch egal. Wichtig ist nur das Geldbündel in meinem Rucksack. Zehn Riesen, Menschenskinder! Ich kann's echt nicht fassen. Und das jeden Monat. Und noch mehr Asche, wenn ich den Abschluss mache. Irgendeinen Haken *muss* es doch geben. Klar,

Callum hat mir versichert, dass er keine Gegenleistung erwartet, aber ich bin nun mal nicht auf den Kopf gefallen. Irgendeinen Haken gibt es immer, und früher oder später wird sich schon herausstellen, was für einer. Na, wenn ich noch mal abhauen muss, dann habe ich immerhin zehntausend Dollar in der Tasche.

Und bis dahin spiele ich mit. Mache einen auf brave Pflegetochter.

Und seine Söhne... Mist, die hatte ich fast vergessen. Fünf, hat er gesagt? Na, wie schlimm können die verwöhnten Früchtchen schon sein? Da kenne ich wirklich Schlimmeres. Moms Gangsterliebhaber zum Beispiel. Leo, der versucht hat, mich zu begrapschen, als ich zwölf war. Und mir beigebracht hat, wie man eine ordentliche Faust macht, nachdem ich ihn in den Bauch geboxt und mir dabei beinahe die Hand gebrochen habe. Wir haben herzlich gelacht und wurden dicke Freunde. Seine Selbstverteidigungstipps waren beim nächsten Freund meiner Mutter dann auch total nützlich. Der war genauso touchy. Tja, meine Mutter hatte wirklich ein super Händchen bei der Partnerwahl!

Aber ich versuche, sie dafür nicht zu verurteilen. Sie hat sich durchgeschlagen, so gut sie konnte, und ich wusste immer, dass sie mich sehr liebt.

Nach einer halbstündigen Fahrt verlangsamt Durand das Tempo vor einem großen Tor. Zwischen uns und dem Fahrer gibt es eine Trennscheibe, aber dennoch höre ich ein Piepen und dann ein mechanisches Surren, ehe wir weiterfahren, langsamer dieses Mal. Schließlich halten wir an, und die Verriegelung des Autos öffnet sich.

»Wir sind zu Hause«, sagt Callum leise.

Ich würde ihn da gern korrigieren – mein Zuhause ist es nun wirklich nicht –, aber ich schlucke den beißenden Kommentar hinunter.

Durand öffnet mir die Tür und streckt mir die Hand entgegen. Als ich aussteige, merke ich, dass meine Knie zittern wie Wackelpudding. Vor einer riesigen Garage parken noch drei andere Wagen – zwei schwarze Geländewagen und ein kirschroter Pick-up, der irgendwie fehl am Platze wirkt.

Callum folgt meinem Blick.

»Früher waren das mal drei Range Rover, aber Easton hat seinen für den Pick-up verkauft. Schätze mal, er wollte mehr Platz haben, wenn er mit seinen Dates rummacht.«

Er klingt nicht vorwurfsvoll, eher bedauernd. Wahrscheinlich ist Easton einer seiner Söhne. Und da schwingt noch etwas anderes in seiner Stimme mit ... Hilflosigkeit vielleicht? Ich kenne den Typen erst seit ein paar Stunden und kann mir trotzdem nicht vorstellen, dass er jemals irgendetwas nicht im Griff haben könnte. Sofort schrillen meine Alarmglocken erneut.

»Die ersten Tage über müssen dich die Jungs mit in die Schule nehmen. Bis du dein eigenes Auto hast.« Seine Augen verengen sich. »Wenn du einen Führerschein unter deinem richtigen Namen haben solltest, auf dem du noch nicht vierunddreißig bist.«

Ich nicke grummelnd.

»Gut.«

Erst jetzt wird mir klar, was er da gerade gesagt hat. »Sie wollen mir ein Auto kaufen?«

»Ähm, ja. Das erleichtert die Dinge sehr. Sag mal, kannst du vielleicht aufhören, mich zu siezen?«

»Kann ich versuchen!«

»Also, die Sache ist die: Meine Söhne sind Fremden gegenüber nicht sonderlich ... aufgeschlossen. Aber du musst nun mal zur Schule, also ...« Er zuckt mit den Schultern. »Es wäre einfach unkomplizierter.«

Mann, langsam werde ich immer misstrauischer. Irgendwas ist hier doch faul! An diesem Mann. An seinen Söhnen. Vielleicht hätte ich mich in Kirkwood mehr darum bemühen sollen, aus seinem Auto zu entkommen. Vielleicht hätte ich ...

Als mein Blick auf das Haus fällt, bricht mein Gedankenstrom sofort ab.

Das ist kein Haus, das ist ein Palast. Der Palast der Royals.

Das kann doch nicht wahr sein! Das Gebäude hat nur zwei Stockwerke, ist aber so lang gestreckt, dass ich Mühe habe, bis an dessen Ende zu sehen. Und überall sind Fenster! Vielleicht hatte der Architekt ja eine Allergie gegen Wände oder panische Angst vor Vampiren?

»Du ...« Meine Stimme überschlägt sich, und auch das ›Du‹ kommt mir noch etwas schwer über die Lippen. »Du wohnst hier?«

»*Wir* leben hier«, korrigiert er mich. »Das ist jetzt auch dein Zuhause, Ella.«

Nein, das wird es nie sein. Ich gehöre nicht in so eine Luxusvilla, sondern in eine Bruchbude. Da fühle ich mich wohl, weil es immerhin eine ehrliche Art von Unterkunft ist und nicht alles nur Fassade. Bei einer Bruchbude weiß man, woran man ist.

Denn dieses Haus hier ist doch nichts als eine Illusion. Klar, es glänzt und ist hübsch anzusehen, aber dieser Traum, den Callum mir da unterjubeln möchte, ist genauso vergänglich wie Papier. Nichts glänzt ewig.

Drinnen sieht es genauso extravagant aus wie draußen. Das Foyer, das endlos groß wirkt, ist mit weißen, gold- und grau geäderten Fliesen verkleidet. Es sieht ein bisschen aus wie in einer Bank. Überhaupt ist der Raum so hoch, dass ich am liebsten ausprobieren würde, ob es ein Echo gibt.

An beiden Seiten der Halle führen Treppen nach oben,

die sich an einer Art Galerie treffen, von der aus man die ganze Eingangshalle überblicken kann. An dem Kronleuchter über mir befinden sich mindestens hundert Lichter und so viele Kristalle, dass von mir nur ein Haufen Staub übrig bliebe, wenn er auf mich hinunterstürzen würde. Würde wunderbar in ein Hotel passen.

Wohin ich auch sehe: Wohlstand, nichts als Wohlstand. Und dennoch sieht Callum mich die ganze Zeit über so unsicher an, als könnte er meine Gedanken lesen und wüsste, dass ich kurz davor bin, durchzudrehen und einfach abzuhauen, weil ich hier nun mal nicht hergehöre!

»Ich weiß, dass du eine andere Umgebung gewöhnt bist«, meint er. »Aber du wirst dich bestimmt dran gewöhnen. Es wird dir hier gefallen, das verspreche ich dir.«

Sofort versteife ich mich. »Machen Sie bitte nicht solche Versprechungen, Mr Royal. Nicht mir gegenüber.«

Sofort lässt er die Mundwinkel hängen. »Wolltest du mich nicht duzen? Außerdem will ich dir gegenüber jedes Versprechen halten, das ich mache, Ella. So wie ich das bei deinem Vater getan habe.«

Irgendwie rührt mich diese Aussage. »Du ... ähm ... mochtest meinen Vater echt gern, oder?«

»Er war mein bester Freund«, erwidert Callum schlicht. »Ich hätte mein Leben in seine Hände gelegt, wenn es hätte sein müssen.«

Muss schön sein, so jemanden zu haben. Die einzige Person, der ich je so vertraut habe, ist tot. Auf einmal vermisse ich meine Mom so sehr, dass es mir die Kehle zuschnürt.

»Ähm ...« Ich bemühe mich um einen leichtherzigen Tonfall, obwohl ich kurz davor bin loszuheulen. »Hast du einen Butler oder so? Eine Haushälterin? Wer kümmert sich denn um alles?«

»Ich habe Angestellte. Du musst nicht den Boden schrubben, um dir den Unterhalt zu verdienen.« Sein Grinsen verschwindet, als er in meine finstere Miene blickt.

»Wo ist mein Brief?«

»Schau mal«, meint Callum besänftigend. »Es ist schon spät, und heute war ganz schön viel los. Wollen wir nicht morgen darüber reden? Gerade wünsche ich dir einfach nur, dass du dich so richtig ausschläfst.« Er sieht mich wissend an. »Ich habe den Eindruck, dass du schon lang nicht mehr so richtig tief und fest geschlafen hast.«

Da hat er recht. Ich hole tief Luft. »Wo ist mein Zimmer?«

»Ich bringe dich rauf…« Als er über uns Schritte hört, bleibt er stehen. Ich sehe, dass seine Augen zufrieden aufblitzen.

»Da sind sie ja. Gideon ist auf dem College, aber ich habe die anderen gebeten, runterzukommen, um dich zu begrüßen. Sie machen nicht immer, was ich…«

Und sie tun es anscheinend auch jetzt nicht. Nein, die jungen Royals pfeifen darauf, was er von ihnen will. Und ich genauso! Als die vier dunkelhaarigen Gestalten oben an der Brüstung erscheinen, würdigen sie mich keines Blickes.

Kurz klappt mir der Kiefer runter, aber ich fange mich schnell und wappne mich gegen die angriffslustige Stimmung, die mir von der Galerie aus entgegenschlägt. Ich will auf keinen Fall zeigen, wie beeindruckt ich bin, aber ich bin ganz schön verunsichert, verdammt noch mal. Richtig eingeschüchtert.

So hatte ich mir die Royal-Jungs nicht vorgestellt! Das sind keine verzogenen Muttersöhnchen in schicken Klamotten. Viel eher sehen sie wie furchterregende Schlägertypen aus, die mich wie ein Stöckchen zerbrechen könnten, wenn sie wollten.

Sie sind alle genauso groß wie Callum, locker einen Meter achtzig und unterschiedlich muskulös. Die zwei rechts sind ein wenig schmaler, während die beiden linker Hand extrem breitschultrig sind und ordentlich Bizeps haben. Das müssen Sportler sein. So sieht man nicht aus, wenn man nicht hart trainiert.

Jetzt bin ich doch ganz schön nervös, weil niemand ein Wort sagt. Nicht die Söhne und Callum genauso wenig. Selbst aus der Entfernung kann ich sehen, dass alle dieselbe Augenfarbe wie ihr Vater haben. Leuchtend blau und stechend – und alle starren Callum an.

»Jungs«, sagt er schließlich. »Kommt und lernt unseren Gast kennen.« Er schüttelt den Kopf, als wiese er sich selbst zurecht. »Unser neuestes Familienmitglied, meine ich.«

Stille.

Mann, ist das gruselig.

Der Typ in der Mitte grinst kaum merklich. Wie zum Hohn stützt er sich auf dem Geländer ab und schweigt weiter hartnäckig.

»Reed.« Callums fordernde Stimme hallt im Foyer. »Easton. Sawyer. Sebastian. Kommt runter. Sofort.«

Sie rühren sich nicht von der Stelle, und mir fällt auf, dass die zwei Söhne rechts Zwillinge sein müssen. Sie sehen nicht nur ziemlich identisch aus, sondern haben die Arme auch auf exakt dieselbe Weise vor der Brust verschränkt. Einer sieht zu dem Bruder ganz links hinüber.

Mir läuft ein Schauer über den Rücken. Das ist derjenige, vor dem ich auf der Hut sein muss. Und es ist gleichzeitig der, der mich jetzt ansieht. Als unsere Blicke sich treffen, klopft mein Herz ein wenig schneller. Weil ich Angst habe. Unter anderen Umständen würde es vielleicht aus einem ganz anderen Grund rasen. Er ist nämlich irre hübsch. Das sind sie alle.

Aber dieser eine Sohn macht mir Angst, und das darf ich

auf keinen Fall zeigen. Also sehe ich ihn herausfordernd an. *Komm schon runter, Royal. Komm, wenn du dich traust.*

Sein Blick verengt sich. Anscheinend spürt er die unausgesprochene Aufforderung. Er hat meinen Trotz bemerkt, und der gefällt ihm gar nicht. Dann wendet er sich einfach von der Brüstung ab und geht, woraufhin die anderen ihm sofort folgen. Man hört Schritte hallen. Türen, die ins Schloss fallen.

Neben mir seufzt Callum leise auf. »Tut mir leid. Ich dachte, ich wäre vorhin irgendwie zu ihnen durchgedrungen – und sie hatten ja auch Zeit, sich an den Gedanken zu gewöhnen. Sie brauchen wohl doch noch eine Weile, um das alles zu verdauen.«

Das alles? Er meint mich. Er meint meine Anwesenheit in diesem Haus und meine Verbindung zu ihrem Vater, von der ich bis zum heutigen Tag selbst keine Ahnung hatte.

»Bestimmt sind sie morgen schon viel herzlicher«, meint er betont munter. Aber davon kann er mich nicht überzeugen. Kein bisschen.

5. Kapitel

Ich wache in einem fremden Bett auf, und das gefällt mir gar nicht. Um das Bett an sich geht es nicht, das ist großartig. Weich und gleichzeitig fest, und die Bettwäsche ist glatt und geschmeidig – kein Vergleich zu den kratzigen Laken, die ich sonst gewöhnt bin. Wenn ich überhaupt Bettwäsche hatte. Ich habe auch oft genug in einem Schlafsack übernachtet, und die Dinger fangen immer irgendwann an zu muffeln.

Die Bettwäsche hier riecht nach Honig und Lavendel.

Dennoch fühlen sich all der Luxus und die Behaglichkeit irgendwie bedrohlich an, weil meiner Erfahrung nach das dicke Ende immer noch kommt. Irgendeine üble Überraschung.

Einmal kam Mom von der Arbeit nach Hause und verkündete, dass wir an einen schöneren Ort ziehen. Ein großer dünner Mann kam und half uns, unsere paar Habseligkeiten zusammenzupacken. Ein paar Stunden später waren wir auch schon in seinem Haus. Es war richtig nett dort, sogar gebügelte Vorhänge gab es, und obwohl es nicht groß war, hatte ich mein eigenes Zimmer.

Später in der Nacht rissen mich Schreien und Glasklirren

aus dem Schlaf. Mom kam in mein Zimmer gestürmt und zerrte mich aus dem Bett, und noch ehe ich einmal nach Luft schnappen konnte, waren wir auch schon raus aus dem Haus. Erst als wir zwei Blocks weiter stehen blieben, konnte ich die Schramme auf ihrer Wange sehen.

Nette Häuser bedeuten also nicht, dass unbedingt nette Leute darin wohnen.

Ich setze mich auf und nehme meine Umgebung genauer unter die Lupe. Das Zimmer ist ganz prinzessinnenhaft eingerichtet – und wirkt so, als wäre es für ein recht junges Mädchen gedacht. Überall Rosa, überall Rüschen. Uff. Fehlen nur noch Disney-Poster, auch wenn ich vermute, dass Poster in den Augen von Adligen viel zu schäbig sind. Genau wie mein Rucksack, der neben der Tür steht.

Mir fällt wieder ein, was gestern alles passiert ist, und sobald ich wieder an das Geldbündel denke, springe ich sofort aus dem Bett, schnappe mir den Rucksack und seufze erleichtert auf, als ich sehe, dass die Kohle noch da ist. Ich blättere die Scheine durch und lausche dem süßen Klang des Geldraschelns. Wenn ich wollte, könnte ich jetzt sofort abhauen. Mit zehn Riesen dürfte ich mich eine ganze Weile durchschlagen können.

Aber ... wenn ich bleibe, hat Callum Royal mir noch viel mehr versprochen. Das Bett, das Zimmer, weitere zehntausend Dollar jeden Monat. Einfach nur dafür, dass ich die Schule besuche? In seinem Palast lebe? Und mit meinem eigenen Auto durch die Gegend brause?

Ich stecke das Geld in die Geheimtasche auf dem Boden des Rucksacks. Einen Tag lang schaue ich mir das hier noch an. Morgen kann ich dann verschwinden, wenn es nötig ist. Oder nächsten Monat, oder übernächsten. Sobald sich die Lage verschlechtert, bin ich weg.

Jetzt, wo die Kohle sicher verstaut ist, kippe ich meine

Habseligkeiten auf meinem Bett aus und mache eine Bestandsaufnahme. Zwei Paar Röhrenjeans. Eine weite Hose, die ich immer nach dem Strippen angezogen habe, um keine Aufmerksamkeit auf mich zu ziehen. Fünf T-Shirts, fünf Unterhosen, ein BH, das Korsett, in dem ich letzte Nacht getanzt habe, ein Tanga, ein paar Stripper-High-Heels und ein schönes Kleid, das mal meiner Mutter gehört hat. Es ist schwarz, ziemlich kurz und lässt meinen Busen sehr viel üppiger erscheinen, als er eigentlich ist. Dann gibt es noch einen Kosmetikkoffer, den auch hauptsächlich meine Mom benutzt hat und in dem sich auch Erbstücke befinden, die uns verschiedene Stripperinnen hinterlassen haben. Wahrscheinlich ist allein der Kosmetikkoffer einen Tausender wert.

Außerdem habe ich noch ein Buch von Auden, wahrscheinlich der unnötigste und romantischste Part meines Besitzes. Ich habe es in einem Coffeeshop gefunden, und die Widmung hat zu der auf meiner Uhr gepasst. Ich konnte es nicht liegen lassen, dafür erschien es mir viel zu schicksalsträchtig. Eigentlich glaube ich daran ja nicht, finde eher, dass dieser Kram was für Weichlinge ist. Für die Waschlappen, die nicht genug Power haben, um ihr Leben selbst in die Hand zu nehmen. Noch fehlt mir die Energie dafür auch, aber eines Tages lege ich richtig los!

Ich fahre mit der Hand über das Buchcover. Vielleicht könnte ich ja irgendwo kellnern? In einem Steakhouse oder so? Dann hätte ich ein bisschen Geld, das ich ausgeben kann, ohne an den zehntausend Dollar kratzen zu müssen.

Ein Klopfen an der Tür lässt mich hochschrecken.

»Callum?«, rufe ich.

»Nein, ich bin's, Reed. Mach die Tür auf!«

Ich sehe hinunter auf mein übergroßes T-Shirt. Es hat irgendeinem Freund meiner Mutter gehört, und es bedeckt

mich halbwegs – aber ich habe nicht vor, mich dem fuchs-
teufelswilden Blick von Reed auszuliefern, ehe ich mich
nicht ausreichend bewaffnet habe. Womit ich ein schickes
Outfit und ein ordentliches Bad-Girl-Make-up meine.

»Ich habe mich noch nicht zurechtgemacht!«

»Ist mir doch scheißegal! Ich gebe dir noch fünf Sekunden, dann komme ich rein!« Seine Stimme klingt eiskalt
und brutal.

Uff. Ich bin mir sicher, dass dieser Typ notfalls die Tür
eintreten könnte. Um das zu vermeiden, reiße ich sie lieber
auf. »Was willst du?«

Er mustert mich unverhohlen von Kopf bis Fuß, und
plötzlich fühle ich mich trotz des T-Shirts splitterfaser-
nackt. Es ist mir wahnsinnig unangenehm, und aus dem
Misstrauen diesem Typen gegenüber wird richtige Abnei-
gung.

»Ich will wissen, was für ein Spielchen du hier spielst!«
Er tritt einen Schritt nach vorn, wahrscheinlich, um mich
einzuschüchtern. Ich kann mir gut vorstellen, dass er seinen Körper sowohl als Waffe als auch als Köder einsetzt.

»Da solltest du besser deinen Vater fragen! Der hat mich
immerhin gekidnappt und hierher verschleppt.«

Reed tritt noch einen Schritt nach vorn, bis er so dicht
vor mir steht, dass wir uns fast berühren.

Sofort wird mein Mund trocken, und mein ganzer Körper beginnt zu kribbeln. Wie kann es sein, dass ein solches
Arschloch diese Wirkung auf mich hat? Aber meine Mom
hat mir beigebracht, dass der Körper manchmal Dinge gut
findet, die man rein rational sofort verteufeln würde. Es ist
nur wichtig, dass die Vernunft die Oberhand behält. Das
war einer ihrer Ratschläge, bei denen sie mir immer wieder eingetrichtert hat: *Nimm dir da ja kein Beispiel an deiner
Mutter!*

Er ist total durchgeknallt und will dir wehtun!, schreie ich meinen Körper an. Dennoch spüre ich, wie meine Nippel steif werden.

»Und du hast dich bestimmt wahnsinnig angestrengt gewehrt, ja?« Er sieht geringschätzig hinab auf meine Nippel. Jetzt kann ich nur so tun, als wären die einfach immer in Alarmbereitschaft. Nichts normaler als das!

»Wie gesagt: Ich finde, du solltest das mit deinem Vater klären.« Ich wende mich ab und hoffe, dass er nicht bemerkt, in was für einen Zustand er meinen Körper versetzt hat.

Dann schlendere ich zum Bett und greife nach einem Bikinihöschen. Als wäre es die normalste Sache der Welt, schlüpfe ich aus meiner Unterhose, die danach auf dem cremefarbenen Teppich liegt. Ich höre, wie Reed scharf die Luft einsaugt. Treffer versenkt!

So unbekümmert wie möglich ziehe ich das Bikinihöschen an und lasse mir besonders viel Zeit, während ich es meine Oberschenkel hinaufschiebe. Beinahe kann ich seinen Blick spüren …

»Eins solltest du wissen: Ganz egal, was du vorhast, du wirst es nicht schaffen. Gegen uns hast du keine Chance.« Seine Stimme klingt jetzt viel tiefer und rauer, anscheinend setzt ihm meine kleine Show doch zu! Noch ein Punkt für mich! Ich bin froh, dass ich ihm den Rücken zuwende. Sonst könnte er sehen, dass er mich auch nicht ganz kaltlässt und allein sein Blick und seine Stimme schon eine eindeutige Wirkung auf mich haben. »Wenn du jetzt gehst, wird dir nichts passieren. Das Geld, das Dad dir gegeben hat, kannst du behalten, und wir lassen dich auf jeden Fall in Ruhe. Aber wenn du bleibst, dann wirst du irgendwann nur noch davonkriechen können.«

Ich ziehe in aller Seelenruhe meine Jeans an und beginne

dann, aus dem T-Shirt zu schlüpfen, immer noch mit dem Rücken zu Reed.

Er lacht auf, dann höre ich Schritte. Ich spüre seine Hand auf meiner Schulter, und das T-Shirt rutscht an mir hinab, sodass alles wieder an Ort und Stelle ist. Er dreht mich zu sich um und lehnt sich zu mir hinunter, sodass sein Mund nur noch wenige Millimeter von meinem Ohr entfernt ist.

»Es gibt Neuigkeiten, Baby. Ganz egal, wie oft du vor mir strippst, ich werde dich nicht vernaschen. Kann ja sein, dass du meinen Dad um deinen kleinen Finger gewickelt hast, aber das wird mit uns Söhnen nicht so leicht funktionieren.«

Ich spüre Reeds heißen Atem auf meinem Nacken und gebe mir alle Mühe, nicht zu erschauern. Habe ich Angst? Bin ich erregt? Keine Ahnung! Ich und mein Körper sind gerade wahnsinnig verwirrt. Mist. Komme ich also doch nach meiner Mutter? Das war doch eigentlich *ihr* Ding – Männer mögen, die einen schlecht behandeln.

»Lass mich los!«, sage ich eisig. Er packt mich noch einmal richtig fest an der Schulter, ehe er mich loslässt und wegstößt. Ich stolpere und halte mich an der Bettkante fest.

»Wir behalten dich im Auge«, meint er noch, ehe er das Zimmer verlässt.

Mit zitternden Händen ziehe ich mich eilig an. In Zukunft werde ich immer angezogen sein. Dieser Typ wird mich nicht noch mal überrumpeln.

»Ella?« Ich zucke zusammen und wirble herum. Callum steht in der Tür.

»Du hast mich erschreckt!« Ich presse die Hand auf mein rasendes Herz.

»Sorry.« Er hält ein Stück Papier in der Hand. »Hier ist dein Brief.«

»Oh, ähm, danke.«

»Du hast gedacht, dass ich ihn dir nicht mehr gebe, stimmt's?«

Ich ziehe eine Grimasse. »Ich war mir ehrlich gesagt nicht ganz sicher, ob er überhaupt existiert.«

»Ich werde dich nicht anlügen, Ella. Obwohl ich eine Menge Macken habe ... Und die Mätzchen meiner Söhne könnten wahrscheinlich ein ganzes Buch füllen, das länger als *Krieg und Frieden* ist. Aber lügen tue ich nicht. Und ich bitte dich einfach nur um eine Chance.« Er drückt mir das Blatt in die Hand. »Komm doch zum Frühstück runter, wenn du fertig bist. Am Ende des Flurs ist eine Treppe, die direkt in die Küche führt. Lass dir ruhig Zeit.«

»Danke, mache ich.«

Er schenkt mir ein warmes Lächeln. »Ich bin so froh, dass du hier bist. Ich dachte wirklich, dass ich dich nie finden würde.«

»Ich ... ich weiß nicht, was ich sagen soll.« Wenn es nur um Callum und mich ginge, dann wäre ich wahrscheinlich erleichtert, hier zu sein, vielleicht sogar dankbar. Aber nach der Begegnung mit Reed bin ich verdammt eingeschüchtert.

»Ist schon okay. Du wirst dich an das alles hier gewöhnen. Versprochen.« Er zwinkert mir beruhigend zu und verschwindet. Ich lasse mich aufs Bett fallen und falte den Brief mit verschwitzten Fingern auf.

Lieber Steve,
ich weiß nicht, ob du diesen Brief je bekommen wirst und ob du überhaupt glaubst, was drinsteht. Ich schicke ihn einfach mal mit deiner ID-Nummer an den Marinestützpunkt Little Creek. Die Nummer stand auf dem Zettel, den du neben deiner Uhr hiergelassen hast. Die Uhr habe ich noch. Und die Nummer habe ich mir aus irgendeinem Grund gemerkt.

Langer Rede, kurzer Sinn: Du hast mich mitten in der größ-
ten Ekstase tatsächlich geschwängert, ehe du sonst wohin
geschippert bist. Bis ich gemerkt habe, was los ist, warst du
schon lang weg. Die Typen in deinem Stützpunkt haben
sich für meine Geschichte nicht sonderlich interessiert. Du
vielleicht auch nicht.
Aber wenn, dann solltest du jetzt kommen. Ich habe Krebs.
Darmkrebs. Es fühlt sich an, als wären Parasiten in mei-
nem Körper. Mein kleines Mädchen wird allein zurück-
bleiben. Ich liebe sie. Vor dem Tod habe ich weniger Angst
als vor dem, was aus ihr werden wird.
Kann sein, dass wir einfach nur fantastischen Sex hatten
und mehr nicht, aber ich versichere dir, dass wir zusam-
men das Großartigste erzeugt haben, was es auf dieser
Welt gibt. Wenn du sie nicht wenigstens mal kennenlernst,
dann hast du echt was verpasst!
Ella Harper. Ich habe sie nach dieser kitschigen Spieluhr
benannt, die du in Atlantic City für mich gewonnen hast.
Dachte, das freut dich vielleicht. Wie auch immer, ich hoffe,
dass du den Brief rechtzeitig bekommst. Sie weiß nicht,
dass es dich gibt, aber sie hat deine Uhr und deine Augen.
Du wirst sie sofort erkennen.

Alles Liebe,
Maggie Harper

Ich renne in mein privates Badezimmer, das ebenfalls kau-
gummirosa ist, und drücke einen Waschlappen an mein Gesicht. Nur nicht heulen, Ella! Bringt nix. Ich beuge mich
über das Waschbecken und spritze kaltes Wasser in mein
Gesicht. Dann kann ich so tun, als kämen all die Tropfen im
Waschbecken aus dem Wasserhahn und nicht aus meinen
Augen.

Sobald ich mich wieder gefangen habe, bürste ich mein Haar durch und binde es zu einem hohen Pferdeschwanz zusammen. Noch ein wenig Concealer unter die Augen getupft, damit ich nicht so verheult aussehe – und fertig.

Ehe ich das Zimmer verlasse, stopfe ich noch all meinen Kram in den Rucksack und werfe ihn über die Schulter. Den werde ich immer bei mir tragen, bis ich ein gutes Versteck für ihn gefunden habe.

Ehe ich die Treppe erreicht habe, komme ich an vier weiteren Türen vorbei. Der Flur ist so breit, dass ich in einem von Callums Autos problemlos drin herumbrettern könnte. Okay, das Haus hier muss früher wirklich ein Hotel gewesen sein. Ist doch lächerlich, dass ein Haus für eine einzige Familie so riesig ist!

Auch die Küche ist gigantisch. Es gibt zwei Herde, eine Kücheninsel mit Marmortheke und eine lange weiße Schrankwand. Ich entdecke eine Spüle, aber keinen Kühlschrank und auch keine Spülmaschine. Vielleicht gibt es irgendwo in den Tiefen dieses Palastes noch eine zweite Küche, in die ich geschickt werde, um den Boden zu schrubben – auch wenn Callum mir ja gesagt hat, dass ich das nicht tun muss! Wäre aber okay. Irgendwie wäre es mir sogar fast lieber, mehr für die viele Kohle zu tun, als einfach nur in die Schule zu gehen und das brave Töchterchen zu spielen. Ich meine, wer wird für so was schon bezahlt? Niemand. Richtig.

Am anderen Ende der Küche kann man durch die bodentiefen Fenster auf den Ozean blicken. Die reizenden Royal-Söhne sitzen auf vier der zahllosen Stühle und tragen alle eine Uniform: weiße Hemden und Khakihosen. Über den Stuhllehnen hängen blaue Blazer. Und irgendwie schafft es jeder Einzelne von ihnen, irre gut auszusehen. Und gleichzeitig total gefühlskalt.

Das hier ist der Garten Eden. Wunderschön, aber voller Gefahren.

»Wie möchtest du deine Eier essen?«, erkundigt sich Callum. Er steht mit einem Pfannenwender in der Hand am Herd, in der anderen hält er zwei Eier. Sieht nicht so aus, als würde er sich sonderlich wohlfühlen. Ein kurzer Blick zu den Jungs bestätigt meinen Verdacht. Dieser Mann kocht höchst selten.

»Rührei wäre super.« Das kriegt schließlich jeder hin, oder?

Er nickt und deutet dann mit dem Pfannenwender auf den großen Schrank neben ihm. »Da drin sind Obst und Joghurt, und hinter mir stehen die Bagels.«

Als ich die Tür öffne, spüre ich sofort, wie vier wütende Augenpaare sich auf mich richten. Es ist so, als wäre das mein erster Schultag und alle hätten beschlossen, das neue Mädchen zu hassen. Einfach zum Spaß. Das Licht strahlt mir aus dem Kühlschrank entgegen, und ich spüre die kalte Luft an meinem Gesicht. Versteckte Kühlschränke. Okay. Warum auch nicht.

Ich hole eine Packung Erdbeeren heraus und stelle sie auf den Tresen.

Reed wirft seine Serviette vor sich auf den Tisch. »Ich bin fertig! Wen soll ich mitnehmen?«

Die Zwillinge schieben ihre Stühle zurück, aber der andere – Easton, glaube ich – schüttelt den Kopf.

»Ich nehme heute Morgen Claire mit.«

»Jungs«, sagt ihr Vater in warnendem Ton.

»Schon gut!« Ich will nicht, dass wegen mir Streit oder Spannung entsteht.

»Siehst du, Dad. Es ist schon gut«, sagt Reed in beißendem Tonfall, ehe er sich an seine Brüder wendet. »Wir brechen in zehn Minuten auf!«

Sie folgen ihm wie kleine Entenküken. Oder wäre es treffender, sie mit Soldaten zu vergleichen?

»Es tut mir leid.« Callum seufzt. »Ich weiß nicht, weshalb sie so wütend sind. Eigentlich wollte ich dich ja sowieso zur Schule bringen ... Aber ich hatte mir einfach gewünscht, dass sie dir gegenüber ein wenig herzlicher wären.«

Als es plötzlich nach verbranntem Ei riecht, stürzen wir beide an den Herd. »Mist!«, flucht er, und wir sehen auf den unappetitlichen, verkohlten Brei. Er lächelt mich entschuldigend an. »Ich koche nie, aber ich dachte, Eier würde ich hinkriegen. Da habe ich mich wohl getäuscht.«

Er kocht also nie – nur für komische fremde Mädchen, die er mit seinem Flugzeug entführt hat. Kein Wunder, dass die Söhne skeptisch sind.

»Hast du großen Hunger? Mir würden Obst und Joghurt nämlich reichen.«

Frisches Obst habe ich noch nicht oft essen dürfen. Frische Produkte sind eindeutig ein Privileg.

»Ich habe riesigen Hunger.« Er sieht mich auf herzerweichende Weise an.

»Ich könnte ein paar Eier machen« – noch ehe ich den Satz zu Ende gebracht habe, hat er auch schon eine Packung Bacon hervorgezogen. »Eier mit Speck.«

Während ich die Eier brate, lehnt er sich an den Küchentresen.

»Fünf Jungs also, ja? Das ist bestimmt nicht immer einfach.«

»Ihre Mutter ist vor zwei Jahren gestorben. Davon haben sie sich nie ganz erholt, ich auch nicht. Maria war der Klebstoff, der uns zusammengehalten hat.« Er fährt sich mit der Hand durchs Haar. »Ehe sie gestorben ist, war ich nicht viel hier. Mit *Atlantic Aviation* lief es nicht besonders gut, und ich musste rund um den Erdball jetten, um Aufträge an Land zu ziehen.« Er seufzt. »Das Unternehmen habe ich retten können. Bei der Familie ... dauert es noch ein wenig.«

Wie ich die Situation bis jetzt einschätze, würde ich mir an seiner Stelle nicht zu viel Hoffnung machen. Aber seine elterlichen Qualitäten gehen mich nichts an. Ich gebe einen undefinierbaren Laut von mir, eine Mischung aus Gurgeln und Krächzen, und Callum nimmt das als Ansporn weiterzuerzählen.

»Gideon ist der Älteste. Der ist die meiste Zeit im College, am Wochenende kommt er aber heim. Ich denke mal, dass er ein Techtelmechtel irgendwo in der Stadt hat, aber ich weiß nicht, wer es ist. Du lernst ihn wahrscheinlich heute Abend kennen.«

Noch mehr irre Royal-Söhne! Nichts lieber als das! »Das wäre schön.« Ungefähr so schön wie eine Magenspiegelung ohne Narkose.

»Ich würde dich jetzt gern zur Schule bringen und dich dort anmelden. Dann hat meine Freundin Brooke angeboten, dich zum Shoppen mitzunehmen. Zur Schule kannst du dann wohl ab Montag gehen.«

»Bin ich sehr im Rückstand?«

»Der Unterricht hat vor zwei Wochen begonnen. Ich habe deine Noten gesehen und vermute, dass du keinerlei Probleme haben dürftest.«

»Deine Privatdetektive müssen ziemlich gut sein, wenn sie sich sogar meine Noten beschaffen konnten.« Ich starre finster auf die Pfanne.

»Na, du bist ziemlich oft umgezogen. Aber sobald ich den vollen Namen deiner Mutter in Erfahrung gebracht hatte, war es eigentlich ganz einfach.«

»Mom hat sich um mich gekümmert, so gut sie konnte.« Ich recke trotzig mein Kinn in die Luft.

»Sie hat gestrippt. Hat sie dich gezwungen, das auch zu tun?« Callum klingt richtig aggressiv.

»Nein, das war meine eigene Idee.« Ich lasse die gebratenen Eier auf seinen Teller klatschen. Seinen blöden Schinken kann er sich selbst braten! Niemand macht meine Mom schlecht, nur dass das klar ist!

Callum packt mich am Arm. »Sieh mal, ich …«

»Störe ich?«, höre ich da plötzlich eine kalte Stimme vom Eingang her fragen. Reed. Ich wirble herum und sehe, dass seine Augen seinem eisigen Tonfall zum Trotz glühen. Nein, es gefällt ihm gar nicht, dass ich so nah bei seinem Dad stehe. Ich weiß, dass das unmöglich von mir ist, aber ich drücke mich direkt noch ein bisschen näher an Callum. Der ist so beschäftigt mit seinem Sohn, dass mein Annäherungsversuch ihn nicht weiter zu interessieren scheint. Reeds zusammengekniffene Augen hingegen verraten mir, dass die Message angekommen ist.

Ich lege meine Hand auf Callums Schulter. »Nein, ich mache deinem Dad nur gerade Frühstück.« Dazu lächle ich ihn zuckersüß an.

Wenn es überhaupt möglich ist, dann schaut Reed jetzt noch finsterer. »Ich habe nur mein Jackett vergessen.« Er stakst hinüber zum Tisch und schnappt sich die Jacke.

»Dann bis später in der Schule, Reed!«, flöte ich.

Er bedenkt mich mit einem weiteren Funkeln, ehe er die Biege macht. Ich ziehe meine Hand von Callums Schulter, und er sieht mich amüsiert an.

»Du spielst mit dem Feuer.«

Ich zucke mit den Achseln. »Er hat angefangen.«

Callum schüttelt den Kopf. »Und ich dachte, es ist hart, fünf Jungs großzuziehen. Ich hatte keine Ahnung, was?«

6. Kapitel

Callum bringt mich zu der Schule, die ich die nächsten zwei Jahre über besuchen soll. Na ja, streng genommen fährt uns auch dieses Mal wieder Durand. Callum und ich sitzen auf der Rückbank, und er blättert einen Stapel Unterlagen durch, während ich aus dem Fenster starre und versuche, nicht daran zu denken, was vorhin zwischen Reed und mir im Schlafzimmer passiert ist.

Zehn Minuten später hebt Callum den Blick. »Sorry, ich muss mich nur wieder ein bisschen einarbeiten. Nach Steves Tod habe ich mir eine Auszeit genommen, und jetzt macht mir der Vorstand die Hölle heiß, weil sie wollen, dass ich die Sache wieder in die Hand nehme.«

Ich würde ihn gern fragen, wie Steve so war, ob er nett war, woran er Spaß hatte, warum er meine Mom sitzen gelassen hat und nie zurückgekommen ist. Aber ich halte den Mund. Ein Teil von mir will gar nicht zu viel von meinem Vater erfahren. Denn dann würde er ... real werden. Vielleicht sogar *gut*. Da ist es viel einfacher, wenn er der Idiot bleibt, der meine Mom im Stich gelassen hat.

Ich deute auf die Unterlagen. »Sind das die Pläne für deine Flugzeuge?«

Er nickt. »Wir entwerfen gerade einen neuen Kampfjet. Die Army hat einen bestellt.«

Himmel, der Kerl baut nicht einfach nur Flugzeuge, es müssen natürlich auch noch Kampfjets sein. Das bedeutet richtig viel Kohle. Aber bei dem Palast, in dem er wohnt, sollte mich das auch nicht weiter wundern.

»Und mein Va... – äh, Steve. Hat der auch Flugzeuge entworfen?«

»Der war eher im Testsektor beschäftigt. Da hänge ich bis zu einem gewissen Punkt auch mit drin, aber dein Vater war ein richtig leidenschaftlicher Flieger.«

Okay, mein Vater ist gern geflogen. Diese Info speichere ich ab.

Als er merkt, dass es mir die Sprache verschlagen hat, schlägt Callum einen sanfteren Tonfall an. »Du kannst mich über ihn fragen, was auch immer du willst, Ella. Ich habe Steve besser gekannt als jeder andere.«

»Ich weiß nicht, ob ich schon bereit dafür bin«, erwidere ich ausweichend.

»Verstehe. Aber wenn es so weit ist, dann können wir gern drüber reden. Er war ein toller Mann.«

Ich verkneife mir den Kommentar, dass er so toll ja nicht gewesen sein kann, wenn er mich nie gesucht hat. Ich will jetzt nicht mit Callum darüber diskutieren.

Mein Gehirn ist sofort wie leer gefegt, als das Auto bei einem Tor ankommt, das mindestens zwanzig Meter hoch ist. So leben die Royals also? Indem sie von einem Tor zum nächsten gebracht werden? Wir fahren durch und folgen dem Verlauf einer gepflasterten Straße, die vor einem massiven Gebäude gotischer Bauart endet, das von Efeu überwuchert ist. Als wir aus dem Auto steigen, sehe ich mich um und stelle fest, dass noch eine Menge ähnlich aussehender Häuser auf dem makellosen Campus der

Astor Park Prep Academy stehen. Davor liegt eine weitläufige Rasenfläche – ich vermute mal, dass daher der Zusatz *Park* kommt.

»Bleib in der Nähe«, sagt Callum zu Durand durch das offene Fenster. »Ich rufe dich an, wenn wir bereit zum Aufbruch sind.«

Der schwarze Wagen gleitet davon, und Callum wendet sich an mich. »Beringer, der Schulleiter, erwartet uns schon.«

Mit offenem Mund folge ich ihm die Stufen hinauf bis zur Eingangstür. Die Schule ist total verrückt. Es stinkt hier regelrecht nach Geld und einem privilegierten Leben. Der perfekt gepflegte Rasen und der massive Vorhof sind vollkommen verlassen, wahrscheinlich sind schon alle im Unterricht. Auf einem der weit entfernten Sportfelder kann ich den verschwommenen Umriss einer Uniform ausmachen. Anscheinend wird da Football gespielt.

Callum folgt meinem Blick. »Machst du irgendeinen Sport?«

»Ähm, nee. Also, ich bin nicht total unsportlich, ich habe früher getanzt und Gymnastik gemacht. Aber ich bin nicht besonders gut darin.«

Er zieht einen Flunsch. »Das ist aber schade. Wenn du einem Team oder einer anderen Gruppe beitrittst, kannst du dir den Sportunterricht sparen. Ich werde mich mal erkundigen, ob du bei den Cheerleadern mitmachen darfst – ich wette, darin wärst du richtig gut.«

Eine Cheerleaderin? Na klar. Dafür braucht man ordentlich Elan, und den habe ich gerade überhaupt nicht.

Wir treten in die Eingangshalle, die Schauplatz in jedem Collegefilm sein könnte. Riesige Porträts von ehemaligen Schülern hängen an den holzvertäfelten Wänden, und das Parkett unter unseren Füßen ist auf Hochglanz poliert. Ein paar Jungs in dunkelblauen Jacketts schlendern vorbei und sehen mich neugierig an.

»Reed und Easton spielen Football – und unser Team ist die Nummer eins in den Vereinigten Staaten! Die Zwillinge interessieren sich eher für Lacrosse«, berichtet Callum weiter. »Könnte also passieren, dass du sie anfeuern musst, wenn du bei den Cheerleadern aufgenommen wirst.«

Ob er wohl weiß, dass das nicht gerade ein Pluspunkt ist? Auf keinen Fall hüpfe ich herum und juble einem Royal-Arschloch zu!

»Vielleicht«, murmele ich. »Aber ich will mich lieber aufs Lernen konzentrieren.«

Callum marschiert so zielstrebig in den Warteraum vor dem Büro des Schulleiters, als wäre er schon hundertmal da gewesen. Na, wahrscheinlich war er das auch. Immerhin begrüßt ihn die weißhaarige Sekretärin, als wären sie alte Freunde.

»Mr Royal, wie schön, Sie hier zu sehen! Und dann zur Abwechslung auch mal mit guten Neuigkeiten!«

Er grinst schief. »Wie wahr, wie wahr. Ist François bereit für unseren Besuch?«

»Ist er. Gehen Sie ruhig rein.«

Das Treffen mit dem Direktor läuft entspannter ab, als ich gedacht hätte. Ob Callum den Typen wohl bestochen hat, damit er nicht zu viele Fragen zu meiner Vergangenheit stellt? Zwei, drei Dinge muss er ihm aber erzählt haben, denn er fragt mich, ob ich Ella Harper oder O'Halloran genannt werden möchte.

»Harper«, erwidere ich steif. Den Namen werde ich auf keinen Fall aufgeben! Schließlich hat meine Mom mich großgezogen, nicht Steve.

Ich kriege meinen Stundenplan ausgehändigt, zu dem

auch Sportunterricht gehört. Obwohl ich protestiere, erzählt Callum Direktor Beringer, dass ich gern den Cheerleadern beitreten würde. Himmel. Was hat der Typ nur gegen Sportunterricht?!

Sobald wir fertig sind, schüttelt Beringer meine Hand und erklärt mir, dass schon eine Schülerin auf mich wartet, um mir eine kurze Führung zu geben. Ich sehe panisch zu Callum, aber er bemerkt mich gar nicht richtig – weil er zu beschäftigt damit ist, sich darüber auszulassen, wie verflucht tricky das neunte Loch ist. Anscheinend sind er und der Direx alte Golfkumpel. Er winkt mir kurz zum Abschied zu und meint dann, Durand werde mich später nach Hause bringen.

Als ich aus dem Büro trete, beiße ich mir auf die Lippe. Ich weiß nicht, was ich von dieser Schule halten soll. Natürlich ist mir klar, dass sie karrieretechnisch gesehen eine super Adresse ist. Aber alles andere … Die Uniformen, der schicke Campus … Da passe ich überhaupt nicht dazu. Eigentlich ist mir das sowieso schon klar, und meine Vermutung bestätigt sich einmal mehr, als ich meine neue Mitschülerin treffe, die mich herumführen soll.

Sie trägt den marineblauen Rock und eine weiße Bluse, die zur Schuluniform gehören, und alles an ihr schreit nur so nach Reichtum – von dem perfekt gepflegten Haar bis zu ihren Fingernägeln im Frenchstyle. Sie stellt sich als Savannah Montgomery vor – »Ja, genau *die* Montgomerys«, sagt sie und setzt natürlich voraus, dass ich sie kenne. Ich habe leider keinen blassen Schimmer.

Sie ist etwa so alt wie ich und nimmt mich genüsslich unter die Lupe. Als sie meine enge Jeans und mein Tanktop mustert, rümpft sie die Nase. Auch meine gefütterten Stiefel, mein Haar und mein hastig aufgetragenes Make-up halten ihrem prüfenden Blick nicht Stand.

»Deine Uniformen bekommst du dieses Wochenende nach Hause geliefert«, meint sie. »Den Rock muss man leider tragen, aber bei der Länge kann man ein bisschen tricksen.« Sie zwinkert mir zu und streicht über den Saum ihres Rocks, der kaum den unteren Teil ihrer Oberschenkel bedeckt. Bei allen anderen Mädchen, die ich bis jetzt hier gesehen habe, haben die Röcke bis an ihre Knie gereicht.

»Wie denn? Indem man dem Lehrer einen bläst und dann eine Art Freischein kriegt?«, erkundige ich mich höflich.

Ihre eisblauen Augen weiten sich alarmiert. Dann lacht sie unbeholfen. »Ähm, nein. Man steckt einfach Beringer einen Hunderter zu, wenn sich jemand beschwert, und dann drückt er ein Auge zu.«

Was für eine schöne Welt das sein muss, in der man Leuten mal eben so einen Hunderter zusteckt und daraufhin sofort alles geritzt ist. Ich bin ja eher Ein-Dollar-Noten gewöhnt. Die wurden mir beim Strippen immer unter meinen Stringtanga geschoben.

Aber diese Information behalte ich lieber für mich.

»Wie dem auch sei. Ich zeige dir jetzt mal alles«, sagt sie. Allerdings scheint sie schon nach wenigen Minuten die Lust an der Tour zu verlieren. Ihr geht es um etwas ganz anderes: Sie will mich ein bisschen in die Mangel nehmen.

»Klassenzimmer, Klassenzimmer, Damentoilette.« Sie deutet mit ihren perfekt manikürten Fingern auf die jeweiligen Türen. »Callum Royal ist jetzt also dein rechtmäßiger Vormund? ... Klassenzimmer, Klassenzimmer, Aufenthaltsraum der elften Klasse ... Wie kam es dazu?«

»Er kannte meinen Vater«, erwidere ich knapp.

»Das war sein Geschäftspartner, stimmt's? Meine Eltern waren auf seiner Trauerfeier.« Savannah wirft ihr kastanienbraunes Haar über ihre Schulter und stößt eine Reihe anderer Türen auf.

»Das hier sind die Klassenzimmer des untersten Jahrgangs«, meint sie. »Hier wirst du aber nicht viel Zeit verbringen. Die Räume der zehnten Klasse liegen im Ostflügel. Du lebst also bei den Royals, ja?«

»Jepp.« Ich gehe nicht weiter ins Detail.

Wir flitzen an ein paar langen Schließfächerreihen vorbei, die nicht das Geringste mit den engen, rostigen Fächern der staatlichen Schulen zu tun haben, die ich in den letzten Jahren besucht habe. Diese hier sind marineblau und dreimal so groß wie die, die ich kenne. Und sie glänzen im Sonnenlicht, das durch die Glaswand in den Flur fällt.

Und schon sind wir wieder draußen, laufen über einen kopfsteingepflasterten Weg, der durch eine Allee führt. Savannah deutet auf ein anderes efeubedecktes Gebäude. »Das ist der Flügel der elften Jahrgangsstufe. Da findet dein Unterricht hauptsächlich statt. Außer Sport – die Sporthalle befindet sich auf dem Südhang.«

Ostflügel. Südhang. Ganz schön albern!

»Hast du die Jungs schon kennengelernt?« Sie bleibt abrupt stehen und sieht mich aus zusammengekniffenen Augen an. Aha. Sie checkt mich also schon wieder aus.

»Ja. Hat mich aber nicht sonderlich beeindruckt.«

Sie lacht überrascht auf. »Da bist du aber eine ziemliche Ausnahme!« Ihr Blick verhärtet sich. »Das Erste, was du über *Astor* wissen solltest, ist: Die Royals finanzieren diese Schule, Eleanor.«

»Ella«, korrigiere ich.

Sie winkt entnervt ab. »Na, wie dem auch sei. Die machen die Regeln und sorgen dafür, dass sie eingehalten werden.«

»Und ihr folgt ihnen wie die Lämmer, oder was?«

Ihr Mund verzieht sich. »Wenn du das nicht machst, hast du hier vier richtig üble Jahre.«

»Mir sind ihre Regeln piepegal«, sage ich mit einem Achselzucken. »Ich lebe zwar bei ihnen, aber ich kenne sie überhaupt nicht und lege auch keinerlei Wert darauf. Ich will hier einfach nur meinen Abschluss machen.«

»Okay, dann ist es wohl Zeit für eine weitere Lektion in Sachen *Astor*.« Sie zuckt ebenfalls mit den Schultern. »Ich bin gerade nur so nett zu dir, weil ...«

Wie bitte? Nett?!

»... Reed noch nicht die royalsche Verfügung bekannt gegeben hat.«

Ich ziehe die Augenbrauen hoch. »Und was bedeutet das?«

»Das heißt, ein Wort von ihm genügt, und du bist an dieser Schule ein absoluter Niemand. Unbedeutend. Unsichtbar. Oder schlimmer.«

Jetzt muss ich aber wirklich lachen. »Und das soll mir Angst machen, ja?«

»Nein, das ist einfach nur die Wahrheit! Wir haben schon darauf gewartet, dass du hier auftauchst. Tatsächlich wurden wir gewarnt, erst mal die Füße stillzuhalten, bis eine andere Anweisung kommt.«

»Und von wem, von Reed vielleicht? Dem König von *Astor Park*? Huch, ich mache mir in die Hosen vor Angst!«

»Sie haben in Bezug auf dich noch keine Entscheidung getroffen. Werden sie aber bald. Ich kenne dich gerade einmal fünf Minuten und weiß jetzt schon, was sie sagen werden.« Sie grinst. »Frauen haben nun einmal den sechsten Sinn. Wir wissen schnell, mit wem wir es zu tun haben.«

Ich grinse. »Geht mir ganz genauso.«

Wieder starrt sie mich ein paar Sekunden lang an – lang genug, um ihr nonverbal klarzumachen, dass ich darauf pfeife, was sie, Reed oder die werte Schülerschaft von mir halten mögen. Dann wirft sie wieder ihr Haar über die Schulter und schenkt mir ihr strahlendstes Lächeln.

»Komm, Eleanor, ich zeige dir das Football-Stadion. Das ist echt der Wahnsinn!«

7. Kapitel

Savannahs Tour endet mit einer Besichtigung des olympiatauglichen Schwimmbads. Wenn sie etwas an mir gut findet, dann meine Figur. Der unterernährte Look sei momentan total angesagt, teilt sie mir auf ihre brüske Art mit. Vielleicht ist das einfach ein Charakterzug von ihr und hat nichts damit zu tun, dass sie mich nicht leiden kann?

»Vielleicht hältst du mich für eine Bitch, aber ich bin einfach ehrlich. Die *Astor Park Prep Academy* ist eine vollkommen andere Art von Highschool. Ich schätze mal, du warst vorher auf einer staatlichen?« Sie deutet auf meine billigen Discounter-Jeans.

»Ja, aber ist doch egal, oder? Schule ist Schule. Ich hab es schon verstanden. Es gibt verschiedene Cliquen, die beliebsten Kids, die reichen Kids ...«

Sie hebt die Hand, um mich zum Schweigen zu bringen. »Nein. Du hast wirklich keine Ahnung, man kann das hier mit nichts vergleichen. Die Sporthalle, die wir angesehen haben, zum Beispiel ...« Ich nicke. »Die war eigentlich fürs Football-Team gedacht, aber Jordan Carringtons Familie hat sich darüber wahnsinnig echauffiert, und daraufhin wurde bestimmt, dass sie zu gewissen Zeiten öffentlich zugänglich ist. Zwischen fünf und acht Uhr morgens und zwischen zwei und acht Uhr abends ist sie nur für Football reserviert. Ansonsten dürfen auch Normalsterbliche rein. Nett, oder?«

Das mit dem zeitlich begrenzten Einlass klingt so lächerlich, dass ich mir nicht sicher bin, ob das alles ein Scherz sein soll.

»Warum hatten die Carringtons darauf überhaupt Einfluss?«, frage ich neugierig.

»Die *Astor Park* ist nun mal eine Privatschule.« Savannah läuft einfach immer weiter. Anscheinend gibt es bei ihr keinen Stopp-Knopf. »Jede Familie will ihre Kinder in diese Schule stecken, aber das ist eine höchst exklusive Angelegenheit. Geld allein reicht da nicht aus. Alle Schüler hier, sogar die mit Stipendium, gehen auf die Schule, weil sie etwas Besonderes zu bieten haben. Entweder bist du gut im Football oder super in Wissenschaft, sodass du vielleicht der Wissenschafts-AG dabei behilflich sein kannst, irgendwelche Preise zu gewinnen. Das wiederum bringt Aufmerksamkeit bei der Presse. Jordan zum Beispiel ist die Leiterin der Tanzgruppe – die meiner Meinung nach eher billige Stripshows veranstaltet.«

Wollen wir mal hoffen, dass Callum mir nicht deswegen vorgeschlagen hat, der Gruppe beizutreten!

»Aber sie gewinnen gar nicht so selten, und *Astor* sieht seinen Namen nun mal gern in der Zeitung.«

»Und was habe ich dann hier zu suchen?«, murmele ich.

Savannah scheint Ohren wie ein Luchs zu haben. Sie stößt die Eingangstür auf. »Na, du bist eben auch irgendwie eine Royal. Was für eine Art Royal, werden wir sehen ... Auf jeden Fall frisst dich diese Schule mit Haut und Haar, wenn du zu schwach bist. Ich würde also vorschlagen, dass du deinen Status als Royal voll auskostest, selbst wenn du die Dinge, die dir zustehen, mit Gewalt einfordern musst.«

Eine Autotür wird zugeknallt, und eine strichdünne, platinblonde Frau stakst in hautengen Jeans und turmhohen Stilettos herein.

»Hallo, ähm ...« Sie hält die Hand an ihre Stirn, als müsste sie sich vor der Sonne schützen. Absolut lächerlich, wenn man bedenkt, dass sie eine riesige Sonnenbrille trägt.

»Das ist Callum Royals Freundin«, flüstert mir mein Tourguide leise zu. »Du musst nicht nett zu ihr sein. Sie ist unter aller Kanone.«

Mit dieser letzten Weisheit entschwindet Savannah und überlässt mich der Obhut dieser Frau.

»Du musst Elaine sein. Ich bin Brooke, Callums Freundin. Ich gehe mit dir shoppen.« Sie klatscht in die Hände, als wäre das der aufregendste Moment ihres Lebens.

»Ella«, korrigiere ich sie trocken.

»Oh, tut mir irre leid! Das mit den Namen kriege ich einfach nie auf die Reihe.« Sie strahlt mich an. »Wir werden heute eine Menge Spaß haben!«

Ich habe da meine Zweifel. »Ähm. Wir müssen nicht unbedingt shoppen gehen. Ich warte auch gern hier an der Schule, bis der Bus kommt.«

»O, du Süße!«, zwitschert sie. »Hier fahren keine Busse! Außerdem hat Callum gesagt, dass wir einkaufen gehen sollen, und dann machen wir das auch.« Sie packt mich erstaunlich energisch am Arm und zerrt mich zur Limousine. Drin sitzt natürlich Durand. Langsam schließe ich ihn echt ins Herz.

»Hey, Durand!« Ich winke ihm zu. »Sag mal, Brooke, wie wäre es, wenn ich mich vor zu Durand setze und du dich währenddessen auf der Rückbank ausruhst?«

»Nein. Ich will dich kennenlernen.« Sie schubst mich auf den Rücksitz und setzt sich neben mich. »Erzähl mir alles.«

Ich unterdrücke einen Seufzer, weil ich eigentlich überhaupt keine Lust auf Small Talk mit Callums Schnitte habe. Andererseits hat mir Brooke nichts getan. Normalerweise bin ich auch nicht so voreingenommen, doch wahrscheinlich bin ich gerade einfach übervorsichtig. Überhaupt klingt es ganz so, als würde Brooke besser zu mir passen als die Royals, wenn schon irgendwelche Klassenkameradinnen der Jungs sie als *unter aller Kanone* bezeichnen. Irgendwie wirkt sie ganz schön jung. So jung, dass Callum fast ihr Vater sein könnte.

»Ach, da gibt es nicht viel zu sagen«, erwidere ich achselzuckend. »Ich bin Ella Harper, und Callum sagt, dass Steve O'Halloran mein Vater ist.«

Brooke nickt. »Ja, das hat er mir heute Morgen gesagt. Ist das nicht toll? Er hat erzählt, dass er dich erst kurz vorher ausfindig gemacht hat und dass er wahnsinnig aufgeregt war, als er erfahren hat, dass deine Mutter tot ist.« Sie greift nach meiner Hand und lächelt mich zaghaft an. »Meine Mutter ist gestorben, als ich dreizehn war. Es ging mir hundeelend, und ich kann mir vorstellen, wie du dich fühlst.«

Als sie meine Hand drückt, spüre ich, wie sich in meinem Hals ein dicker Kloß bildet. Ehe ich antworten kann, muss ich zweimal heftig schlucken. »Mein Beileid.«

Einen Moment lang schließt sie die Augen, als müsste sie sich erst wieder fangen. »Na, jetzt sind wir beide besser dran, oder? Callum hat mich gerettet, genau wie dich, weißt du?«

»Hast du etwa auch gestrippt?«, platzt es aus mir heraus.

Brookes Augen weiten sich, und sie lacht einmal laut auf, ehe sie sich die Hand vor den Mund schlägt. »Hast du das etwa gemacht?!«

»Na ja, ich habe mich nicht komplett ausgezogen.« Ich

zucke zusammen, als sie weiterkichert, und wünsche mir, ich hätte dieses Thema nie angeschnitten.

Sie sammelt sich und klopft auf meine Hand. »Es tut mir leid, dass ich gelacht habe. Dabei ging es weniger um dich als um Callum! Der hat sich garantiert zu Tode erschreckt, als er dich beim Strippen gesehen hat! Da versucht er, seinen fünf Söhnen ein guter Vater zu sein, und dann so was.«

Mit knallrotem Gesicht wende ich mich ab und sehe hinaus. Schlimmer hätte es heute nicht laufen können. Erst der aggressive Auftritt von Reed und die damit verbundenen, verwirrenden Gefühle, dann die herablassende Art von Savannah und jetzt auch noch mein peinliches Geständnis an Callums Freundin. Ich hasse es, irgendwo zu sein, wo ich nicht hingehöre. Der erste Tag an der neuen Schule. Die erste Busfahrt. Das erste …

Ein Klopfen an meiner Stirn reißt mich aus meinen Gedanken.

»Hey. Verlier dich nicht zu sehr in deinen Grübeleien, Süße.«

Ich sehe Brooke an. »Keine Sorge«, meine ich.

»Bullshit«, sagt sie erstaunlich leise und sanft, um dann meine Wange zu streicheln. »Ich habe nicht gestrippt, aber das liegt nur daran, dass ich weitaus schlimmere Dinge getan habe als du. Ich werde dich bestimmt nicht dafür verurteilen, kein bisschen. Das Wichtigste ist, dass du da nicht mehr hingehen musst und es auch in Zukunft nicht mehr nötig sein wird. Wenn du jetzt die richtigen Schachzüge machst, dann wird es das Leben gut mit dir meinen. Wirst schon sehen.« Sie gibt mir einen kleinen Klaps. »Und jetzt lächle doch mal! Wir gehen shoppen!«

Wenn ich ehrlich bin, klingt das irgendwie doch ganz gut. »Wird es teuer sein?« Ich war schon mal in einer Shoppingmall und weiß, dass da schnell ein schönes Sümmchen zusammenkommen kann – selbst wenn Schlussverkauf ist. Na, ich habe ja schon eine Schuluniform, also brauche ich nur zwei oder drei andere Outfits. Noch ein Paar Hosen. Ein, zwei T-Shirts. Weil wir so nah am Meer wohnen, wäre ein Badeanzug noch gut. Das könnte schon ein paar Hundert Dollar kosten.

Brookes Gesicht leuchtet auf. Sie zieht eine Karte hervor und wedelt damit vor meinem Gesicht herum. »Falsche Frage! Das geht alles auf Callums Rechnung, und vertrau mir: Auch wenn er immer wieder erzählt, dass sein Unternehmen vor ein paar Jahren beinahe bankrottgegangen wäre – dieser Mann könnte locker die ganze Shoppingmall kaufen und hätte immer noch genug Kohle, um sich die teuersten Nutten leisten zu können.«

Mir fehlen die Worte.

Schließlich landen wir in einer Mall außerhalb der Stadt. Hier gibt es kleine Shops mit kleinen Klamöttchen und enormen Preisen. Als ich mich nicht dazu durchringen kann, irgendetwas davon zu nehmen – tausendfünfhundert Dollar für ein Paar Schuhe? Woraus bestehen sie, aus Gold?! –, übernimmt Brooke das Ruder und schiebt ein Teil nach dem anderen über den Verkaufstresen. Nach einer Weile stehen da so viele Taschen und Boxen, dass ich wirklich Angst habe, dass Durand ein Umzugsunternehmen anheuern muss. Nach dem zehnten Laden bin ich vollkommen k.o., und wenn ich mir Brookes Schnaufen so anhöre, dann vermute ich mal, dass es ihr ähnlich geht.

»Ich setze mich hier hin und gönne mir eine kleine Erfrischung, während du weitershoppst«, meint sie und lässt sich auf einen der Samtsessel fallen. Sie winkt einer der Verkäuferinnen, die sofort auf sie zustürzt.

»Was darf ich Ihnen bringen, Ms Davidson?«

»Einen Mimosa, bitte.« Mir streckt sie die schwarze Kreditkarte entgegen, mit der wir schon so viel bezahlt haben, dass es mich fast wundert, dass sie noch nicht geschmolzen ist. »Los, los, los, kauf weiter! Callum wird irre enttäuscht sein, wenn wir nicht mit einer Lkw-Ladung Klamotten zurückkommen. Er hat mir extra gesagt, dass du eine komplette Ausstattung brauchst.«

»Aber ich …« Ich bin hier total überfordert! Bei Walmart und meinetwegen Gap kenne ich mich ja noch aus, aber hier?! Diese Klamotten sehen viel zu teuer aus, um sie überhaupt anzuziehen. Für Brooke allerdings scheint das Thema erledigt zu sein. Sie und die Verkäuferin sind in eine heftige Debatte darüber verstrickt, ob grauer Flanell oder grauer Tweed diesen Herbst angesagter ist.

Widerstrebend greife ich nach der Kreditkarte, die mehrere Tonnen zu wiegen scheint. Zitternd und bebend kaufe ich noch ein paar weitere Kleidungsstücke und bin ehrlich erleichtert, als Durand zurückkommt, um uns abzuholen.

Auf der Heimfahrt redet Brooke weiter auf mich ein und gibt mir Tipps für schicke Kombinationen, die wie *direkt vom Laufsteg* aussehen. Bei ein paar Ideen muss ich richtig kichern, und ich stelle erstaunt fest, dass der Ausflug mit Brooke gar nicht mal so übel war. Sie ist vielleicht ein bisschen überenthusiastisch und neigt generell zu Übertreibungen. Aber es war wirklich unfair, Callums Geschmack ihretwegen infrage zu stellen. Auf jeden Fall wird es mit Brooke nicht langweilig.

»Danke fürs Fahren, Durand«, sage ich, als wir vor dem Haus parken.

Durand hilft Brooke aus dem Auto und die Treppe hinauf, und ich trotte ihnen hinterher wie ihr Schoßhündchen.

»Ich kümmere mich um die Taschen«, teilt er mir über

seine Schulter hinweg mit. Uff. Ich sollte mir dringend einen Job besorgen. Vielleicht wird alles wieder etwas normaler, wenn ich mein eigenes Geld verdiene und ein paar richtige Freunde gefunden habe.

Als ich früher von der Zukunft geträumt habe, habe ich dabei nicht an Limousinen, Paläste, fiese Mädchen und Designerlabel gedacht. Das war viel zu weit entfernt von meiner Lebensrealität ...

Callum wartet schon in der Eingangshalle, als Durand meine Taschen hineinträgt und wir hinter ihm hertappen.

»Danke für Ihre Hilfe«, sagt Callum zu seinem Fahrer.

»Darling!« Brooke schlingt ihre Arme um Callums Hals. »Wir hatten so viel Spaß!«

Callum nickt wohlwollend. »Prima!« Er späht in meine Richtung. »Gideon ist nach Hause gekommen. Ich möchte, dass du ihn kennenlernst ... Ohne irgendwelche Ablenkungen. Danach könnten wir uns einen späten Lunch gönnen, wenn du magst.«

»Gideon?« Brookes Augen leuchten auf. »Es ist Ewigkeiten her, seit ich den Süßen zum letzten Mal gesehen habe!« Sie stellt sich auf die Zehenspitzen und gibt Callum ein Küsschen. »Deine Idee in punkto Lunch klingt toll. Ich kann's kaum erwarten!«

Brookes Ansage treibt mir beinahe die Röte ins Gesicht, und auch Callum hustet unbeholfen.

»Komm, Ella. Zeit, meinen ältesten Sohn kennenzulernen.« Er klingt so stolz, dass ich ihm neugierig in den hinteren Teil des Gartens folge. Vor uns liegt ein herrlicher blau-weiß gekachelter Swimmingpool, umgeben von einem perfekt gepflegten Rasen. Durch den Pool pflügt sich eine Art menschlicher Pfeil mit kraftvollen Schwimmzügen. Neben mir seufzt Brooke auf – oder ist es eher ein Stöhnen? Würde Sinn machen, wenn man sich den muskulösen

Rücken des ältesten Royal-Sohns so ansieht. Macht bestimmt auch keine üble Figur, wenn er in Badehose direkt vor einem steht!

Okay, jetzt verstehe ich Brookes Reaktion – aber ist es dann nicht ein bisschen creepy, dass sie mit seinem Vater zusammen ist? Erwachsene sind echt kompliziert, das muss ich schon sagen. Aber es ist nicht an mir, ihre Beziehungen zu beurteilen.

Nach zwei weiteren Bahnen stemmt Gideon sich aus dem Pool. In seiner Speedo-Badehose kann man leicht erkennen, dass dieser Typ ordentlich ausgestattet ist.

»Dad.« Er rubbelt sich mit dem Handtuch sein Gesicht trocken und legt es sich dann um den Nacken. Er scheint nicht zu bemerken, dass sich um ihn herum auf der Terrasse eine Wasserlache bildet. Oder es ist ihm egal.

»Gideon, das ist Ella Harper, Steves Tochter.«

Er wirft mir einen Blick zu. »Du hast sie also gefunden.«

»Habe ich.«

Sie sprechen über mich, als wäre ich ein streunender Hund.

Callum legt seine Hand auf meine Schulter und schiebt mich nach vorn.

»Freut mich, dich kennenzulernen, Gideon«, sage ich und wische kurz meine Hand an meiner Hose ab, ehe ich sie ihm entgegenstrecke.

»Gleichfalls.« Er schüttelt meine Hand, und obwohl er einen kühlen Ton angeschlagen hat, finde ich ihn viel freundlicher als die anderen Bewohner dieses Hauses – von seinem Vater mal abgesehen. »Ich muss ein paar Anrufe erledigen«, meint er zu Callum. »Aber vorher brauche ich dringend eine Dusche. Bis später, Leute!«

Er rauscht an uns vorbei, und es erschreckt mich beinahe, wie gierig Brooke ihm nachsieht. Ihr sehnsuchtsvoller

Blick erinnert mich daran, wie meine Mom in einem Schaufenster irgendein extravagantes Kleid angesehen hat, das sie sich nicht leisten konnte.

Callum scheint davon nichts mitzubekommen. Er konzentriert sich ganz auf mich, während ich nicht aufhören kann, über Brookes Gesichtsausdruck nachzudenken. Sie steht total auf Callums Sohn. Bin ich denn die Einzige, der das auffällt?

Schluss damit, Ella! Kümmere dich um deinen eigenen Kram!

»Wie wäre es jetzt mit einem Happen?«, schlägt Callum vor. »Nur fünf Minuten von hier gibt es ein kleines Café, die haben dort tolles frisches Essen. Direkt vom Acker auf den Teller sozusagen. Und es ist wunderbar leicht.«

»Klar.« Nichts wie weg hier!

»Ich komme auch mit!«, blökt Brooke.

»Wenn es dir nichts ausmacht, Brooke, dann möchte ich gern mit Ella allein sein.« Sein Ton macht unmissverständlich klar, dass es daran nichts zu rütteln gibt. Er hat es entschieden, also wird es so gemacht. Basta.

8. Kapitel

Das Essen mit Callum ist netter als erwartet. Er erzählt mir mehr über Steve, obwohl ich ihn nicht danach gefragt habe, und gesteht mir, dass es ihm guttut, über ihn zu sprechen. Außerdem gibt er zu, dass er seine Söhne und seine Frau zwar manchmal vernachlässigt hat, aber für Steve immer sofort alles stehen und liegen gelassen hat. Anscheinend haben sie seit ihrer Zeit als Navy SEALS zusammengehalten wie Pech und Schwefel. Er erklärt mir, dass BUD/S ein Trainingsprogramm der Navy und die Abkürzung für *Basic Underwater Demolition/SEALS* ist. Zum Ende des Essens hin habe ich schon einen konkreteren Eindruck von Royal senior: Er ist hingebungsvoll, zielstrebig und hat sein eigenes Leben dennoch selbst nicht so richtig im Griff. Über seine Söhne sprechen wir nicht, aber als das Tor der Einfahrt aufschwingt, versteife ich mich sofort.

»Sie werden sich schon wieder einkriegen«, sagt Callum in möglichst beschwingtem Tonfall.

Wir finden die Jungs in einem großen Zimmer am Ende des rechten Flügels. Im *Spielzimmer*, wie Callum es nennt.

Trotz der schwarzen Wände wirkt auch dieser Raum riesig. Die Jungs begrüßen uns mit eisigem Schweigen, und

Callums beruhigende Worte von zuvor erscheinen mir plötzlich vollkommen sinnlos.

»Na, was habt ihr Jungs heute vor?«, fragt Callum betont locker.

Erst einmal gibt keiner auch nur einen Mucks von sich. Die Jüngeren sehen alle zu Reed, der an einen Barhocker gelehnt dasteht. Gideon steht hinter der Bar, die Hände auf den Tresen gestützt.

»Gideon?«, fragt Callum hilflos.

Der Älteste zuckt mit den Schultern. »Jordan Carrington macht heute eine Party.«

Reed wirbelt herum und starrt Gideon an, als wäre er der letzte Verräter.

»Dann nehmt ihr Ella mal schön mit«, ordnet der Vater an. »Es kann nicht schaden, wenn sie ihre neuen Klassenkameraden kennenlernt.«

»Da gibt's eine Menge Alkohol, Drogen und Sex«, provoziert Reed ihn. »Bist du dir sicher, dass du ihr das empfehlen kannst?«

»Ich würde heute wirklich lieber hierbleiben«, melde ich mich zu Wort, aber niemand hört mir zu.

»Dann passt ihr fünf eben auf sie auf. Sie ist jetzt eure Schwester!« Callum verschränkt die Arme vor seiner Brust. Das hier ist eine Art Kräftemessen zwischen den beiden Seiten, und Callum will auf keinen Fall verlieren. Auch was Sex und Drogen angeht, scheint er sich keinerlei Sorgen zu machen. Toll.

»Oh, hast du sie etwa schon adoptiert?«, erkundigt Reed sich sarkastisch. »Sollte uns nicht überraschen, dass du wieder mal was machst, ohne vorher mit uns zu sprechen. Ist schließlich deine große Stärke.«

»Ich will nicht zu der Party!«, unterbreche ich ihn. »Ich bin müde und würde gern hierbleiben.«

»Super Idee, Ella«, meint Callum und legt einen Arm um meine Schulter. »Dann machen wir zwei Hübschen es uns hier mit einem Film gemütlich.«

Sofort schwillt eine Ader auf Reeds Stirn an. »Du hast gewonnen, wir nehmen sie mit. Um acht Uhr geht es los.«

Callum lässt den Arm wieder sinken. So ahnungslos, wie ich dachte, ist er anscheinend nicht. Die Jungs wollen nicht, dass wir zwei allein zu Hause bleiben, und das hat er sofort begriffen.

Reed sieht mich aus seinen stahlblauen Augen an. »Geh mal lieber in dein Zimmer und mach dich schick, Schwesterherz. Wär doch jammerschade, wenn du deinen ersten großen Auftritt mit diesem Outfit ruinieren würdest.«

»Reed ...«, zischt Callum warnend.

Sein Sohn sieht ihn mit Unschuldsmiene an. »Ich will doch nur helfen!«

Aus seiner Ecke neben dem Pooltisch sieht Easton herüber und kann sich nur mit viel Mühe ein Grinsen verkneifen. Gideon wirkt vollkommen gleichgültig, und die Zwillinge ignorieren uns nach Kräften.

Plötzlich überkommt mich eine leichte Panik. Die Partys, auf die ich bis jetzt gegangen bin, waren relativ entspannt. Alle hatten Jeans und T-Shirts an. Klar, die Mädchen haben sich ein bisschen herausgeputzt, aber sie haben es auch nicht übertrieben. Ich würde gern fragen, wie schick diese Party werden wird, aber ich will mir auch keine Blöße geben. Die Royals müssen nicht wissen, wie fehl am Platze ich mich fühle.

Da es schon in einer Viertelstunde losgehen soll, flitze ich nach oben und sehe, dass jemand die ganzen Einkaufstüten in einer schnurgeraden Reihe vor meinem Bett aufgestellt hat. Plötzlich schießt mir Savannahs Warnung durch den Kopf. Wenn ich wirklich zwei Jahre hierbleiben will, muss ich dringend einen guten Eindruck machen. Aber warum zum Teufel kümmert mich das?! Diese Leute müssen mich doch nicht mögen, schließlich will ich einfach nur meinen Abschluss machen.

So richtig egal ist es mir aber eben doch nicht. Ich hasse mich selbst dafür, aber gegen den Wunsch, es wenigstens zu *probieren*, komme ich einfach nicht an. Ich will versuchen, hierherzupassen. Und an meiner neuen Schule etwas völlig anderes zu erleben als das, was ich bisher kenne.

Draußen ist es noch warm, also entscheide ich mich für einen kurzen marineblauen Rock und ein eisblau-weißes Top aus Seide und Baumwolle. Das hat zusammen so viel gekostet wie die komplette Klamottenabteilung bei Walmart, aber es ist superhübsch, und ich seufze leise auf, als ich spüre, wie der Stoff sich an meinen Körper schmiegt.

In einer anderen Tasche finde ich dunkelblaue Ballerinas mit einer großen silbernen Retroschnalle. Ich kämme mein Haar und will es erst zu einem Pferdeschwanz zusammenbinden, ehe ich es doch offen lasse und einen silbernen Haarreif aufsetze. Brooke hat mich dazu überredet, ihn zu kaufen, weil Accessoires nun mal ein absolutes *Must* sind, wie sie meinte. Deswegen habe ich auch noch eine weitere Einkaufstüte voller Armbänder, Ketten, Schals und Handtaschen vollgepackt.

Im Bad wühle ich in meiner Kosmetiktasche und trage das Make-up so dezent wie möglich auf. Gar nicht so einfach, wenn man so lange in einer Stripbar gearbeitet hat! An Highschool-Publikum bin ich nicht gewöhnt, eher an Dreißgjährige, die versuchen, sich zehn Jahre jünger zu schminken. *Viel Make-up hilft viel*, ist da die Devise.

Sobald ich fertig bin, betrachte ich mich im Spiegel und sehe eine Fremde. Ich sehe wie eine Savannah Montgomery aus, nicht wie Ella Harper. Aber vielleicht ist das ganz gut so.

Leider reagieren die Royals nicht gerade positiv auf meine Aufmachung, als ich mich ein paar Minuten später in der Einfahrt zu ihnen geselle. Gideon ist wie erstarrt, und die Zwillinge und Easton schnauben verächtlich. Reed grinst hämisch.

Vielleicht sollte ich erwähnen, dass alle in tief sitzenden Jeans und T-Shirts erschienen sind?!

Die Mistkerle haben mich drangekriegt!

»Wir sind auf eine Party eingeladen, Schwesterherz, nicht auf ein Teekränzchen bei der Queen.« Dieses Mal fängt beim Klang von Reeds tiefer Stimme bei mir rein gar nichts an zu kribbeln. Er macht sich über mich lustig und genießt es sehr.

»Könntet ihr noch fünf Minuten warten, damit ich mich noch mal umziehen kann?«, frage ich gepresst.

»Nee. Wir müssen los.« Ohne sich umzusehen, steuert er auf einen der Range Rover zu.

Gideon sieht erst zu mir, dann zu seinem Bruder. Dann seufzt er und läuft Reed hinterher.

Die Party findet in einem Haus im Hinterland statt, weit weg vom Ozean. Ich fahre bei Easton mit, und man kann nicht gerade behaupten, dass er deswegen sonderlich begeistert wirkt. Er sagt kaum ein Wort, stellt auch nicht das Radio an, weswegen eine verdammt bedrückende Stille entsteht.

Erst als wir durch das Eingangstor fahren, durch das man zu einer dreistöckigen Villa gelangt, sieht er in meine Richtung. »Netter Haarreif.«

»Danke. Hat hundertdreißig Dollar gekostet, aber dank der magischen Karte deines Dads war das ja kein Problem.«

Er sieht mich finster an. »Pass bloß auf, *Ella*.«

Ich greife lächelnd nach dem Türgriff. »Danke fürs Fahren, *Easton*.«

Vor dem säulengeschmückten Eingang des Hauses stehen Reed und Gideon, den Rücken zu uns gewandt. Sie sind in eine leise Unterhaltung vertieft, und ich höre, wie Gideon einen Fluch ausstößt. »Das war gar nicht schlau von dir, Bro. Nicht während der Saison.«

»Ist mir doch scheißegal«, murmelt Reed. »Du hast klar gezeigt, wo du stehst – und zwar nicht auf unserer Seite.«

»Du bist immerhin mein Bruder, und ich mache mir Sorgen...« Als er sieht, dass ich mich nähere, verstummt er, und beide versteifen sich.

Reed setzt zu einer kleinen, herzerwärmenden Willkommensrede an.

»Das ist Jordans Haus. Ihre Eltern arbeiten in der Hotelbranche. Besauf dich ja nicht zu sehr. Zieh den Namen der Royals nicht in den Schmutz. Häng nicht wie eine Klette an uns dran. Benutz unseren Namen nicht, um dir irgendwas zu erschleichen. Wenn du dich wie eine Schlampe benimmst, schmeißen wir dich sofort raus. Gid sagt, dass deine Mom eine Prostituierte war. So was lässt du hier schön bleiben, klar?«

Die berühmten Anordnungen der Royals.

»Du kannst mich mal, Royal. Sie war keine Prostituierte – außer, für dich ist Tanzen schon Sex. Das würde wiederum bedeuten, dass dein Sexleben ganz schön jämmerlich ist.« Ich erwidere Reeds vernichtenden Blick so trotzig wie möglich. »Du kannst dir so viel Mühe geben, wie du willst. Neben dem, was ich erlebt habe, wirst du immer wie der letzte Waschlappen wirken.«

Dann stolziere ich an den Royals vorbei und betrete das Haus, als würde es mir gehören. Als alle in der Eingangshalle mich anstarren, bereue ich es sofort. Von dem dröhnenden Bass der Musik wackeln die Wände, und der Boden vibriert unter meinen Füßen. Lautes Gelächter und Stimmengewirr sind zu hören, und ein paar Mädchen in knappen Tops und hautengen Jeans sehen mich verächtlich an. Ein großer Typ in Polohemd grinst mir zu, als er die Bierflasche an seine Lippen hebt.

Am liebsten würde ich mich sofort wieder aus dem Staub machen und hinaus in die Nacht laufen, aber ich muss mich jetzt entscheiden, ob ich den Schwanz einziehen oder denen da drin ordentlich einen vor den Latz knallen will.

Am besten passe ich mich immer an, wenn es nötig ist, und bin gleichzeitig so dreist, wie es geht. Natürlich lasse ich mich nicht auf den Arm nehmen, aber andererseits will ich nicht unnötig Aufmerksamkeit auf mich ziehen.

Also lächle ich all die Gaffer nur höflich an, und als die Aufmerksamkeit sich auf die Royals verlagert, mache ich einen raschen Abgang in den nächsten Korridor. Ich laufe so lange durchs Haus, bis ich die ruhigste Ecke gefunden habe, eine dunkle kleine Nische am Ende des Flurs. Obwohl es wie der perfekte Ort für ein kleines Party-Stelldichein wirkt, hat sie anscheinend noch niemand entdeckt.

»Es ist noch früh«, ertönt eine weibliche Stimme, und ich zucke überrascht zusammen. »Aber selbst später am Abend ist es hier immer leer.«

»Gott, ich habe dich gar nicht gesehen.« Ich lege eine Hand auf mein rasendes Herz.

»Passiert mir öfter.«

Sobald meine Augen sich an die Dunkelheit gewöhnt haben, entdecke ich in der Ecke einen Lehnstuhl. Das Mädchen, das darin gesessen hat, springt auf. Sie ist richtig klein, hat kinnlanges dunkles Haar und ein kleines Muttermal über dem Mund. Außerdem hat sie Wahnsinnskurven.

»Ich bin Valerie Carrington.«

Jordans Schwester?!

»Ich bin …«

»Ella Royal«, unterbricht sie mich.

»Nein, Harper.« Ich spähe um sie herum. Hat sie mit einer Taschenlampe gelesen? Oder ihrem Freund Nachrichten mit dem Smartphone geschickt? »Versteckst du dich?«

»Jepp. Ich würde dir ja einen Stuhl anbieten, aber es gibt hier nur einen.«

»Ich weiß, warum *ich* mich verstecke«, meine ich wieder einmal viel zu ehrlich. »Aber was ist deine Entschuldigung? Wohnst du denn nicht hier, wenn du eine Carrington bist?«

Sie gluckst. »Ich bin Jordans entfernte arme Cousine. Ein richtig harter Sozialfall.«

Daran erinnert Jordan sie bestimmt immer wieder gern. »Na, was dich nicht umbringt, macht dich stärker. Ist zumindest meine Theorie.« Ich zucke mit den Schultern.

»Und warum versteckst *du* dich? Du bist doch jetzt eine Royal!« Ihre Stimme klingt plötzlich ein wenig schneidend.

»So wie du eine Carrington bist?«

Sie runzelte die Stirn. »Erwischt.«

Ich fahre mir mit der Hand über die Stirn, fühle mich wie die letzte Idiotin.

»Sorry, war nicht so gemeint. Ich habe einfach ein paar anstrengende Tage hinter mir und bin total k.o.«

Valerie legt den Kopf schief und mustert mich ein paar Sekunden lang.

»Okay, Ella Harper. Dann müssen wir dich dringend wieder in die Gänge bringen. Kannst du tanzen?«

»Ja, ein bisschen schon. Ich hatte Unterricht, als ich jünger war.«

»Dann könnte das richtig lustig werden. Komm schon.«

Sie führt mich den Flur hinunter auf eine Treppe zu.

»Bitte sag nicht, dass du in einem Schrank unter der Treppe schlafen musst!«

»Ha, nein! Ich habe oben ein richtiges Zimmer. Das hier ist der Angestelltentrakt, ich bin mit dem Sohn der Haushälterin befreundet. Der geht jetzt aufs College und hat all seine Spielekonsolen hiergelassen. Wir haben die ganze Zeit zusammen gespielt, auch DDR.«

»Wie bitte?«, frage ich. »Was ist das denn für ein Spiel?« Mom und ich hatten in der letzten Wohnung in Seattle nicht mal einen Fernseher.

»Na, *Dance Dance Revolution*. Du machst die Bewegungen nach, die du auf dem Bildschirm siehst, und kriegst umso mehr Punkte, je besser du bist. Ich schlage mich eigentlich ganz gut, aber wenn du mal Tanzunterricht hattest, dann werde ich bestimmt total versagen.«

Als sie mich angrinst, hätte ich sie beinahe umarmt, weil es so lange her ist, seit ich eine echte Freundin hatte. Bis eben wusste ich nicht mal, dass ich eine brauche.

»Tam war irre schlecht«, gesteht sie, und man kann ihr anhören, dass sie ihn sehr vermisst.

»Kommt er denn oft her?«, frage ich und denke dabei an Gideon, der schon nach zwei Wochen College wieder nach Hause gekommen ist.

»Nein. Er hat kein Auto, also sehen wir uns erst Thanksgiving wieder, weil ich dann mit seiner Mom zu ihm fahre.« Bei dem Gedanken an die Reise beginnt sie vor Freude zu hüpfen. »Aber eines Tages wird er eins haben.«

»Ist er dein fester Freund?«

»Ja.« Sie sieht mich abwehrend an. »Hast du ein Problem damit?«

Ich hebe die Hände. »Nein, natürlich nicht! War nur neugierig.«

Sie nickt und öffnet die Tür zu dem kleinen Raum, in dem ein ordentlich gemachtes Bett und ein Fernseher stehen.

»Wie sind die Royals denn so privat?«, fragt sie, während sie das Spiel vorbereitet.

»Nett«, schwindle ich.

»Ehrlich?« Sie sieht mich skeptisch an. »Wundert mich, weil sie nicht gerade nett waren. Dir gegenüber, meine ich.«

Aus irgendeinem Grund habe ich das Gefühl, diese Idioten verteidigen zu müssen. »Ach, die gewöhnen sich schon noch an mich«, plappere ich das nach, was Callum schon zu mir gesagt hat. Aus meinem Munde klingt es auch nicht überzeugender. Ich tippe gegen den Fernseher, um das Thema zu wechseln.

»Wollen wir loslegen?«

»Jepp.« Sie holt zwei Weinschorlen aus dem Kühlschrank und reicht mir eine. »So viel zum Thema sich verstecken und trotzdem Spaß haben!«

Das Spiel ist läppisch, viel zu einfach für uns. Valerie ist keine üble Tänzerin, aber ich bin nun mal in diesem Umfeld aufgewachsen, und es gibt keinen Hüftschwung und keine Armbewegung, die ich nicht kenne. Valerie beschließt, dass wir eine Erschwernis brauchen, und drückt auf Pause, damit wir unsere Weinschorlen trinken können. Ihrem Tanzstil tut der Alkohol nicht gerade gut, aber auf mich wirkt er wie ein Zaubertrank, und ich muss mich nur noch der Musik überlassen.

»Mädchen, du hast vielleicht Moves drauf«, neckt sie mich. »Du solltest bei einer Castingshow mitmachen!«

»Nein.« Ich nehme noch einen Schluck. »Keinerlei Interesse.«

»Na, solltest du aber. Sieh dich mal an! Du bist ja sogar in diesem schnieken Fummel noch total sexy, und mit deinem Tanzstil wärst du sofort ein Star.«

»Wie gesagt: Ich bin nicht interessiert.«

Sie lacht. »Okay, wer nicht will, der hat schon! Ich muss jetzt mal dringend auf die Toilette.«

Als sie mitten während des Liedes ins Bad verschwindet, muss auch ich lachen. Sie hat irre viel Energie, und ich mag sie. Ich sollte sie dringend fragen, ob sie auch auf die *Astor Park* geht. Wäre schön, eine Freundin dort zu haben, wenn ich da am Montag anfange. Sobald aber der nächste Song beginnt, höre ich auf zu grübeln und gebe mich ganz der Musik hin.

Es läuft *I Touch Myself* von Divinyls. Ich beginne zu tanzen, achte nicht mehr auf das Spiel, sondern mache meine eigenen Schritte und Bewegungen. Tanze einen ganz langsamen, sexy Tanz. Einen, der das Blut zum Kochen bringt und meine Hände zum Schwitzen. Und schon erscheint, ob ich es will oder nicht, das Bild von Reeds appetitlichem Körper und seinen blauen Augen vor meinem inneren Auge. Verdammt, der Mistkerl hat es tatsächlich in meine Gedanken geschafft, und ich bin diesen Bildern hilflos ausgeliefert. Ich schließe die Augen und stelle mir vor, wie er seine Hände auf meine Hüften legt und mich an sich zieht. Sein Bein hat er zwischen meine geschoben – und dann geht das Licht an, und ich zucke zusammen.

»Wo ist er?«, fragt Reed. Wenn man vom Teufel spricht.

»Wer?«, frage ich. Ich kann wirklich nicht fassen, dass ich Fantasien von jemandem hatte, der denkt, ich würde es mit seinem Vater tun.

»Der Schwachkopf, für den du tanzt.« Reed tigert durch den Raum und packt mich am Oberarm. »Ich habe dir doch gesagt, dass du dich nicht an meine Freunde ranschmeißen sollst!«

»Hier ist doch gar niemand!« Ich bin viel zu betrunken, um so schnell zu begreifen, was er da gesagt hat. Plötzlich ertönt das Rauschen der Toilettenspülung.

»Ach ja?« Er lässt mich los und reißt die Toilettentür auf. Von drinnen ertönt ein entsetzter Schrei, und er knurrt irgendeine Entschuldigung, ehe er die Tür wieder zuwirft.

Jetzt muss ich doch grinsen.

»Hatte ich gar nicht erwähnt, dass ich lesbisch bin?«

Das findet er nicht besonders komisch. »Warum hast du denn nicht einfach gesagt, dass Valerie bei dir ist?«

»Weil es viel witziger war, sich anzuhören, auf was für Ideen du kommst. Selbst wenn ich es dir gesagt hätte, hättest du mir ja doch nicht geglaubt.«

Er zieht einen Flunsch, widerspricht mir aber nicht. »Komm mit.«

»Lass mich drüber nachdenken, ob ich Lust darauf habe.« Ich tippe mir gespielt nachdenklich und verträumt an die Oberlippe, und er beobachtet mich gebannt. »Okay. Nein.«

»Es gefällt dir hier doch gar nicht«, meint er.

»Danke für dein Einfühlungsvermögen!«

Er ignoriert meinen sarkastischen Kommentar. »Na, mir auch nicht. Aber pass auf, ich erkläre dir den Deal. Wenn du jetzt nicht mitkommst und das hier ein riesiges Theater gibt, dann wird mein Vater dich weiterhin zwingen, zu diesen Partys zu gehen. Aber wenn du jetzt deinen Arsch da hinausbewegst und alle ihren Eltern erzählen, dass sie dich hier gesehen haben, wird er es gut sein lassen. Kapiert?«

»Nicht wirklich.«

Reed kommt noch näher, und ich bin wieder einmal beeindruckt davon, wie groß er ist. Wenn er dünn wäre, würde ihn sicher jeder *Bohnenstange* nennen. Aber er ist alles andere als das. Er ist groß und muskulös, und der Wein sorgt dafür, dass mir neben ihm ganz schwummrig wird.

Er spricht immer noch und kriegt anscheinend nicht mit, was für unanständige Gedanken ich da habe.

»Wenn mein Dad dich weiterhin für das verlorene Lämmchen hält, dann wird er weiter versuchen, uns alle aneinanderzuketten. Vielleicht willst du das ja auch. Ist es das? Du willst mit uns gesehen werden und auf diese Partys gehen?«

Die Anschuldigungen reißen mich aus meinem Lustnebel. »Ich habe heute Abend ja auch wirklich wie eine Klette an euch geklebt!«

Er verzieht keine Miene. Na fein.

»Komm schon, Valerie, lass uns Party machen!«, kreische ich.

»Ich kann nicht. Bin total fertig, weil Reed Royal mich auf dem Klo gesehen hat«, jammert sie durch die verschlossene Tür.

»Der Idiot ist weg. Außerdem bist du wahrscheinlich das Hübscheste, was er heute Abend zu Gesicht bekommen hat.«

Reed verdreht die Augen, geht aber, als ich energisch auf die Tür deute.

Endlich traut sich Valerie hinaus. »Warum verlassen wir unseren sicheren Hafen?«

»Um zu sehen und gesehen zu werden«, erwidere ich wahrheitsgemäß.

»Uff. Klingt furchtbar.«

»Ich habe nie was anderes behauptet.«

9. Kapitel

Die erste Person, die ich im Wohnzimmer entdecke, ist Savannah Montgomery. Sie trägt Röhrenjeans, die auf Kniehöhe einen Riss haben, und ein bauchfreies Trägertop. Ihre Augen kleben an Gideon, der ihr den Rücken zugewandt hat und sich an eine Wand gelehnt mit einem anderen Typen unterhält.

Kurz lässt sie ihren Blick über mich gleiten, dann unterhält sie sich weiter mit ihrer Freundin.

Die Musik ist ohrenbetäubend laut, und alle trinken, tanzen und knutschen. Als ich durch die Balkontür sehe, entdecke ich einen nierenförmigen Pool, dessen blaues Licht Reflexe auf die Gesichter der umherstehenden Teenager wirft. Überall sind Leute. Es ist laut, heiß, und ich vermisse die beruhigende Stille des Angestelltentrakts jetzt schon.

»Müssen wir uns das wirklich antun?«, murmelt Valerie. Ich sehe, wie Reed uns von der Eichenbar am anderen Ende des Raums aus beobachtet. Neben ihm steht Easton, und als wir uns in die Augen sehen, nicken sie mir beide warnend zu.

»Ja, müssen wir.«

Sie sieht mich resigniert an. »Na schön. Bringen wir's hinter uns.«

Valerie ist wirklich ein Geschenk des Himmels. Sie hakt sich bei mir unter und führt mich herum, um mich verschiedenen Leuten kurz vorzustellen und mir hinterher Details über sie ins Ohr zu flüstern.

»Siehst du diese Schnitte, Claire? Die schläft mit Easton Royal und erzählt gern herum, dass sie seine Freundin ist. Dabei weiß doch jeder, dass Easton nichts von festen Beziehungen hält.«

»Das hier ist Thomas, eine richtige Koksnase, aber sein Daddy ist Senator, deswegen muss Thomas sich da keine Sorgen machen.«

»Von Derek hältst du dich mal lieber fern. Der hat nämlich Chlamydien.«

Ich unterdrücke ein Glucksen und folge ihr zu drei Mädchen in aufeinander abgestimmten Pastellkleidchen.

»Lydia, Ginnie, Francine, das ist Ella.« Valerie winkt ihnen kurz zu und zieht mich dann von der Pastellgruppe weg, noch ehe sie auch nur den Mund aufmachen können. »Hast du dich schon mal gefragt, ob manche Menschen ohne Gehirn geboren werden? Hier hast du den Beweis. Da bekommt der Begriff *Hohlkopf* noch mal eine ganz neue Bedeutung.«

Ich will ehrlich sein: Die kleine Vorstellungsrunde und der dazugehörige Tratsch machen eine Menge Spaß. Mir ist aufgefallen, dass mir alle nur ein knappes *Hallo* zumurmeln, ehe sie zu den Royal-Brüdern gucken, um ihre Reaktion zu testen.

»Alles klar, das war der leichte Part. Jetzt töten wir den Drachen«, seufzt Valerie.

»Den Drachen?«

»Meine Cousine. Auch die Queen der *Astor Park* genannt.

Ich warne dich: Sie ist ganz schön besitzergreifend, was die Royals angeht! Wahrscheinlich hatte sie mit jedem Einzelnen schon mal was, sogar mit den Zwillingen.«

Auf dem Weg an den Pool kommen wir an Sawyer vorbei, einem der Zwillinge. Ich weiß, dass er es ist, weil er ein schwarzes T-Shirt trägt und ich vorhin gehört habe, wie ein Zwilling in weißem T-Shirt von Gideon Sebastian genannt wurde. Ein kleiner Rotschopf schmiegt sich an ihn und saugt an seinem Hals, aber er wendet den Blick nicht von mir ab, als wir an ihm vorbeigehen.

»Das ist die Freundin des kleinen Royals«, verrät Valerie mir. »Lauren oder Laura, irgendwie so. Tut mir leid, aber in den Adelskreisen kenne ich mich nicht so gut aus.«

Dafür scheint sie über alle anderen Gäste bestens im Bilde zu sein. Obwohl sie sich eigentlich gern versteckt, ist sie eine unerschöpfliche Quelle des Klatsches. Wahrscheinlich kriegt man am meisten mit, wenn man diskret ist.

»Mach dich auf was gefasst«, warnt sie mich. »Kann gut sein, dass sie ihre Klauen ausfährt.«

In diesem Fall gehören die Klauen einer wunderhübschen Brünetten in einem grünen Seidenkleid, das nicht einmal bis an ihre Knie reicht. Sie fläzt auf einem Plüschsessel, als wäre sie Kleopatra höchstpersönlich. Um sie herum drapiert sitzen ihre Freundinnen in ganz ähnlichen Kleidern und Haltungen. Sofort stellen sich meine Nackenhärchen auf, und ich verrenke mir den Hals, um zu sehen, wie Reed und Easton durch die Terrassentür kommen. Reed sieht mich mit bohrendem Blick an und leckt sich kurz über die Lippen, woraufhin mein Herz sofort einen doppelten Salto schlägt. Ich hasse diesen Typen. Er ist so attraktiv, dass es verboten gehört.

»Jordan«, begrüßt Valerie ihre Cousine. »Ist wieder mal 'ne tolle Party.«

Die Brünette grinst. »Was für eine Überraschung, dich mal unter Lebenden zu sehen, Val! Versteckst du dich nicht normalerweise auf dem Dachboden?«

»Ich wollte es heute mal so richtig krachen lassen.«

Jordan mustert die geröteten Wangen ihrer Cousine. »Das sehe ich. Hast du viel getrunken?«

Valerie verdreht die Augen und schiebt mich dann nach vorn. »Das ist Ella. Ella, Jordan.« Dann deutet sie auf die anderen Mädchen. »Shea, Rachel, Abby.«

Nur eine der drei Grazien lässt sich dazu herab, mich anzusehen. Shea. »Meine Schwester hast du schon kennengelernt«, meint sie kühl. »Savannah.«

Ich nicke. »Ja. Cooles Mädel.«

Sie kneift ihr Augen zusammen und versucht wahrscheinlich herauszufinden, ob ich das sarkastisch gemeint habe.

Als Jordan spricht, funkeln ihre mandelbraunen Augen. »So, Ella. Callum Royal ist also dein neuer Daddy, ja?«

Plötzlich ist es um uns herum totenstill geworden. Selbst die Musik im Wohnzimmer scheint leiser geworden zu sein, und ich habe das Gefühl, dass sämtliche Blicke auf uns gerichtet sind. Nein, eher auf Jordan. Ihre Freundinnen haben einen beinahe freudigen Gesichtsausdruck.

Ich wappne mich innerlich, weil ich mir schon denken kann, worauf das alles hinauslaufen wird.

Jordan setzt sich auf und schlägt lasziv ein Bein übers andere. »Und, wie ist es so, den Schwanz eines alten Knackers zu lutschen?«

Jemand schnaubt, und in meinem Rücken höre ich leises Gekicher, während mir vor Scham ganz schwindlig wird. Anscheinend haben die Royals schon alle auf ihre Seite gezogen, wahrscheinlich lange bevor ich aufgetaucht bin. Niemand hier hatte je vor, mir eine echte Chance zu geben.

Als mir die Tränen in die Augen steigen, bin ich total entsetzt. Nein. Die können mich mal. Jordan und alle anderen auch. Meine Familie besitzt vielleicht keine Hotelkette, aber ich bin tausendmal besser als diese Bitch. Weil ich mehr durchgestanden habe, als sie es jemals könnte.

Ich blinzle und setze meine beste Pokermiene auf. »Dein Vater ist schon okay, wenn du das meinst. Aber ich finde es doch ziemlich unheimlich, dass er währenddessen an meinem Haar ziehen will und möchte, dass ich ihn Daddy nenne. Ist bei euch daheim denn alles okay?«

Valerie kichert, und Jordans Freundinnen ziehen entsetzt die Luft ein.

Kurz zucken Jordans Augenlider, aber sie hat sich im Nu wieder im Griff.

»Du hattest vollkommen recht!«, ruft sie über die Schulter hinweg jemandem zu. »Sie ist wirklich der letzte Abschaum.«

Ich muss mich gar nicht umdrehen, um zu wissen, dass sie mit Reed spricht. Valerie wirft ihr einen finsteren Blick zu. »Du bist ein richtiges Miststück, weißt du das?«, fragt sie ihre Cousine.

»Lieber ein Miststück als eine Schlaftablette«, erwidert Jordan grinsend. Dann wedelt sie mit der Hand, als müsste sie eine Fliege verscheuchen. »Haut schon ab. Ich will jetzt meine Party genießen.«

Wir wurden rausgeworfen. Na fein. Valerie macht auf dem Absatz kehrt, und ich folge ihr. Aber ehe wir an der Tür angelangt sind, marschiere ich noch kurz zu Reed. Seine blauen Augen verraten nichts, aber sein Kiefer zuckt einmal leicht, als ich vor ihm stehe.

»So. Ich habe meine adligen Pflichten erfüllt«, murmele ich. »Hol mich ab, wenn es Zeit ist zu gehen.«

Dann rausche ich an ihm vorbei, ohne ihn auch nur eines weiteren Blickes zu würdigen.

Als wir die Party schließlich verlassen, ist es schon nach ein Uhr morgens. Easton entdeckt mich in Valeries Zimmer, wo wir beide auf dem Bett fläzen und eine Tanzshow gucken.

Valerie hat eine ganze Staffel heruntergeladen und mich gezwungen, sämtliche Folgen anzusehen. Dann wollte sie mich wieder überreden, an einem Wettbewerb teilzunehmen. Ich habe dankend abgelehnt.

Easton verkündet, dass wir aufbrechen, und verdreht kräftig die Augen, als wir uns zum Abschied umarmen und ich ihr sage, dass wir uns am Montag unbedingt in der Schule wiedersehen sollten.

Draußen fällt mir auf, dass Gideon und die Zwillinge schon mit einem der Range Rover aufgebrochen sind und mir nichts anderes übrig bleibt, als mit Reed und Easton mitzufahren. Reed nimmt hinter dem Lenkrad Platz, Easton auf dem Beifahrersitz, und ich mache es mir auf dem Rücksitz bequem, während die beiden einfach weiterplaudern, als wäre ich gar nicht da.

»Erst mal vernichten wir das Team von der *Wyatt*-High«, meint Easton. »Die halbe Clique hat da letztes Jahr ihren Abschluss gemacht, es ist also der direkte Weg zu Donovan.«

Reed grunzt zustimmend.

»Dann schauen wir zur *Devlin*-High – auch ein Kinderspiel. Ihr Quarterback hat sowieso die meiste Zeit einen Kater, und ihr Schluffi-Receiver ist nichts als ein schlechter Witz.« Easton plappert immer weiter, er klingt richtig lebhaft, und auch seine Schultern sind nicht so angespannt wie sonst. Entweder ist er richtig besoffen, oder er akzeptiert endlich, dass ich jetzt Teil seines Lebens geworden bin.

Ich versuche, mich in das Gespräch einzuklinken. »In was für Positionen spielt ihr Jungs eigentlich?«

Sofort versteift Easton sich wieder.

»Linebacker«, meint Reed, ohne sich umzudrehen.

»Defensive End«, murmelt Easton.

Danach tun sie wieder so, als wäre ich Luft. Als Nächstes erzählt Easton seinem Bruder von dem Blowjob, den er auf der Party bekommen hat.

»Ich habe wirklich das Gefühl, dass sie momentan nur vierzig Prozent gibt, weißt du? Früher konnte man sicher sein, dass es hundert sind. Hat an meinem Schwanz gelutscht, als wäre es Schokoladeneis, und plötzlich leckt sie nur ein paarmal dran und will dann kuscheln. Was für eine Scheiße.«

Reed kichert. »Sie denkt jetzt eben, dass sie deine Freundin ist. Und als Freundin muss man sich keine Mühe mehr geben.«

»Ja, ist wahrscheinlich höchste Zeit, sie abzuschießen.«

»Was seid ihr nur für Schweine!«, melde ich mich vom Rücksitz aus.

Easton dreht sich um und sieht mich spöttisch an. »Nur nicht so vorlaut, Frau Sexarbeiterin.«

Ich beiße die Zähne zusammen. »Ich bin keine Sexarbeiterin!«

»Hmmm.« Er dreht sich wieder um.

»Bin ich wirklich nicht!« Plötzlich fühle ich mich ekelhaft hilflos. »Wisst ihr was? Ihr könnt mich mal! Ihr kennt mich doch gar nicht.«

»Wir wissen alles, was es zu wissen gibt«, meint Reed.

»Blödsinn!« Ich beiße mir auf die Unterlippe und starre aus dem Fenster.

Wir haben erst die halbe Strecke zurück zum Haus der Royals geschafft, als Reed plötzlich rechts heranfährt. Unsere Blicke treffen sich im Rückspiegel, aber er verzieht keine Miene. »Endhaltestelle. Raus mit dir.«

»Was?!«

»East und ich haben noch was vor. Wir müssen da entlang.« Er deutet nach links. »Und zum Haus geht es da entlang.« Er deutet geradeaus. »Schöne Gelegenheit für einen kleinen Spaziergang.«

»Aber ...«

»Es sind nur um die drei Kilometer. Das bekommst du schon hin.« Er scheint die Situation richtig zu genießen.

Easton ist bereits aus dem Auto gestiegen und öffnet die Tür. »Mach schon, Schwesterherz. Wir sind sowieso spät dran.« Vollkommen verdattert lasse ich mich von ihm aus dem Wagen ziehen und an den Straßenrand schubsen. Die wollen mich also wirklich hier rauswerfen? Immerhin ist es ein Uhr morgens und stockfinster.

Das ist den beiden piepegal. Easton springt zurück ins Auto, wirft die Tür zu und winkt mir zu. Der Geländewagen saust los, und Reed macht eine so scharfe Rechtskurve, dass um mich herum eine Staubwolke aufsteigt. Gelächter dringt aus den offenen Fenstern.

Ich weine nicht. Ich laufe einfach los.

10. Kapitel

Am nächsten Morgen frühstücke ich allein in der Küche. Meine Beine schmerzen, und meine Füße sind von dem langen Marsch in den neuen Schuhen ganz wund. Ich habe geträumt, dass Reed Royal mir in einem stockdunklen Tunnel folgt, mich jagt und ich nur seine tiefe Stimme höre und seinen heißen Atem im Nacken spüre. Ich bin aufgewacht, ehe er mich erwischt hat, aber ich stelle mir vor, dass ich ihn notfalls einfach erwürgt hätte.

Ich freue mich überhaupt nicht auf meinen ersten Schultag am Montag, und die zehntausend Dollar in meinem Rucksack singen wie Sirenen. *Hau ab. Renn. Fang noch mal von vorn an.*

Andererseits könnte ich noch viel mehr Geld rausschlagen ...

Vielleicht haben die Royals ja recht, und ich bin wirklich eine Schlampe. Ich schlafe zwar nicht für Geld mit Leuten, aber ich nehme es von Callum an, ohne genau zu wissen, was für kleine Gefallen er sich in Zukunft davon verspricht. Brooke hat zwar gemeint, dass er sie gerettet hat, aber dass sie mit ihm schläft, ist eigentlich glasklar.

Ich höre Schritte im Flur, und schon kommt Easton in

die Küche. Er trägt kein T-Shirt, und seine graue Jogginghose sitzt ihm lose auf den Hüften. Ich versuche, nicht zu sehr auf sein Sixpack zu starren, kann dafür aber meinen Blick nicht von der Schramme auf seiner rechten Wange lösen. Ein langer roter Strich, der sein perfektes Gesicht verunstaltet.

Ohne mich wahrzunehmen, schlurft er zum Kühlschrank und holt eine Packung Orangensaft heraus, um direkt einen großen Schluck daraus zu trinken.

Okay. Ich darf auf keinen Fall von diesem Saft trinken, wenn ich kein Herpes will!

Ich konzentriere mich ganz auf meinen Joghurt und tue so, als wäre er nicht da. Ich habe keine Ahnung, wo er und Reed gestern Nacht waren, bin mir aber auch nicht sicher, ob ich das wirklich wissen will.

Ich spüre, dass er mich beobachtet. Als ich mich umdrehe, sehe ich, dass er am Tresen lehnt. Aus seinen eisblauen Augen sieht er zu, wie ich den Löffel an meinen Mund hebe, und lässt seinen Blick dann an den Saum meines kurzen Schlafhemdes gleiten.

»Na, gefällt es dir, was du siehst?«

»Nicht wirklich.«

Ich verdrehe die Augen und deute mit dem Löffel auf seinen Kopf. »Was ist denn nun passiert? Hast du dir den Kopf angehauen, als du dich gestern mit deinem Bruder geprügelt hast?«

Er lacht und blickt zur Küchentür. »Hast du das gehört, Reed? Sie denkt, wir haben uns geschlagen.«

Reed betritt die Küche, ebenfalls mit freiem Oberkörper und in Jogginghosen. Er sieht mich nicht einmal an.

»Schau doch mal, ob sie dir nicht ein bisschen was Gutes tun kann. Sieht ganz so aus, als würde sie sich mit Schwänzen auskennen.«

Ich zeige ihm den Mittelfinger, aber das bekommt er leider gar nicht mit. Easton grinst mich an.

»Nicht schlecht. Ich mag es, wenn Frauen ein bisschen kratzbürstig sind«, sagt er gedehnt. Er stößt sich vom Tresen ab und kommt näher, die Daumen in seinen Hosenbund gehakt. »Was sagst du, Ella?« Er spricht meinen Namen aus, als wäre er ein Schimpfwort. »Willst du uns nicht zeigen, was du so draufhast?«

Mir bleibt fast das Herz stehen, und sein stählerner Blick gefällt mir überhaupt nicht. Sein Grinsen wird noch breiter, als er sich in den Schritt fasst.

»Du bist doch jetzt unsere Schwester, oder? Komm schon. Tu deinem Bruder einen kleinen Gefallen.«

Ich kann kaum atmen. Ich habe tatsächlich ... Angst. Reed steht mit verschränkten Armen am Tresen und sieht höchst amüsiert aus.

Easton sieht mich an. »Was ist denn, Sis? Hat es dir die Sprache verschlagen?«

Ich kriege kein Wort raus, als ich zur Treppe linse, die in den ersten Stock führt. Hinter mir ist noch eine Tür, aber ich will Easton nicht den Rücken zuwenden.

Als Easton bemerkt, dass ich Angst habe, fängt er an zu kichern. »Ha, Reed, schau dir das an. Sie hat echt Bammel. Denkt wirklich, wir würden ihr was tun.«

Reed gluckst ebenfalls und grinst mich schief an. »Ist doch Quatsch. Wenn wir Sex haben wollen, dann finden wir immer jemanden.«

Bei sexueller Belästigung geht es ja auch nicht zwangsläufig um Sex. Es geht um Macht. Das würde ich den beiden gern sagen, merke aber, dass meine Sorge unnötig war. Sie müssen mir nicht wehtun, weil sie ohnehin schon Macht über mich haben. Das hier sollte mich einfach einschüchtern. Es ist ein Spielchen. Wenn sie wollten, dass ich mich unwohl fühle, dann haben sie es jetzt geschafft.

Als Callum die Küche betritt, sehen wir alle zu Boden. Sobald ihm auffällt, dass Easton so nah bei mir steht, runzelt er die Stirn. »Ist alles in Ordnung?«

Die Royals sehen mich an und warten darauf, dass ich sie verpfeife. Mache ich aber nicht.

»Alles bestens.« Ich nehme noch einen Löffel voll Joghurt in den Mund, aber irgendwie ist mir der Appetit vergangen. »Die Jungs und ich lernen uns gerade ein bisschen besser kennen. Wusstest du, dass sie richtige kleine Scherzkekse sind?«

Eastons Oberlippe zuckt, und sobald Callum sich abgewandt hat, greift er sich wieder in den Schritt.

»Hattet ihr denn Spaß auf der Fete gestern?«, fragt Callum.

Reed zieht die Augenbrauen nach oben. Wieder warten die beiden gespannt ab, ob ich jetzt petze. Immerhin haben sie mich mitten in der Nacht in einer gottverlassenen Gegend ausgesetzt.

»Toll«, schwindle ich. »Ein Riesenspaß.«

Callum setzt sich zu mir an den Tisch, um eine Art Puffer zwischen mir und den Jungs zu bilden, erntet für seinen Versuch aber nur höhnische Blicke von seinen Söhnen.

»Was würdest du denn am Wochenende gern unternehmen?«, fragt Callum.

»Ich komm schon klar. Ihr müsst euch kein Unterhaltungsprogramm für mich ausdenken«, erwidere ich.

Er rutscht auf seinem Stuhl herum. »Und was ist mit euch, Jungs?«

Es ist klar, dass es eigentlich darum geht, was dieses Wochenende mit mir passieren soll. Wer sich um mich kümmert. Ich krümme mich zusammen und merke, wie es mir die Brust zusammenzieht. Typische Reaktion, die ich hier entwickelt habe. Das Royal-Syndrom.

»Wir haben schon eigene Pläne«, murmelt Reed und marschiert aus der Küche, noch ehe Callum ein Wort sagen kann. Auch Easton hebt nur die Hände und blinzelt unschuldig.

»Frag mich nicht! Ich bin das Sandwichkind. Ich mache immer nur das, was die anderen von mir verlangen.« Callum verdreht die Augen, und ich schnaube in meinen Joghurtbecher. Easton tut, worauf er Lust hat. Kein Mensch hat ihn dazu überredet, seine Hand in seine Hose zu schieben und mich anzumachen. Dieses Spielchen hat er total genossen. Wahrscheinlich ist es für ihn einfach wahnsinnig bequem, Reed als Anführer darzustellen und sich so aus der Verantwortung herauszumogeln.

»Na, dann teilst du mir später einfach mit, was dein Gebieter Reed so vorhat«, murmelt Callum. Easton errötet. Es ist die eine Sache, Reed die Entscheidungen zu überlassen, aber noch einmal eine ganz andere, von seinem Vater als dessen Marionette dargestellt zu werden.

»Hat dich doch vorher auch nie interessiert.« Er stellt den Orangensaft zurück in den Kühlschrank und bedenkt Callum noch mit einem eisigen Blick, von dem er sicher sofort graue Haare bekommt, und verschwindet.

Callum seufzt. »Ich bin nicht gerade der Paradepapa, was?«

Ein paarmal klopfe ich unruhig mit dem Löffel auf die Tischplatte, weil ich eigentlich nicht vorhabe, die Nase in die Angelegenheiten der Royals zu stecken. Aber in diesem Fall habe ich doch das Gefühl, dass ich eine Katastrophe vermeiden muss.

»Schau mal, Callum. Ich will nicht, dass du mich falsch verstehst, und du kennst deine Söhne natürlich viel besser als ich – aber macht es denn wirklich Sinn, mich ihnen dermaßen aufzudrängen? Ganz ehrlich, mir wäre es lieber, wenn sie mich einfach ignorieren würden. Ich komme schon damit klar, dass sie mich nicht hierhaben wollen. Und das Haus ist ja groß genug, um sich aus dem Weg zu gehen.«

Er mustert mich, als wollte er herausfinden, ob ich ehrlich bin. Schließlich lächelt er mich scheu an.

»Du hast ja recht. Weißt du, es war nicht immer so wie jetzt, früher sind wir gut miteinander ausgekommen. Aber seit ihre Mutter gestorben ist, klappt gar nichts mehr. Die Jungs sind leider ziemlich verwöhnt. Eine ordentliche Dosis Realität kann da nicht schaden.«

Ach. Und diese Dosis bin ich, oder was?

Ich sehe ihn finster an. »Ich bin doch kein Nachhilfeunterricht! Und weißt du was? Ich kenne die sogenannte Realität, das echte Leben, und das ist manchmal ganz schön beschissen. Das würde ich den Menschen, die ich liebe, nicht antun. Ich würde sie eher davor schützen.«

Ich stehe brüsk vom Tisch auf und entdecke im Flur Reed, der vor der Küchentür herumlungert.

»Wartest du auf mich?« Es ist mir total egal, dass mein Ton ziemlich schneidend klingt.

Reed mustert mich von Kopf bis Fuß und kann gar nicht aufhören, meine nackten Beine anzustarren. »Ich frage mich nur wieder einmal, was für ein Spiel du da spielst.«

»Ich versuche nur zu überleben«, sage ich wahrheitsgemäß. »Ich will es einfach bloß aufs College schaffen.«

»Mit einem Sack voller Royal-Geld, ja?«

Ich zucke zusammen. Dieser Typ macht es einem wirklich nicht leicht. »Vielleicht stehle ich ja auch ein paar Royal-Herzen«, meine ich zuckersüß.

Und dann zwinge ich mich, richtig mutig zu sein, fahre

mit dem Zeigefinger ganz langsam über sein Sixpack, so-dass mein Nagel an seiner zarten Haut kratzt. Sein Atem verschnellert sich kaum merklich, und auch mir klopft das Herz bis zum Halse. Noch dazu beginnt es in Regionen zu ziehen, auf die Reed absolut keinen Einfluss haben sollte.

»Du spielst mit dem Feuer«, presst er hervor. Weiß ich doch. Trotzdem darf Reed auf keinen Fall merken, dass er mir auch ziemlich zusetzt.

Ich ziehe meine Hand weg und balle sie zu einer Faust. »Ich weiß nicht, was ich sonst tun soll.«

Dieser kleine Brocken Wahrheit scheint ihn sehr zu überraschen, und ich nutze die Gelegenheit, um mich aus dem Staub zu machen. Wäre schön, wenn ich mir einbilden könnte, dass ich diese Runde gewonnen habe, aber ich habe trotzdem das Gefühl, dass mir jede Begegnung mit Reed Kraft raubt.

Ich verbringe den Tag damit, das Haus und das Grundstück zu erkunden. Hinter dem Pool steht ein Häuschen, das fast komplett aus Glas besteht, mit einer winzigen Küche und einer kleinen Sitzgruppe ausgestattet. Ein paar Stufen führen hinunter ans Ufer, aber wegen der vielen Felsen kann man diesen Abschnitt nicht wirklich als Strand bezeichnen. Der kommt dann erst ein Stückchen weiter. Es ist trotzdem wunderschön hier, und ich kann mir gut vorstellen, wie ich es mir mit einer Tasse Kakao und einem Buch gut gehen lasse.

Schwer zu glauben, dass das hier jetzt mein Leben sein soll. Ich muss einfach nur zwei Jahre den Spott und die Beleidigungen der Jungs ertragen, und das ist immer noch ein Klacks verglichen mit dem, was ich vorher durchmachen musste. Ich brauche mir keine Gedanken mehr darüber zu machen, wo ich was zu essen herkriege oder wo ich schlafen soll. Muss nicht mehr ständig umziehen und Angst haben, dass das Geld nicht reicht. Nicht mehr am Bett meiner Mutter sitzen, die gerade vor Schmerz zittert und weint und zu arm ist für die Medikamente, die ihre Qualen lindern würden.

Als ich daran denke, werde ich sofort todtraurig. Meine Mom war vielleicht nicht die beste Mutter der Welt, aber sie hat sich alle Mühe gegeben, und ich habe sie sehr geliebt. Immerhin war ich nicht völlig allein, als sie noch gelebt hat.

Jetzt, wo ich auf den endlosen Ozean starre und weit und breit kein menschliches Wesen zu sehen ist, fühle ich mich unendlich allein. Ganz egal, was Callum sagt oder tut: Ich werde nie eine Royal sein.

Vielleicht lese ich ja doch lieber im Haus.

Drinnen ist es still, die Jungs sind scheinbar unterwegs. Callum hat mir einen Zettel hingelegt, auf dem steht, dass er bei der Arbeit ist. Dazu hat er mir noch das WLAN-Passwort und Durands Nummer notiert. Unter dem Zettel befindet sich eine kleine weiße Box.

Mit klopfendem Herzen öffne ich sie und hole ein Smartphone heraus, das aussieht, als bestünde es aus lauter kleinen Kristallen.

Früher hatte ich immer billige Einweghandys, mit denen man nicht viel anderes anstellen konnte, als zu telefonieren. Mit dem Ding hier hingegen könnte ich mich wahrscheinlich in sämtliche Systeme einhacken, wenn ich das wollte.

Den Rest des Nachmittags verbringe ich damit, mit meinem neuen Smartphone herumzuspielen, irgendeinen Quatsch nachzulesen oder mir dämliche YouTube-Videos anzusehen. Und es macht mir einen Heidenspaß.

Gegen sieben verkündet mir Callum, dass das Abendessen fertig ist. Er und Brooke sitzen im Innenhof.

»Stört es dich, wenn wir hier draußen essen?«

Ich sehe auf das köstliche Essen und den wunderbar erleuchteten Innenhof und frage mich, wer um alle Welt dagegen etwas einzuwenden hätte! »Sieht super aus.«

Während des Dinners lerne ich eine andere Seite an Brooke kennen. Eine merkwürdig verletzliche, bei der sie ständig den Kopf einzieht und mit den Wimpern klimpert. Und Callum? Der Mann, der ein Unternehmen leitet, das Militärflugzeuge produziert? Der frisst ihr aus der Hand.

»Möchtest du noch Wein, Honey?«, bietet Brooke an, obwohl Callums Glas randvoll ist.

»Nein danke, bin bedient.« Er lächelt. »Ich sitze mit den zwei hübschesten Ladys der Welt beim Abendessen. Das Steak ist perfekt gebraten, und ich habe heute einen Deal mit *Singapore Air* in trockene Tücher gebracht.«

Brooke klatscht in die Hände. »Das ist ja fantastisch! Habe ich dir schon mal gesagt, wie sehr ich dich bewundere?«

Sie lehnt sich an ihn, drückt ihre Brüste an seinen Oberarm und gibt ihm einen feuchten Schmatzer. Er wirft mir einen kurzen Blick zu, ehe er auf Abstand geht. Brooke seufzt enttäuscht, setzt sich dann aber wieder aufrecht hin.

Ich wiederum weiß nicht, ob ich je zuvor ein so saftiges Steak gegessen habe.

»Steak macht ziemlich dick. So wie jedes rote Fleisch«, teilt Brooke mir mit.

»Darüber muss Ella sich ja glücklicherweise nicht den Kopf zerbrechen«, erwidert Callum ein wenig rüde.

»Jetzt vielleicht noch nicht, aber später wirst du es bereuen«, warnt mich Brooke.

Ich sehe hinab auf das wunderbare Stück Fleisch und dann hinüber zu der gertenschlanken Brooke. Ich ahne, worum es ihr geht – sie ist genauso abhängig von Callums Großzügigkeit wie ich, und wenn sie nicht mehr hübsch genug ist, kann es sein, dass er sie fallen lässt. Ich weiß nicht, ob das stimmt, aber es ist eine verständliche Sorge. Das ändert allerdings nichts an meinem Appetit. »Danke für die Info, Brooke.«

Brooke sieht mich finster an, und Callum kann nur mit Mühe ein Glucksen unterdrücken. Ein Ausdruck, den ich nicht recht einordnen kann, huscht über ihr Gesicht, und sie wendet sich mit einem Schmollmund an Callum, um mit ihm über eine Party zu sprechen, die sie besucht haben.

Vor lauter schlechtem Gewissen schmeckt mir der nächste Bissen nicht mehr ganz so gut. Ich habe ihre Gefühle verletzt, also schließt sie mich jetzt aus. Und das, obwohl sie neben Valerie eine der wenigen Personen ist, die nett zu mir waren.

»Wollen wir nicht eine Party planen, um Ella hier in der Familie willkommen zu heißen?«, schlägt Callum vor, um mich in die Unterhaltung mit einzubeziehen.

Okay, auch Callum gibt sich alle Mühe, nett zu sein. Aber eine Party mit den Idioten von der Schule? Da würde ich mir ja lieber jeden Fingernagel einzeln ausreißen lassen!

Ich lege meine Gabel neben den Teller. »So eine Party ist nicht nötig. Ich habe schon alles, was ich brauche, ehrlich.«

Brooke legt ihren Kopf auf Callums Schulter. »Mach dir keine Sorgen, Callum. Ella findet schon noch Freunde, wenn sie so weit ist. Stimmt doch, oder, Darling?«

Ich nicke bekräftigend. »Na klar.« Dazu setze ich mein überzeugendstes Lächeln auf und merke, wie Callum sich ein wenig entspannt.

»Dann also keine Party. Alles klar.«

»Callum ist und bleibt der Beste, oder?« Brooke fummelt an dem obersten Knopf seines Hemdes herum, und so wie sie das macht, habe ich fast den Eindruck, dass sie ihr Territorium verteidigen will.

Ich würde ihr gern versichern, dass ich keine Gefahr darstelle – aber ich weiß nicht, ob sie mir das glauben würde.

»Wir sind seine armen Straßenkinder, die er draußen in der bösen, kalten Welt aufgelesen hat. Hoffentlich schickt er uns nicht einfach wieder weg, wenn wir uns erholt haben!«

»Niemand schickt Ella weg. Immerhin ist sie eine Royal«, erklärt Callum.

Brooke sieht aus, als hätte sie in eine unreife Zitrone gebissen. Kein Wunder, wenn Callum sie nicht erwähnt.

»Ehrlich? Und ich habe immer gedacht, sie wäre Steves Tochter. Habe ich da was verpasst?«, neckt sie ihn. Er fährt zusammen, als hätte ihn eine Faust getroffen.

»Was? Ja, natürlich ist sie das. Aber er …« Callum schluckt. »Er ist tot, und deswegen gehört Ella jetzt zu meiner Familie, so wie die Jungs umgekehrt zu Steve gehört hätten, wenn mir etwas passiert wäre.«

»Natürlich. Ich wollte nur darauf hinaus, dass du wahnsinnig großzügig bist.« Sie gurrt. »Un-glaub-lich *großzügig*.«

Mit jedem Wort rückt sie näher an Callum heran, bis sie beinahe auf seinem Schoß sitzt. Er nimmt die Gabel in die linke Hand und legt einen Arm um Brooke, während er mich entschuldigend ansieht: *Sie benutzt mich genauso sehr wie ich sie.*

Ich kapiere das schon, ehrlich. Der Mann hat kurz hintereinander seine Frau und seinen besten Freund verloren. Ich weiß zu gut, wie Verlust sich anfühlt, und wenn Brooke ihm dabei hilft, eine Lücke in seinem Leben zu füllen, dann ist das doch gut.

Das heißt aber noch lange nicht, dass ich die beiden in Aktion erleben will.

»Ich hole mir mal …« Ich bringe den Satz nicht zu Ende, weil Brooke bereits auf Callum geklettert ist. Mit großen

Augen sehe ich zu, wie sie rittlings auf ihm sitzt und an seinen Ohren zieht, als wäre er ein Steckenpferd.

»Nicht hier«, zischt ihr Callum zu. Aber ich bin schon auf dem Weg nach drinnen und höre nur noch, wie Brooke beruhigend auf ihn einredet.

»Sie ist siebzehn, Darling. Wahrscheinlich weiß sie mehr über Sex als wir zwei zusammen. Und wenn nicht, dann werden unsere Jungs schon bald dafür sorgen, dass sie im Bilde ist.«

Bei diesen Worten zucke ich kurz zusammen, aber auf Callum scheinen sie eine beruhigende Wirkung zu haben, denn ich höre ein zufriedenes Knurren.

»Warte. Brooke. Moment.«

Sie kichert, und dann höre ich ein lautes Quietschen. Verdammt, wieso dauert es nur so lange, diesen Innenhof zu durchqueren?

Sobald ich mich hineingerettet habe, kommt Easton aus der Küche geschlendert. Offensichtlich lassen ihn die Geschehnisse auf der Terrasse völlig kalt.

»Willkommen im Palast der Royals«, meint er trocken und grinst. »Und immer schön verhüten, Kinder!«, ruft er. »Wir brauchen nicht noch mehr uneheliche Schmarotzer in der Familie!«

Sofort ist mein Grinsen wie weggewischt. »Hat dir eigentlich jemand beigebracht, wie man sich wie ein Idiot benimmt, oder bist du da so eine Art Naturtalent?«

Easton zögert einen Moment, fasst sich dann aber in den Schritt, als säße Reed wie ein kleines Teufelchen auf seiner Schulter. »Warum kommst du nicht mit in mein Zimmer, und ich zeige dir, worin ich wirklich Talent habe?«

»Mach Platz.« Ich gehe so gemächlich wie möglich an ihm vorbei und fange erst an zu rennen, als ich bei der Treppe angekommen bin.

Sobald ich in meinem Zimmer angelangt bin, erstelle ich eine Liste mit Gründen, die mich von einer sofortigen Flucht abhalten könnten. Okay, hier bei den Royals bekomme ich immer genug zu essen. In meinem Rucksack stecken zehn Riesen. Ich muss nicht für alte Säcke strippen, die in ihren verschwitzten Händen die Dollarscheine zerknüllen. Und zwei Jahre sexueller Belästigung und anderer Beleidigungen von den Jungs überstehe ich locker.

Den Rest des Abends verbringe ich trotzdem in meinem Zimmer an meinem neuen, glänzenden MacBook, das wie von Geisterhand auf meinem Schreibtisch aufgetaucht ist. Irgendein Nebenjob wird sich doch wohl finden lassen! Direkt vor dem Haus gibt es keine öffentlichen Verkehrsmittel, aber gestern Abend bin ich an einer Bushaltestelle vorbeigekommen, die nicht allzu weit weg war. Wahrscheinlich nicht mal einen halben Kilometer.

Am nächsten Tag mache ich einen kleinen Spaziergang und stelle fest, dass man ungefähr zehn Minuten zu der Haltestelle braucht, wenn man zügig geht. Leider kommt der Bus an Sonntagen nicht besonders oft – einmal pro Stunde, und das nur bis achtzehn Uhr. Ich brauche also einen Job, bei dem sonntags früh Schluss ist.

Auf dem Heimweg hält Gideon in seinem glänzenden Geländewagen neben mir. Sein Haar steht in alle Richtungen ab, und auf seinem Hals entdecke ich verdächtige rote Spuren. Eigentlich würde ich denken, dass er gerade Sex hatte, aber dafür ist er viel zu mies drauf. Vielleicht hat er sich stattdessen mit einem Waschbären gebalgt?

»Was machst du da?«, bellt er.

»Ich laufe.«

»Steig ein.« Er stößt eine Tür auf. »Du solltest dich hier nicht allein herumtreiben.«

»Sieht doch ganz nett aus hier.« Die Häuser sind groß und prächtig, die Gärten noch größer. Außerdem hatten seine Brüder ja auch kein Problem damit, mich hier mitten in der Nacht auszusetzen. »Das Riskanteste, was mir heute passiert ist, war ein Mann, der mich in sein Auto locken wollte. Gott sei Dank war ich clever genug, das sein zu lassen.«

Ohne es zu wollen, muss Gideon grinsen. »Ich habe hier drin keine Süßigkeiten oder Hundewelpen, du musst dir also keine Sorgen machen.«

»Du könntest trotzdem ein mieser Kidnapper sein.«

»Was ist, kommst du jetzt, oder sollen wir den ganzen Sonntag über den Verkehr aufhalten?«

Ich sehe, dass ein anderes Auto auf uns zukommt. Na, warum nicht? Ist ja keine lange Fahrt.

Während wir nebeneinander im Auto sitzen, sagt Gideon kein Wort, reibt nur ab und zu an seinem Arm. Ein paar Minuten später hält er vor dem Eingang und stellt das Auto ab.

»Danke fürs Fahren«, sage ich. Als er mir nicht nachkommt, drehe ich mich um. »Was ist, kommst du?«

Er wirft einen Blick zum Haus. »Nee, ich muss dringend eine Runde schwimmen. Eine große.«

Dann rubbelt er wieder an seinem Arm, als wäre da Dreck, den er einfach nicht abbekommt. Als er sieht, dass ich ihn beobachte, runzelt er die Stirn.

Ich würde ihn gern fragen, ob alles okay ist, aber sein Gesichtsausdruck signalisiert mir eindeutig, dass ich das besser bleiben lassen sollte. Stattdessen sehe ich ihn besorgt an und hoffe, dass er das als Einladung versteht. *Ich habe schon richtig übles Zeug gesehen*, will ich ihm damit übermitteln. Er aber fletscht nur die Zähne.

Auf meinem Bett liegt ein neuer Zettel von Callum. Ich klettere auf meine pink-weiß bezogene Daunenwolke und mache es mir gemütlich, ehe ich zu lesen anfange.

Sorry wegen eben. Kommt nicht wieder vor. Durand bringt dich morgen in die Schule. Gib ihm Bescheid, wann du loswillst.

PS: Dein Auto ist unterwegs. Ich wollte genau das richtige aussuchen, und ein Modell in der richtigen Farbe gab es nur in Kalifornien.

Lieber Gott, lass es bitte nicht rosa sein! Ich würde eher sterben, als in Malibu Barbies Auto zur Schule zu fahren!

Plötzlich reißt es mich nach oben. Wow, ich kann nicht fassen, dass ich das gerade wirklich gedacht habe. Auto ist Auto. Ich sollte unglaublich dankbar dafür sein, dass ich eins bekomme! Ist doch egal, welche Farbe es hat. Wenn es rosa ist, dann lasse ich mich trotzdem auf die Knie sinken und küsse seinen Kotflügel.

Himmel. Ein Wochenende in diesem Palast hat genügt, um eine verzogene Göre aus mir zu machen.

11. Kapitel

Am nächsten Tag stehe ich schon im Morgengrauen auf. Den Fehler von der Party werde ich auf keinen Fall wiederholen. Also schiebe ich die hübschen Schuhe, die Brooke ausgesucht hat, beiseite und schlüpfe in ein paar weiße Stoffturnschuhe, eine Röhrenjeans und ein T-Shirt. Ich knabbere an meiner Unterlippe und überlege, was ich mit meinem Rucksack machen soll. Wenn ich ihn mit in die Schule nehme, kann es sein, dass ihn mir jemand klaut, ein Punk oder so. Aber wenn ich ihn hierlasse, riskiere ich, dass die Jungs in ihm herumschnüffeln. Okay, ich nehme ihn mit. Auch wenn es ein komisches Gefühl ist, mit zehntausend Dollar unterwegs zu sein.

In der Küche treffe ich Callum, der gerade auf dem Weg zur Arbeit ist und sich darüber wundert, dass ich schon so früh auf den Beinen bin. Ich schwindle also und sage, dass ich mit Valerie zum Frühstück verabredet bin. Darüber freut er sich so sehr, dass er sich fast in die Hose macht.

Ich kippe eine Tasse Kaffee in mich hinein und gehe dann hinaus zu Durand, zwei Stunden ehe der Unterricht beginnt.

»Danke, dass Sie mich fahren!« Er nickt kaum merklich mit dem Kopf.

Vor einer Bäckerei, die nur wenige Minuten von der Schule entfernt ist, lasse ich mich absetzen. Hinter dem Tresen steht eine Frau, die in etwa das Alter meiner Mom haben dürfte und ihr weizenblondes Haar zu einem hohen Dutt zusammengeknotet hat.

»Guten Morgen, meine Liebe. Was kann ich für dich tun?«, fragt sie, die Hand an der Kasse.

»Ich bin Ella Harper, und ich wollte mich um den Aushilfsjob bewerben. Der Anzeige konnte man entnehmen, dass es schulfreundliche Schichten sind? Ich gehe auf die *Astor Park*.«

»Hm, du bekommst also ein Stipendium dort?« Ich korrigiere sie nicht, weil es ja irgendwie stimmt. Gewissermaßen bekomme ich ein Stipendium von Callum Royal. Während sie mich mustert, halte ich den Atem an.

»Hast du Erfahrung im Backen?«

»Nein«, gebe ich zu. »Aber ich lerne schnell und kann härter arbeiten als jeder andere. Mir macht es nichts aus, lange Schichten zu haben, früh aufzustehen oder erst spät nach Hause zu kommen.«

Sie verzieht den Mund. »Eigentlich stelle ich Schüler nicht so gern ein. Aber ... wir könnten es auf einen Versuch ankommen lassen. Eine Woche lang. Du wirst allerdings teilweise deine Mitschüler bedienen müssen. Ist das ein Problem?«

»Überhaupt nicht.«

»Ein paar der *Astor-Park*-Kids haben es ganz schön in sich.«

Anders gesagt: Auf die Schule gehen eine Menge Arschlöcher.

»Wie gesagt, die Kundschaft ist kein Problem für mich.«

Sie seufzt. »Okay. Ich kann wirklich dringend Hilfe gebrauchen. Wenn du die nächsten sechs Tage über pünktlich herkommst und alle Schichten abarbeitest, dann gehört der Job dir.« Ich lächle sie an, und sie drückt die Hand auf ihr Herz.

»Honey, du hättest schon viel früher lächeln sollen! Das verändert dein Gesicht richtig. Denk dran: Je mehr du lächelst, desto mehr Trinkgeld bekommst du.«

Eigentlich ist das mit dem Lächeln ein eher unnatürlicher Zustand für mich. Es tut fast schon weh, weil es so ungewohnt ist. Aber ich grinse tapfer weiter, damit die Lady mich mag.

»Ich beginne um vier Uhr mit dem Backen, aber du musst erst um halb sechs hier sein. Du solltest unter der Woche jeden Morgen kommen und hierbleiben, bis dein Unterricht beginnt. An Donnerstagen und Freitagen will ich, dass du nach der Schule noch mal kommst und bis Ladenschluss bleibst – also bis zwanzig Uhr. Überschneidet sich das mit irgendwelchen Schulaktivitäten?«

»Nein.«

»Nicht mal am Freitag?«

»Der Job ist mir wichtiger als alles, was am Freitagabend in der Schule stattfinden mag.«

Sie lächelt mich an. »Okay. Such dir einen Scone aus, und ich mache dir eine Tasse Kaffee. Ich heiße übrigens Lucy! In etwa einer Stunde geht es hier so richtig los. Vielleicht änderst du deine Meinung, wenn du siehst, was für ein Irrenhaus das hier sein kann!«

Lucy hat recht – die Bäckerei ist brechend voll, aber das macht mir nichts aus. Hinter dem Tresen zu hantieren und zwei Stunden lang Gebäck zu servieren, ist eine prima Ablenkung von dem, was mich möglicherweise in der Schule erwartet.

Es ist komisch, eine Uniform zu tragen, aber wahrscheinlich habe ich mich schon bald daran gewöhnt. Mir fällt auf, dass ein paar Schülerinnen tatsächlich einen Weg gefunden haben, den Look ein wenig aufreizender zu gestalten. Wie Savannah schon gesagt hatte, haben viele die Röcke ein wenig gekürzt oder tragen die oberen Knöpfe der Bluse offen, sodass die Spitze ihrer BHs oben hinauslugt. Ich habe nicht das geringste Interesse daran, Aufmerksamkeit auf mich zu ziehen. Deswegen bleibt mein Rock knielang, und die Knöpfe meiner Bluse bleiben geschlossen.

Ich habe diesen Morgen Mathematik, Wirtschaft und Englisch. Valerie treffe ich in keinem der Kurse. Dafür sitzt Savannah in allen drei, und in Englisch lümmelt Easton im hinteren Teil des Raums mit seinen Kumpels herum, ohne mich eines Blickes zu würdigen. Kann er von mir aus das ganze Semester lang so machen.

Anscheinend ist das heute der Tag des Ignorierens. Keiner, die Lehrer mal ausgenommen, sagt auch nur ein Wort zu mir. Nachdem ich es ein paarmal mit einem Lächeln versucht habe und keinerlei Reaktion bekommen habe, gebe ich es auf. Dann tue ich eben auch so, als würden sie nicht existieren.

Erst in der Mittagspause sehe ich ein vertrautes Gesicht. »Harper! Schwing deinen Hintern hier rüber!«, ruft mir Valerie in der Cafeteria von der Salatbar aus zu.

Vielleicht ist *Cafeteria* auch nicht die richtige Bezeichnung für diesen herrschaftlichen Raum. Die Wände sind holzverkleidet, die Stühle mit Leder gepolstert, und das Buffet sieht aus wie in einem Luxushotel. Am anderen Ende des Raums sind die Glastüren alle weit geöffnet und führen hinaus auf eine große Terrasse, auf der die Schüler essen können, wenn das Wetter schön ist. Es ist noch nicht einmal Ende September, also scheint die Sonne, und wir könnten uns auf jeden Fall raussetzen. Als ich allerdings Jordan Carrington und ihre Freunde entdecke und dann auch noch Reed und Easton, entscheide ich mich doch lieber dafür, drinnen zu bleiben.

Valerie und ich laden unsere Tabletts mit Essen voll und ergattern einen leeren Tisch in einer Ecke des Raums. Ich sehe mich um und stelle fest, dass alle Schüler schon ein wenig älter aussehen.

»Keine Neuntklässler?«, frage ich verdutzt.

Valerie schüttelt den Kopf. »Die machen eine Stunde eher Mittagspause.«

»Ach so.« Ich spieße ein paar Nudeln auf meine Gabel und sehe mich um. Niemand erwidert meinen Blick, und es ist wirklich ein bisschen so, als würden Valerie und ich überhaupt nicht existieren.

»Gewöhn dich schon mal daran, dass du unsichtbar bist«, meint Valerie wissend. »Du solltest es als eine Art Auszeichnung verstehen. Es bedeutet, dass du den reichen Bitches zu egal bist, um dich zu quälen.«

»Wie sähe dieses Quälen denn aus?«

»Ach, das Übliche. Sie sprühen irgendwelchen Mist auf dein Schließfach, stellen dir im Flur ein Bein oder mobben dich online. Jordan und ihre Jüngerinnen sind nicht sonderlich einfallsreich.«

»Sie ist also das weibliche Pendant zu Reed, hm?«

»Jepp. Wenn es nach ihr ginge, hinge sie den ganzen Tag an ihm dran und würde jede Nacht mit ihm vögeln, aber leider ist dieses Glück meiner geliebten Cousine nicht vergönnt.«

Ich kichere. »Woher weißt du nur so gut Bescheid?«

Valerie zuckt mit den Schultern. »Ach, ich halte die Augen hoffen, sperre meine Lauscher auf und habe ein gutes Gedächtnis.«

»Okay. Dann erzähl mir mehr über die Royals.« Ich fühle mich ein bisschen blöd, als ich das frage, aber langsam habe ich doch das Gefühl, dass ich für den nächsten Streit mit meinen Stiefbrüdern ein wenig Munition brauche.

Meine neue Freundin stöhnt auf. »Oh nein! Bitte sag nicht, dass du jetzt schon auf einen von ihnen stehst.«

»O Gott, niemals!« Ich zwinge mich, nicht daran zu denken, wie schnell mein Herz schlägt, wenn Reed den Raum betritt. Ich verliebe mich nicht in den Typen, verdammt! Er ist ein Arschloch, und ich will nichts mit ihm zu tun haben. »Ich will doch nur wissen, mit wem ich es zu tun habe.«

Sie entspannt sich. »Okay. Also. Ich habe dir ja schon von Easton und Claire erzählt. Einer der Zwillinge hat eine Freundin, der andere ist genauso ein Aufreißer wie seine Brüder. Bei Reed bin ich mir nicht so ganz sicher ... Die Hälfte der Mädels an der Schule behauptet, schon mit ihm geschlafen zu haben, aber wer weiß. Sicher ist nur, dass er mal was mit Jordans Freundin Abby hatte – und das hat ihr ganz und gar nicht gepasst.«

»Und sonst? Skandale? Gerüchte?« Ich fühle mich wie ein Detektiv.

»Ihr Dad hat eine ziemlich trashige Freundin. Das mit den beiden läuft schon seit ein paar Jahren.«

Sofort sehe ich Brooke und Callum wieder beim Abendessen vor mir. »Ich weiß Bescheid, besten Dank«, meine ich seufzend.

»Na schön ... Was gibt es noch ... Ihre Mom ist vor einer Weile gestorben.« Valerie senkt ihre Stimme. »An einer Überdosis.«

Mein Atem beschleunigt sich. »Ehrlich?«

»Ja. Die Nachrichten und die Zeitungen waren voll davon. Ich schätze mal, dass sie Schlaftabletten verschrieben bekommen hat und die sich nicht mit anderen Medikamenten vertragen haben, die sie genommen hat. Ich kenne die Details nicht, aber ich glaube, gegen ihren Arzt wurde ermittelt, weil er ihr ein falsches Rezept ausgestellt hat.«

Ob ich will oder nicht – plötzlich bekomme ich Mitleid mit den Royals. Neben dem Kamin hängen Bilder von ihrer Mutter. Sie war eine hübsche Frau mit braunem Haar und warmen Augen. Jedes Mal, wenn Callum sie erwähnt, sieht er furchtbar traurig aus. Ich schätze mal, dass er sie wirklich sehr geliebt hat. Ob sie und ihre Söhne sich wohl nahestanden? Oh Mann, niemand sollte mit so einem Verlust fertigwerden müssen!

Jetzt, wo ich mir die Infos beschafft habe, wechseln wir das Thema. Ich erzähle Valerie von meinem neuen Job, und sie verspricht mir, zweimal pro Woche nach der Schule vorbeizukommen und mich zu nerven. Den Rest der Pause verbringen wir damit, zu lachen und uns besser kennenzulernen. Als wir die Tabletts zurückbringen, habe ich beschlossen, dass ich auf jeden Fall mit ihr befreundet sein will.

»Ich kann nicht fassen, dass wir überhaupt keine gemeinsamen Kurse haben«, beschwert sie sich, als wir die Cafeteria verlassen. »Was soll das denn, Mädchen? Wer hat dich gezwungen, diese Fächer zu belegen? Mathe, Naturwissenschaft und Wirtschaft?! Beleg doch lieber *Allgemeine Kompetenzen*, so wie ich. Da lernt man, wie man Kreditkarten beantragt und so.«

»Ich habe mir die Fächer selbst ausgesucht. Immerhin bin ich hier, um zu lernen, und nicht, um Zeit zu vergeuden.«

»Nerd.«

»Verzogenes Gör!« Vor dem Chemieraum, in dem gleich mein Unterricht beginnt, verabschieden wir uns. Beim Essen haben wir schon unsere Nummern ausgetauscht, und sie verspricht mir, mir nachher zu schreiben, ehe sie nach Hause fährt.

Als ich das Chemielabor betrete, springt der Lehrer auf, als hätte er mich schon erwartet. Er ist etwa so groß wie ein Hobbit und hat einen buschigen Vollbart, der aussieht, als würde er gerade sein Gesicht verschlingen. Er stellt sich mir als Mr Neville vor.

Ich versuche, nicht zu den Schülern zu schauen, habe aber an einem der Tische schon Easton entdeckt. Und er ist der Einzige, neben dem ein Platz frei ist. Mist.

»Freut mich sehr, dich kennenzulernen, Ella«, sagt Mr Neville. »Ich habe vorhin schon mal einen Blick auf dein Zeugnis geworfen und war sehr beeindruckt von deinen bisherigen Noten in Naturwissenschaften!«

Ich zucke mit den Schultern. Mathe und naturwissenschaftliche Fächer sind mir immer schon leichtgefallen. Ich weiß zwar, dass ich das Tanztalent von meiner Mutter geerbt habe. Aber nachdem sie nicht einmal ausrechnen konnte, wie viel Prozent Trinkgeld sie geben sollte, vermute ich, dass ich meine Matheskills eher meinem Vater verdanke. Steve, der Navy SEAL/Pilot/Multimillionär.

»Jedenfalls hat Mr Royal diese Woche den Direktor angerufen und darum gebeten, dass du und Easton dieses Semester ein Team bildet.« Neville senkt seine Stimme. »Easton könnte sich ein diszipliniertes Lernverhalten angewöhnen, und es macht auch Sinn, dass ihr zwei im Labor Partner seid. Immerhin könnt ihr auch zusammen zu Hause lernen.«

Welch eine Freude! Ich unterdrücke einen Seufzer und gehe zu Eastons Tisch, um meinen Rucksack dort abzustellen und mich auf den Stuhl fallen zu lassen.

»Verdammte Scheiße«, murmelt er.

»Hey, schau mich nicht so an!«, murmele ich zurück.

»Das ist echt nicht auf meinem Mist gewachsen, sondern auf dem deines Vaters.«

Er starrt geradeaus, und ein Muskel an seinem Kiefer zuckt. »Natürlich.«

Im Gegensatz zu den vorherigen Kursen scheint der Chemieunterricht kein Ende zu nehmen. Aber das liegt wahrscheinlich daran, dass Easton mich nonstop mit finsteren Blicken bedenkt. Ab und zu grinst er mich auch schief an, zum Beispiel dann, wenn er sich zurücklehnt und verlangt, dass ich die Lösung anrühren soll, aus der wir Kristalle züchten wollen.

In dem Moment, in dem es läutet, springe ich auf, um so schnell wie möglich den Fängen meines »Bruders« zu entkommen. Sofort flitze ich hinaus zu meinem nächsten Kurs, aber dann fällt mir ein, dass meine Bücher für Geschichte noch in meinem Schließfach liegen. Ich habe überall Kurse für Fortgeschrittene belegt und muss mich deswegen mit tausendseitigen Büchern herumquälen. Die kriege ich nun mal nicht alle in meinen Rucksack.

Zum Glück ist der Spind nicht weit weg. Dummerweise kommen Jordan und ihr Gefolge um die Ecke gebogen, ehe ich ihn erreicht habe.

Die vier bleiben stehen und grinsen, als sie mich sehen. Natürlich grüßt mich keine, aber das ist mir langsam wirklich egal. Auch ich würdige sie keines Blickes und versuche, so selbstbewusst wie möglich an ihnen vorbeizuziehen. Es mögen richtige Miststücke sein, aber sie sind auch wunderschön. Die Kerle im Flur, inklusive Easton, der gerade aus dem Chemiesaal kommt und auf die Gruppe zusteuert, starren sie sehnsüchtig an.

Sie bleiben bei der Schließfachwand stehen, und Jordan flüstert etwas in Eastons Ohr, die manikürten Fingernägel auf seinem Oberarm.

Er zuckt mit den Schultern, wobei sein marineblauer Blazer um seinen Rücken spannt. Easton ist gerade zweifellos der heißeste Typ im Umkreis von fünf Kilometern, wobei die zwei Kerle neben ihm auch nicht von schlechten Eltern sind.

Ich ignoriere alle, als ich zu meinem Schließfach gehe und an dem Zahlenschloss herumfummle. Noch zwei Kurse, dann ist endlich Schulschluss, und ich muss mich nicht mehr all den Blicken aussetzen. Dann kann ich zurück ins Haus, meine Hausaufgaben machen und schlafen gehen. Hauptsache, ich bleibe in Bewegung und mache mir nicht zu viele Gedanken über all den Mist. Das ist mein neuer Vorsatz!

Als das Schloss gleich beim ersten Versuch aufgeht, bin ich total erleichtert. Ich ziehe die Tür auf, und ... mir stürzt eine Ladung Müll entgegen.

Ich bin so überrascht, dass ich leise aufkreische, was ich sofort bereue. Um mich herum ertönt hämisches Gelächter. Ich schließe die Augen, während ich darum bete, dass mein Gesicht nicht rot wie eine Tomate anläuft.

Ich will nicht, dass die anderen mitbekommen, dass dieser stinkende Haufen zu meinen Füßen mir zusetzt. Ich kicke eine Bananenschale beiseite und atme durch den Mund, damit mir von dem stechenden Geruch nicht die Tränen in die Augen treten. Ich entdecke benutzte Taschentücher, ein blutiges Tampon ... Nein. Ich werde nicht heulen.

Das Gelächter hört einfach nicht auf. Ich ziehe so lässig wie möglich mein Geschichtsbuch aus dem untersten Fach meines luxuriösen Schließfachs. Dann zupfe ich einen nassen Zeitungsfetzen ab, der am Griff klebt, und knalle die Tür zu.

Als ich mich umdrehe, sehe ich, dass mich alle anstarren. Ich sehe nur in ein Augenpaar – in das von Jordan, deren mandelbraune Augen einen höhnischen Glanz angenommen haben und die mir majestätisch zuwinkt.

Ich drücke meine Schultern nach hinten und klemme mir das Buch unter den Arm. Ein großer Typ mit braunen Locken kichert, als ich an ihm vorbeigehe. O Gott. An meinem Schuh klebt eine Damenbinde. Ich schlucke meine Scham hinunter, kicke die Binde beiseite und laufe weiter.

Als ich näher komme, sieht Easton mich gelangweilt an. Vor Jordan bleibe ich stehen, ziehe eine Augenbraue nach oben und grinse sie an. »Mehr hast du nicht drauf, Carrington? Kannst mir nur deine benutzten Tampons ins Fach stopfen? Tststs. Da hatte ich aber ein bisschen mehr Kreativität erwartet!« Sie funkelt mich an, aber ich gehe einfach weiter, als wäre mir das alles piepegal.

Noch ein Punkt für mich. Irgendwie. Immerhin weiß nur ich selbst, wie nah ich den Tränen bin.

12. Kapitel

Ich überstehe den Rest des Tages, ohne zu heulen, aber ein Teil von mir will es den Kids richtig heimzahlen. So sehr, dass sie sich zurück nach den Tagen sehnen, an denen Müll im Schließfach noch das kleinste Problem war.

Während des Unterrichts bekomme ich eine Nachricht von Valerie.

Alles okay bei dir? Habe von der Schließfachnummer gehört. Jordan kann eine richtige Schlampe sein.

Alles okay, antworte ich. Es war bescheuert und genau wie du gesagt hast. Ziemlich öde. Müll im Schließfach?! Haben sie das aus einer Disneykomödie?

Haha! Sag das aber lieber nicht zu ihr. Sonst denkt sie sich noch was Schlimmeres aus.

2late.

Ich bring dir Blümchen ans Grab!

Na, besten Dank auch. Als der Lehrer in meine Richtung sieht, stecke ich eilig das Telefon weg. Sobald der Gong ertönt, packe ich so schnell wie möglich meinen Rucksack und sause hinaus. Hoffentlich ist Durand schon da, und ich kann mich so schnell wie möglich in mein Prinzessinnenzimmer flüchten. Langsam wächst mir mein pink-weißer Girlie-Albtraum richtig ans Herz.

Der Parkplatz ist voller Leute und teurer Schlitten, aber von Durand keine Spur.

»Harper!« Valerie taucht wie aus dem Nichts auf. »Ist deine Fahrgelegenheit noch nicht hier?«

»Nein. Mist.«

Sie schnalzt mitfühlend mit der Zunge. »Ich würde dir ja anbieten, bei mir mitzufahren, aber auf Jordans Gesellschaft kannst du wahrscheinlich gut verzichten, oder?«

»Damit könntest du recht haben.«

»Du solltest hier trotzdem weg. Sobald Schulschluss ist, kann es ziemlich ungemütlich werden.«

»Was? Mitten am Tag?« Das klingt gar nicht gut.

Valerie runzelt die Stirn. »Jordan ist manchmal ziemlich gerissen. Unterschätz sie nicht.«

Ich verstärke meinen Griff um die Trageschlaufe des Rucksacks und verfluche mich innerlich dafür, dass ich so viel Geld mit mir herumschleppe. Irgendwo in Callums Palast werde ich schon einen Winkel finden, in dem ich es verstecken kann.

»Wieso kommt sie nur immer damit durch? Savannah Montgomery hat mir gesagt, dass jeder hier auf irgendeine Weise … besonders ist. Was hat Jordan bitte schön zu bieten?«

»Connections«, sagt Valerie unverblümt. »Die Carringtons mögen zwar nicht ganz so stinkreich wie die Royals sein, aber sie kennen *alle*, haben Geschäfte mit Promis und mit Adligen abgeschlossen. Jordans Tante väterlicherseits ist mit irgendeinem italienischen Grafen verheiratet. Wenn sie Weihnachten vorbeikommt, müssen wir sie mit Lady Perino ansprechen.«

»Das ist vielleicht bescheuert.«

»Man könnte also sagen, dass Jordan ...« Sie bricht ab. »Warte mal. Da kommt sie.«

Ich wappne mich innerlich, als Jordan sich uns nähert. Wie jedes Alphatier hat sie mehrere treue Gefolgsleute, die hinter ihr hertrotten. Sie sehen aus wie aus der Zahnpastawerbung: strahlend weiße Zähne und langes, glänzendes Haar, das sacht im Wind weht.

»Falls es dich tröstet: Jordan hat eigentlich eine Naturwelle und muss jeden Morgen stundenlang ihr Haar glätten, damit es so aussieht wie jetzt«, murmelt Valerie.

Hat Valerie nichts Peinlicheres auf Lager? So richtig brisant ist dieser Fakt leider nicht.

»Wow, jetzt fühle ich mich ihr total überlegen«, bemerke ich trocken.

Valerie schenkt mir ein schwaches Grinsen und packt meinen Arm, um mir moralische Unterstützung zu geben.

Ein paar Schritte vor mir bleibt Jordan stehen und schnuppert übertrieben laut. »Du stinkst«, teilt sie mir mit. »Und das liegt nicht an dem Müll in deinem Schließfach!«

»Danke für die Info. Dann dusche ich ab jetzt lieber zweimal täglich anstatt nur einmal wie bisher.« Ich versuche, cool zu klingen, mache mir aber gleichzeitig Sorgen. Was, wenn ich wirklich stinke? Das wäre mindestens genauso peinlich, wie mit einer Damenbinde am Schuh durch die Gegend zu stiefeln.

Sie seufzt und wirft das Haar über ihre Schulter. »Das ist kein Geruch, den du durchs Duschen loswirst. Es ist der Muff der Normalos.«

Ich sehe Valerie fragend an, aber die verdreht nur die Augen.

»Okay«, erwidere ich fröhlich. »Gut zu wissen.« Jordan will mich auflaufen lassen, deswegen ist es das Beste, wenn ich nicht auf ihr Spielchen einsteige. Leider funktioniert der Trick nicht. Vielleicht, weil sie sich viel zu gern selbst beim Blödsinn reden zuhört.

»Die Normalos strömen immer so einen … verzweifelten Mief aus.«

Okay, jetzt hat sie mich. Ungefähr so riecht es auch in einem Stripclub.

Ich zwinge mich, mit den Schultern zu zucken. »Ich weiß nicht, was Normalo in der Bitch-Sprache bedeutet, aber wahrscheinlich ist es nicht so richtig nett. Was ich nicht checke, ist, warum du ernsthaft glaubst, deine Meinung würde mich interessieren. Die Welt ist verdammt groß, Jordan. Wie kannst du da denken, dass es mich in zwei Jahren noch interessiert, dass du Müll in meinen Spind gestopft hast? Es ist mir ja jetzt schon total schnuppe.«

Sie öffnet den Mund wie ein Fisch, der an Land nach Luft schnappt, und aus Valeries Mund dringt ein ersticktes Kichern. Ich weiß nicht, was Jordan mir geantwortet hätte, weil hinter mir plötzlich Bewegung entsteht. Noch ehe Jordans perfekte Lippen seinen Namen formen, weiß ich, wer hinter mir steht.

»Reed«, flüstert sie. »Ich habe dich gar nicht kommen sehen.«

Sie klingt überraschend unsicher. Irgendwie frage ich mich, was der genaue Wortlaut von Reeds Anti-Ella-Verfügung ist, und ich nehme mir fest vor, mich bei Valerie danach zu erkundigen.

»Bist du fertig?«, fragt er, und ich bin mir nicht sicher, ob er mich meint oder Jordan. Sie scheint es genauso wenig zu wissen.

»Ich habe mich gefragt, ob du noch mal unsere Englisch-Hausaufgaben durchgehen willst«, meint sie schließlich.

»Bin schon fertig damit«, erwidert er knapp.

Jordan kneift die Lippen zusammen. Die Abfuhr war ein harter Schlag für sie, und beinahe tut sie mir leid.

»Hey Reed«, meldet sich eine andere, leisere Stimme zu Wort. Sie gehört einer zierlichen Blondine, die ihr blondes Haar zu Zöpfen geflochten und wie eine Krone um ihren Kopf gewunden hat. Ihre kornblumenblauen Augen werden von ultralangen Wimpern umkränzt, die wie Federn im Wind flattern, während sie auf Reeds Antwort wartet.

»Abby«, sagt er schließlich, und sein Gesichtsausdruck wird merklich weicher. »Schön, dich zu sehen.«

Das ist also das Mädchen, das sich Reed geangelt hat. Zumindest kurzzeitig. Sie ist umwerfend ... Klar, das ist Jordan theoretisch auch, aber Abby ist viel zarter und niedlicher als Jordan – und als ich. Auf solche Frauen steht Reed also? Zerbrechliche Mädchen, die beim Reden auf ihre Füße starren? Kein Wunder, dass er sich nicht für ... Moment, was denke ich denn da? Es ist mir total schnurz, ob ich Reeds Beuteschema entspreche! Von mir aus kann er sich auf alle blassen, blauäugigen Mädchen dieser Welt einlassen!

»Du hast mir gefehlt«, sagt sie, wobei sie einen unangenehm sehnsüchtigen Tonfall angeschlagen hat.

»Diesen Sommer war echt viel los«, meint Reed und schiebt beide Hände tief in die Hosentaschen. Er sieht Abby nicht in die Augen und klingt ziemlich endgültig.

Das entgeht auch Abby nicht, und ihre Augen beginnen zu glänzen. Für Reed mag die Sache abgehakt sein, aber für sie ganz offensichtlich nicht.

Als Reed seine schwere Hand auf meine Schulter legt, zucke ich zusammen. Die Zahnpasta-Mädchen starren mich hasserfüllt an, und Abby sieht aus wie eine traurige Schmusekatze. Wenn Reed Royal jemanden anfasst, dann sollte das anscheinend nicht ich sein.

»Bist du bereit, Ella?«, murmelt er.

»Äh, glaube schon.«

Diese ganze Situation gibt mir wirklich den Rest, deswegen wehre ich mich auch nicht, als Reed mich zu Eastons Pick-up schiebt. Sobald wir da sind, reiße ich mich los. »Wo ist Easton?«

»Der nimmt die Zwillinge mit.«

»Hast du mich nur benutzt, um deine Ex loszuwerden?«, frage ich, als er die Tür öffnet und mich hineinschubst.

»Sie ist nicht meine Ex!« Er knallt die Tür zu, während Valerie mir grinsend zuwinkt.

»Schnall dich an«, befiehlt er mir, und ich mache das nur, weil es tatsächlich sicherer ist, und nicht, weil er das verlangt hat!

»Und wo ist Durand?« Ich winke Valerie zu, und sie hält ihren Daumen nach oben. Hoffentlich hat Jordan das nicht mitbekommen, sonst muss Valerie wahrscheinlich bald in einen finsteren Kellerverschlag umziehen. »Und warum fährst du mich?«

»Ich wollte mit dir sprechen.« Er hält einen Moment lang inne. »Versuchst du, den Ruf unserer Familie zu ruinieren?« Erschrocken drehe ich mich zu ihm um und versuche, nicht darauf zu achten, wie sexy sein Unterarm aussieht, wenn er vor lauter Frust das Lenkrad umklammert.

»Denkst du vielleicht, ich habe mir selbst den Müll in mein Schließfach gestopft?«, frage ich ihn ungläubig.

»Ich spreche nicht von diesem pubertären Mist, den Jordan da abzieht. Sondern von deinem Job in der Bäckerei.«

»Woher weißt du das, du Stalker? Und wieso sollte das peinlich sein?«

»Ich habe morgens Football-Training und habe gesehen, wie Durand dich da abgesetzt hat«, platzt es aus ihm heraus. »Jetzt sieht es so aus, als würden wir uns nicht um dich kümmern. In der Mittagspause hat mich direkt jemand gefragt, ob den Royals jetzt die Bäckerei gehört und du deswegen dort arbeitest.«

Ich lasse mich in das Sitzpolster sinken und verschränke die Arme. »Um Himmels willen, es tut mir wirklich unendlich leid, dass du eine so unangenehme Frage beantworten musstest! Das muss wahnsinnig schlimm gewesen sein. Viel schrecklicher, als einen blutigen Tampon ins Gesicht zu kriegen, wenn man sein Schließfach öffnet.«

Als er grinst, geht es total mit mir durch. All der Frust und die Demütigungen brechen aus mir hervor. Ja, ich habe wirklich genug davon, immer das liebe, ruhige Mädchen zu spielen. Ich richte mich auf und verpasse ihm eine.

»Fuck«, flucht er. »Womit habe ich das denn verdient?«

»Das war dafür, dass du so ein Arschloch bist!« Ich schlage ihn noch mal, den Daumen eingeklappt und die Fingerknöchel voran, so wie ein Lover von Mom es mir mal beigebracht hat.

Reed schubst mich zurück, sodass ich gegen die Beifahrertür knalle.

»Hör auf mit dem Mist! Wir bauen sonst noch einen Unfall!«

»Du kannst mich mal!« Ich verpasse ihm erneut einen Hieb. »Ich habe die Nase so voll von dir, deinen Beleidigungen und deinen beschissenen Freunden …«

»Wenn du endlich ehrlich zu mir bist, dann lasse ich es vielleicht gut sein. Also, was für ein Spielchen spielst du? Worum geht es?« Er funkelt mich an, während er mich mit einem Arm auf Abstand hält.

Ich versuche, ihn noch mal zu erwischen, treffe aber ins Leere. »Du willst wissen, worum es mir geht? Ich will meinen Abschluss machen und dann aufs College. Das ist alles.«

»Warum bist du hergekommen? Ich weiß, dass du Geld von meinem Dad bekommen hast.«

»Ich habe nicht darum gebeten, in euren Palast entführt zu werden!«

»Du hast dich aber auch nicht gerade heftig gewehrt. Wenn überhaupt.«

Diese Anschuldigung versetzt mir einen Stich – einerseits, weil es stimmt, aber andererseits auch, weil sie unfair ist.

»Ja, ich habe mich ab einem bestimmten Punkt nicht mehr gewehrt. Ich bin doch nicht bescheuert. Dein Vater hat mir eine Zukunft angeboten, und diese Chance habe ich genutzt. Wenn das aus mir eine Schmarotzerin oder geldgierige Person macht, dann bin ich das wohl. Aber immerhin setze ich Leute nicht irgendwo im Nirgendwo aus und zwinge sie, zu Fuß nach Hause zu laufen.«

Mit Genugtuung sehe ich, dass er kurz reumütig aus dem Fenster sieht.

»Du gibst also zu, dass du keinerlei Stolz hast.«

»Ich habe kein Problem, das zuzugeben. Stolz und Prinzipien sind was für Leute, die sich nicht um jede Kleinigkeit sorgen müssen. Darum, ob man für einen Dollar genug zu essen kaufen kann, wie man die Arztrechnungen seiner Mutter bezahlt oder ob man irgendwo Gras auftreiben kann, um ihre Schmerzen zu lindern. Stolz ist echt purer Luxus.«

Müde sinke ich zurück, bin total erschöpft. Gegen ihn komme ich nicht an, er ist einfach zu stark.

»Du hast den Anspruch auf Kummer nicht gepachtet! Immerhin bist du nicht die Einzige, die die Mutter verloren hat.«

»Och, armer kleiner Reed Royal. Er ist ein Arschloch geworden, weil seine Mommy gestorben ist.«

»Halt die Klappe.«

»Du auch.«

Plötzlich fällt mir auf, wie albern wir uns benehmen,

und fange an zu kichern. Wir haben uns tatsächlich ange-
brüllt wie zwei Fünfjährige! Vor lauter Lachen kommen mir
irgendwann tatsächlich die Tränen. Vielleicht heule ich
auch schon die ganze Zeit, und es klang nur wie Lachen?
Ich beuge mich vor und verstecke meinen Kopf zwischen
den Knien, damit Reed nicht mitbekommt, dass er mir
ordentlich zugesetzt hat.

»Hör auf zu weinen«, flüstert er.

»Sag mir nicht, was ich tun soll!«, schluchze ich.

Schließlich hält er die Klappe, und ich habe mich wieder halbwegs im Griff, als wir durchs Tor und die Einfahrt
hinauffahren. Habe ich wirklich behauptet, ich hätte keinen
Stolz?! So ein Quatsch. Es ist mir irre peinlich, dass Reed
mich so erlebt hat.

»Bist du fertig?«, fragt er, als er bremst und den Motor
abstellt.

»Du kannst mich mal«, erwidere ich matt.

»Ich will, dass du deinen Job in der Bäckerei aufgibst.«

»Und ich wünsche mir, dass Jordan über Nacht ein Herz
wächst. Aber wir kriegen nun einmal nicht alles, was wir
uns wünschen.«

Er stöhnt frustriert auf. »Das wird Callum gar nicht
gefallen.«

»Meine Güte, wieso änderst du andauernd die Regeln?
Halt dich von mir fern, Ella. Steig in mein Auto, Ella. Nutz
meinen Vater nicht aus. Verdien nicht dein eigenes Geld,
Ella. Ich weiß wirklich nicht, was du willst.«

»Da sind wir schon mal zwei«, meint er finster.

Darauf gehe ich lieber nicht näher ein. Also reiße ich die
Tür auf und springe hinaus.

Irgendwie kann ich es dann aber doch nicht lassen. »Oh,
und Reed? Benutz mich nicht noch mal als Deckung, wenn
du dich vor deiner Ex drücken willst.«

»Sie ist nicht meine Ex!«, brüllt er mir nach.

Ich weiß, dass es mir egal sein sollte – aber es tut verdammt gut, das noch mal laut und deutlich zu hören.

13. Kapitel

Sobald ich drin bin, flitze ich nach oben und sperre mich in meinem Zimmer ein. Ich werfe meine Schulbücher auf mein Bett und schnappe mir das erste Arbeitsblatt, das ich sehe. Aber es ist schwer, sich auf die Hausaufgaben zu konzentrieren, wenn man so wütend ist. Und so beschämt.

Rein rational kann ich verstehen, woher dieser Ausbruch kam. Immerhin wurde innerhalb einer Woche mein komplettes Leben auf den Kopf gestellt. Callum hat mich aus Kirkwood entführt und in diese komische Stadt gebracht, um mich dann in diesem Irrenhaus unterzubringen. Die Royal-Brüder lassen keine Gelegenheit aus, mich fertigzumachen, seit ich hier bin. Ihre Freunde haben mich auf der Party blamiert und in der Schule gedemütigt. Und obendrein stellt Reed Royal irgendwelche goldenen Regeln auf, die er ständig wieder abändert.

Welche normale Siebzehnjährige würde da nicht die Nerven verlieren?

Aber andererseits ... bin ich irre wütend auf mich selbst, weil ich mich Reed von einer solch verletzlichen Seite präsentiert habe. Ich sollte mich wirklich besser schützen!

Wäre ich nur nicht manchmal so verdammt schwach.

Irgendwie schaffe ich es, meine Hausaufgaben fertig zu machen, aber jetzt ist es sechs Uhr abends, und mein Magen knurrt ordentlich. Mann, ich will nicht runtergehen! Warum gibt es hier denn keinen Zimmerservice, wenn es doch ansonsten sowieso aussieht wie im Hotel?

Hör auf, dich vor ihm zu verstecken. Gönn ihm ja nicht diese Genugtuung.

Wenn ich jetzt das Abendessen ausfallen lasse, weiß Reed, dass er gewonnen hat. Und das geht nicht. Ich darf mich auf keinen Fall einschüchtern lassen.

Dennoch schinde ich erst einmal Zeit. Gönne mir eine ausgiebige Dusche, wasche mein Haar und schlüpfe dann in knappe schwarze Hotpants und ein lockeres rotes Tanktop. Dann bürste ich mir das Haar. Dann schaue ich, ob Valerie mir geschrieben hat. Dann ...

Okay, Schluss mit der Drückebergerei. Mein leerer Bauch zwingt mich dazu, immer zwei Stufen auf einmal zu nehmen, als ich die Treppe hinunterlaufe.

Unten in der Küche entdecke ich einen der Zwillinge, der am Herd steht und missmutig in einem Topf rührt. Nudeln? Der andere Zwilling steckt seinen Kopf in den Kühlschrank und meckert herum.

»Was soll das, Mann? Ich dachte, Sandra wäre schon aus dem Urlaub zurück?«

»Die kommt erst morgen«, erwidert sein Bruder.

»So ein Mist. Seit wann haben Haushälterinnen eigentlich Urlaub? Ich habe die Nase voll davon, selbst zu kochen. Wir hätten mit Dad und Reed essen gehen sollen.«

Stirnrunzelnd lausche ich dem Gespräch. Wow. Die Jungs sind wirklich zu verwöhnt, um sich selbst was zu kochen?! Und wie kommt es, dass Reed allein mit Callum essen geht? Hat der ihm eine Knarre an den Kopf gehalten?

Der Zwilling am Herd bemerkt mich und bedenkt mich mit einem finsteren Blick. »Hey, was glotzt du so?«

Ich zucke mit den Schultern. »Ich sehe nur dabei zu, wie du dein Essen anbrennen lässt.«

Er wirbelt herum und stöhnt auf, als er Rauch von der Pfanne aufsteigen sieht. »Mist! Seb, gib mir einen Topflappen!«

Himmel, die Jungs sind wirklich zu nichts zu gebrauchen! Was hat er denn nur mit dem Lappen vor?

Die Frage beantwortet sich von selbst, als Seb seinem Bruder Sawyer den Topflappen zuwirft und dieser damit den Griff der Pfanne umwickelt, um sie hochzuheben. Okay. Solange das keine sehr außergewöhnliche Pfanne ist, dürfte sie eigentlich keinen heißen Griff haben! Als heißes Öl aus der Pfanne spritzt und Sawyer am Handgelenk trifft, kann ich mir ein leises Kichern nicht verkneifen.

Er heult vor Schmerz auf, und sein Bruder stellt den Herd ab. Dann starren beide angewidert auf das verkohlte Hühnchen und die Nudeln.

»Müsli?«, fragt Sebastian, und Sawyer seufzt.

Trotz des angekokelten Geruchs in der Küche knurrt mein Magen immer noch. Also schlendere ich hinüber zu den Einbauschränken und suche mir die Zutaten zusammen, während die Zwillinge mich unsicher beobachten.

»Ich mache mir Spaghetti«, meine ich, ohne mich umzudrehen. »Wollt ihr auch welche?«

Nach einem langen Schweigen höre ich ein leises »Ja«. Dann noch eines.

Ich koche in aller Ruhe das Essen, während die beiden faul am Tisch herumlümmeln, ohne mir ihre Hilfe anzubieten. Typisch für die verzogenen Royals.

Zwanzig Minuten später essen wir. Auch jetzt herrscht Totenstille. Als schließlich Easton auftaucht, während ich meinen Teller in die Spülmaschine räume, sieht er sich mit zusammengekniffenen Augen um und entdeckt die Zwillinge, die sich gerade die zweite Portion auf die Teller laden.

»Ist Sandra schon zurück aus dem Urlaub?«

Sebastian schüttelt den Kopf und stopft sich noch mehr Nudeln in den Mund.

Sein Bruder bewegt seinen Kopf in meine Richtung. »Sie hat gekocht.«

»*Sie* hat einen Namen«, knurre ich. »Und bitte schön, gern geschehen. Undankbares Pack.« Den letzten Teil habe ich nur noch geflüstert und verlasse währenddessen die Küche. Anstatt zurück in mein Zimmer zu gehen, mache ich mich auf den Weg in die Bibliothek. Callum hat sie mir gezeigt, und ich war von der ungeheuren Menge an Büchern wahnsinnig beeindruckt. Die Regale reichen bis an die Zimmerdecke, und es gibt eine wunderbar altmodische Leiter, um an die obersten Fächer zu gelangen. Am anderen Ende des Raums befindet eine gemütliche Sitzecke mit zwei Polstersesseln, die vor einem modernen Kamin stehen.

Ich habe gerade keine Lust zu lesen, lasse mich aber trotzdem auf einen Sessel plumpsen und atme tief den Geruch von Leder und alten Büchern ein. Als mein Blick auf die Bilderrahmen auf dem Bord über dem Kamin fällt, schlägt mein Herz plötzlich schneller. Auf einem Foto ist der junge Callum zu sehen, der eine Navy-Uniform trägt und den Arm um einen großen blonden Mann geschlungen hat, der ebenfalls uniformiert ist.

Das muss Steve O'Halloran sein. Mein Vater.

Ich starre auf das fein gemeißelte Gesicht dieses Mannes, dessen blaue Augen verschmitzt funkeln. Ich habe seine Augen. Und ich habe sein Haar.

Sobald ich Schritte höre, wirble ich herum und sehe Easton in die Bibliothek kommen.

»Ich habe gehört, dass du heute versucht hast, meinen Bruder umzubringen«, meint er gedehnt.

»Er hat es drauf angelegt.« Ich wende ihm wieder den Rücken zu, aber er stellt sich neben mich, und ich kann aus den Augenwinkeln erkennen, dass seine Miene hart wie Stahl ist.

»Lass uns Tacheles reden. Hast du wirklich gedacht, dass du hier einfach am Arm meines Vaters auftauchen kannst und wir alle sofort super reagieren?«

»Ich hänge nicht an deinem Vater dran. Ich bin sein Mündel.«

»Wirklich? Dann sieh mir jetzt in die Augen und sag, dass du es nicht mit meinem Vater treibst.«

Um Himmels willen! Ich beiße die Zähne zusammen und sehe ihm tief in die Augen. »Nein, ich schlafe nicht mit deinem Vater. Und allein die Vorstellung finde ich schon ziemlich eklig.«

Er zuckt mit den Schultern. »Gewundert hätte es mich nicht. Er mag es gern jung.«

Hier bezieht er sich eindeutig auf Brooke, aber ich gehe nicht darauf ein. Mein Blick wandert wieder zu dem Foto auf dem Bord. Easton und ich stehen so lange schweigend nebeneinander, dass ich mich schon frage, weshalb er immer noch hier ist.

»Onkel Steve war ein echter Frauenheld«, meint er schließlich. »Die Ladys haben sich ihm wirklich scharenweise vor die Füße geworfen.«

Igitt. Das sind die Dinge, die du lieber nicht von deinem eigenen Vater wissen willst.

»Wie war er denn so?«, frage ich zögernd.

»Schon okay, denke ich. Wir haben nicht so viel Zeit mit ihm verbracht, weil er und Dad sich immer im Arbeitszimmer verkrochen haben. Da haben sie sich dann stundenlang unterhalten.« Easton klingt verbittert.

»Oh, dein Daddy hat also meinen Daddy lieber gemocht als dich, ja? Hasst du mich deswegen so sehr?«

Er verdreht die Augen. »Tu dir einfach selbst einen Gefallen und hör auf, meinen Bruder zu provozieren. Das kann ganz schön wehtun, das sage ich dir.«

»Wozu die Warnung? Willst du das denn nicht sowieso?«

Er antwortet mir nicht. Stattdessen verlässt er die Bibliothek und lässt mich stehen. Ich kann meinen Blick einfach nicht von dem Foto lösen.

Als ich um Mitternacht im Flur leises Gemurmel höre, wache ich auf. Ich bin zwar fix und fertig, erkenne aber sofort Reeds Stimme. Obwohl ich liege, bekomme ich weiche Knie.

Ich habe ihn seit unserem Streit im Auto noch nicht gesehen. Als die beiden vom Abendessen zurückgekommen sind, hatte ich mich schon im Zimmer verbarrikadiert. Aber dem Türknallen nach zu urteilen vermute ich mal, dass das Dinner nicht besonders gut gelaufen ist.

Ich weiß selbst nicht recht, weshalb ich aus dem Bett krabble und auf Zehenspitzen zur Tür tappe. Eigentlich ist Lauschen ja nicht so mein Ding, aber ich will zu gern wissen, was Reed sagt. Und zu wem. Und auch wenn das ein bisschen eingebildet sein mag, will ich wissen, ob es um mich geht.

»... morgen früh zum Training.« Das ist Eastons Stimme, und ich drücke mein Ohr an die Tür, um besser hören zu können.

»... doch auch während der Saison ein wenig kürzertreten.«

Reed murmelt irgendetwas, das ich nicht verstehen kann.

»Ich habe es schon kapiert, okay? Ich bin auch nicht scharf darauf, sie hierzuhaben, aber das ist doch kein Grund ...«

»Es geht auch nicht um sie.« Das kann ich klar und deutlich verstehen. Irgendwie weiß ich nicht recht, ob ich enttäuscht oder erleichtert sein soll.

»... komme ich mit.«

»Nein«, sagt Reed scharf. »... heute allein.«

Er geht weg? Wohin denn das, so spät und mitten unter der Woche? Als ich merke, wie besorgt ich deswegen bin, muss ich beinahe lachen. Immerhin habe ich Reed vorhin im Auto eigenhändig verhauen!

»Du klingst schon wie Gid«, wirft Reed ihm vor.

»Na ja, vielleicht solltest du ...«

Wieder werden die Stimmen undeutlich, und das ist verdammt frustrierend, weil ich mir ganz sicher bin, dass ich etwas Wichtiges verpasse.

Ich hätte gute Lust, die Tür aufzureißen und Reed davon abzuhalten – was auch immer er vorhat. Aber es ist schon zu spät. Ich höre Schritte im Flur hallen und eine Tür, die ins Schloss fällt.

Ein paar Minuten später heult ein Motor vor dem Haus auf, und ich weiß, dass Reed weg ist.

14. Kapitel

Am nächsten Morgen sehe ich, dass Reed in der Einfahrt an Eastons Pick-up lehnt. Er trägt Sneakers, lange Jogging-hosen und ein ärmelloses T-Shirt, das noch dazu an den Seiten offen ist und in dem er heißer aussieht, als es die Poli-zei erlaubt. Auf dem Kopf trägt er eine tief sitzende Kappe.

Ich sehe mich um, kann aber Durands Wagen nirgends entdecken.

»Wo ist Durand?«

»Willst du zur Bäckerei?«

»Willst du mich davon abhalten, damit ich den Namen der Royals dort nicht länger in den Dreck ziehen kann?«

Er grummelt.

Ich grummele zurück.

»Also?«, murmelt er.

Ich sehe ihn finster an. »Ja, ich will zur Arbeit.«

»Ich habe Football-Training, also steig lieber ein, wenn du nicht laufen willst.« Er öffnet die Beifahrertür und steigt knurrend ein, um dann den Motor zu starten.

Noch einmal sehe ich mich nach Durand um. Nichts. Was soll mir auf zwanzig Minuten Fahrt auch groß passie-ren? Bleibt mir wohl nichts anderes übrig.

Eilig springe ich ins Auto.

»Schnall dich an«, faucht er.

»Bin gerade erst eingestiegen! Eine Sekunde bitte.« Ich sehe hinaus und schicke ein leises Stoßgebet zum Himmel. Möge die Geduld mit mir sein! Bis ich angeschnallt bin, gibt Reed tatsächlich kein Gas. »Hast du eigentlich männliches PMS, oder warum hast du permanent miese Laune?«

Er gibt keine Antwort.

Ich hasse mich dafür, aber ich kann einfach nicht aufhören, ihn anzusehen. Kann nicht aufhören, sein wunderschönes Profil anzugaffen, sein perfektes Ohr, das von dem dunklen Haar umkränzt ist ... Alle Royals haben braunes Haar in unterschiedlichen Nuancen. Das von Reed ist eher kastanienbraun.

Im Profil betrachtet, hat seine Nase einen kleinen Höcker, und ich frage mich, ob einer seiner Brüder sie ihm mal gebrochen hat.

Es ist echt unverschämt, wie heiß dieser Typ ist. Auch wenn das eigentlich nicht so mein Fall ist, macht ihn diese ganze Bad-Boy-Aura nur noch attraktiver.

Moment. Ich finde Bad Boys nicht attraktiv, und ganz bestimmt und erst recht nicht Reed Royal! Er ist nun mal das größte Arschloch, das mir je ...

»Wieso starrst du mich an?«, fragt er wütend.

»Warum denn nicht?«

»Gefällt dir, wie ich aussehe, stimmt's?«

»Nein, ich versuche nur, mir das Profil eines Vollidioten einzuprägen. Wenn ich im Kunstunterricht mal einen zeichnen muss, dann habe ich eine Inspirationsquelle«, erwidere ich kühl.

Er grunzt, aber irgendwie könnte es auch ein Lachen sein. Zum ersten Mal gelingt es mir, mich in seiner Anwesenheit ein wenig zu entspannen.

Der Rest der Fahrt vergeht wie im Fluge, beinahe ein wenig zu schnell, sodass ich fast enttäuscht bin, als ich die Bäckerei sehe.

»Fährst du mich jetzt jeden Morgen oder nur heute?«, frage ich, als er hält. *Nicht vergessen, Ella. Du magst den Typ nicht!*

»Kommt drauf an. Wie lange willst du dieses Theater hier denn abziehen?«

»Das ist kein Theater. Normalsterbliche nennen das Geldverdienen.«

Ich steige aus, ehe er etwas Gemeines erwidern kann.

»Hey!«, ruft er mir nach.

»Was?« Ich drehe mich um und sehe ihm zum ersten Mal an diesem Tag direkt ins Gesicht. Erschrocken schlage ich mir die Hand vor den Mund. Die linke Seite seines Gesichts, die ich während der Fahrt nicht gesehen habe, ist vollkommen lädiert. Seine Lippe ist geschwollen, über seinem Auge sitzt eine Schnittwunde, und eine große Schramme verläuft über die obere Hälfte seiner Wange.

»Gott, was ist passiert?«

Ich streiche über seine Wange. Mir ist gar nicht aufgefallen, dass meine Füße mich zurück zu ihm getragen haben …

Er zuckt zusammen. »Nichts.«

»Sieht aber nicht nach nichts aus.«

»Ist für dich nicht relevant, klar?«

Mit grimmiger Miene gibt er Gas und brettert davon. Ich stehe da und zerbreche mir den Kopf darüber, wo er letzte Nacht gewesen sein könnte. Und darüber, wieso er mich noch mal zurück zu sich gerufen hat, wenn er gar nichts mehr zu sagen hatte. Eins weiß ich. Wenn man mich derart zugerichtet hätte, hätte ich am nächsten Morgen auch miese Laune.

Ich kann nicht anders, als die ganze Schicht lang über

Reed nachzudenken. Lucy wirft mir einen besorgten Blick zu, aber da ich genauso hart arbeite, wie ich es ihr versprochen habe, sagt sie nichts.

Hinterher flitze ich zur Schule, kann Reed aber nirgends entdecken. Nicht auf dem Weg, der zur Sporthalle führt, nicht in der Turnhalle und auch nicht in der Mittagspause. Reed, das Phantom der *Astor Park*.

Und als der Unterricht vorbei ist, wartet wieder die schwarze Limousine auf mich. Durand hält mir die Tür bereits ungeduldig auf, sodass ich nicht länger nach Reeds Auto Ausschau halten kann. *Es ist besser so, Ella. Bringt ja nichts, über den Typen nachzudenken.*

Als wir schließlich durchs Tor fahren, bereitet Durand mir noch eine ganz andere Art von Kopfzerbrechen.

»Mr Royal möchte mit dir sprechen«, teilt er mir mit seiner tiefen Stimme mit, als wir vorm Eingang halten.

»Ähm, okay?«

»Er ist im Poolhaus.«

»Im Poolhaus«, wiederhole ich stumpf. »Werde ich jetzt zum Direx gerufen, Durand?«

Er sieht mich im Rückspiegel an. »Glaube nicht, Ella.«

»Das klingt nicht sehr ermutigend.«

»Willst du noch ein bisschen herumfahren?«

»Will er mich dann trotzdem noch sehen?«

Durand nickt.

»Dann bringe ich es besser gleich hinter mich.« Ich seufze dramatisch.

Er kneift leicht die Augen zusammen, was in seinem Fall einem breiten Grinsen gleichkommt.

Ich lasse meinen Rucksack auf die Treppe fallen und mache mich dann quer durch den gigantischen Innenhof auf den Weg zum Poolhaus, das auf drei Seiten verglast ist. Die Wand, die zum Pool ausgerichtet ist, ist leicht verspiegelt.

Als ich näher komme, sehe ich, dass es keine Wände sind, sondern Schiebetüren. Gerade sind sie geöffnet, sodass die Ozeanbrise bis zum Haus wehen kann.

Callum sitzt auf einem Sofa und sieht aufs Meer. Als er meine Schritte auf dem gekachelten Boden hört, dreht er sich um.

Er nickt mir zu. »Na, Ella. Alles klar in der Schule?«

»Na ja. Hätte schlimmer sein können.«

Er bedeutet mir, mich neben ihn zu setzen.

»Das war Marias Lieblingsort«, sagt er. »Wenn alle Türen offen sind, kann man den Ozean rauschen hören. Sie ist gern früh aufgestanden, um den Sonnenaufgang zu beobachten. Sie hat mal zu mir gesagt, dass das wie ein Zaubertrick ist. Die Sonne schiebt den dunklen Vorhang der Nacht beiseite, um einem Farbenspiel Platz zu machen, das faszinierender ist, als ein Künstler es sich je ausdenken könnte.«

»Bist du dir sicher, dass sie nicht vielleicht eine Dichterin war?«

Er lächelt. »Ja, sie hatte auf jeden Fall eine poetische Seite. Sie hat auch immer gesagt, dass das Rauschen des Ozeans, also die Brandung, wie ein Sinfonieorchester klingt.«

Wir hören zu, lauschen dem Plätschern und Rauschen der Wellen, wenn die Brandung über den Strand schwappt und dann wieder zurückweicht, als zöge eine unsichtbare Hand an ihnen.

»Es ist wunderschön«, gebe ich zu.

Callum seufzt leise auf. In der einen Hand balanciert er sein Whiskeyglas, in der anderen hält er ein Foto so fest umkrampft, dass seine Knöchel weiß hervortreten. Darauf ist eine dunkelhaarige Frau zu sehen, deren Augen so sehr leuchten, dass es einem vorkommt, als schiene einem die Sonne von dem Bild aus entgegen.

»Ist das Maria?«, frage ich.

Er schluckt und nickt. »Wunderschön, oder?«

Ich nicke.

Callum senkt den Kopf und kippt den Whiskey in einem Zug hinunter. Er hat das Glas kaum abgesetzt, als er auch schon nachschenkt.

»Maria war der Klebstoff, der unsere Familie zusammengehalten hat. *Atlantic Aviation* hat uns damals vor zehn Jahren eine ordentliche Schramme verpasst. Ich habe eine ganze Menge waghalsiger Entscheidungen getroffen und damit das Erbe meiner Söhne aufs Spiel gesetzt. Natürlich habe ich alles dafür getan, um es zu retten, hatte deswegen aber umso weniger Zeit für meine Familie. Es hat mir wahnsinnig gefehlt, Maria zu sehen. Sie hat sich immer eine Tochter gewünscht, weißt du?«

Ich kann nichts anderes tun als nicken, weil es gar nicht so leicht ist, diesem wirren Monolog zu folgen. Keine Ahnung, worauf er hinauswill.

»Sie hätte dich geliebt. Hätte dich aufgenommen und aufgezogen wie ihre eigene Tochter. Sie hat sich so sehr ein kleines Mädchen gewünscht.«

Ich hocke da wie eine Zinnfigur, völlig regungslos. Ist doch klar, dass diese traurige Geschichte auf nichts Gutes hinauslaufen wird.

»Meine Söhne werfen mir ihren Tod vor«, sagt er plötzlich und reißt mich mit diesem unerwarteten Geständnis aus meiner Starre. »Und damit haben sie nicht ganz unrecht. Deswegen verzeihe ich ihnen den ganzen Mist, den sie bauen. Ich bin durchaus über ihre kleinen Rebellionen im Bilde, aber ich schaffe es einfach nicht, sie deswegen so richtig auszuschimpfen. Irgendwie versuche ich, hier alles im Griff zu behalten, obwohl ich in Wahrheit selbst das wandelnde Chaos bin. Und ich habe auch diese Familie ins

Chaos gestürzt.« Er fährt sich mit der zitternden Hand durchs Haar und schafft es irgendwie, trotzdem sein Glas festzuhalten. Als wäre der Drink sein letzter Halt.

»Es tut mir leid«, ist das Einzige, was ich herauskriege.

»Du fragst dich wahrscheinlich, warum ich dir das alles erzähle.«

»Ein wenig schon.«

Er schenkt mir ein schiefes, verschmitztes Grinsen, das mich wahnsinnig an Reed erinnert.

»Dinah will dich kennenlernen.«

»Wer ist das?«

»Steves Witwe.«

Mein Herz beginnt zu rasen. »Oh.«

»Ich habe sie erst einmal hingehalten, weil du gerade erst angekommen bist und ich darauf gewartet habe, dass du das Thema Steve selbst anschneidest. Zwischen ihr und Steve …« Kurz verstummt er. »Es lief am Ende gar nicht mehr gut zwischen den beiden.«

Sofort schrillen in mir die Alarmglocken. »Ich glaube, dass ich das, was du gleich zu mir sagen wirst, überhaupt nicht mögen werde.«

»Da könntest du recht haben.« Er kippt eilig sein Glas hinunter. »Sie will, dass du allein kommst.«

Ich soll diese Frau, die Callum so zuwider ist, dass er sie in Whiskey ertränken muss, vollkommen ohne Rückendeckung treffen? Wow. Ich seufze.

»Hey, Callum. Als ich vorhin gesagt habe, dass mein Tag schlimmer sein könnte, dann war das keine Aufforderung!«

Er schnaubt. »Dinah hat mich daran erinnert, dass meine Verbindung zu dir sehr viel loser ist als ihre. Sie war immerhin Steves Frau, und ich war nur sein bester Freund und Geschäftspartner.«

Mir läuft ein kalter Schauer über den Rücken. »Heißt das etwa, dass deine Vormundschaft gar nicht rechtskräftig ist?«

»Sie ist erst einmal vorläufig ... So lange, bis Steves Testament eröffnet wurde«, gibt er zu. »Dinah könnte es anfechten.«

Ich kann nicht mehr sitzen bleiben und laufe ans Fenster, um aufs Wasser zu starren. Plötzlich fühle ich mich wie die letzte Idiotin. Ich habe doch tatsächlich gedacht, dass das hier ein echtes Zuhause werden könnte. Obwohl Reed mich hasst und mich alle *Astor*-Schüler mobben. Ich hatte gehofft, dass diese Probleme sich schon irgendwie lösen ließen – immerhin hatte Callum mir eine Zukunft versprochen. Und jetzt sagt er, dass diese Dinah mir die einfach wieder wegnehmen kann?

»Und wenn ich nicht gehe«, sage ich langsam. »Dann macht sie erst richtig Ärger, oder?«

»Gut erkannt.«

Ich denke kurz nach. »Okay«, sage ich. »Worauf warten wir dann noch?«

Durand chauffiert uns durch die Stadt und bleibt schließlich vor einem Hochhaus stehen. Callum sagt, dass er im Auto auf mich warten wird, was mich nur noch nervöser macht.

»Boah, das ist echt beschissen«, sage ich gepresst.

Er berührt mich am Arm. »Du musst da nicht rein.«

»Was habe ich denn für eine Wahl? Entweder ich geh zu ihr und darf bei euch bleiben, oder ich drücke mich und lasse mich dann von ihr adoptieren? Da ist doch alles total verkorkst.«

»Ella«, ruft er mir nach, als ich aus dem Auto steige.

»Was?«

»Steve wollte dich. Es hat ihn total wahnsinnig gemacht, als er erfahren hat, dass er eine Tochter hat. Ich schwöre dir, dass er dich geliebt hätte. Lass dir von Dinah nichts anderes einreden.«

Na ja, das klingt ja sehr ermutigend. Durand bringt mich ins Foyer, das ziemlich bombastisch ist – Kronleuchter, schöne Steinwände und Holzverkleidung. Aber seit ich bei den Royals lebe, lasse ich mich von all dem Pomp nicht mehr so schnell beeindrucken.

»Sie ist hier, um Dinah O'Halloran zu treffen«, sagt Durand zu dem Portier.

»Sie können direkt nach oben gehen.«

Durand gibt mir einen kleinen Schubs. »Na, geh schon. Es ist der letzte Aufzug. Du drückst einfach *P* für *Penthouse*.«

Im Lift, der mit Holz verkleidet ist, ist es vollkommen still. Keine Musik, keine mechanischen Geräusche, die die Fahrt nach oben begleiten. Außerdem hält er viel zu früh an.

Die Türen öffnen sich lautlos, und ich trete in einen breiten, aber kurzen Flur. Am Ende ist nur eine Doppeltür zu sehen. Krass. Ihr gehört das gesamte Stockwerk?

Eine Frau in Zimmermädchenuniform öffnet die Tür, als ich näher komme. »Mrs O'Halloran erwartet Sie im Salon. Darf ich Ihnen etwas zu trinken bringen?«

»Wasser«, krächze ich. »Ein Wasser wäre schön.«

Meine Sneaker sinken in den dicken Teppich ein, als ich dem Zimmermädchen folge. Irgendwie komme ich mir vor wie ein kleines Lamm, das zur Schlachtbank geführt wird.

Dinah O'Halloran sitzt neben einem riesigen Gemälde, auf dem eine nackte Frau zu sehen ist. Das Modell trägt das goldene Haar offen und schaut verführerisch über die Schulter, wobei ihre grünen Augen den Betrachter anzufunkeln scheinen. O Gott. Sie hat Dinahs Gesicht.

»Gefällt es dir?«, fragt Dinah mich mit hochgezogenen Augenbrauen. »Ich habe noch mehr, aber das hier ist das konservativste.«

Konservativ?! Lady, ich kann auf dem Bild deine Poritze sehen!

»Es ist hübsch«, lüge ich. Wer hängt sich bitte schön die ganze Wohnung voll mit Aktbildern von sich selbst?!

Ich will mich schon auf einem der Stühle niederlassen, als Dinah mich in scharfem Tonfall aufhält.

»Habe ich dir erlaubt, dich hinzusetzen?«

Mit glühenden Wangen versteife ich mich augenblicklich. »Nein. Sorry.« Eilig richte ich mich wieder auf und bleibe stehen.

Sie lässt ihren Blick über mich gleiten. »Du bist also das Mädchen, von dem Callum behauptet, es sei Steves Tochter. Wurde denn schon ein Vaterschaftstest gemacht?«

Wie bitte? »Ähm. Nein.«

Sie lacht ein schreckliches, kaltes Lachen. »Woher soll ich dann wissen, dass du nicht Callums uneheliches Kind bist, das sich als Steves Tochter ausgibt? Das käme ihm natürlich sehr gelegen, weil er ja immer so getan hat, als wäre er seiner Frau wahnsinnig treu. Du wärst dann der eindeutige Beweis dafür, dass das nicht stimmt.«

Callums Tochter? Brooke hatte da was ganz Ähnliches angedeutet, aber Callum wirkte deswegen richtig beleidigt. Und meine Mutter hat gesagt, dass mein Vater Steve heißt. Ich habe immerhin seine Uhr.

Trotzdem ist mir ziemlich flau im Magen, als ich mich betont selbstbewusst aufrichte. »Ich bin nicht Callums Tochter.«

»Ach, und woher weißt du das so genau?«

»Weil Callum nicht der Typ Mann ist, der ein Kind verleugnen würde.«

»Du hast noch nicht einmal eine Woche bei den Royals gelebt – und trotzdem denkst du schon, dass du sie kennst?« Sie schnaubt wieder und lehnt sich dann nach vorn, die Hände auf die Armlehnen gepresst. »Callum und Steve sind alte SEAL-Kumpel. Die haben sich mehr Frauen geteilt als Kindergartenkinder ihr Spielzeug!«

Ich starre sie schockiert an.

»Ich habe nie daran gezweifelt, dass deine Mutter mit allen beiden geschlafen hat.«

Jetzt werde ich aber echt sauer. »Sprechen Sie nicht so über meine Mutter! Sie haben keine Ahnung, wer sie war.«

»Ich weiß mehr als genug.« Dinah lehnt sich zurück. »Sie war eine armselige Schmarotzerin, die versucht hat, Steve zu erpressen – um an sein Geld zu kommen. Als das nicht geklappt hat, hat sie so getan, als hätte er sie geschwängert. Dabei konnte Steve gar keine Kinder bekommen.«

Dinahs wüste Anschuldigungen machen fast schon einen verzweifelten Eindruck, und mir reicht es langsam. »Na, dann machen wir eben einen Vaterschaftstest. Ich habe nichts zu verlieren, oder? Wenn ich eine echte Royal bin, dann bekomme ich ein Sechstel von seinem Erbe. Das ist viel besser als das, was mich als sein Mündel erwartet.«

Oh, oh, das war vielleicht etwas gewagt. »Ach, du denkst wirklich, dass Callum Royal sich für dich interessiert? Der Typ hat es nicht einmal geschafft, seine Frau am Leben zu halten. Sie hat es vorgezogen, sich umzubringen, anstatt weiter mit ihm zusammenzuleben. Und auf so jemanden baust du? Versprichst dir eine Zukunft von ihm? Die Jungs wiederum sind völlig verwöhnt von all dem Geld und den Privilegien, die sie genießen, und er lässt ihnen alles durchgehen. Ich hoffe nur, dass du nachts deine Tür verbarrikadierst.«

Ich kann nicht verhindern, dass das Bild von Easton, der die Hand in seinen Schritt legt, vor meinem inneren Auge erscheint. »Warum wollten Sie, dass ich herkomme?« Irgendwie kapiere ich immer noch nicht, wozu das gut sein sollte.

Dinah lächelt mich kühl an. »Ich wollte nur wissen, mit wem ich es zu tun habe.« Sie hebt die Augenbrauen. »Und ich bin nicht sonderlich beeindruckt, muss ich sagen.«

Da haben wir was gemeinsam!

»Ich gebe dir einen guten Rat«, fährt sie fort. »Nimm, was immer du von Callum kriegen kannst, und dann geh. Dieses Haus wirkt auf Frauen wie Krebs, und irgendwann wird es sowieso in sich zusammenfallen und nichts als eine Staubwolke hinterlassen. Lauf, solange du noch kannst!«

Sie greift nach der Klingel und läutet sie kurz, woraufhin ihr Zimmermädchen erscheint wie ein gehorsamer Hund. In der Hand hält sie ein Tablett mit einem Wasserglas.

»Ms Harper ist schon bereit zum Aufbruch«, meint Dinah. »Sie braucht nichts mehr zu trinken.«

Ich kann gar nicht schnell genug hier wegkommen! Callum wartet unten in der Lobby, als ich aus dem Lift stolpere.

»Alles okay bei dir?«, fragt er sofort.

Ich reibe mit den Händen an meinen Armen. Keine Ahnung, wann ich zum letzten Mal so gefroren habe.

»Ist Steve wirklich mein Dad?«, platzt es aus mir heraus. »Sag es mir.«

Er sieht nicht im Mindesten überrascht aus. »Ja, natürlich«, sagt er leise.

Er breitet die Arme aus, als wollte er mich umarmen, aber ich weiche zurück, weil ich von den Neuigkeiten immer noch völlig fertig bin. Ich brauche jetzt keinen Trost. Ich brauche die Wahrheit!

»Warum sollte ich dir glauben?« Dinahs zynische Worte gehen mir nicht aus dem Kopf. »Ich habe nie den Vaterschaftstest gesehen.«

»Willst du einen Beweis?« Er sieht richtig müde aus. »Ich habe den DNA-Test zu Hause in den Safe gesperrt. Dinah hat ihn übrigens schon gesehen, ihre Anwälte haben eine Kopie.«

Sie hat mich angelogen?! Oder ist Callum derjenige, der nicht ehrlich ist? »Du hast einen DNA-Test gemacht?«

»Ich hätte dich doch niemals hierhergeholt, wenn ich mir in dieser Hinsicht nicht absolut sicher gewesen wäre. Ich habe im Büro ein Haar von Steve aus dem Bad genommen, und mein Privatdetektiv hat es mit einem von dir verglichen.«

Wie hat er ... Nein, ich will lieber gar nicht wissen, wie er da rangekommen ist. »Ich will die Testergebnisse sehen«, verlange ich.

»Wie du willst. Aber bitte glaub mir auch so, dass du Steves Tochter bist. Das wusste ich in dem Moment, in dem ich dich zum ersten Mal gesehen habe. Du hast sein stures Kinn. Seine Augen. Ich hätte dich aus einer ganzen Horde von Mädchen herauspicken können! Dinah ist wütend, und sie hat Angst. Lass dich von ihr nicht verwirren.«

Mich nicht verwirren lassen? Na klar! Mir schwirrt immer noch der Kopf von den ganzen krassen Infos, die ich von ihr bekommen habe. Ob sie nun wahr sind oder nicht.

Ich kann jetzt nicht damit umgehen. Mit nichts davon. Ich will nur ...

»Ich bin bereit«, sage ich wie betäubt.

Im Auto bringe ich es nicht über mich, in Callums besorgte Augen zu sehen.

»Ella, als ich meine Frau verloren habe, hatte ich eine

richtig harte Zeit.« Anscheinend ahnt er, was Dinah mir erzählt haben könnte.

Ich sehe ihn nicht an, als ich antworte. »Ich glaube, die harten Zeiten sind noch nicht vorbei.«

Er schenkt sich ein Glas ein. »Vielleicht hast du recht.«

Den Rest der Fahrt über schweigen wir beide vor uns hin.

15. Kapitel

Das Treffen mit Dinah lässt mich drei Tage lang nicht los. Immer und immer wieder läuft es wie ein Film vor meinem inneren Auge ab, ohne dass ich etwas daran ändern kann. Bestimmt denkt Lucy jetzt, dass sie einen Roboter angestellt hat – ich habe ja schon Angst, auch nur mit den Wimpern zu zucken, weil ich auf keinen Fall losheulen will. Aber sie feuert mich trotzdem nicht, weil ich immer pünktlich bin, alle Schichten einhalte und zupacke, ohne mich zu beschweren.

Es ist eine richtige Erleichterung, arbeiten zu können. Wenn viel Trubel ist, vergesse ich ein paar Momente lang, wie verfahren meine Situation gerade ist. Und das will schon was heißen. Immerhin bin ich aus Seattle geflohen, um nicht vom Sozialamt in ein Waisenhaus gesteckt zu werden, und habe eine Woche auf der Straße gelebt, ehe ich mich in Kirkwood niedergelassen habe. Es war vielleicht nicht die cleverste Idee, die Unterschrift meiner Mutter auf den Schuldokumenten zu fälschen, aber das war nichts im Vergleich zu dem, was die Royals und ihre reizende Entourage draufhaben.

In der Schule ist es gar nicht so leicht, das Thema zu vermeiden, weil Val mich die ganze Zeit fragt, was mit mir los ist. Ich mag sie zwar sehr gern, glaube aber nicht, dass sie bereit ist, sich diesen ganzen Mist anzuhören. Außerdem kann ich gerade nicht darüber sprechen.

Auch wenn Callum mir sofort die Ergebnisse des DNA-Tests gezeigt hat, als wir zu Hause waren, nagt der Zweifel doch immer noch an mir. Nach einer schlaflosen Nacht habe ich mich dann gezwungen, aufzustehen und an eine unumstößliche Tatsache zu denken: Meine Mutter hat mich nicht angelogen.

Ich kann an einer Hand abzählen, was sie mir über meinen Vater erzählt hat: Er hieß Steve. Er war blond. Er war ein Matrose. Er hat ihr seine Uhr geschenkt.

Das alles passt gut zu dem, was Callum gesagt hat, und wenn man dann noch bedenkt, wie ähnlich ich dem Mann auf dem Foto in der Bibliothek sehe, dann lässt das eigentlich nur einen Schluss zu: Dinah ist ein richtiges Miststück.

»Hast du eine Affäre mit jemandem?«

Reeds plumpe Frage reißt mich aus meinen Gedanken. Gerade sitze ich auf dem Beifahrersitz seines Range Rovers und versuche, mit dem Gähnen aufzuhören.

»Was? Wieso fragst du?«

»Du hast dunkle Ringe unter den Augen und läufst seit Dienstag wie ein Zombie durchs Haus. Machst den Eindruck, als hättest du seit Tagen nicht geschlafen. Also, treibst du es mit jemandem? Schleichst du dich heimlich raus, um ihn zu treffen?«

»Nein.«

»Nein«, wiederholt er.

»Ja, Reed. Nein. Ich habe keine Dates, okay? Selbst wenn, ginge es dich überhaupt nichts an.«

»Alles, was du tust, geht mich etwas an. Schließlich hat alles Einfluss auf mein Leben und das meiner Familie.«

»Wow. Muss toll sein, in einer Welt zu leben, in der sich absolut alles um einen dreht.«

»Was ist denn dann mit dir los?«, fragt er. »Du bist überhaupt nicht mehr du selbst.«

»Ach ja? Als würdest du mich gut genug kennen, um so etwas behaupten zu können.« Ich funkle ihn an. »Okay, machen wir einen Deal. Ich erzähle dir, was bei mir los ist, und du verrätst mir, wohin du nachts immer verschwindest und woher die Verletzungen kommen.«

Er sieht mich zornig an.

»Ja, ja, das habe ich mir schon gedacht.« Ich verschränke die Arme und unterdrücke ein weiteres Gähnen.

Reed starrt irritiert durch die Windschutzscheibe und umklammert das Lenkrad noch fester. Er hat mich jetzt jeden Morgen um halb sechs zur Arbeit gebracht, um dann um sechs Uhr zum Football-Training zu gehen. Easton ist im selben Team, fährt aber selbstständig zum Training. Wahrscheinlich will Reed ein bisschen Zeit mit mir allein haben. Dann kann er mich nämlich ordentlich ins Kreuzverhör nehmen, so wie er das jetzt jeden Morgen gemacht hat, seit diese unangenehme Fahrgemeinschaft begonnen hat.

»Du gehst also nicht weg?« Neben der üblichen Wut höre ich dieses Mal auch eine leichte Unsicherheit mitschwingen.

»Nein.«

Er hält vor der Bäckerei und stellt die automatische Gangschaltung auf *Parken*.

»Was ist?«, murmele ich, als er mich aus seinen leuchtend blauen Augen ansieht.

Er kneift die Lippen zusammen. »Heute Abend haben wir ein Spiel.«

»Ja, und?« Es ist jetzt kurz vor halb sechs. Auch wenn die Sonne noch nicht aufgegangen ist, ist das Schaufenster des *French Twist* schon erleuchtet. Lucy wartet schon auf mich.

»Mein Dad will, dass du hingehst.«

Wieder ist da dieser royalsche Schmerz zwischen meinen Schulterblättern. »Schön für ihn.«

Reed sieht mich an, als würde er mich am liebsten erwürgen. »Du kommst zu dem Spiel.«

»Nö. Ich mag Football nicht. Außerdem muss ich arbeiten.«

Als ich nach dem Türgriff lange, packt er mich am Arm. Sofort schießt ein Hitzestrahl direkt zwischen meine Beine. Jetzt nur nicht seinen Duft einatmen, der so würzig und maskulin ist. Wieso muss er denn nur so gut riechen?

»Es ist mir egal, was du magst oder nicht magst. Ich weiß, dass du um sieben Schluss hast, und um halb acht geht das Spiel los. Du kommst.« Seine Stimme klingt jetzt anders. Klar, da ist immer noch der übliche Ärger, aber auch ... irgendetwas anderes, das ich nicht klar benennen kann. Ich weiß nur, dass er mir gerade viel zu nah kommt und mein Herz gefährlich zu rasen begonnen hat.

»Ich gehe ganz sicher nicht zu irgendeinem dämlichen Spiel, um dir und deinen bekloppten Freunden zuzujubeln«, fauche ich und nehme seine Hand von meinem Arm, nur um die Wärme seiner Handfläche sofort zu vermissen. »Callum wird es schon überleben.«

Ich springe aus dem Wagen und knalle die Tür hinter mir zu, um dann über den dunklen Gehweg zur Bäckerei zu eilen.

Nur knapp schaffe ich es vor dem ersten Gong in die Schule. So schnell ich kann, schlüpfe ich auf der Toilette in die *Astor*-Uniform und kämpfe dann in den ersten Stunden darum, irgendwie wach zu bleiben. In der Mittagspause kippe ich so viel Kaffee in mich hinein, dass Valerie mir irgendwann die Tasse aus der Hand reißt.

Im Chemieunterricht lasse ich mich neben Easton plumpsen und grüße ihn widerwillig.

»Du hast heute in Englisch geschnarcht«, meint er grinsend.

»Habe ich gar nicht! Ich war die ganze Zeit hellwach.« Na ja, ganz sicher bin ich mir da nicht.

Easton verdreht die Augen. »Ach, Sis. Du arbeitest zu viel, ich mache mir Sorgen um dich.«

Auch ich ziehe eine Grimasse, weil ich ja weiß, dass den Royal-Brüdern mein Job überhaupt nicht gefällt. Auch Callum hat mich ziemlich besorgt angesehen, als ich ihm davon erzählt habe. Er hat darauf bestanden, dass ich mich auf den Unterricht konzentriere und mich durch den Job nicht ablenken lasse, aber ich bin nicht eingeknickt. Stattdessen habe ich ihm erklärt, wie wahnsinnig wichtig mir der Job ist, und irgendwann hat er es gut sein lassen.

Dachte ich zumindest. Nachdem der Gong zur letzten Stunde ertönt ist, kommt eine große, schlanke Frau auf mich zu. Sie bewegt sich wahnsinnig anmutig, deswegen bin ich nicht überrascht, als sie sich als Trainerin des Tanzkurses vorstellt.

»Ella«, sagt Ms Kelley und mustert mich. »Dein Vormund hat mir erzählt, dass du tanzt, seit du ein Kind warst. Was hast du denn da für Unterricht gehabt?«

Ich trete nervös von einem Fuß auf den anderen. »Ach, so wild war das gar nicht«, meine ich. »Ich weiß auch nicht, warum Mr Royal Ihnen das erzählt hat.«

Sie zieht eine Augenbraue nach oben. »Warum lässt du mich das nicht selbst beurteilen? Du kommst heute gleich mal zum Training, und wir probieren es aus.«

In meinem Kopf schrillen sämtliche Alarmglocken. Was?! Auf keinen Fall! Ich will nicht in die Tanzgruppe. Tanzen ist nix anderes als ein albernes Hobby. Und hat

Savannah nicht erwähnt, dass Jordan die Gruppe leitet? Auf keinen Fall gehe ich da hin!

»Ich muss zur Arbeit«, erwidere ich kurz angebunden.

Ms Kelley blinzelt. »Arbeit?« Sie spricht das Wort aus, als wäre das ein völlig fremdartiges Konzept. Aber wahrscheinlich haben die Schüler auf der *Astor* generell keine Nebenjobs – wozu auch?

»Um wie viel Uhr beginnst du?«

»Um halb vier.«

Sie runzelt die Stirn. »Okay. Mein Kurs geht bis um vier. Hmmm.« Sie denkt angestrengt nach. »Weißt du was – darum soll sich einfach die Kapitänin kümmern. Carrington weiß schließlich auch genau, wonach wir suchen. Du kannst um drei bei ihr vortanzen und hast dann noch genug Zeit, um pünktlich bei deinem Job zu erscheinen.«

O Gott. Ich soll bei Jordan vortanzen? NEIN!

Ms Kelley bemerkt mein Unwohlsein und sieht mich streng an. »Mr Royal und ich erwarten von dir, dass du kommst, Ella. Die Schüler der *Astor*-High werden immer wieder dazu ermutigt, dieser Schule etwas zurückzugeben. Da sind die Wahlfächer eine wunderbare Möglichkeit – und noch dazu fördern sie die Gesundheit und sind eine sinnvolle Beschäftigung.«

Verdammt. Ich weiß genau, dass Callum dahintersteckt.

»Du kommst nach dem Unterricht zur Sporthalle. Du kannst deine Schuluniform tragen.« Sie tätschelt ein wenig brutal meinen Arm und tänzelt dann davon, noch ehe ich protestieren kann.

Ich würde am liebsten laut knurren, verkneife es mir aber. Gibt es eigentlich irgendetwas, worauf die verdammten Royals keinen Einfluss nehmen können?! Ich habe keinerlei Interesse daran, der Tanzgruppe beizutreten, aber ich weiß genau, dass Ms Kelley mich bei Callum verpetzt, wenn ich nicht erscheine. Und dann verbietet er mir am Ende noch, in der Bäckerei zu arbeiten. Oder ich fliege von der Schule, was Callum mir sicher auch ein wenig übel nehmen würde.

Ehrlich gesagt fände ich das auch nicht so toll. Diese Schule ist den staatlichen Highschools, die ich bis jetzt besucht habe, um Lichtjahre voraus.

In der letzten Stunde kann ich mich überhaupt nicht konzentrieren, weil ich solchen Bammel vor dem Vortanzen habe. Als ich mich schließlich auf den Weg zur Sporthalle mache, fühle ich mich wie bei meinem Gang zum elektrischen Stuhl. Warum habe ich Val nicht gefragt, wie sie sich vor dem Vortanzen gedrückt hat? Sie kann doch auch tanzen, aber offenbar hat sie nie jemand dazu gezwungen.

Die Umkleide ist leer, aber auf der langen glänzenden Bank liegt eine rechteckige Box, auf der *Ella* steht. Darauf klebt ein Zettel.

Sorry, Sweetie, aber leider können wir keine schmuddeligen Stripperinnen in unser Team aufnehmen. Der XCalibur-Club lässt dich aber bestimmt gern vortanzen! Ich bin mir da so sicher, dass ich dir dafür sogar ein Outfit besorgt habe. Der Club liegt an der Trashstraße Ecke Pornoweg. Hals- und Beinbruch!

Jordan

Die Untschrift ist geschwungen und feminin, und ich kann den Übermut, der hinter jedem einzelnen Buchstaben steckt, förmlich spüren.

Mit zitternden Händen öffne ich die Kiste. Sobald mein Blick auf deren Inhalt fällt, wird mir vor Scham ganz übel.

In der Box liegen superknappe rote Pantys, turmhohe

Nietenstilettos und ein roter Spitzen-BH mit schwarzen Quasten. Die Unterwäsche ist hässlich und billig, ähnelt aber leider dem Outfit, das ich im *Miss Candy's* getragen habe.

Welcher Royal hat da wohl geplaudert und von meiner Vergangenheit als Stripperin erzählt? Callum muss jedenfalls seine Söhne ins Vertrauen gezogen haben. Also, wer war es? Easton? Reed? Ach, bestimmt Letzterer.

Plötzlich werde ich wütend, richtig rasend sogar. Ich habe die Schnauze so voll. Von den Vorurteilen, dem Mobbing und den Drohungen. Es reicht.

Erst einmal zerknülle ich Jordans Nachricht und pfeffere den Zettel quer durch die Umkleide. Dann mache ich auf dem Absatz kehrt, um hinauszustürmen. Plötzlich bleibe ich stehen, und mein Blick fällt auf die billige Reizwäsche.

Sie denken also, dass ich der letzte Dreck bin, ja? Okay. Können sie haben.

Ich weiß nicht, ob es Frust ist oder Ärger, vielleicht ist es auch Hilflosigkeit, aber ich habe auf einmal keine Kontrolle mehr über meinen Körper. Wie ein Roboter reiße ich mir die Kleidung vom Körper und bin so sauer, dass ich meinen Zorn beinahe schmecken kann. Wow, ich schäume richtig vor Wut!

Ich schlüpfe in das Höschen, ziehe mir den BH an und marschiere zur Tür. Nicht zum Ausgang, sondern zu der, die in die Halle führt. Die Stilettos lasse ich erst mal liegen, weil ich schließlich Balance halten muss.

Meine nackten Füße klatschen auf den Fußboden. Diese Leute kennen mich nicht. Sie haben überhaupt kein Recht dazu, mich zu verurteilen. Ich reiße die Tür mit einem Ruck auf und betrete die Halle. Das Kinn hochgereckt, die Hände auf die Hüften gestemmt. Ich höre, wie jemand nach Luft schnappt.

»Das gibt's doch wohl nicht!«, höre ich eine Stimme vom anderen Ende der Halle rufen, wo gerade die Trennwand, die normalerweise Turnhalle und Kraftraum voneinander trennt, hochgezogen wurde.

Ein lautes Klirren ertönt, als hätte jemand eine Hantel fallen gelassen.

Ich bleibe mitten im Schritt stehen. Das ganze Football-Team ist versammelt, hebt Gewichte und macht Fitness-training. Sobald ich auch nur einen kurzen Blick hinüber-geworfen habe, laufe ich sofort rot an wie eine Tomate. Sämtliche Augenpaare sind auf mich gerichtet, sämtliche Münder stehen offen. Nur einer nicht. Der von Reed, der mich lediglich mit einem vernichtenden Blick bedenkt.

Ich sehe weg und marschiere weiter auf die Gruppe von Mädchen zu, die auf einem Stapel blauer Matten Stretching-Übungen machen. So gut ich kann, schwinge ich meine Hüften, und plötzlich erstarren alle und gaffen mich mit großen Augen an.

Jordan lässt sich ihren Schock nur wenige Sekunden lang anmerken, und kurz darauf sieht sie richtig verstört aus. Ich könnte schwören, dass sie zittert! Einen Moment später springt sie auf und verschränkt die Arme vor ihrer Brust.

Sie trägt enge Shorts, ein knappes Tanktop und hat ihr dunkles Haar zu einem straffen Pferdeschwanz zurück-gebunden. Sie ist hochgewachsen und durchtrainiert. Stark. Aber das bin ich auch.

»Du hast wirklich keinerlei Stolz, oder?«, grinst sie.

Ich bleibe vor ihr stehen, ohne ein Wort zu sagen. Jeder hier in der Sporthalle starrt uns an – nein, mich. Immer-hin bin ich halb nackt und weiß, dass ich selbst in diesem trashigen Outfit ziemlich gut aussehe. Ich mag von meiner Mutter vielleicht kein Vermögen geerbt haben, aber dafür habe ich ihren tollen Body.

Das wissen die Mädels hier auch. Sie mustern mich kurz neidisch, ehe sie finstere Grimassen ziehen.

»Was willst du?«, faucht Jordan, als ich weiterhin nichts sage. »Es ist mir total egal, was Coach Kelley sagt. Du wirst hier nicht vortanzen!«

»Nein?«, frage ich mit Unschuldsmiene. »Dabei hatte ich mich so darauf gefreut!«

»Na, das wird wohl nichts.«

Ich lächle sie an. »Zu schade. Ich hätte dir echt gern gezeigt, wie es bei uns in der Trashstraße so läuft. Aber das kann ich ja trotzdem tun.« Mit diesen Worten hole ich aus und knalle ihr meine Faust ins Gesicht.

Sofort bricht Tumult aus. Jordans Schrei geht in dem Gejohle der Jungs unter, die pfeifen und »Catfight!« rufen. Mir bleibt keine Zeit, zu ihnen hinüberzusehen, weil Jordan sich da auch schon auf mich geworfen hat. Verdammt, ist die vielleicht stark. Wir plumpsen auf die Matten, und plötzlich ist sie über mir und holt aus. Ich weiche aus und rolle sie auf den Rücken, ramme ihr meinen Ellbogen in die Magengrube und zerre an ihrem Zopf. Vor Wut ist meine Sicht verschwommen. Ich verpasse ihr noch einen Schlag ins Gesicht, und sie rächt sich, indem sie meinen linken Arm mit einer langen, brennenden Kratzspur verziert.

»Lass mich los, du Bitch!«, kreischt sie.

Ich versuche, nicht auf meinen schmerzenden Arm zu achten, und hebe meine andere Faust. »Na los, mach doch!«

Aber noch ehe meine Faust sie treffen kann, haben mich auch schon zwei muskulöse Arme von hinten gepackt und von Jordan weggerissen.

Ich schlage auf die Unterarme ein. »Lass mich los!«

»Komm runter, Mädchen!«, höre ich jemanden knurren und weiß sofort, dass es Reed ist.

Ein paar Schritte entfernt helfen Jordans Freundinnen

ihr beim Aufstehen. Sie fasst sich an ihre rote Wange und sieht mich zornig an, ganz so, als würde sie am liebsten sofort weitermachen. Gut, dass Rachel und Shea sie festhalten.

Das Adrenalin schießt durch meine Adern, und ich bin total hibbelig. Aber ich weiß, dass ich nicht mehr viel zustande bringen werde. Ich fühle mich jetzt schon schwach und verwirrt und drücke mich zitternd an Reeds starke Brust.

»Lass mich zu ihr, Reed«, brüllt Jordan, deren Haar sich aus dem Zopf gelöst hat und ihr wild ins Gesicht hängt. Auf ihrem Wangenknochen zeichnet sich bereits eine Schramme ab. »Diese Schlampe verdient eine ...«

»Es reicht jetzt!«, unterbricht er sie scharf.

Als Reed mich loslässt, wird ihr Gesichtsausdruck ein wenig milder. Er reißt sich das verschwitzte T-Shirt vom Leib, woraufhin die eine Hälfte der Mädchen sabbernd auf sein Sixpack starrt und die andere mich hasserfüllt ansieht.

Reed wirft mir das T-Shirt zu. »Los, zieh das an.« Ohne zu zögern, streife ich es mir über den Kopf. Jetzt sieht Jordan fast schon mordlustig aus.

»Und jetzt raus hier«, ruft Reed. »Hol deine Klamotten und dann ab nach Hause!«

Ein Mann mit schütterem Haar um die dreißig kommt auf uns zu. Er sieht aus wie der Trainer und trägt eine Pfeife um den Hals, aber ich weiß, dass das nicht der Cheftrainer ist, weil ich Coach Lewis schon mal mit Easton plaudern gesehen habe. Das hier muss der Trainer des Teams sein, und er sieht ziemlich sauer aus.

»Diese Mädchen gehen nirgendwo anders hin als direkt zum Direktor«, befiehlt er.

Reed dreht sich mit einem gelangweilten Gesichtsausdruck zu ihm. »Nein, meine Schwester geht jetzt nach

Hause. Jordan kann von mir aus machen, was auch immer Sie wollen.«

»Reed«, warnt ihn der Mann. »Das hast nicht du zu entscheiden.«

Langsam wird Reed ungeduldig. »Es ist doch erledigt. Vorbei. Die beiden haben sich beruhigt.« Er sieht uns streng an. »Stimmt doch, oder?«

Ich nicke und Jordan auch.

»Also lasst uns nicht Beringers Zeit verschwenden, ja?« Reed klingt energisch und auch ein wenig amüsiert darüber, dass er jetzt das Sagen hat. »Wir wissen doch beide, dass er ohnehin nichts unternehmen wird. Mein Vater drückt ihm ein bisschen Kohle in die Hand, und Ella kriegt nichts weiter als eine Verwarnung. Bei Jordan wird es genauso laufen.«

Der Trainer malmt mit dem Kiefer, argumentiert aber nicht dagegen, weil er weiß, dass Reed recht hat. Nach einer Weile wirbelt er herum und bläst so laut in die Trillerpfeife, dass wir alle zusammenzucken.

»Ab an die Geräte, Jungs!«, ruft er, und die Football-Spieler flitzen zurück zu ihren Trainingsstationen.

Reed bleibt neben mir stehen. »Geh jetzt«, sagt er. »Wir haben heute Abend ein wichtiges Spiel, und jetzt hast du die Jungs in deinem nuttigen Aufzug total abgelenkt. Also Abmarsch!«

Er stapft davon, immer noch mit freiem Oberkörper, und sein muskulöser Rücken glänzt im Sonnenlicht. Jemand wirft ihm ein neues Shirt zu, und er schlüpft hinein, während er sich zu Easton gesellt. Der sieht mich einen Moment lang an, und ich habe keine Ahnung, wie ich seinen Gesichtsausdruck deuten soll. Dann aber dreht er sich zu Reed, und die beiden tuscheln miteinander.

»Bitch«, höre ich Jordan fauchen. Ich ignoriere sie einfach und gehe.

16. Kapitel

Ich gehe natürlich nicht zum Football-Spiel. Keine zehn Pferde hätten mich dazu bekommen, mir diesen Mist reinzuziehen. Nicht nach all dem, was heute in der Sporthalle vorgefallen ist. Immerhin war ich während meiner Schicht in der Bäckerei ziemlich munter. Weil ich immer noch so wütend war, bin ich durch den kleinen Laden gesaust wie ein Wirbelwind. Als Lucy gegangen ist, hat sie noch einen Spruch über Jugend und Energie gemacht und wie sehr sie das vermisst.

Ich hätte ihr am liebsten nachgerufen, dass die Jugend außer Arschlöchern und blöden Gören auch nicht viel zu bieten hat, habe es mir dann aber doch lieber verkniffen. Immerhin ist sie meine Chefin.

Ich kann immer noch nicht fassen, dass ich mich wirklich mit Jordan Carrington geprügelt habe. Und trotzdem würde ich es wieder tun, jederzeit. Die blöde Kuh hat es nicht anders verdient!

Jetzt will ich mich nur noch in mein Zimmer verkrümeln und so tun, als würde der Rest der Welt nicht existieren.

Aber nicht einmal in meiner selbst verordneten Einzelhaft kann ich der Live-Übertragung des Football-Spiels im Lokalradio widerstehen.

Natürlich werden die Royals immer wieder erwähnt. Reed wird vom gegnerischen Quarterback zu Boden befördert. Und Easton gelingt ein Spielzug, der den Kommentator glücklich aufseufzen lässt.

»Wow, das nenne ich mal einen Treffer!«

»Die werden heute Abend wohl beide ihre Rippen kühlen müssen!«, stimmt der andere Kommentator ihm zu.

Das *Astor*-Team gewinnt, und ich murmele ein sarkastisches »Go Team!«, ehe ich das Radio abstelle.

Um mich abzulenken, widme ich mich meinen Hausaufgaben, aber da kommt auch schon eine SMS von Valerie. Heute Abend schmeißt Wade eine Party, und sie fragt, ob ich sie nicht stattdessen besuchen will, um mit ihr zu tanzen. Ich sage ab. Gerade kann ich einfach nicht so tun, als wäre alles in bester Ordnung.

Ich hasse diese Schule. Ich hasse die Leute dort, bis auf Valerie natürlich. Dennoch bin ich mir nicht sicher, dass ich allein meiner quirligen und energiegeladenen Freundin zuliebe diese Folter weiter aushalten möchte.

Irgendwann zieht es mich doch aus meinem Zimmer, und ich treffe unten auf Brooke. Sie steht mit einem Glas Wein in der Hand am Tresen und trägt ein rotes Seidenkleid und hohe Riemchenstilettos. Sie sieht mich ungeduldig an.

»Hi«, sage ich zögernd.

Sie nickt mir zu.

»Alles okay bei dir?« Ich schnappe mir eine Packung Chips und stehe dann ein wenig unbeholfen herum. Komisch, dass ich gerade richtig Lust hätte, mich mit Brooke zu unterhalten.

»Callum ist zu spät«, sagt sie mit gepresster Stimme. »Wir wollten zum Abendessen nach Manhattan fliegen, aber er ist noch nicht da.«

»Oh. Das tut mir leid.« Ähm, sie fliegen einfach mal so

zum Essen nach Manhattan?!«Ich bin sicher, dass er bald kommt. Wahrscheinlich wurde er einfach im Büro aufgehalten.«

Sie schnaubt.»Ja, na klar. Immerhin lebt er ja mehr oder weniger dort, falls dir das noch nicht aufgefallen sein sollte.«

Sie klingt so harsch, dass ich kurz zusammenzucke. Sofort wird Brookes Gesichtsausdruck weicher.»Es tut mir leid, Süße, ignorier mich einfach. Ich habe heute richtig miese Laune.«

Sie lächelt, aber ihre Augen bleiben stumpf.»Lenk mich doch ein bisschen ab, während ich warte. Wie war es in der Schule?«

»Nächste Frage bitte«, sage ich sofort. Sie fängt herzhaft an zu lachen, und ihre Augen leuchten auf.»Setz dich hin«, befiehlt sie mir.»Und jetzt erzählst du Tante Brooke mal alles ganz in Ruhe, ja?«

Ich schlucke.»Na ja. War nicht weiter wild, außer dass ich kurz jemanden verprügelt habe.«

Sie lacht erschrocken auf.»Auwei!«

Und aus irgendwelchen unerfindlichen Gründen erzähle ich ihr die ganze Geschichte. Wie Jordan mich blamiert und gedemütigt hat, von Anfang an. Die Sache mit der Reizwäsche. Wie ich den Spieß umgedreht und ihr schließlich eine reingehauen habe.

Überraschenderweise tätschelt Brooke stolz meinen Arm.

»Ich kann sehr gut verstehen, dass die Nerven mit dir durchgegangen sind«, meint sie.»Gut, dass du diesem blöden Gör gezeigt hast, dass du dir so was nicht bieten lässt!«

Ob Callum wohl genauso stolz reagiert hätte? Ich wage es zu bezweifeln.

»Ich habe ein schlechtes Gewissen. Normalerweise halte ich nichts von Gewalt.«

Brooke zuckt mit den Schultern. »Manchmal muss man jemanden eben in seine Schranken weisen, oder? Besonders, wenn man zu den Royals gehört. Denk ja nicht, dass diese Carrington die Einzige ist, die dir deiner Herkunft wegen die Hölle heißmacht. Ab jetzt musst du leider damit leben, dass du eine Menge Feinde hast. Die Royals haben nun mal großen Einfluss, und du bist jetzt eine von ihnen. Da fangen die Leute leider an, einen zu hassen – meistens aus Neid.«

Ich beiße mir auf die Unterlippe. »Ich bin doch gar keine echte Royal. Zumindest sind wir nicht blutsverwandt.«

»Tja, aber du bist blutsverwandt mit den O'Hallorans.« Sie lächelt mich an. »Glaub mir, das ist mindestens genauso verlockend. Dein Vater war steinreich. Callum ist es auch. Also bist auch du ein sehr reiches Mädchen.« Brooke nimmt einen großen Schluck Wein. »Auch damit wirst du wohl leben müssen. Damit, dass du einen Raum betrittst und alle sich zuflüstern, dass du nicht dazugehörst. Aber lass dich trotzdem nicht davon unterkriegen. Wehr dich, wenn das nötig ist! Zeig bloß keine Schwäche.«

Wow. Sie klingt wie ein Offizier, der sein Heer auf einen wichtigen Kampf vorbereitet. Ich weiß nicht recht, ob ich ihr voll und ganz zustimme. Aber ich muss zugeben, dass ich mich jetzt ein wenig besser fühle.

Wir hören, wie die Eingangstür aufgeht, und einen Moment später kommt Callum in die Küche geschlendert. Er trägt einen maßgeschneiderten Anzug und sieht total erschöpft aus.

»Sag nichts«, murmelt er, ehe Brooke auch nur den Mund aufmachen kann. Dann wird sein Ton etwas sanfter. »Es tut mir leid, dass ich zu spät bin. Der Vorstand hat genau in dem Moment ein Meeting einberufen, als ich schon auf dem Weg zur Tür war. Ich mache mich schnell frisch, und dann bringt Durand uns zum Flughafen, okay? Hi, Ella. Na, wie war's in der Schule?«

»Toll!«, schwindle ich und springe vom Stuhl, ohne in Brookes amüsiertes Gesicht zu blicken. »Viel Spaß beim Dinner! Muss dringend noch Hausaufgaben machen.«

Ich zische aus der Küche, ehe Callum unangenehme Fragen zum Football-Spiel stellen kann.

Zurück in meinem Prinzessinnenzimmer, verbringe ich die nächsten zwei Stunden mit langweiligen Algebragleichungen. Es ist kurz nach elf, als Easton plötzlich in meiner Zimmertür auftaucht.

Ich schrecke zusammen. »Hey, wieso hast du nicht geklopft?«

»Seit wann klopfen Familienmitglieder vorher an?« Sein dunkles Haar ist nass, wahrscheinlich hat er gerade geduscht. Er trägt eine Jogginghose und ein enges T-Shirt und sieht mich selbstbewusst an. In seiner rechten Hand hält er eine Flasche Jack Daniel's.

»Was gibt's?«, frage ich.

»Du warst nicht beim Spiel.«

»Na und?«

»Reed hat dir doch gesagt, dass du kommen sollst.«

»Na und?«

Easton wirft mir einen finsteren Blick zu und tritt auf mich zu. »Du solltest wenigstens irgendwie den Schein wahren. Dad will, dass du dich beteiligst. Er wird dich nur dann in Ruhe lassen, wenn du dich an seine Regeln hältst.«

»Aber dieses Spielchen gefällt mir überhaupt nicht. Du und deine Brüder wollen nichts mit mir zu tun haben und ich nicht mit euch. Warum sollten wir uns gegenseitig etwas vormachen?«

»Na, na, na, du willst sehr wohl bei uns sein!« Er rückt

so nah, dass ich seinen Atem an meinem Hals spüre. Der Atem riecht nicht nach Alkohol. »Und vielleicht will ich dich ja auch bei mir haben.«

Ich kneife die Augen zusammen. »Was willst du in meinem Zimmer, Easton?«

»Mir ist langweilig, und du bist die Einzige, die daheim ist.« Er lässt sich auf mein Bett plumpsen und liegt dann auf die Ellbogen gestützt auf dem Rücken, die Flasche dicht neben sich.

»Valerie hat gesagt, dass nach dem Spiel irgendwo eine Party ist. Da hättest du auch hingehen können.«

Er zieht eine Grimasse und hebt sein T-Shirt hoch, sodass ich eine große Schramme sehen kann. »Die habe ich mir auf dem Spielfeld eingefangen. Da habe ich keine große Lust auszugehen.«

Ich werde ein wenig misstrauisch. »Wo ist Reed?«

»Auf der Party, die Zwillinge auch. Wie gesagt: Es ist niemand da, nur wir beide.«

»Ich muss ins Bett.«

Er starrt auf meine nackten Beine, und auch sein Blick auf mein eng anliegendes, fadenscheiniges T-Shirt entgeht mir nicht. Anstatt abzuhauen, rückt er ein Stück nach hinten und macht es sich auf meinen Kissen gemütlich. Ich knurre verärgert, als er sich die Fernbedienung schnappt und sich durch die Sender zappt, bis er beim Sportsender angekommen ist.

»Raus mit dir«, fauche ich. »Ich will schlafen!«

»Ist doch noch viel zu früh! Sei nicht so störrisch und setz dich zu mir.« Komischerweise klingt er gar nicht aggressiv. Eher ... amüsiert. Trotzdem bleibe ich skeptisch und rücke so weit wie möglich von ihm weg.

Easton sieht sich grinsend in meinem rosafarbenen Zimmer um. »Mein Dad hat echt keine Ahnung, oder?«

»Na ja, mit der Erziehung von Mädchen kennt er sich wohl nicht so gut aus.«

»Ist bei den Jungs doch genauso«, murmelt Easton leise.

»Oh, ist das jetzt der Moment, in dem du dich ausheulen willst? Daddy war nie daheim, Daddy hat mich immer übergangen, Daddy hat mich nie geliebt.«

Er verdreht die Augen und ignoriert meine Provokation.

»Mein Bruder ist sauer auf dich«, meint er.

»Ist er doch immer, oder?«

Anstatt zu antworten, hebt er die Flasche an seinen Mund.

»Okay, na schön. Ich bin neugierig. Warum ist er sauer?«

»Weil du dich heute mit Jordan geprügelt hast.«

»Sie hat es drauf angelegt.«

Er nimmt noch einen Schluck. »Klar hat sie das.«

Ich ziehe überrascht die Augenbrauen nach oben. »Was, du hältst mir keine Standpauke? Sagst mir nichts von wegen ›den guten Ruf nicht gefährden‹ und so?«

Er verzieht den Mund. »Nö.« Dann grinst er verschmitzt. »Das war das Heißeste, was ich seit Langem gesehen habe. Wie ihr zwei da über den Boden gerollt seid, ineinander verkeilt ... Wow. Ich werde an euch denken, wenn ich mir das nächste Mal einen runterhole!«

»Boah, bitte verschon mich mit diesen Details, Easton.«

»Interessiert dich doch, oder nicht?« Er nimmt noch einen Schluck und hält mir dann die Flasche hin. »Los, trink!«

»Nein danke.«

»Meine Güte, stell dich doch nicht immer so an und genieß das Leben ein bisschen!«

Schon nehme ich tatsächlich einen Schluck. Ich weiß auch nicht genau, warum. Vielleicht habe ich Lust auf einen kleinen Schwips. Vielleicht liegt es aber auch daran, dass zum ersten Mal einer der Royal-Söhne ansatzweise nett zu mir ist. Easton sieht mich anerkennend an, fährt sich mit der Hand durchs Haar und zuckt dann kurz zusammen. Autsch. Seine Wunde muss wirklich wehtun.

Eine Weile sitzen wir stumm da und reichen uns die Flasche hin und her. Mir ist schon ein wenig schwummrig zumute, und er gibt mir einen Knuff, ohne den Blick vom Fernseher zu lösen.

»Ich will nichts mehr.« Ich lehne mich an das Kopfende und schließe die Augen. »Ich bin nicht gern besoffen. Ich höre auf, wenn ich einen kleinen Schwips habe.«

»Warst du schon mal richtig betrunken?«

»Klar. Du?«

»Noch nie«, sagt er mit Unschuldsmiene.

Ich schnaube. »Na klar. Wahrscheinlich warst du schon mit zehn Alkoholiker.« Sobald ich das gesagt habe, seufze ich einmal laut.

»Was ist denn?« Er sieht mich neugierig an. Tatsächlich ist er sehr viel attraktiver, wenn er nicht so böse schaut.

»Nix. Nur eine blöde Erinnerung.« Ich sollte das Thema wechseln – eigentlich rede ich nicht gern über meine Vergangenheit –, aber irgendwie muss ich jetzt doch lachen. »Eine ziemlich komische, wenn man's genau nimmt.«

»Jetzt hast du mich aber neugierig gemacht.«

»Ich war mit zehn zum ersten Mal besoffen«, gestehe ich. Er grinst. »Ehrlich?«

»Ja. Meine Mom ist damals mit diesem Typ ausgegangen, Leo.« Dass der Kerl Verbindungen zur Mafia hatte, braucht Easton ja nicht zu wissen. »Damals haben wir noch in Chicago gelebt, und er hat uns am Wochenende mal mit zu einem Baseball-Spiel genommen. Da hat er Bier getrunken, und ich habe ihn die ganze Zeit angebettelt, dass ich mal einen Schluck probieren darf. Meine Mom war natürlich total dagegen, aber Leo hat sie davon überzeugt, dass ein Schluck schon nicht so schlimm ist.«

Ich schließe die Augen und erinnere mich an jenen warmen Junitag. »Ich habe das Bier also probiert, und es hat scheußlich geschmeckt. Leo fand das Gesicht, das ich daraufhin gezogen habe, urkomisch, deswegen hat er mir jedes Mal die Flasche gereicht, wenn meine Mom nicht geschaut hat. Und jedes Mal, wenn ich einen Schluck genommen habe, hat er sich halb totgelacht. Bestimmt hatte ich nicht mehr als ein Viertel der Flasche intus, aber ich war hackedicht.«

Easton bricht in schallendes Gelächter aus. Es ist das erste Mal, dass ich in diesem Haus jemanden so richtig lachen höre. »Und deine Mom ist total durchgedreht?«

»Und wie. Du hättest sie sehen sollen! Ich bin den Gang auf und ab getorkelt. Stell dir mal eine Zehnjährige vor, die richtig schlimm lallt. ›Was soll'n das heiß'n, wieso krieg ich 'n keinen Hotdog?‹«

Jetzt lachen wir beide so heftig, dass die Matratze unter uns wackelt. Richtig nett. Natürlich währt der Frieden nicht lang.

Easton verstummt abrupt und sieht mich dann ernst an. »Hast du wirklich mal als Stripperin gearbeitet?«

Wenn in der Schule sowieso alle davon reden, dann kann ich ihm genauso gut die Wahrheit sagen. Ich nicke, und er sieht mich beeindruckt an.

»Krass.«

»Nein, eigentlich nicht.«

Er rutscht ein wenig herum, sodass seine Schulter meine berührt. Ist das Absicht?

»Du bist echt heiß, wenn du gerade nicht fauchst.« Er starrt auf meinen Mund.

Ich bin völlig erstarrt, aber es ist keine Angst, die mein

Herz zum Rasen bringt. Easton sieht mich wollüstig an, und seine Augen erinnern mich wahnsinnig an die von Reed.

»Du solltest gehen«, sage ich und schlucke. »Ich will jetzt schlafen.«

»Willst du nicht.«

Er hat recht. Ich will nicht schlafen, und gleichzeitig herrscht in meinem Kopf ein gewaltiges Chaos. Ich muss an Reed denken, an seinen ausgeprägten Kiefer und sein perfekt gemeißeltes Gesicht. Easton hat denselben Kiefer. Noch ehe ich mich davon abhalten kann, habe ich schon sein Gesicht gestreichelt. Easton entweicht ein leises Knurren. Er gibt sich ganz meiner Berührung hin, und ich spüre das Kratzen seiner Bartstoppeln an meinen Fingerkuppen.

Unglaublich, aber wahr: Zwischen meinen Beinen beginnt es doch tatsächlich verdächtig zu pochen.

»Du kleine Unruhestifterin«, flüstert Easton mir zu. Dann drückt er seine Lippen auf meine. Mein Herz schlägt schneller, und ich löse mich japsend von seinem Mund, ehe wir noch weitergehen.

Ich atme tief aus und würde am liebsten so tun, als wäre nichts passiert, aber leider habe ich Easton Royals Sexappeal gewaltig unterschätzt. Er ist umwerfend. Auch seine Art und Weise, mich unter schweren Augenlidern anzusehen, erinnert mich sehr an seinen Bruder. Warum nur kriege ich Reed einfach nicht aus dem Kopf?

Easton fährt mit den Fingern durch mein Haar und zieht mich an sich. Ganz kurz streifen seine Lippen meine, und dann sieht er mich an, fragend und erwartungsvoll zugleich.

Ich streichle seine Wange und schließe die Augen. Ein klares Signal. Mir war gar nicht bewusst, wie sehr ich mich nach Körperkontakt sehne. Die warmen Lippen eines Jungen, seine Hand, die über mein Haar streicht ... Ich mag zwar noch Jungfrau sein, aber natürlich habe ich auch schon ein paar Dummheiten gemacht, und mein Körper erinnert sich immer noch daran, wie gut sich das anfühlen kann. Als unsere Lippen sich wieder treffen, lasse ich mich hinab auf Eastons Brust sinken.

Ehe ich es mich versehe, liegt er auch schon auf mir. Sein schwerer Körper drückt mich tief in die Matratze, und als er seine Hüften leicht bewegt, erzittere ich vor Lust.

Wieder küsst er mich, gierig und ungestüm. Unsere Zungen berühren sich gerade zum ersten Mal, als wir ein ungläubiges Schnauben hören.

»Das gibt es ja wohl nicht!«

Easton und ich fahren auseinander und sehen entsetzt zu Reed, der uns fassungslos anstarrt.

»Reed ...«, setzt Easton an, aber es ist sinnlos. Reed ist schon wutentbrannt davongestürmt, und seine Schritte im Flur sind genauso laut wie mein Herzschlag.

Neben mir lässt Easton sich auf den Rücken rollen und starrt an die Decke.

»Shit.«

17. Kapitel

Eine Sekunde verstreicht. Zwei. Drei. Dann springt Easton auf wie von der Tarantel gestochen und flitzt Reed hinterher.

»Ich war betrunken!«, höre ich ihn rufen.

Und plötzlich fühle ich mich wahnsinnig gedemütigt, obwohl ich doch behauptet hatte, dass mir nichts peinlich ist. Deswegen wollte er mich also küssen.

»However, East. Mach, was du willst, das tust du doch sowieso immer.« Reed klingt richtig müde, und mein dummes Herz, dasselbe, das zugelassen hat, dass Easton und ich uns küssen, sehnt sich nach Reed.

»Du kannst mich mal, Reed. Du wolltest, dass ich keine Schmerzmittel nehme, und das habe ich auch nicht, aber immerhin wurde ich von einem tonnenschweren Bullen umgerannt, und meine Rippen tun irrsinnig weh! Ich muss meine Schmerzen entweder mit Paracetamol lindern oder mit ihr, kannst du dir aussuchen!«

Easton verstummt, und ich kann Reeds Antwort nicht hören, falls er überhaupt etwas erwidert. Ich schleiche leise zur Tür und spähe in den Flur – gerade früh genug, um die beiden in Reeds Zimmer verschwinden zu sehen. Lautlos tappe ich den Flur hinunter, bis ich vor der verschlossenen Zimmertür stehe.

»Warum bist du nicht auf der Party? Abby war nach dem Spiel doch total heiß auf dich«, meint Easton. »Du hättest leichtes Spiel gehabt, Dude.«

Reed schnaubt. »Deswegen bin ich ja hier. Ich habe die Schnauze voll von ihr.«

»Warum bist du überhaupt mit ihr ausgegangen?«

Ich halte den Atem an, weil ich das natürlich zu gerne wissen möchte. Kurz darauf höre ich, wie ein Ball immer wieder auf den Boden prallt.

»Sie ... hat mich an Mom erinnert. Sie ist so sanft und still und verlangt nicht so viel von einem.«

»Genau wie Ella«, lacht Easton sarkastisch. Wieder höre ich den Aufprall des Balls, dieses Mal leicht gedämpft. »Hey, du hättest mich fast getroffen, du Arsch!«

Beide lachen. Über mich?

»Lass die Finger von ihr, Easton. Du hast schließlich keine Ahnung, wo sie sich schon so herumgetrieben hat.«

Jetzt klingt es so, als würden sie Ball spielen und sich ganz nebenbei über meine sexuelle Vorgeschichte unterhalten.

»Ist sie wirklich eine Stripperin?«, fragt Easton nach einer Weile. »Sie hat gesagt, dass es stimmt, aber ich kann es nicht richtig glauben.«

»Brooke hat es auch gesagt. Und es steht in Dads Bericht.«

Brooke hat es ihnen erzählt?! Na toll, und ich habe gedacht, ich könnte ihr vertrauen ... Und was zum Teufel meint er mit dem Bericht?

»Den habe ich nie gelesen. Gibt es da auch Bilder?«

»Jepp.«

»Von ihrem Job als Stripperin?« Jetzt klingt Easton richtig aufgeregt.

»Nee. Waren nur Fotos aus ihrem Alltag.« Reed verstummt. »Sie hatte letzten Sommer drei verschiedene Jobs. Am Morgen hat sie in einer Fernfahrerkneipe gerackert, am Nachmittag in einem Laden, und abends hat sie dann in dieser Bar gestrippt.«

»Wow. Ganz schön hart.« Easton klingt beinahe beeindruckt, Reed dafür umso angewiderter. »Woher weiß Jordan davon?«

»Wahrscheinlich ist es einem der Zwillinge rausgerutscht, während sie ihm einen geblasen hat.«

»Dann war es sicher Sawyer. Der kann nie seine Klappe halten, wenn eine hübsche Frau vor ihm steht.«

»Stimmt.« Eine Schublade wird zugeknallt. »Weißt du, du könntest es auch ausnutzen. Wenn sie auf dich steht, dann benutz sie und find heraus, worum es ihr wirklich geht. Ich bin mir immer noch nicht sicher, dass zwischen ihr und Dad wirklich nichts läuft.«

»Sie hat gesagt, dass da nichts passiert.«

»Und du hast es geglaubt?«

»Vielleicht.« Reeds Misstrauen wirkt anscheinend ansteckend. »Was meinst du, mit wie vielen Typen sie schon zusammen war?«

»Keine Ahnung. Schmarotzerinnen wie sie machen doch für jeden die Beine breit, der mit ein paar Dollarnoten vor ihrer Nase herumwedelt.«

Ich bin keine Schmarotzerin!, würde ich am liebsten rufen. Und diese Vollidioten liegen total verkehrt, was mein Sexleben angeht. Ich habe noch nicht mal Erfahrung mit Blowjobs. Ich bin wirklich eher ein Mauerblümchen als ein Vamp.

»Glaubst du, ich könnte von ihr was lernen?«, fragt sich Easton.

»Vielleicht könntest du neue sexuelle Krankheiten kennenlernen! Aber wenn du sie flachlegen willst, dann tu's doch. Ist mir egal.«

»Ach ehrlich? So wie du den Football gerade malträtierst, macht das aber einen ganz anderen Eindruck.«

Das Prallen verstummt. »Okay, du hast recht. Es ist mir nicht egal.«

Ich halte die Luft an. Bumm. Bumm. Bumm. Jetzt werfen sie den Ball wieder hin und her? Oder ist es mein Herz, das so laut pocht?

»*Du* bist mir nicht egal. Wenn du krank wirst oder dir jemand wehtut, was auch immer. Aber Ella geht mir am Arsch vorbei.«

Autsch.

Der Wecker klingelt um fünf Uhr morgens. Meine Augen sind verklebt, und ich fühle mich vollkommen zerstört. Vielleicht habe ich gestern vor dem Einschlafen noch ein bisschen geweint, aber ansonsten spüre ich eine Entschlossenheit, die vorher nicht da gewesen ist. Es bringt nichts, darauf zu warten, dass die Royals einen ins Herz schließen, besonders in Bezug auf Reed nicht. Steves Witwe ist ein Miststück, aber immerhin ist das so offensichtlich, dass ich weiß, dass ich auf der Hut sein muss. Dasselbe gilt für Easton. Wenn er mich benutzen will, dann werde ich dasselbe auch mit ihm machen.

Ich habe sowieso keine Geheimnisse mehr vor ihnen – steht ja alles in diesem ominösen Bericht von Callum.

Ich binde meine Turnschuhe zu und schultere meinen Rucksack, der mittlerweile um zehntausend Dollar leichter ist. Ich habe beschlossen, dass es doch ein bisschen anstrengend ist, die Kohle immer mit mir herumzuschleppen, also habe ich die Scheine mit Klebeband unter meinem Waschbecken befestigt. Hoffentlich sind sie da sicher.

Es ist merkwürdig, am Samstag schon so früh unterwegs zu sein, aber als Lucy gefragt hat, ob ich ihr helfen könnte, konnte ich nicht Nein sagen. Außerdem kann ich jeden Dollar gebrauchen.

Ich tappe so leise wie möglich durch den Flur, um die Royals ja nicht aufzuwecken. Ich konzentriere mich so sehr darauf, die Treppen hinunterzuschleichen, dass ich beinahe vornüberstürze, als ich Reeds Stimme höre.

»Wo gehst du hin?«

Hmmmm ... Geht dich nix an. Vielleicht verschwindet er einfach wieder in sein Zimmer, wenn ich nicht darauf eingehe.

»Wie auch immer«, murmelt er. »Ist mir doch egal.«

Sobald seine Tür sich mit einem leisen Klicken wieder schließt, klopfe ich mir innerlich dafür auf die Schulter, wieder erfolgreich jemanden vergrault zu haben. Dann schlüpfe ich aus der Haustür. Draußen ist es noch dunkel, und ich laufe zur Bushaltestelle, um mich dort auf den Plastiksitzen niederzulassen und zu versuchen, alles Schlechte auszublenden, was gerade in meinem Leben geschieht.

Wenn ich ein besonderes Talent habe, dann ist es nicht das Tanzen. Vielmehr ist es die Fähigkeit, fest daran zu glauben, dass der nächste Tag besser wird. Keine Ahnung, woher ich diesen Optimismus habe, vielleicht von meiner Mom. Irgendwann habe ich begonnen zu glauben, dass auf besonders üble Tage, die man irgendwie hinter sich bringt, schönere, bessere folgen werden.

Ich hole tief Luft, atme die salzige, würzige Luft des Ozeans ein. So nervig die Royals auch sein mögen und so verschlagen Dinah O'Halloran auch ist, so ist heute doch trotzdem alles besser als vor einer Woche. Ich habe ein warmes Bett, schöne Klamotten, genug zu essen. Meine Schule ist toll. Und ich habe eine richtige Freundin gefunden.

Alles wird gut.

Wirklich.

Als ich in der Bäckerei ankomme, fühle ich mich so gut wie schon seit Tagen nicht mehr. Anscheinend merkt man mir das auch an.

»Du siehst super aus, Ella! Hach, jung müsste man sein ...« Sie seufzt gespielt verzweifelt auf.

»Du siehst auch fantastisch aus, Lucy«, gebe ich das Kompliment zurück, während ich mir die Schürze umbinde. »Und irgendetwas riecht verdammt gut. Was ist es?« Ich deute auf eine paar kleine, sehr appetitlich aussehende Gebäckstücke.

»Das sind Mini-Monkeybreads. Die sind mit Zimt gewürzt und außerdem mit Karamell und Butter verfeinert. Willst du eins kosten?«

Ich nicke so enthusiastisch, dass mir beinahe der Kopf vom Hals fällt. »Ich kriege ja allein von dem Duft schon fast einen Orgasmus!«

Lucy lacht, und die Locken hüpfen um ihren Kopf. »Dann schnapp dir eins, und ich zeige dir, wie du fünfzig weitere davon machst!«

»Kann es kaum erwarten.«

Die Monkeybreads sind der Hit. Schon vor acht sind alle komplett ausverkauft, und Lucy schickt mich in die Backstube, um noch eine weitere Ladung zu machen, ehe meine Schicht endet. Um Viertel vor zwölf kommt Val in den Laden geschlendert, und ich habe so gute Laune, dass ich sie mit meiner Umarmung fast erwürge.

»Was machst du denn hier?«, frage ich sie übermütig und drücke sie noch einmal fest an mich.

»Ich war gerade in der Gegend. Was ist denn mit dir los?« Sie mustert mich. »Hattest du gestern Abend etwa Sex?«

»Nein, aber ich hatte dank dieses Gebäcks hier schon

jede Menge Duftorgasmen.« Ich nehme ein frisch gebacke-
nes Teilchen aus dem Regal und reiche es ihr. Sobald Val
hineingebissen hat, stöhnt sie leise auf. »Oh mein Gott.«

»Stimmt's?« Ich kichere.

»Holt Durand dich ab, oder soll ich dich heimbringen?
Ich habe heute ein Auto!«, meint Valerie selig mampfend.

»Das wäre super.« Ich ziehe die Schürze aus und suche
eilig meine Sachen zusammen. »Ist es okay, wenn ich
Schluss mache, Lucy?«

Sie winkt mir nur kurz zu, weil sie gerade mit einem
anderen Kunden beschäftigt ist.

Valeries Auto ist schon ein etwas älteres Modell, ein
Honda, der neben den Land Rovers und Audis ein wenig
fehl am Platze wirkt.

»Das ist das Auto von Tams Mom«, meint Valerie. »Ich
habe ihr angeboten, ein paar Sachen für sie einzukaufen.«

»Cool!« Ich senke schüchtern die Stimme. »Callum hat
gesagt, dass ich auch ein Auto kriege. Wenn es so weit ist,
kannst du es dir jederzeit ausleihen.«

»Wow, danke, allerbeste Lieblingsfreundin!« Sie lacht
und sieht mich dann an. »Ich bin auch vorbeigekommen,
weil ich fragen wollte, ob wir heute Abend ausgehen wollen.«

Sofort ist meine Stimmung ein wenig getrübt. Hoffentlich fragt sie jetzt nicht, ob wir auf eine Party gehen wollen.
Auf die Astor-Kids habe ich an meinem freien Wochenende
nämlich wirklich überhaupt keine Lust.

»Na ja, ich muss noch Hausaufgaben machen …«

Valerie zwickt mich fest in den Oberarm.

»Autsch! Was soll das denn?« Ich reibe meinen Arm und
sehe sie finster an.

»Vertrau mir doch mal! Ich spreche hier nicht von
irgendeiner bescheuerten Astor-Party. Klar, ein paar Mit-

schüler könnten schon auftauchen – aber es ist ein ganz normaler Club in der Innenstadt, in den man normalerweise erst ab einundzwanzig reinkommt. Heute sind aber auch jüngere Besucher erlaubt, es werden also jede Menge Schüler da sein – und garantiert nicht nur von der *Astor Park.*«

»Ich bin noch nicht mal achtzehn.« Ich rutsche tiefer in den Sitz. »Und auf meinem einzigen Ausweis steht, dass ich vierunddreißig bin.«

»Ist egal. Du siehst gut aus, also kommst du auch rein.«

Sie hat recht. Als wir später vor den Türstehern stehen, fragt uns niemand nach dem Ausweis. Der Security-Typ lässt seinen Blick über Val und mich gleiten, mustert unsere knappen Kleidchen und hohen Schuhe und winkt uns dann augenzwinkernd hinein.

Der Club scheint früher ein Kaufhaus gewesen zu sein. Von dem heftigen Bass zittern die Wände, und Stroboskoplichter beleuchten die Tanzfläche. Vorne ist eine Bühne, auf der ein paar Mädchen tanzen.

»Wir lassen heute in so einem Ding die Hüften kreisen«, brüllt Val mir ins Ohr. Ich lege den Kopf in den Nacken, um zu sehen, worauf sie zeigt. Ups. Über der Tanzfläche hängen vier riesige Vogelkäfige, in denen Frauen tanzen. In einem sind sogar zwei Leute, eine Frau und ein Mann, die sich beim Tanzen aneinanderreiben.

»Warum?«, frage ich misstrauisch.

»Weil es Spaß macht. Ich vermisse Tam wahnsinnig, da will ich einfach ein bisschen tanzen und mich amüsieren.«

»Können wir nicht auf die Bühne gehen?«

Valerie schüttelt grinsend den Kopf. »Die Aufmerksamkeit, die du in so einem Ding bekommst, ist der Wahnsinn!«

Ich starre sie verdutzt an. »So kenne ich dich ja gar nicht!«

Sie lacht und schüttelt ihr duftiges Haar. »Ich bin doch kein Mauerblümchen! Ich liebe es, zu tanzen und die Sau rauszulassen, und das hier ist der ideale Ort! Tam hat mich mal mit hergebracht, und wir haben es so richtig krachen lassen. Erst auf der Tanzfläche, und später dann im Bett.« Sie beißt sich auf die Unterlippe, und ihre Augen glänzen verdächtig.

Val ist also eine kleine Exhibitionistin, wer hätte das gedacht! Stille Wasser sind eben tief. Mir hat es zwar auch nie etwas ausgemacht, vor vielen Leute zu tanzen, aber ich fahre nicht so drauf ab, wie Val es tut. Sobald ich beginne zu tanzen, verliere ich mich vollkommen in der Musik und vergesse total, dass mich jemand beobachtet.

Vielleicht ist das auch eine Art Schutzmechanismus, den ich mir beim Tanzen schon früh antrainiert habe. Immerhin war ich erst fünfzehn, als ich zum ersten Mal gestrippt habe. Komisch, sobald ich den Rhythmus der Musik im Ohr habe, ist es ganz egal, ob neben mir nur eine oder hundert Personen stehen. Ich bewege mich der Musik wegen, nicht fürs Publikum.

»Klar. Lass es uns machen.«

Sie sieht mich aufgeregt an. »Cool. Nehmen wir einen Käfig oder zwei?«

»Lass uns doch zusammen tanzen. Wir ziehen eine super Show ab, jede Wette!« Die Kerle im *Miss Candy's* sind total drauf abgefahren, wenn zwei Frauen zusammen getanzt haben. Und auch als Jordan und ich miteinander gerangelt haben, hatten wir begeisterte Zuschauer!

Valerie klatscht fröhlich in die Hände. »Warte hier. Ich bin gleich wieder da!«

Ich sehe zu, wie sie zu dem Typen geht, der für die Besetzung der Käfige zuständig ist. Sie wechseln ein paar Worte, ehe der Typ auf einen Käfig deutet und Val ihm um den Hals fällt. Sofort kommt sie zu mir geflitzt. »Noch ein Lied«, meint sie, »dann sind wir dran.« Sie schnappt sich zwei Limos von einem Tablett, das eine Kellnerin gerade durch die Menge balanciert, und reicht mir eine davon.

Val ist ganz schön ungeduldig. Sie tritt unruhig von einem Fuß auf den anderen und klopft mit ihrer Handfläche auf ihr Bein.

»Wieso nennt Jordan dich eine Stripperin?«

»Weil ich mal eine war«, gebe ich zu. »Erst habe ich gestrippt, um die Arztrechnungen meiner Mom zu bezahlen, und später, um meine Miete zusammenzukriegen.«

Sie starrt mich mit offenem Mund an. »Wow. Warum bist du nicht einfach bei Verwandten eingezogen oder so?«

»Ich wusste nicht, dass ich welche habe«, meine ich achselzuckend. »Solange ich denken kann, gab es immer nur mich und meine Mom. Und als sie gestorben ist, wollte ich auf keinen Fall ins Waisenhaus. Ich habe einfach zu viele Gruselgeschichten darüber gehört. Da dachte ich, dass es doch eigentlich ein Klacks sein müsste, mich um mich allein zu kümmern, wenn ich vorher sogar für uns beide verantwortlich war.«

»Hui. Du haust mich wirklich um, weißt du das?«

Ich schnaube nur. »Warum? Normalerweise finden die Leute es nicht so beeindruckend, wenn man sich für Geld auszieht.«

»Du hast einfach eine Menge Mumm«, meint Val. »Und das ist echt bewundernswert.«

»Hm? Mumm? Wer benutzt denn heute noch dieses Wort?«

»Ich!« Valerie lächelt mich an und greift nach meiner Hand. »Mumm. Mumm. Mumm.« Ich muss lachen, weil Val irre süß und ihr Lächeln ganz schön ansteckend ist. Sie packt mich an der Hand. »Komm! Wir sind dran.«

Ich lasse mich von ihr zum Fuß der Treppe zerren, die hinauf zu den Käfigen führt. Das Pärchen ist schon weg, die Tür steht offen, und wir rennen übermütig die Stufen nach oben und klettern in den Käfig. Val zieht die Tür hinter uns zu.

»Ab geht die Party!«, ruft sie mir über wummernde Musik hinweg zu. Und das tut sie. Und wie. Erst mal tanzen wir Seite an Seite, jede für sich. Es ist ein bisschen so wie das Videospiel, das wir schon mal zusammen gespielt haben, nur dass wir dieses Mal ein riesiges Publikum haben. Unter uns haben die Typen aufgehört zu tanzen und starren zu uns hinauf. Komisch, zum ersten Mal kann ich mit den bewundernden Blicken was anfangen. Beim Strippen habe ich die gaffenden Männer eher ausgeblendet, aber jetzt genieße ich die Aufmerksamkeit so richtig. Ich fahre mit den Händen an meinem Körper auf und ab, gehe in die Knie, sodass sie fast den Boden berühren. Val drückt sich ans Gitter und windet sich im Takt der Musik.

Als ich mich wieder aufrichte, entdecke ich ihn. Reed. Er hängt an der Bar herum, eine Flasche Bier in der Hand. Sein Mund ist leicht geöffnet, und er sieht … überrascht aus? Sehnsüchtig? Schwer zu sagen. Aber selbst auf die Entfernung spüre ich die Hitze seines Blicks, den er über meinen Körper gleiten lässt.

Er ist der heißeste Typ im Club, das kann man leider nicht anders sagen. Größer, muskulöser und auch ansonsten umwerfender als alle anderen. Ich muss seinen Oberkörper in dem dicht anliegenden schwarzen T-Shirt einfach anstarren, und spüre sofort einen warmen Schauer, der mein Rückgrat hinunterwandert. Ich lecke mir die Lippen und springe auf. Val legt von hinten ihre Hände auf meine Hüften, und ich kann ihre Brüste an meinem Rücken spüren, als sie mich wie eine Art menschliche Stange benutzt, um ihre Show abzuziehen.

Das Gejohle aus der Menge wird noch lauter, aber für mich gibt es nur noch Reed Royal. Ich starre ihn an. Er starrt zurück.

Ich stecke einen Finger in meinen Mund und ziehe ihn dann langsam heraus, um damit über meinen Hals, mein Schlüsselbein, über die Kuhle zwischen meinen Brüsten und schließlich über meinen Bauch zu streichen. Es wird lauter und lauter, während meine Hand immer weiter hinabwandert.

Reed lässt mich nicht aus den Augen. Mit den Lippen formt er meinen Namen.

»Ella!« Valerie packt meinen Arm und legt ihren Kopf auf meine Schulter. »Das Lied ist vorbei. Kommst du mit?«

Ich spähe wieder zur Bar, aber Reed ist weg, und ich schüttle ungläubig den Kopf. Habe ich mir die ganze Situation vielleicht nur eingebildet, und er war gar nicht da?

»Klar«, murmele ich.

Mein ganzer Körper vibriert. Ich bin natürlich nicht so ahnungslos, dass ich nicht ziemlich genau wüsste, was das Ziehen zwischen meinen Beinen bedeutet. Leider fürchte ich, dass es dieses Mal nicht ausreichen wird, wenn ich mich selbst berühre.

»Nicht schlecht, Mädels!«, ruft uns der Security-Mann zu, als wir hinunterkommen. »Der Käfig gehört euch jederzeit!«

»Danke, Jorge«, erwidert Val.

Er reicht ihr zwei Flaschen Wasser. »Gern, Baby. Immer wieder gern.«

»Er steht auf dich«, teile ich ihr mit, als wir uns wieder unter die Tanzenden mischen.

»Kann sein, aber ich will nur Tam.« Sie kippt das Wasser in sich hinein und drückt dann die kalte Flasche an ihre Stirn. »Aber mir ist jetzt schon ein bisschen anders zumute. Wenn du weißt, was ich meine.«

Leider weiß ich das nur zu gut.

»Egal, ich muss mal pinkeln. Kommst du mit?«

Ich schüttle den Kopf. »Nee. Ich warte hier auf dich.« Während sie in der Meute verschwindet, trinke ich mein Wasser aus und sehe mich dann im Club um. Es ist jetzt schon viel voller, und ich bemerke, dass ein paar Leute mich interessiert ansehen.

Ich sehe einem süßen Typen mit Punkhaarschnitt in die Augen. Er trägt Jeans, ein eng anliegendes Shirt und Stoffschuhe von *Converse*. Sein Augenbrauen- und sein Lippenpiercing blitzen kurz auf. Er sieht ... vertraut aus. So, als würde ich ihn schon kennen und als wären wir gewissermaßen vom selben Schlag. Ich lächle ihn schüchtern an, und er grinst zurück. Dann sehe ich, wie er seinen Freunden etwas zumurmelt und schließlich quer über die Tanzfläche auf mich zukommt. Ich richte mich auf ...

»Hey, Schwesterchen. Lass uns tanzen!« Wie aus dem Nichts ist Easton neben mir aufgetaucht. Der Typ mit den Piercings bleibt stehen. Mist.

»Ich brauche gerade eine kleine Pause.« Soll ich dem Typen zuwinken und ihm damit signalisieren, dass alles okay ist? Dass Easton ihn schon nicht beißen wird?

Easton folgt meinem Blick und sieht den armen Kerl so lange mordlustig an, bis der ergeben seine Hände in die Luft hält und zum Tisch zurückgeht.

»Wo waren wir noch mal stehen geblieben?«, fragt Easton mit Unschuldsmiene. »Ach ja, wir wollten tanzen.«

Seufzend gebe ich nach. Es ist glasklar, dass Easton heute jeden Typen vergraulen wird, der mir zu nahe kommt. Er packt mich an der Taille und zerrt mich buchstäblich auf die Tanzfläche.

»Du siehst heute echt megascharf aus. Wenn du nicht

meine Schwester wärst, dann würde ich sofort über dich herfallen.«

»Na, das war doch gestern Abend auch kein Hindernis für dich.«

Er grinst. »Oh, stimmt. Na, dann nichts wie los.«

Ein Junge klopft ihm anerkennend auf die Schulter, als wir an ihm vorbeikommen, und ruft ihm etwas wie »Gut gemacht, Alter!« zu. Mir ist das gerade ziemlich schnuppe, weil mir eins aufgefallen ist: Wenn Easton da ist, dann war das vorhin wirklich Reed. Ich habe für ihn getanzt, und er hat mich mit seinen Blicken verschlungen. Und deshalb ist mir immer noch so heiß, als stünde mein Körper in Flammen.

»So wie du gerade drauf bist, würdest du wahrscheinlich über alles herfallen, was zwei Beine hat«, merke ich an.

Easton lässt seine Hände an mir hinabgleiten und streichelt jeden Zentimeter nackter Haut, den er erwischen kann. »Ein paar Kriterien habe ich doch. Nicht viele, aber ein paar.«

»Freut mich sehr, dass ich sie erfülle«, meine ich trocken.

Er zieht mich näher an sich, aber überraschenderweise beginnt er nicht, mich zu betatschen. Ich schlinge meine Arme um seinen Hals und frage mich, welches Spielchen wir da spielen.

»Du hast eine richtig gute Show abgezogen. Ich würde liebend gern mal sehen, wie du strippst.«

»Wenn du den Anfang machst und mich überzeugst, dann wirst du das vielleicht eines Tages erleben.«

Seine Augen leuchten auf.

»Schwesterchen, ich kann dir leider keinen Blick auf meine Herrlichkeiten gestatten. Ich sehe so gut aus, dass dir danach kein anderer Mann mehr genügen würde.«

Gegen meinen Willen muss ich lachen. »Du bist einfach zu viel des Guten, Easton.«

»Ich weiß.« Er nickt bedächtig. »Deswegen schlafe ich auch die ganze Zeit mit irgendwelchen Frauen. Eine allein könnte mich gar nicht handeln.«

Ich verdrehe die Augen. »Wenn du deine Märchen selbst glaubst, dann ist das doch wunderbar.«

»Mach dir um mich keine Sorgen.« Er senkt den Kopf, und die Fahne, die aus seinem Mund weht, haut mich fast um.

»Himmel, du riechst ja wie eine Schnapsbrennerei!«, murmele ich und schubse ihn weg, um ein bisschen Abstand zu bekommen. Er grinst mich schief an.

»Wusstest du nicht, dass ich Alkoholiker bin? Ich habe ein Suchtproblem, das habe ich wahrscheinlich von meiner Mom geerbt. So wie du das Schlampengen von deiner. Tolles Vermächtnis, was?«

Wenn er mich gerade nicht so schmerzerfüllt ansehen würde, würde ich erwidern, dass ich mich lieber wie eine Schlampe anziehe, als in einer Flasche zu ertrinken. Aber ich kenne diese Art von Schmerz, also spare ich mir den schnippischen Kommentar und ziehe seinen Kopf an meine Schulter.

»Mir fehlt meine Mom auch«, flüstere ich ihm zu, den Mund an sein schweißnasses Haar gedrückt.

Er zittert kurz und zieht mich noch näher an sich, um dann sein Gesicht in meinem Nacken zu vergraben. Das ist nicht anzüglich gemeint, schätze ich. Es wirkt eher so, als würde er bei jemandem Trost suchen, der ihn nicht verurteilt.

Plötzlich steht Reed vor mir, und ich sehe ihm direkt in die Augen.

Das war ja klar.

Und ich habe es so satt. Kann sein, dass Easton mich nur ausnutzen will, aber warum sollte ich es nicht umgekehrt genauso machen? Wir suchen schließlich beide nach Zuneigung, Trost, wollen uns für irgendetwas rächen. Ich lege die Hand unter Eastons Kinn.

»Was ist?«, murmelt er.

»Küss mich. Und zwar so richtig«, sage ich. Easton sieht mich aus großen Augen an und fährt sich mit der Zunge über die Lippen, was höllisch sexy aussieht. Reed starrt uns immer noch an.

»Küss mich«, wiederhole ich. Er senkt den Kopf.

»Es macht nichts, wenn du dir dabei vorstellst, ich wäre Reed. Ich denke dabei auch an eine andere.«

Sein letzter Satz wird vom Aufeinandertreffen unserer Lippen verschluckt. Sein Mund ist so warm und sein Körper so stark und fest, dem seines Bruders so ähnlich ... Wir pressen uns aneinander, und ich lasse mich einfach fallen. Wir küssen uns und küssen uns und wiegen uns im Takt der Musik, bis uns jemand packt und von der Tanzfläche zerrt.

Ein etwas unglücklich dreinsehender Türsteher verschränkt seine Arme. »Kein Sex auf der Tanzfläche, Freunde! Zeit zu gehen.«

Easton wirft den Kopf in den Nacken und beginnt, hysterisch zu lachen. Der Türsteher geht darauf nicht im Mindesten ein und deutet nur streng auf den Ausgang. Ich sehe mich um, aber Reed ist wieder einmal wie von Zauberhand verschwunden.

»Wo steckt Reed?«, frage ich begriffsstutzig.

»Der vögelt wahrscheinlich gerade Abby auf dem Parkplatz durch.«

Zum Glück wühlt Easton danach so konzentriert in seinen Hosentaschen, dass er nicht sehen kann, wie sehr mich sein Kommentar verletzt hat. Schließlich zieht er triumphierend seinen Schlüsselbund aus der Hosentasche.

»Ich bin zu besoffen, um zu fahren, Sis.«

Ich gebe kurz Valerie Bescheid, dass ich aufbreche. Sie meint, dass sie schon allein zurechtkommen wird, und bereitet sich gerade auf ihren nächsten Auftritt im Käfig vor. Resigniert schleppe ich Easton nach draußen, der mittlerweile so betrunken ist, dass er wie ein nasser Sack an meinem Arm hängt.

»Wo steht dein Auto?«

Er deutet nach links. »Da! Nee, warte mal.« Dann zeigt er nach rechts. »Da!«

Ich sehe seinen Pick-up, und wir humpeln hinüber. Ein paar Schritte weiter steht Reeds Geländewagen, und er ... wackelt.

Easton zählt natürlich sofort eins und eins zusammen und klopft auf die Motorhaube, während er schallend zu lachen beginnt.

»Vögelnde Autobesitzer soll man nicht stören!«, ruft er fröhlich.

Die Vorstellung davon, was in dem Geländewagen gerade passiert, macht mir noch die gesamte Heimfahrt über zu schaffen. Immerhin muss ich mich nicht mehr mit Easton herumschlagen, weil der schon nach wenigen Minuten laut zu schnarchen begonnen hat.

Zu Hause helfe ich ihm aus dem Wagen und dann die Treppe hinauf. Er taumelt in mein Zimmer und plumpst dann mit dem Gesicht voraus auf mein Bett. Nach ein paar erfolglosen Versuchen, ihn rauszuwerfen, gehe ich ins Bad. Als ich zurückkomme, schläft er schon so tief, dass er meine Decke vollsabbert. Na gut. Kurz überlege ich, ob ich in sein Zimmer gehen soll. Stattdessen decke ich ihn mit einer Wolldecke zu und schlüpfe gähnend aus dem Fetzen, den Val als Kleid bezeichnet hat. Dann krieche ich nur mit einem Höschen bekleidet unter die Laken und bin im Nu eingeschlafen.

Als ich aufwache, sehe ich als Erstes Reeds Gesicht über mir. Easton ist schon weg.

»Habe ich dir nicht gesagt, dass du dich von meinen Brüdern fernhalten sollst?«, schnaubt er.

»Habe ich wohl überhört«, erwidere ich patzig und raffe dann das Laken vor meiner Brust zusammen, weil mir wieder einfällt, dass ich beinahe nackt bin.

»Sex ist Sex«, erwidert er grimmig. »Wenn ich mit dir schlafen muss, damit du meine Familie nicht ruinierst, dann mache ich das eben.«

Dann ist er weg, und die Tür fällt mit einem leisen Klicken ins Schloss.

Um Himmels willen. Wie hat er *das* denn schon wieder gemeint?!

18. Kapitel

Nach dieser Aufweckaktion habe ich sowieso keine Chance mehr einzuschlafen. Ich habe auch keine Lust, Reed nach-zurennen und zu fragen, was das zu bedeuten hat. Der würde es mir doch sowieso nicht erklären! Ein Blick auf meinen Wecker sagt mir, dass es erst sieben Uhr morgens ist. Und ich bin schon hellwach. Na super!

Weil ich am Wochenende nicht arbeite, habe ich jetzt schon Bammel vor dem heutigen Tag. Callum wird be-stimmt wieder eine Menge Gruppenaktivitäten vorschlagen und seine Söhne zwingen mitzumachen. Da kann ich mich ja gleich erschießen!

Ich quäle mich aus dem Bett, springe rasch unter die Dusche und schlüpfe dann in das zitronengelbe Kleid, das ich zusammen mit Brooke gekauft habe. Durch den Spalt im Vorhang fällt Sonnenlicht, und es ist jetzt schon klar, dass es ein wunderschöner Tag werden wird. Ich öffne das Fens-ter und spüre eine laue Brise an den Armen. Es ist doch schon Ende September – wieso ist das Wetter bloß noch so toll?

Ob Gideon heute wohl kommt? Letzte Woche war er schon am Freitag da, da ist es wohl unwahrscheinlich, dass er heute noch auftaucht. Ich fände es gar nicht so schlecht, wenn er da wäre. Vielleicht würde er dann alle ablenken, sodass ich mich unsichtbar machen kann.

Ich komme gerade aus meinem Zimmer, als Sawyers Tür aufgeht. Die kleine Rothaarige, mit der er schon bei Jordans Party zugange gewesen ist, kommt heraus, und er tritt hinter sie, legt die Hand auf ihre Hüfte und küsst sie.

Sie kichert. »Ich muss los. Muss dringend zu Hause sein, ehe meine Eltern aufwachen und merken, dass ich weg war.«

Er flüstert ihr etwas ins Ohr, und sie lacht wieder.

»Ich liebe dich.«

»Ich dich auch, Baby.« Wow. Der Junge ist gerade mal sechzehn, und seine Stimme ist trotzdem schon so tief und rau wie die seiner Brüder.

»Rufst du mich später an?«

»Auf jeden Fall!!« Sawyer grinst und schiebt ihr eine karottenrote Haarsträhne hinters Ohr und ...

O Gott. Das ist gar nicht Sawyer.

Mir klappt der Kiefer herunter. Die üble Schramme auf seiner Hand, die er sich letztens bei seinem misslungenen Kochversuch geholt hat, ist weg. Gestern war sie doch noch da, das habe ich genau gesehen!

Und das bedeutet, dass der Typ, der gerade Sawyers Freundin geküsst hat ... gar nicht Sawyer ist. Sondern Sebastian. Ob das Mädchen das wohl weiß?

Sie gluckst, als er ihren Hals noch einmal küsst. »Hör schon auf! Ich muss los.«

Vielleicht ist sie im Bilde.

Als sie sich voneinander lösen und mich bemerken, sieht mich das Mädchen unsicher an. Sie murmelt ein hastiges »Hallo« und verschwindet die Treppen hinunter.

Sawyer – nein, Sebastian – funkelt mich an und verschwindet dann in seinem – nein, in Sawyers – Zimmer.

Okay. Jeder, wie er will.

In der Küche mampft der andere Zwilling gerade sein Müsli. Sofort fällt mein Blick auf seine linke Hand. Jepp, die Verbrennung ist noch da. Tauschen die Jungs etwa heimlich Frauen miteinander? Das ist ganz schön dreist. Und fies obendrein.

Ich schütte mir meine Portion Müsli in eine Schüssel und verspeise es im Stehen, an den Küchentresen gelehnt. Ein paar Minuten später betritt Sebastian die Küche und murmelt Sawyer ein leises »Danke« zu.

Ich kann mir mein Lachen nicht verkneifen, und die beiden starren mich wütend an. »Was ist?«, knurrt Sawyer.

»Weiß deine Freundin, dass sie letzte Nacht mit deinem Bruder geschlafen hat?«, frage ich ihn.

Seine Gesichtszüge verhärten sich, aber er streitet es nicht ab. »Wenn du auch nur ein Wort sagst...«

Ich unterbreche ihn. »Entspannt euch, kleine Royals. Spielt eure schmutzigen Spielchen, mit wem ihr wollt, meine Lippen sind auf jeden Fall versiegelt.«

Callum betritt in einem weißen Polohemd und kurzen Hosen die Küche. Das dunkle Haar hat er nach hinten gegelt, und zum ersten Mal sieht er nicht so aus, als hätte er schon mehrere Whiskeys intus.

»Toll, dass ihr Jungs schon wach seid«, meint er munter. »Wo stecken denn die anderen? Ich habe ihnen gesagt, dass wir uns um Viertel nach sieben hier unten treffen.« Er wendet sich an mich. »Du siehst toll aus, aber vielleicht solltest du dir zum Segeln lieber was anderes anziehen.«

Ich glotze ihn an. »Segeln?!«

»Hab ich dir das gestern nicht gesagt? Wir machen heute einen Segelturn.«

Was?! Nein, davon hatte ich keine Ahnung. Wenn ich das gewusst hätte, hätte ich mich zusammen mit Sawyers

Freundin aus dem Haus geschlichen und mich im Kofferraum ihres Autos entführen lassen.

»Du wirst die *Maria* lieben!«, verrät Callum mir und klingt furchtbar aufgeregt. »Heute ist nicht viel Wind, also werden wir die Segel wohl nicht brauchen. Aber es wird sicher trotzdem ein Mordsspaß!«

Ich und die Royals auf einem Boot? Auf offenem Wasser? Da bekommt der Begriff *Mordsspaß* doch gleich eine ganz neue Bedeutung!

Easton stapft in die Küche. Er trägt zerknitterte Karoshorts und ein weißes Unterhemd. Dazu hat er sich seine Basecap tief ins Gesicht gezogen. Er hat zweifellos einen mörderischen Kater vom Vorabend, und ich habe plötzlich Visionen von einem Easton, der über der Reling hängt und sich die Seele aus dem Leib kotzt.

»Reed!«, ruft Callum in den Flur. »Beweg deinen Hintern in die Küche! Ella, du gehst dich jetzt umziehen. Und trag die Deckschuhe, die du mit Brooke gekauft hast. Habt ihr doch, oder?«

Ich habe keinen blassen Schimmer, was er meinen könnte, weil das Wort *Deckschuh* bis jetzt nicht Bestandteil meines Vokabulars war. Ich starte einen letzten, schwachen Versuch.

»Callum, ich habe noch jede Menge Hausaufgaben, die ich ...«

»Dann nimmst du die eben mit.« Er wedelt mit einer Hand und ruft noch einmal: »Reed!«

Verdammt. Das heißt wohl, dass ich heute segeln gehen werde.

Die *Maria* sieht genauso aus, wie man sich das Boot eines Multimillionärs vorstellt. *Boot* ist in diesem Fall sowieso die Untertreibung des Jahrhunderts. Natürlich ist es eine Jacht, und als ich mit dem Sektglas an der Reling lehne, das Brooke mir in die Hand gedrückt hat, als Callum gerade nicht hingesehen hat, fühle ich mich wie in einem HipHop-Video. Brooke hat mir noch zugezwinkert und gesagt, dass ich das Getränk als Ginger Ale ausgeben soll, falls Callum fragen sollte. Aber den interessiert das natürlich sowieso nicht die Bohne.

Mein Ziehvater hatte schon recht: Es ist toll, hier draußen auf dem Ozean zu sein und nichts um sich zu haben außer blauem, klarem Wasser.

Ich bin mit Callum und Brooke zur Anlegestelle gefahren, während die Jungs in Reeds Geländewagen unterwegs waren. Gott sei Dank musste ich nicht auf der Rückbank sitzen, auf der irgendeine Frau und Reed es gestern Abend miteinander getrieben haben.

Wer das wohl war? Bestimmt die süße, unschuldige Abby. Trotzdem bin ich mir nicht sicher, dass ihn das voll und ganz befriedigt hat. Schließlich ist man nach dem Sex angeblich ganz locker und entspannt, und so wirkt Reed wirklich überhaupt nicht.

Er steht am anderen Ende der Jacht, so weit von Callum und mir entfernt, wie es ihm möglich ist, ohne ins Wasser zu fallen. Auf dem Oberdeck, auf dem sich ein Whirlpool und der Essbereich befinden, sonnt Brooke sich gerade splitternackt, obwohl es dafür eigentlich nicht warm genug ist. Ihr blondes Haar glänzt im Sonnenlicht.

»Na, was hältst du davon?« Callum deutet aufs Wasser. »Friedlich, hm?«

Na ja, nicht so richtig. Wie soll Frieden herrschen, wenn Reed Royal einen die ganze Zeit anstarrt? Oder mit Blicken durchbohrt, das trifft es vielleicht noch besser – und das tut er jetzt schon seit einer ganzen Stunde.

Easton ist immer noch unten und macht wer weiß was,

während die Zwillinge Seite an Seite in ihren Liegestühlen vor sich hin schnarchen. Callum ist also die einzige Gesellschaft, die ich gerade habe, und das scheint Reed nicht so richtig zu passen.

»Darling!«, ruft Brooke vom Sonnendeck aus. »Crem mir meinen Rücken ein, ja?«

Callum meidet meinen Blick. Wahrscheinlich will er nicht, dass ich den lüsternen Glanz in seinen Augen bemerke. »Kann ich dich ein Weilchen allein lassen?«, fragt er.

»Na klar. Geh ruhig.«

Ich bin erleichtert, allein zu sein, aber der Frieden währt nicht lang. Denn schon wenige Momente später nähert sich Reed in großen Schritten. Er stützt sich auf der Reling ab und guckt in die Ferne.

»Ella.«

Ist das jetzt eine Begrüßung oder eine Frage? Ich verdrehe die Augen.

»Reed.«

Anstatt etwas zu sagen, starrt er weiter aufs Wasser.

Ich riskiere einen Blick in seine Richtung, und schon veranstaltet mein Herz wieder diese albernen Spielchen. Er ist einfach die Männlichkeit in Person. Groß und breitschultrig, perfekte Gesichtszüge. Als ich verlangend auf seine Oberarme starre, die schlank sind und gleichzeitig vor Kraft nur so strotzen, wird mein Mund ganz wässrig. Er ist gut einen Kopf größer als ich, deswegen muss ich nach oben sehen, als er sich schließlich zu mir dreht.

Er sieht mich an, lässt seinen Blick zu meinen knappen Jeansshorts gleiten und dann wieder hinauf zu meinem engen Neckholder-Top. Als er meine weiß-marineblauen Deckschuhe sieht, fängt er doch tatsächlich an zu grinsen.

Ich frage mich gerade, ob er sich über mich lustig machen will, aber sein Lächeln ist wie weggewischt, als wir ein heiseres Stöhnen hören.

»Ja!« Als wir kurz darauf Brookes kehlige Stimme hören, zucken wir beide zusammen. Schon ertönt ein männliches Knurren. Scheinbar macht es Callum nichts aus, wenn seine Söhne nebenan sind, während er sich mit Brooke vergnügt. Ich finde es ekelhaft, kann ihn dafür aber auch nicht hassen. Nicht nach seinem Geständnis, dass er seine Frau immer noch so sehr vermisst. Menschen machen verrückte Dinge, wenn sie jemanden verloren haben.

»Lass uns verschwinden«, sagt Reed, und es klingt wie ein Fluch.

Er packt mich mit stählernem Griff, und mir bleibt nichts anderes übrig, als ihm hinterherzutaumeln, die Stufen hinunter unter Deck.

»Wohin gehen wir?«

Er antwortet nicht, stößt nur eine Tür auf, die in den luxuriösen Hauptraum führt, in dem Ledergarnituren und Glastische stehen. Reed rauscht an der Koch- und Essnische vorbei, direkt auf die Kabinen zu.

Er klopft herrisch an eine Tür. »East. Wach gefälligst auf!«

Ein lautes Grunzen ertönt. »Hau bloß ab. Ich habe einen Wahnsinnsschädel.«

Reed reißt entschlossen die Tür auf und marschiert in die Kabine. Ich linse über seine breiten Schultern und sehe Easton auf dem riesigen Bett liegen, alle Gliedmaßen von sich gestreckt und ein Kissen auf den Kopf gedrückt.

»Steh auf!«, befiehlt Reed.

»Warum?«

»Du musst dafür sorgen, dass Dad beschäftigt bleibt.« Reed stößt ein sardonisches Lachen aus. »Na ja, gerade hat er sozusagen alle Hände voll zu tun, aber für den Fall, dass sich das ändert ... musst du zur Stelle sein.«

Easton schubst das Kissen beiseite und setzt sich stöhnend auf. »Du weißt, dass ich dir jederzeit den Rücken freihalte, aber dieser Frau beim Stöhnen zuzuhören, ist mein persönlicher Albtraum. Diese Quietschlaute, die sie von sich gibt, wenn Dad …« Er verstummt auf einen Schlag, als er mich hinter Reed entdeckt.

Ich kann Reeds Gesicht zwar nicht sehen, aber anscheinend spricht es Bände. Easton hievt sich nämlich gehorsam aus dem Bett. »Na gut.«

»Halt die Zwillinge auch auf Abstand, okay?«

Easton verschwindet wortlos, und Reed bedeutet mir, in die Kabine nebenan zu gehen. Ich aber bleibe stehen und verschränke die Arme. »Was wird das hier?!«

»Ich will reden.«

»Das können wir auch hier.«

»Jetzt komm rüber, Ella.«

»Nein.«

»Doch.«

Ich lasse die Arme sinken und gehe in die Kabine. Irgendwas hat das dieser Kerl an sich, das mich dazu bringt, immer das zu machen, was er von mir verlangt. Erst mal wehre ich mich, klar. Aber schlussendlich gewinnt er doch.

Reed zieht die Tür hinter uns zu und fährt sich mit einer Hand durch sein windzerzaustes Haar. »Ich habe darüber nachgedacht, worüber wir uns letztens unterhalten haben.«

»Von unterhalten kann doch gar keine Rede sein. Du hast mir eher was mitgeteilt.« Sobald ich genauer darüber nachdenke, was er da gesagt hat, beschleunigt sich mein Puls.

Wenn ich mit dir schlafen muss, damit du meine Familie nicht ruinierst, dann mache ich das eben.

»Ich will, dass du dich von meinem Bruder fernhältst.«

»Och, bist du etwa eifersüchtig?« Ich spiele natürlich mit dem Feuer, das ist mir klar. Aber ich habe einfach die

Nase voll davon, mich von diesem Kerl herumkommandieren zu lassen.

»Ich habe schon kapiert, dass du einen bestimmten Lebensstil gewöhnt bist«, sagt Reed und ignoriert meine kleine Provokation. »Ich schätze mal, an deiner alten Schule standen die Kerle Schlange, um mit dir zu schlafen.«

Als er den Saum meines T-Shirts packt, bleibt mir beinahe das Herz stehen.

»Du hast eben deine Bedürfnisse.« Er zuckt mit den Achseln. »Das kann man dir auch nicht vorwerfen, und ich habe es dir wirklich nicht gerade leicht gemacht, an der neuen Schule Freunde zu finden. Es haben natürlich nicht viele Jungs die Eier, gegen mich aufzubegehren und mit dir auszugehen. Sie finden dich aber ganz schön heiß. Alle.«

Worauf will er nur hinaus? Und – o Gott – warum zieht er sein Hemd aus?

Ich starre auf seinen nackten Oberkörper. Starre auf sein Sixpack, seine festen, köstlichen Schrägmuskeln und fange beinahe an zu sabbern. Mir wird wahnsinnig heiß, und ich kneife die Oberschenkel zusammen, um irgendwie gegen das Pochen anzukommen, das sich zwischen meinen Beinen bemerkbar macht. Leider macht das die Sache nur noch schlimmer.

Er grinst mich an. O ja, er weiß genau, was für einen Effekt er auf mich hat.

»Mein Bruder ist nicht schlecht im Bett«, meint er mit leuchtenden Augen. »Aber ich bin besser.«

Er knöpft seine Shorts auf und zieht am Reißverschluss. Ich kriege kaum noch Luft, bin wie erstarrt, als er aus seinen Hosen schlüpft und sie beiseitekickt.

Meine Knie beginnen zu zittern wie Wackelpudding. Wohin ich auch gucke: nichts als Muskeln und goldbraune Haut.

»Ich schlage dir einen Deal vor«, meint er jetzt. »Mein Vater und Easton sind tabu. Aber wenn dir nach Sex zumute ist, dann kommst du zu mir. Ich kümmere mich um deine Wünsche.«

Er legt seine Hand auf seine Bauchmuskeln und schiebt sie dann weiter hinab. Ich kann nicht mehr atmen, kann nur noch seine Hand beobachten, die jetzt am Bund seiner Boxershorts angekommen ist und die er schließlich unter den Bund schiebt. Er legt seine Hand um seinen offenbar steifen Penis, und jemand stöhnt auf – wahrscheinlich bin das ich. Ja, das muss ich gewesen sein. Denn Reed grinst.

»Willst du das, ja?«, fragt er und fährt langsam an seinem Schaft auf und ab. »Kannst du haben. Du kannst ihn lecken, an ihm lutschen, ihn reiten … Alles, was du willst, Baby. Solange es nur ich bin.«

Jetzt rast mein Herz so sehr, dass ich Angst habe, dass es mir aus der Brust springt.

Reed legt den Kopf schief. »Abgemacht?«

Der berechnende Ton in seiner Stimme reißt mich aus meiner Trance. Entsetzen und Scham bahnen sich ihren Weg an die Oberfläche, und ich stolpere zurück, sodass ich mir das Schienbein an der Bettkante anstoße.

»Du kannst mich mal!«, krächze ich.

Mein Wutausbruch scheint ihn nicht weiter zu beeindrucken. Ich lecke mir die Lippen, mein Mund ist jetzt trockener als die Wüste Gobi. Nie zuvor habe ich mich so lebendig gefühlt. All die Auftritte als Stripperin und auch die ekelhaften Grapschhände von Moms Exfreunden haben mich auf eine solche Situation nicht vorbereitet. Kann schon sein, dass eine Menge Typen mit mir schlafen wollten, aber ich war so konzentriert auf meine Arbeit, die Pflege meiner Mom und das nackte Überleben, dass ich mich kaum an irgendein Gesicht der Jungs auf meiner Schule erinnern kann.

Eins steht fest: Der Anblick von Reed, wie er da durchtrainiert, goldfarben und nackt mit seinem Penis in der Hand vor mir steht, wird mir so schnell nicht mehr aus dem Kopf gehen.

Er hat einfach alles, was ein Mädchen sich wünschen kann: den durchtrainierten Körper, das schöne Gesicht, das wahrscheinlich auch im Alter noch gut aussehen wird, Geld, und dann noch dieses gewisse Etwas. Wahrscheinlich ist es sein Charisma. Die Fähigkeit, dich mit einem einzigen Blick außer Gefecht zu setzen.

Tja, vor mir baumelt die verbotene Frucht, rot glänzend und köstlich, aber ich weiß, dass Reed Royal der eigentliche Bösewicht ist, auch wenn er sich als schöner Prinz ausgibt. Wie im Märchen. Wenn ich jetzt einen Bissen von diesem saftigen Apfel nehmen würde, wäre das ein großer Fehler.

Und auch wenn ich mich von ihm angezogen fühle, will ich mein erstes Mal doch nicht mit jemandem erleben, der mich verachtet. Jemand, der versucht, seinen Bruder mit allen Mitteln vor mir zu schützen.

Aber ich will auch nicht gehen, ohne zumindest mal davon gekostet zu haben.

Kann sein, dass er mich hasst, aber er will mich auch. Er hält seinen Penis genauso fest umklammert wie vorher, und seine Muskeln sind so angespannt, dass ich fast den Eindruck habe, dass er auf eine Berührung von mir wartet.

Das ist es, worüber Valerie letztens beim Tanzen mit mir gesprochen hat. Die Menge war mir total egal – aber ich habe mich wahnsinnig lebendig gefühlt, weil ich wusste, dass Reed jede meiner Bewegungen verfolgt. Und ich weiß, dass es für Reed in diesem Moment auch nichts anderes gibt als mich.

Ich schlendere zu dem Stuhl in der Ecke, auf dem ein zusammengelegter Bademantel mit Gürtel liegt. Den schnappe ich mir jetzt und ziehe dann den Frotteegürtel durch meine Finger.

»Und ich kriege wirklich alles, was ich will?«, frage ich. Er schließt kurz die Augen, und als er sie wieder aufreißt und mich unendlich verlangend ansieht, klappen mir beinahe die Knie ein.

»Ja. Alles.« Seine Stimme klingt gepresst. »Aber es darf nur mit mir passieren.«

»Warum bist du denn so verzweifelt?«, necke ich ihn. »Du hattest doch erst letzte Nacht Sex.«

Er gibt einen angewiderten, kehligen Laut von sich. »Ich habe überhaupt nichts gemacht. Du und East dafür umso mehr.«

»Ach, dann hast du den Range Rover also nicht so sehr zum Wackeln gebracht, dass beinahe die Reifen geplatzt wären?«

»Das war Wade.« Anscheinend sehe ich ihn sehr verdutzt an. »Das ist der Quarterback von der *Astor Park*, ein Freund von mir. Die Toilette war besetzt, und er hat es nicht länger ausgehalten.«

Sofort bin ich extrem erleichtert. Vielleicht ist das hier gerade Reeds einzige Art von Verhältnis zu mir, die sein Stolz zulässt. Na, wollen wir doch mal sehen.

»Ich will dich fesseln.«

Er sieht mich angespannt an. Vielleicht denkt er ja jetzt, dass das so eine Art Fetisch von mir ist – etwas, was ich vorher schon Dutzende Male ausprobiert habe.

»Klar, Babe. Alles, was du willst.«

Er gibt nicht auf, ködert mich. Ich würde mir am liebsten selbst eine Ohrfeige dafür verpassen, dass ich einen Moment lang tatsächlich geglaubt habe, ich könnte mehr für ihn sein als nur ein warmer Körper.

Ich nähere mich ihm entschlossen »Das ist doch eine schöne Idee, oder?«

Er sieht mich unsicher an, als ich ihm bedeute, dass er seine Handgelenke aneinanderdrücken und mir entgegenstrecken soll. Und sosehr ich mich auch darum bemühe, total locker zu wirken, so kann ich ein leises Japsen doch kaum unterdrücken, als seine Hand meine unbedeckte Taille streift. Ich sollte in seiner Gegenwart dringend mehr Kleidung tragen, um mich selbst zu schützen!

Leider bin ich weder eine Pfadfinderin noch eine Matrosin. Ich beherrsche nur einen Knoten – und zwar den, mit dem man seine Schnürsenkel zubindet. Seine Handgelenke umwickle ich zweimal, und als der Gürtel ein paarmal versehentlich seine Boxershorts berührt, ziehen wir beide scharf die Luft ein.

»Du bringst mich noch um«, zischt er mir zwischen zusammengebissenen Zähnen zu.

»Gut so«, murmele ich, aber meine Hände zittern so sehr, dass ich kaum einen Knoten binden kann.

»Das gefällt dir also, ja? Wenn ich dir so ausgeliefert bin?«

»Wir wissen beide, dass das nicht ganz stimmt.«

Er murmelt, dass ich ja keine Ahnung habe. Aber ich gehe nicht weiter darauf ein, weil ich mich gerade nach einer Stelle umsehe, an der ich ihn festbinden könnte. Das Gute an Booten ist, dass alles festgeschraubt ist. Der Stuhl ist mit einem Messingring befestigt, und ich führe ihn hinüber, damit er sich setzt.

Als ich mit dem Gürtel in den Händen zwischen seinen Beinen knie und er wie ein moderner Tutanchamun über mir sitzt, fühle ich mich ein bisschen wie die Sklavin zu seinen Füßen.

Mittlerweile ist das Ziehen zwischen meinen Beinen richtig schmerzhaft geworden. Und ich höre eine leise, teuflische Stimme, die mich fragt, ob es denn wirklich so schlimm wäre, wenn ich ...

Der Typ ist so heiß auf mich, dass seine Erektion immer noch genauso groß ist wie vorher. Unter dem dünnen Baumwollstoff wartet sein Penis darauf, dass ich ihn endlich berühre. Ich hatte noch nie einen im Mund und frage mich, wie sich das wohl anfühlt.

Noch ehe ich drüber nachdenken konnte, habe ich seine Boxershorts auch schon weit genug hinuntergezogen, um seinen Penis herausschnellen zu lassen. Als ich ihn berühre, stöhnt er leise auf. Wow. Die Haut seines Penis ist überraschend zart, sie fühlt sich an wie Samt.

»Du bist ...« Perfekt, wollte ich eigentlich sagen, aber ich habe Angst, dass er sich dann über mich lustig macht. Ich fahre vorsichtig mit der Fingerspitze über seine Eichel und spüre, dass ich ihn will. So sehr.

»Ist es das, was du wolltest?«, fragt mich Reed, als könnte er Gedanken lesen. Wahrscheinlich soll es wie ein Scherz klingen, aber es klingt eher so, als würde er mich anflehen.

Ich starre eingeschüchtert auf seine Erektion. Auf seiner Eichel glänzt ein kleiner Tropfen, und ich ... lecke ihn ab. Aber die kleine Kostprobe genügt mir nicht. Schon sauge und lecke ich wieder an ihm, als wäre dies ein heißer Sommertag und seine Eichel eine erfrischende Kugel Eis.

»Oh Gott.« Er presst seine Hände auf meinen Kopf. »Lutsch dran. Verdammt. Blas mir einen, Baby, du weißt schließlich, wie man das macht.«

Seine brutalen Worte reißen mich aus meinem Lustnebel.

»Ich weiß, wie man das macht?!« Ich bin gerade so durch den Wind, dass ich nicht verbergen kann, wie sehr dieser Kommentar mich verletzt.

»Ja, du …« Einen Moment lang scheint ihn meine Verletztheit aus dem Konzept zu bringen. Dann aber fährt er umso energischer fort. »Na, du hast das schließlich schon tausendmal gemacht!«

»Richtig.« Ich lache zittrig. »Dann müssen wir dich aber ordentlich festbinden. Von dem, was ich so draufhabe, hast du bisher wahrscheinlich nicht mal zu träumen gewagt.«

Ich ziehe fest an dem Gürtel und knote ihn an einem Ring fest, der in den Boden eingelassen ist. Ich ziehe, so fest ich kann. Am liebsten würde ich Reed jetzt wehtun, mit den Fäusten auf ihn eintrommeln, aber ich weiß ja, dass ihm das nichts ausmacht. Ich muss zu anderen Mitteln greifen. Ihn befürchten lassen, dass ich seine kostbare Familie zerstören werde, sodass hinterher nichts mehr von ihnen übrig ist. So, wie er auch mich immer wieder in tausend kleine Fetzen reißt.

Ich klettere auf den Stuhl, sodass ich rittlings auf ihm sitze.

»Ich weiß, dass du mich willst. Dass du alles dafür tun würdest, mich noch mal so vor dir auf dem Boden knien zu sehen.« Ich vergrabe meine Fingernägel in seiner Kopfhaut und reiße seinen Kopf zurück, sodass er mir in die Augen sehen muss.

»Aber es wird ein langer, erschöpfender Marsch durch die Wüste nötig sein, bevor das wieder passiert. Dich würde ich nicht einmal anfassen, wenn du mich dafür bezahlen würdest. Nicht mal, wenn du mich *anflehen* würdest. Selbst wenn du mir schwören würdest, dass du mich mehr liebst als die Sonne den Tag, würde ich dich nicht berühren. Eher würde ich mit deinem Vater schlafen.«

Ich schubse ihn zurück und klettere von ihm herunter. »Ach, weißt du was? Vielleicht mache ich das jetzt gleich. Easton hat doch gesagt, dass dein Dad auf junge Dinger steht.«

Ich schlendere so selbstbewusst wie möglich zur Tür, obwohl ich mich eigentlich fühle wie ein Häufchen Elend. Reed versucht, sich loszureißen, aber meine Knoten halten erstaunlich gut.

»Komm her und bind mich los!«, knurrt er.

»Nö. Das musst du schon selbst hinkriegen.«

Ich gehe zur Tür und lege eine Hand auf den Türknauf. Dann drehe ich mich um und stemme eine Hand auf meine Hüfte. »Wenn du schon besser als Easton bist – wie fantastisch muss dann erst euer Dad im Bett sein?«

»Ella, komm gefälligst wieder her!«

»Nein.« Ich lächle ihn zuckersüß an und verschwinde. Reed schreit immer wieder meinen Namen, aber sein Geplärre wird immer leiser, bis es nichts weiter als eine unangenehme Erinnerung ist.

Oben kippt Callum gerade die nächste Ladung Alkohol hinunter, während Easton selig in einer Liege vor sich hin schlummert.

»Ella, ist alles okay bei dir?«, erkundigt sich Callum sofort und kommt zu mir.

Ich glätte mein Haar und tue so, als wäre ich völlig entspannt. »Ja, mir geht's gut. Ich habe gerade an Steve gedacht und mich gefragt, ob du mir vielleicht ein bisschen mehr von ihm erzählen könntest.«

Sofort fängt Callum an zu strahlen. »Ja, gern! Komm, setz dich.«

Ich beiße mir auf die Unterlippe und starre auf meine Füße. »Können wir vielleicht irgendwo hingehen, wo wir ungestört sind?«

»Natürlich. Wie wäre es mit meiner Kabine?«

»Das wäre toll.« Ich lächle ihn an, und er schluckt.

»Gott«, sagt er. »Du hast dasselbe Lächeln wie Steve. Komm.« Er legt einen Arm um mich. »Steve und ich sind zusammen aufgewachsen. Sein Großvater, der zusammen mit meinem Großvater *Atlantic Aviation* gegründet hat, war ein Matrose. Steve und ich konnten stundenlang seinen Geschichten lauschen. Ich schätze, daher kam auch unser Wunsch, der Army beizutreten.«

Plötzlich schreckt Easton hoch und sieht mich finster an. Ich mache mich schon auf einen schnippischen Kommentar gefasst, weil ich dieses Mal tatsächlich einen verdient hätte. Aber Easton sieht mich nur an, als hätte ich ihm einen Schlag in die Magengrube verpasst – oder ihn angelogen, was fast noch schlimmer ist.

Ich lasse Callum gute zehn Minuten über den lieben Steve palavern, ehe ich ihn schließlich unterbreche.

»Callum, das ist alles total spannend, und es ist schön, dass du mir das erzählst, aber …« Ich zögere. »Ich würde dich gern etwas fragen, worüber ich mir schon seit meinem Einzug bei euch den Kopf zerbreche.«

»Klar, Ella. Schieß los.«

»Warum sind deine Söhne so unglücklich?« Ich denke an Reeds geschwollenes Gesicht und schlucke. »Warum sind sie so unglaublich wütend? Wir wissen beide, dass sie mich nicht leiden können, und ich wüsste zu gern, woran das liegt.«

Callum reibt sich das Gesicht. »Gib ihnen einfach Zeit. Die werden sich schon noch an dich gewöhnen.«

Ich ziehe die Beine an. Weil es hier im Zimmer nur einen Stuhl gibt, der schon von Callum besetzt ist, musste ich mit dem Bett vorliebnehmen. Es ist schon ganz schön komisch, auf einer Matratze zu sitzen und mit dem neuen Vormund über den verstorbenen Vater zu sprechen, den man nie kennengelernt hat.

»Das hast du schon mal gesagt, aber ich glaube nicht, dass das klappt«, sage ich leise. »Und ich verstehe einfach nicht, warum. Geht es ums Geld? Nehmen sie es mir wirklich krumm, dass ich welches von dir kriege?«

»Nein, das Geld ist nicht das Problem. Es ist ... Shit. Ich meine ... Verflixt.« Callum verheddert sich in seinen eigenen Sätzen. »Gott, ich brauche einen Drink.« Er lacht leise. »Aber ich schätze, das erlaubst du mir nicht.«

»Jetzt nicht.« Ich verschränke die Arme. Callum will, dass ich streng bin? Kann er haben!

»Ich soll ehrlich sein, richtig?«

Ich muss lächeln. »Jepp.«

Er legt den Kopf zurück und starrt an die Decke. »Mittlerweile ist meine Beziehung zu den Jungs so im Eimer, dass ich sogar Mutter Teresa anschleppen könnte, und sie würden mir vorwerfen, dass ich sie flachlegen will. Sie glauben, dass ich ihre Mutter betrogen habe und deswegen verantwortlich für ihren Tod bin.«

Uff. Okay. Das erklärt einiges. Ich hole tief Luft. »Und, stimmt das?«

»Nein. Ich habe sie nie betrogen! Ich bin während unserer Ehe nicht einmal in Versuchung gekommen. Als ich jung war, haben Steve und ich es ziemlich krachen lassen, aber sobald ich Maria geheiratet habe, habe ich andere Frauen nicht einmal angesehen.«

Er klingt zwar sehr aufrichtig, aber ich habe trotzdem das Gefühl, dass ein Teil der Geschichte noch fehlt. »Warum sind die Kids dann so schräg drauf?«

»Steve war ...« Callum sieht beiseite. »Verdammt, Ella, ich wollte, dass du ihn erst einmal in dein Herz schließt, ehe ich dir von dem ganzen Mist erzähle, den er gebaut hat, weil er einsam war.«

Irgendwie muss ich es schaffen, dass er endlich mit der Wahrheit rausrückt.

»Schau mal, ich meine das nicht böse, aber ich kenne Steve doch gar nicht und werde ihn auch nie kennenlernen, jetzt, wo er tot ist. Er ist für mich keine echte Person, im Gegensatz zu Reed, Easton oder dir. Du willst, dass ich eine echte Royal werde, aber wie soll das gehen, wenn mich hier niemand akzeptiert? Was für einen Grund habe ich denn, nach meinem Abschluss noch einmal herzukommen, wenn ich mich überhaupt nicht willkommen fühle?«

Anscheinend funktioniert meine emotionale Erpressung. Callum setzt sofort zu einer Rede an, und ich bin ein wenig gerührt davon, wie sehr er sich wünscht, dass ich Teil der Familie werde.

»Steve war lange Zeit Junggeselle. Er hat immer mächtig damit geprahlt, und ich schätze, dass er für die Jungs der Inbegriff der Männlichkeit war, als sie noch etwas jünger waren. Er hat ihnen seine Abenteuer erzählt, und ich habe ihn nicht davon abgehalten. Wir waren eben viel in der Weltgeschichte unterwegs, und das hat Steve genutzt. Ich schwöre dir, dass ich das nicht getan habe, aber ... das hat mir natürlich nicht jeder geglaubt.«

Seine Kinder jedenfalls nicht. Und seine Frau auch nicht.

Er rutscht auf seinem Stuhl herum und fühlt sich offenbar sehr unwohl. »Maria wurde depressiv, aber ich habe die ersten Anzeichen nicht bemerkt. Im Nachhinein ist mir natürlich klar, dass ihre Abwesenheit und ihre Stimmungsschwankungen Symptome einer ernst zu nehmenden Krankheit waren, aber ich war viel zu beschäftigt, mein Unternehmen zu retten. Sie hat immer mehr Medikamente eingenommen und hatte nur die Jungs als Gesellschaft. Und als sie dann eine Überdosis geschluckt hat und ich gerade in Tokio damit beschäftigt war, Steve aus irgendeinem Bordell herauszulotsen, haben sie mir einen Vorwurf daraus gemacht.«

Und vielleicht nicht ganz zu Unrecht, denke ich.

»Steve war kein schlechter Mensch, aber irgendwie bist du eben doch so eine Art ... Beweis, vermute ich. Ein Beweis dafür, dass er mich eventuell an der Nase herumgeführt und mich zu Dingen angestiftet hat, die schließlich ihre Mutter das Leben gekostet haben.« Er sieht mich flehend an, wünscht sich Verständnis oder vielleicht sogar Vergebung, aber das kann ich ihm leider nicht bieten. »Als er den Brief von deiner Mom erhalten hat, wurde Steve über Nacht zu einem neuen Menschen. Er wäre der aufmerksamste, hingebungsvollste Vater der Welt, das schwöre ich dir. Er wollte immer Kinder haben und war völlig aus dem Häuschen, als er von dir erfahren hat. Und er hätte garantiert sofort angefangen nach dir zu suchen. Wenn er nicht schon seit Langem diesen Trip mit Dinah geplant hätte. Sie wollten an einem Ort segelfliegen, an dem es eigentlich nicht erlaubt war, aber Steve hat es geschafft, sich irgendwie eine Genehmigung zu organisieren. Sobald er zurückgekommen wäre, hätte er nach dir gesucht. Bitte hass ihn nicht.«

»Das tue ich nicht, ich kenne ihn doch nicht einmal! Ich ...«

Ich verstumme, weil in meinem Kopf das absolute Chaos herrscht. Irgendwie ist in den Köpfen der Jungs alles miteinander verwoben, der Tod ihrer Mutter, Steves vermeintliche Mitschuld ... Und ich bin der lebende Beweis und gleichzeitig ein willkommener Sündenbock. Ich kann nichts tun, um ihre Meinung zu ändern, das ist mir jetzt klar.

»Danke«, sage ich mit zittriger Stimme. »Ich weiß es

wirklich zu schätzen, dass du so ehrlich zu mir warst.« Tja, ich könnte das absolute Unschuldslamm sein, und sie würden mich trotzdem hassen. Ich könnte sein wie Abby und dennoch ...

»Wie war Maria denn?«, rutscht es mir heraus.

»Süß. Sie war süß und lieb. Gerade mal einen Meter fünfzig groß, und sie hatte das Wesen eines Engels.« Er lächelt, und in diesem Moment weiß ich, dass er Maria sehr geliebt hat. Diesen Blick, der voller Liebe ist, habe ich erst einmal gesehen. So hat meine Mutter mich angesehen. Sie mag zwar nicht alle Tassen im Schrank gehabt haben, aber sie hat mich geliebt.

Und ihre Söhne haben Maria auf diese Weise geliebt. Dass Abby ihr ähnlich sein soll und gleichzeitig das Gegenteil von mir ist, wurmt mich wahnsinnig. Ich gebe es ungern zu, aber ich würde mir tatsächlich wünschen, dass Reed dasselbe für mich empfindet. Und das ist ja wohl wirklich das Dämlichste, was ich jemals gedacht habe.

19. Kapitel

Reed würdigt mich den restlichen Segelturn über nicht eines Blickes, auch dann nicht, als wir schließlich zu Hause sind. Sein Schweigen spricht Bände. Er ist fuchsteufelswild, und das wird sich auch eine ganze Weile nicht ändern.

Ich drücke mich vor dem Dinner, indem ich einen Sonnenstich vortäusche. Ein komplettes Essen, währenddessen Reed entweder so tut, als wäre ich Luft, oder mich mit Gemeinheiten bedenkt, halte ich jetzt echt nicht aus.

Ich weiß, dass ich mir das selbst zuzuschreiben habe, aber als sogar Easton mich auf dem Weg in mein Zimmer finster ansieht, frage ich mich, ob ich vielleicht einen Fehler gemacht habe.

»Ich dachte, du treibst es nicht mit Dad«, knurrt er, als ich an ihm vorbeigehe.

»Tu ich doch auch nicht. Ich wollte Reed nur einen Schrecken einjagen.« Als Easton mich zweifelnd ansieht, seufze ich einmal laut. »Callum und ich haben einfach nur über Steve geredet.« *Und über deine Mom.* Aber das binde ich Easton jetzt vielleicht lieber nicht auf die Nase.

Mein Geständnis stimmt ihn nicht unbedingt milder.

»Spiel keine Spielchen mit meinem Bruder! Du hast ihn durcheinandergebracht, und jetzt muss er das irgendwie wieder aus dem Kopf kriegen.«

Ich werde kreidebleich. »Was meinst du damit?« O Gott, das heißt doch jetzt nicht, dass er direkt zu Abby rennt, oder? Am liebsten würde ich mich sofort auf Eastons Deckschuhe übergeben.

»Ist auch egal.« Er winkt ab. »Ihr zwei solltet es entweder endlich miteinander treiben oder euch voneinander fernhalten. Ich wäre für die zweite Option.«

»Ist notiert.« Ich öffne meine Zimmertür, aber Easton packt mich am Arm.

»Ich meine es ernst! Wenn du es mal wieder nötig hast, komm einfach zu mir. Es stört mich nicht.«

O Mann, ich habe wirklich genug von diesen Royals. »Igitt, Easton. Wie großzügig von dir! Hat dein Mitleidssex-Angebot ein Mindesthaltbarkeitsdatum? Oder ist das jetzt eine Art Gutschein, den ich jederzeit einlösen kann?«

Ich stampfe in mein Zimmer und knalle die Tür hinter mir zu. Es ist zwar noch früh, aber ich kann eigentlich direkt ins Bett gehen. Immerhin muss ich vor Sonnenaufgang in der Bäckerei sein und direkt danach in die Schule. Und hier in diesem Haus gibt es sowieso niemanden, mit dem ich mich jetzt noch unterhalten möchte.

Ich vergrabe mich unter den Decken und versuche einzuschlafen, aber jedes Türenschlagen und jeder Schritt im Flur reißt mich wieder aus meinem Dämmerzustand.

Später in der Nacht höre ich leises Tuscheln. Es klingt genauso wie das letzte Mal, als Easton und Reed sich wegen irgendetwas gestritten haben. Ich sehe auf meinen Wecker: Auch die Uhrzeit ist ungefähr dieselbe – kurz nach Mitternacht.

»Ich gehe«, sagt Reed leise. »Letztes Mal warst du sauer,

dass ich dich nicht mitnehme, und jetzt heulst du rum, weil ich dich einlade?«

Oh oh, wieso provoziert er ihn so?

»Hey, verzeih mir bitte, dass ich mir Sorgen mache! Du bist doch gerade so neben der Spur, dass du gar nicht merkst, wenn eine Faust auf dich zurast.«

»Immerhin schmeiße ich mich nicht an Steves Tochter ran!«

»Ach ja«, sagt Easton in leicht süffisantem Ton. »Deswegen habe ich dich ja auch halb nackt an einen Stuhl gefesselt gefunden. Weil du dich natürlich nicht die Bohne für Ella interessierst.«

Sie gehen den Flur hinunter, sodass ich Reeds Antwort nicht genau verstehen kann, aber es klingt wie: »Ich würde eher mit Jordan schlafen, als mir bei Ella sonst was einzufangen.«

Jetzt bin ich so wütend, dass ich die Laken beiseiteschubse und aus dem Bett springe. Die zwei haben ihre Geheimnisse und wollen nicht, dass ich davon erfahre? Na, wenn hier im Hause Royal der Kriegszustand herrscht, dann brauche ich jede Waffe, die mir zur Verfügung steht.

Ich flitze zum Schrank und zerre das erstbeste Kleidungsstück heraus, das mir in die Hände fällt. Ein Minirock. Okay, das ist nicht das perfekte Outfit für eine Verfolgungsaktion, aber ich will jetzt keine Zeit verschwenden. Ich schlüpfe in Rock und T-Shirt, ziehe mir dann meine Turnschuhe an und schleiche mich so leise wie möglich aus dem Zimmer.

Auf Zehenspitzen tappe ich die Hintertreppe hinunter. In der Küche ist niemand, aber draußen höre ich leise Geräusche. Eine Autotür wird zugeworfen. Shit. Zum Glück lassen die Zwillinge immer ihren ganzen Kram im Hauswirtschaftsraum hängen. Ich rase zur Garderobe und schnappe mir einen der Kapuzenpullis. Jackpot. Drin sind ein Schlüsselbund und eine Menge Bargeld. Ich ducke mich und linse aus dem Fenster. Die Rücklichter von Reeds Geländewagen leuchten auf, und er saust die Einfahrt hinunter.

Ich reiße die Tür auf und renne zur Garage. Dann drücke ich auf den Schlüsselbund und sehe, dass die Lichter des Geländewagens von einem der Zwillinge aufleuchten. Sofort klettere ich hinein und seufze erleichtert auf.

Es ist gar nicht so leicht, jemandem auf einer dunklen leeren Straße heimlich zu folgen, aber ich kriege es hin, weil Reed sich offenbar kein einziges Mal zu mir umdreht oder anhält. Wir fahren ins Zentrum der Stadt und landen nach einer kurzen Fahrt durch einige Nebenstraßen vor einem Tor.

Reed parkt, und auch ich stelle den Motor und die Lichter ab. In dem verhangenen Mondlicht kann ich die zwei Brüder, die aussteigen und dann eilig über einen Zaun klettern, kaum erkennen.

Wo bin ich da nur hineingeraten?! Dealen die zwei etwa mit Drogen? Aber das wäre doch total bescheuert, so reich, wie die Familie ist. In dem Kapuzenpulli, den ich trage, stecken satte fünfhundert Dollar in Zwanzigern und Fünfzigern. Hätte ich die anderen Kapuzenpullis durchsucht, hätte ich sicher noch eine ganze Menge mehr gefunden.

Was treiben die da?

Ich renne zu dem Zaun, um zu testen, ob ich irgendetwas sehen kann, aber ich kann nur eine Reihe von langen, rechteckigen Gebäuden erkennen, die alle etwa gleich groß sind. Von Reed oder Easton keine Spur.

Auch wenn meine Vernunft mir sagt, dass es total dämlich ist, mitten in der Nacht über einen Zaun auf ein finsteres Grundstück zu klettern, mache ich es trotzdem.

Als ich näher zu den Gebäuden komme, merke ich, dass es in Wirklichkeit Schiffscontainer sind. Also muss das hier eine Werft sein. Zum Glück haben meine Deckschuhe eine weiche Sohle und machen kein Geräusch. Als ich mich also von hinten anschleiche und dabei zusehe, wie Easton irgendeinem Fremden einen ganzen Stapel Scheine in die Hand drückt, kann niemand mich hören.

Ich ducke mich, nutze den Container als Deckung und spähe um die Ecke, als wäre ich ein Spion in irgendeinem dämlichen Actionfilm. Hinter Easton und dem Fremden hat sich auf der Mitte eines leeren Platzes ein großer Kreis gebildet.

Und in der Mitte dieses Kreises steht Reed, der nichts trägt außer einer Jeans.

Er zieht einen Arm an seinen Körper und wechselt dann zum anderen, um ihn ebenfalls zu dehnen. Dann wippt er auf den Fußballen auf und ab, als würde er Auflockerungsübungen machen. Als ich den anderen Typen ohne Shirt entdecke, wird mir plötzlich alles klar. Das heimliche Rausschleichen mitten in der Nacht. Die Schrammen in seinem Gesicht. Anscheinend setzt Easton auf seinen Bruder. Vielleicht kämpft er aber auch selbst – schließlich klang der Streit zwischen den beiden in der vergangenen Woche ganz danach.

»Ich dachte mir schon, dass uns jemand folgt, aber Reed wollte nicht auf mich hören.«

Ich wirble herum und entdecke Easton, der direkt hinter mir steht. Ehe er mir vorwerfen kann, dass ich ihnen gefolgt bin, gehe ich direkt in die Defensive.

»Was habt ihr denn vor? Wollt ihr mich vielleicht verpetzen?«, necke ich ihn. Er verdreht die Augen und zieht mich dann hinter sich her. »Komm schon, du kleine Spionin. Wenn du schon verantwortlich für das Schlamassel hier bist, dann kannst du es dir ebenso gut ansehen.«

Protestierend lasse ich mich an den Rand des Kreises zerren.

»Ich bin dafür verantwortlich? Warum das denn?«

Easton schubst ein paar Leute beiseite, sodass wir in der ersten Reihe stehen.

»Zum Beispiel, weil du Reed nackt an einen Stuhl gefesselt hast!«

»Er hatte noch Unterwäsche an«, murmele ich.

Easton geht nicht weiter darauf ein. »Du hast ihn notgeiler zurückgelassen als einen Matrosen nach einem neunmonatigen Aufenthalt in einem U-Boot am Grunde des Ozeans! Komm schon, Sis, der Typ hat jetzt so viel Adrenalin im Körper, dass er sich jetzt eben entweder prügeln muss oder« – er sieht mich neugierig an – »vögeln. Da du nicht zur Verfügung stehst, muss eben eine Schlägerei genügen. Hey, großer Bruder!«, ruft er dann. »Unser Schwesterchen ist mitgekommen, um dir zuzusehen!«

Reed wirbelt herum. »Was zum Teufel machst du denn hier?!«

Am liebsten würde ich mich sofort hinter Easton verstecken. »Ich wollte nur meine Familie anfeuern. Auf geht's ...« *Auf geht's Royals!*, wollte ich eigentlich rufen, aber vielleicht läuft das hier ja auch anonym ab, und die Kerle benutzen Spitznamen. Ich hebe meine Faust. »Auf geht's, Brüderchen!«

»East, wenn sie deinetwegen hier ist, dann werde ich dir nächsten Sonntag ordentlich den Hintern versohlen!«

Easton hebt die Hände. »Dude, ich habe dir doch gesagt, dass uns jemand folgt, aber du warst zu sehr damit beschäftigt, mir zu beschreiben, wie du einer gewissen Lady« – er nickt mit dem Kinn in meine Richtung – »eine Lektion erteilen willst.«

Reed zieht eine Grimasse. Am liebsten würde er mich

jetzt wahrscheinlich heimschicken, aber da klopft ihm auch schon ein Typ auf die Schulter, der Oberschenkel wie Baumstämme hat.

»Seid ihr jetzt fertig mit eurer Familienversammlung? Ich würde den Kampf gerne hinter mich bringen, ehe die Sonne wieder aufgeht.«

Der Ärger in Reeds Augen verwandelt sich in Belustigung.

»Cunningham, für dich brauche ich doch nicht einmal fünf Sekunden! Wo steckt dein Bruder?«

Cunningham zuckt mit seinen mächtigen Schultern. »Der lässt sich grade von irgendeiner Schnitte einen blasen. Hab keine Angst, Royal, ich werde dich nicht zu sehr verunstalten. Ich weiß ja, dass du morgen dein Gesicht noch in der Highschool vorzeigen musst.«

»Du bleibst hier.« Reed zeigt erst auf mich, dann auf den Boden. »Wenn du dich bewegst, dann wird es richtig unangenehm.«

»Als wäre es gerade sonderlich gemütlich!«, erwidere ich spöttisch.

»Hört auf rumzulabern und fangt an zu kämpfen!«, ruft jemand aus der Menge. »Wenn ich eine Soap sehen will, dann schalte ich die Glotze ein!«

Easton verpasst Reed einen harten Schubs, und der schwingt ebenfalls die Faust. Ich schätze mal, dass diese zwei Hiebe schon ausgereicht hätten, um mich k.o. zu schlagen, aber die beiden lachen sich bloß kaputt.

Cunningham bewegt sich zurück in die Mitte des Kreises und bedeutet Reed, ihm zu folgen. Der zögert keine Sekunde, auch auf das übliche Herumgetänzel oder das genaue Mustern des anderen wird verzichtet. Stattdessen stürzt Reed sich sofort auf Cunningham, und die zwei prügeln gute fünf Minuten lang aufeinander ein. Jedes Mal, wenn Cunningham ihn trifft, zucke ich kurz zusammen, aber Easton lacht nur und feuert seinen Bruder an.

»Wenn man auf Reed setzt, ist das wirklich leicht verdientes Geld!«, gröhlt er.

Ich schlinge die Arme um meinen Oberkörper. Callum hat gesagt, dass er eine richtig harte Zeit hatte – aber ist ihm klar, dass die auch für seine Söhne noch längst nicht vorbei ist? Dass sie nachts hierherkommen, um alle quälenden Gedanken und Gefühle aus sich herausprügeln zu lassen?

Und was sagt es über mich aus, dass meine Handflächen gerade richtig feucht werden und dass ein Schweißfilm meinen ganzen Körper überzieht? Dass mein Atem schneller geht und mein Herz rast?

Ich kann den Blick nicht von Reed lösen. Seine Muskeln glänzen im Mondlicht, und er ist auf eine animalische Art und Weise so wunderschön, dass in mir irgendein urzeitlicher Trieb erwacht, mit dem ich nicht richtig umgehen kann.

»Das macht dich ziemlich an, stimmt's?«, flüstert mir Easton zu.

Ich schüttle den Kopf, obwohl er mitten ins Schwarze getroffen hat. Und als Reed ein letztes Mal ausholt und seinen Gegner mit diesem Hieb mit dem Gesicht voraus auf den Betonboden befördert, weiß ich eines ganz genau: Wenn er mich jetzt zu sich rufen würde, könnte ich ihm nicht widerstehen. Nicht dieses Mal.

20. Kapitel

Auf der Rückfahrt sitzt Easton auf meinem Beifahrersitz, weil Reed verkündet hat, dass er mir nicht zutraut, dass ich den Rückweg allein finde. Ich würde ihn eigentlich gern darauf aufmerksam machen, dass ich auch wunderbar allein *hin*gefunden habe, aber ich halte die Klappe, weil ich nicht glaube, dass man sich heute mit ihm anlegen sollte. Jetzt sitzt er schweigend auf dem Rücksitz.

Nach Cunningham hat er noch zwei Typen besiegt. Easton hat insgesamt acht Riesen verdient. Das mag vielleicht wie ein Klacks wirken, wenn man bedenkt, wie steinreich die Jungs sowieso schon sind, aber Easton erklärt mir, dass kein Geld so süß ist wie das, für das man ordentlich bluten musste.

Reed hat nicht wirklich geblutet. Ich schätze mal, dass er morgen nicht einmal Schrammen oder Schmerzen haben wird. Dafür war er während der Kämpfe viel zu energiegeladen, als er immer weiter auf die Typen eingeprügelt hat.

Als wir in der Einfahrt angekommen sind, stelle ich den Motor ab, aber da Reed keinerlei Anstalten macht auszusteigen, bleibe auch ich sitzen. Easton steckt sich seine Kohle in die Hosentaschen und steigt aus, ohne sich auf dem Weg zur Hintertür noch einmal nach uns umzudrehen.

Erst als Reed aussteigt, klettere auch ich hinaus. Wir stehen vielleicht drei Meter voneinander entfernt da und sehen uns in die Augen. Sein stählerner Blick und sein angespannter Kiefer sorgen dafür, dass ich plötzlich unendlich erschöpft bin. Und das nicht nur, weil es fast zwei Uhr morgens ist und ich seit sieben auf den Beinen bin.

Ich kann einfach den Hass nicht mehr ertragen, der mir jedes Mal entgegenschlägt, wenn ich vor Reed stehe. Ich will nicht mehr gegen ihn ankämpfen, habe die Spielchen, die Feindseligkeit und die permanenten Spannungen zwischen uns so unendlich satt.

Ich tue einen Schritt auf ihn zu.

Er wendet mir den Rücken zu und verschwindet um die Hausecke.

Nein. Dieses Mal nicht. So leicht kommt er mir nicht davon.

Ich renne ihm nach, bin froh über die Bewegungsmelder am Haus, weil sie mir den Weg weisen. Sie führen mich erst in den hinteren Teil des Gartens und dann auf den Pfad, der ans Ufer führt.

Reed hat einige Meter Vorsprung und noch dazu den Vorteil, dass er hier sein ganzes Leben verbracht hat und deswegen mühelos im Slalom durch die kantigen Felsen ans Wasser laufen kann.

Ich bin gerade auf dem Weg über den mit Felsbrocken übersäten Strand, als ich sehe, dass er aus seinen Schuhen und Socken schlüpft und ins Wasser watet, ohne sich darum zu kümmern, dass die Säume seiner Jeans klatschnass werden.

Es ist zwar spät, aber trotzdem nicht stockdunkel. Man

kann den Mond sehen, dessen silbernes Licht auf Reeds wunderschönes Gesicht fällt.

»Haben wir uns denn heute noch nicht genug gequält?«, fragt er bedrückt, als ich schließlich neben ihm stehe.

Ich seufze. »War ganz schön viel los heute, oder?«

»Du hast mich an einen Stuhl gefesselt«, murmelt er.

»Das hast du auch verdient.«

Einen Moment lang schweigen wir. Ich ziehe meine Schuhe aus und mache einen Schritt nach vorn, um sofort aufzukreischen, als meine Füße in das eisige Wasser tauchen. Reed grunzt vor Lachen.

»Ist der Atlantik immer so kalt?«, bibbere ich.

»Ja!«

Ich starre aufs Wasser und lausche der Brandung.

»Wir können so nicht weitermachen, Reed.«

Er antwortet nicht.

»Ich mein's ernst.« Ich lege eine Hand auf seinen Oberarm und drehe ihn zu mir, sodass ich ihm in die Augen sehen kann. Seine blauen Augen sind völlig ausdruckslos, was immer noch besser ist als die übliche Verachtung. »Ich will nicht mehr streiten. Ich habe die Nase voll davon.«

»Dann geh doch.«

»Ich habe dir doch schon gesagt, dass ich hierbleibe. Ich will meinen Schulabschluss machen und dann aufs College.«

»Wenn du meinst.«

Ich stöhne entnervt auf. »Willst du, dass ich weiterrede? Schön, ich bin noch lang nicht fertig. Reed, ich habe mit deinem Vater nichts am Laufen. Und das werde ich auch nie. Einerseits, weil es ekelhaft wäre. Und andererseits, weil es widerlich wäre. Okay? Er ist mein Vormund, und ich bin ihm total dankbar für alles, was er für mich tut. Das ist alles.«

Reed vergräbt seine Hände in den Hosentaschen und schweigt weiter.

»Als ich vorhin auf dem Boot mit ihm in seiner Kabine war, haben wir uns nur unterhalten. Er hat mir noch mehr von meinem Vater erzählt, und wenn ich ehrlich sein soll, weiß ich immer noch nicht recht, was ich von alldem halten soll. Ich habe Steve ja nie kennengelernt, und nachdem ich die ganzen Geschichten über ihn gehört habe, weiß ich auch nicht, ob er mir sonderlich sympathisch gewesen wäre. Aber ich kann nun einmal nichts dran ändern, dass er mein Vater ist, okay? Und ihr könnt mir das auch nicht vorwerfen. Ich habe Steve nicht darum gebeten, meine Mom zu schwängern. Und von deinem Dad habe ich nicht verlangt, mich aus meinem alten Leben zu reißen und hierher zu verfrachten.«

Er schnaubt. »Würdest du dich etwa lieber weiter für Geld ausziehen?«

»Ganz ehrlich, im Moment schon«, erwidere ich aufrichtig. »Immerhin wusste ich da, was ich vom Leben zu erwarten habe. Wem ich vertrauen kann und von wem ich mich besser fernhalte. Du kannst übers Strippen sagen, was du willst, aber mich hat dort im Club nie jemand als Schlampe beschimpft.«

»Weil es ja wirklich eine wahnsinnig ehrwürdige Arbeit ist, die du da gemacht hast!«

»Es ist ein Brotjob«, erwidere ich kalt. »Und wenn du fünfzehn Jahre alt bist und versuchst, das Geld für die medizinischen Behandlungen deiner Mutter aufzutreiben, könnte man schon fast von Überlebensstrategie sprechen. Du kennst mich nicht. Du weißt überhaupt nichts über mich, und du hast noch nicht einmal versucht, mich richtig kennenzulernen. Also wag es ja nicht, mich zu verurteilen.

Wenn du keine Ahnung von mir hast, dann red nicht so einen Mist!«

Seine Schultern spannen sich erneut an, und er tut einen Schritt auf mich zu, sodass Wasser an mein Schienbein spritzt.

»Du kennst mich nicht«, wiederhole ich.

Er wirft mir einen finsteren Blick zu. »Ich weiß mehr als genug.«

»Ich bin noch Jungfrau, wusstest du das zum Beispiel?« Die Worte sind aus mir herausgeblubbert, noch ehe ich mich zurückhalten kann. Er zuckt überrascht zusammen, erholt sich aber wie immer schnell und bedenkt mich mit einem zynischen Blick.

»Aber klar doch, Ella. Du bist die Unschuld in Person.«

»Es ist wahr.« Vor Scham glühen meine Wangen, und ich weiß selbst nicht, weshalb mir das jetzt so peinlich ist.

»Halt mich von mir aus für eine Schlampe, aber da täuschst du dich. Meine Mom wurde schwerkrank, als ich fünfzehn war – wann hätte ich denn da mit irgendwelchen Typen schlafen sollen?«

Er lacht. »Und als Nächstes erzählst du mir, dass du noch nie jemanden geküsst hast, stimmt's?«

»Nein, das habe ich natürlich. Auch sonst habe ich schon ein paar Sachen ausprobiert.« Jetzt glühen meine Wangen wirklich. »Aber die richtig krassen Sachen habe ich noch nie gemacht.«

»Fragst du mich jetzt gleich, ob ich dir helfen will, eine echte Frau zu werden?«

»Du kannst manchmal echt ein richtiges Arschloch sein, weißt du das?«

Er runzelt die Stirn.

»Ich habe dir das nur erzählt, damit du merkst, wie unfair du warst«, flüstere ich. »Ich verstehe ja, dass du Probleme hast. Du hasst deinen Dad, vermisst deine Mom und verkloppst Leute einfach nur aus Lust und Laune. Du bist ganz schön durcheinander, das ist offensichtlich. Ich gehe gar nicht davon aus, dass wir dicke Freunde werden, okay? Eigentlich erwarte ich von dir gar nichts mehr. Aber du solltest wissen, dass ich von dieser ... Fehde genug habe. Tut mir leid, was ich vorhin gemacht habe. Dass ich dich an dem Stuhl festgebunden und so getan habe, als liefe da irgendwas zwischen Callum und mir. Aber ich habe keinen Bock mehr auf diesen Mist, ehrlich. Sag, was du willst, und denk von mir aus auch, was du willst, benimm dich weiter wie ein Idiot, aber das ist mir dann auch egal. Ich spiele dieses Spielchen nicht mehr mit. Ich bin raus.«

Als er weiter still bleibt, wate ich aus dem Wasser und mache mich auf den Weg zum Haus. Ich habe gesagt, was ich zu sagen hatte, und ich habe jedes Wort ernst gemeint. Jetzt, wo ich gesehen habe, wie Reed sich geprügelt hat, hat sich meine Sicht auf die Familie doch noch einmal sehr verändert.

Anscheinend sind die Royal-Brüder noch verkorkster als ich. Sie schlagen einfach wild um sich, verbal und körperlich, und ich bin natürlich ein willkommenes Opfer – aber wenn ich mich wehre, wird es nur noch schlimmer. Und davor werde ich mich künftig hüten!

»Ella.« Reed hält mich auf, als ich auf der oberen Terrasse angekommen bin. Ich bleibe neben dem Pool stehen und schlucke, als ich die Reue in seinem Blick sehe.

Er kommt zu mir, seine Stimme klingt rau. »Ich ...« Aber in diesem Moment hören wir hinter uns ein zähes Lallen.

»Was macht 'n ihr Kids so spät noch hier draußen?«

Ich versuche, nicht zu irritiert zu gucken, als Brooke in der Terrassentür erscheint. Sie trägt ein weißes Nachthemd aus Seide, und ihr blondes Haar fließt ihr über die linke Schulter. In der rechten Hand hält sie eine Flasche Rotwein.

Reed zuckt kurz zusammen, aber als er spricht, klingt er erstaunlich gleichgültig.

»Wir haben gerade was zu besprechen. Geh wieder ins Bett.«

»Du weißt doch, dass ich nich schlafen kann, wenn ich mich nich an deinen Dad kuscheln kann.«

Brooke schafft es irgendwie die Stufen hinunter, ohne zu stürzen. Als ich in ihre Augen sehe, die von dem vielen Alkohol merkwürdig glänzen, seufze ich. Wenn es ums Trinken geht, bin ich von Callum einiges gewöhnt – aber dass Brooke auch so tief ins Glas schaut, wusste ich gar nicht.

»Wo ist Callum?« Ich strecke die Hand aus, um sie zu stützen.

»Er ist ins Büro gefahren«, jammert sie. »Und das an einem Sonntagabend! Er hat gesagt, es ginge um irgendeinen Notfall.«

Auwei. Es ist so offensichtlich, dass Callum sich überhaupt nicht um Brooke bemüht und sie sich gleichzeitig so sehr wünscht, dass er sie liebt. Sie tut mir echt leid.

»Ich wusste gar nicht, dass ein Stelldichein mit der Sekretärin neuerdings als Notfall gilt«, merkt Reed trocken an.

Brooke sieht ihn vernichtend an.

»Lass mich dich reinbringen«, sage ich zu ihr. »Ins Wohnzimmer. Ich hole dir eine schöne Decke und du …«

Sie reißt sich los. »Bist du neuerdings die Hausherrin, ja?« Sie klingt richtig schrill. »Sei doch nicht so blöd zu glauben, dass du den Royals je irgendwas bedeuten wirst! Und du …«, sie dreht sich mit funkelnden Augen zu Reed, »… du sprichst gefälligst nicht in diesem Ton mit mir!«

Seltsamerweise erwidert Reed darauf nichts. Ich sehe ihn fragend an, aber sein Gesicht ist vollkommen ausdruckslos.

»Eines Tages werde ich deine Mutter sein. Du solltest wirklich lernen, netter mit mir umzugehen!«, meint sie noch, macht einen wackligen Schritt auf ihn zu und streicht ihm mit ihren langen Fingernägeln über die Wange.

Er zuckt zusammen und schiebt ihre Hand dann weg. »Eher sterbe ich.«

Als er auf die Tür zuläuft, folge ich ihm. »Reed!«

Vor der Treppe, die aus der Küche nach oben führt, bleibt er kurz stehen. »Was ist?«

»Was … Was wolltest du denn vorhin sagen, ehe Brooke uns unterbrochen hat?«

Er sieht mich an, und seine Augen sind eiskalt.

»Nichts«, murmelt er. »Rein gar nichts.«

Hinter mir höre ich ein lautes Scheppern. Ich will jetzt eigentlich nicht weg von Reed, aber Brooke kann man gerade nicht allein lassen. Nicht, wenn sie besoffen neben dem Swimmingpool steht.

Ich flitze zurück zu ihr und sehe, dass sie bedenklich nah am Beckenrand entlangtorkelt.

»Komm, Brooke.« Ich packe sie am Arm, und dieses Mal folgt sie mir bereitwillig.

»Die sind doch alle schrecklich«, schluchzt sie. »Du musst dich unbedingt von ihnen fernhalten, um dich vor ihnen zu schützen.«

»Das wird schon alles wieder. Willst du hoch, oder wäre das Wohnzimmer auch okay?«

»Damit mich Marias Geist anstarren kann?« Brooke erschauert. »Sie ist hier. Immer. Sobald ich hier irgendwas zu sagen habe, ziehen wir um. Und vorher machen wir das Haus dem Erdboden gleich und vernichten auch Maria.«

Klar. Träum weiter, Brooke. Ich zerre und schleppe sie ins Wohnzimmer, in dem tatsächlich ein großes Porträt von Maria über dem Kamin hängt. Als wir dran vorbeigehen, hält Brooke ihre Finger über Kreuz. Nur mit Mühe kann ich ein Kichern unterdrücken, und zum Glück ist das Wohnzimmer so groß – es erstreckt sich über die gesamte Länge des Hauses –, dass ich Brooke einfach zur zweiten Sitzgruppe bringe, die ein ganzes Stück weiter von dem Porträt entfernt ist.

Sie lässt sich dankbar auf das Sofa sinken, zieht die Knie an ihre Brust und schiebt die Hände unter ihre Wange. Sie liegt da wie ein kleines Kind. Von den Tränen ist ihr Make-up ganz verschmiert, sodass sie wie eine traurige Puppe aussieht. Oder wie eine Stripperin, die immer noch darauf hofft, dass einer der reichen Kerle sie irgendwann da rausholt. Und natürlich tut er es nicht. Er benutzt sie bloß.

»Brooke, wenn es dir so wehtut, mit Callum zusammen zu sein – warum verlässt du ihn denn dann nicht?«

»Denkst du etwa, es gibt da draußen irgendeinen Kerl, der einem *nicht* wehtut? Das machen Männer nun mal, Ella.« Sie legt eine Hand auf meine Taille. »Du solltest von hier verschwinden. Die Royals werden dich noch richtig fertigmachen.«

»Vielleicht will ich das ja«, meine ich leichthin.

Sie lässt mich los und versinkt wieder in ihren eigenen Gedanken. »Keiner will fertiggemacht werden«, meint sie schließlich. »Eigentlich wollen wir alle gerettet werden.«

»Es muss da draußen doch wenigstens einen anständigen Kerl geben.«

Daraufhin beginnt sie hysterisch zu lachen. Sie kann gar nicht mehr damit aufhören.

Ich lasse sie liegen und steige langsam die Treppe hinauf,

ihr Lachen immer noch im Nacken. Diese Frau kann tatsächlich nicht glauben, dass sie je einen Mann finden wird, der sie nicht verletzt. Und das findet sie zum Kaputtlachen.

Warum mich das traurig macht, unendlich traurig sogar, weiß ich selbst nicht so genau.

21. Kapitel

Am nächsten Morgen bringt Reed mich nicht zur Arbeit. Als ich aus der Tür trete, ist er schon auf dem Weg zum Football-Training, und eigentlich überrascht mich das kein bisschen. Wahrscheinlich hat er gestern nichts weniger erwartet als das Angebot eines Waffenstillstands. Und im Moment wägt er vielleicht gerade ab, ob das wieder nur ein Trick von mir war.

War es aber nicht. Bei dieser Entscheidung werde ich definitiv bleiben.

Ich fahre mit dem Bus zur Bäckerei und arbeite ein paar Stunden friedlich mit Lucy, ehe ich in die Schule laufe und auf der Damentoilette in meine Schuluniform schlüpfe. Als ich hinaus auf den Gang trete, stoße ich mit dem Mädchen zusammen, mit dem Easton mal eine Weile ausgegangen ist. Ich glaube, sie heißt Claire. Sobald sie mich sieht, kneift sie die Lippen zusammen und rauscht an mir vorbei, nicht ohne mir leise »Schlampe!« zuzuzischen. Irgendwie fühlen sich diese zwei kleinen Silben an wie ein Schlag in die Magengrube. Ich zucke zusammen und frage mich kurz, ob ich mich verhört habe, aber als ich den Flur hinablaufe und sämtliche Mädchen aus der elften Jahrgangsstufe mich mit verächtlichen Blicken bedenken, weiß ich, dass irgendwas im Busch ist. Die Jungs hingegen grinsen mich an oder zwinkern mir zu. Es ist leider sonnenklar, dass ich aus irgendeinem Grund gerade das Thema Nummer eins bin.

Erst als ich Valerie am Schließfach treffe, werde ich aufgeklärt.

»Warum hast du mir nicht erzählt, dass du mit Easton rumgemacht hast?«, fragt sie mich leise.

Um ein Haar lasse ich mein Mathebuch fallen. Moment mal, es geht um *Easton?* Aber als wir herumgeknutscht haben, waren wir in meinem Zimmer, und ich glaube auf keinen Fall, dass Reed das herumerzählt hat. Woher weiß also alle Welt, dass ...

Der Club. Mist. In dem Moment, in dem Val zu kichern beginnt, fällt es mir siedend heiß wieder ein.

»Ich wusste doch, dass ich dich im Auge behalten sollte!«, gluckst sie. »Dabei haben wir ja noch nicht einmal was getrunken! Das heißt, dass du bei vollem Bewusstsein was mit Easton hattest. Soll ich nächstes Mal dazwischengehen?«

Ich seufze. »Vielleicht?!«

Die Mädchen, denen Val mich auf Jordans Party vorgestellt hat – die Pastellzicken, wie ich sie liebevoll nenne –, laufen an uns vorbei und tuscheln sich etwas zu.

»Das war ziemlich dumm von mir«, meine ich. »Ich habe nicht richtig nachgedacht.« Doch, aber nur an Reed. Daran, wie er mich angesehen hat, als ich im Käfig getanzt habe. »Wissen jetzt also alle Bescheid?«

»Darauf kannst du Gift nehmen. Die Neuigkeit hat sich wie ein Lauffeuer verbreitet, und Claire ist richtig, richtig angepisst.«

Kann ich mir vorstellen. Und wenn Claire schon sauer ist, dann will ich mir gar nicht ausmalen, wie Jordan reagieren wird. Ein Normalo wie ich hat seine schmuddeligen Patsch-händchen auf ihre kostbaren Royals gelegt? Puh, wahr-scheinlich dreht sie gerade richtig durch.

»Was ist mit dir?«, frage ich die einzige Person, deren Meinung mich wirklich interessiert. »Bist du auch ange-pisst?«

Valerie gluckst. »Weil du Easton die Zunge in den Hals gesteckt hast? Wieso sollte ich?«

Das ist genau die Antwort, auf die ich gehofft habe. Ich nehme mir fest vor, mich an Vals Reaktion zu halten, als wir uns schließlich verabschieden, um unsere verschiede-nen Kurse zu besuchen. Ist egal, dass alle um mich herum tuscheln und dass die Mädchen mich mit Blicken durch-bohren, wann auch immer ich ein Klassenzimmer betrete. Mir ist nur wichtig, dass zwischen Valerie und mir alles in Ordnung ist. Als es aber Mittagszeit ist, bin ich dann doch kurz davor, zu verzweifeln. Alle, aber auch wirklich alle Mitschülerinnen töten mich mit Blicken, und als Easton mich vor meinem Schließfach fest an sich drückt, macht das die Sache natürlich auch nicht besser. Er tut zwar so, als würde er die abfälligen Blicke nicht bemerken, aber ich kann sie nicht ignorieren.

»Du bist doch Ella, oder?«

Ich habe gerade meine Bücher in mein Schließfach gestopft, als ein Typ mit stachligem blondem Haar und gestreiftem Rugby-Shirt auf mich zukommt. Seine Frage ist irgendwie überflüssig, weil er natürlich genau weiß, wer ich bin. Die Kids hier kennen sich wahrscheinlich alle seit dem Kindergarten, deswegen weiß auch jeder über die *neue Royal* Bescheid.

»Jepp.« Ich sehe ihn gleichgültig an. »Und du?«

»Daniel Delacorte.« Er streckt mir die Hand entgegen und lässt sie dann unbeholfen wieder sinken, als ich nicht danach greife. »Ich wollte mich schon seit einer ganzen Weile bei dir vorstellen, aber ...« Er zuckt mit den Schultern.

Ich verdrehe die Augen. »Du wolltest nicht gegen Reeds Regeln verstoßen?«

Er nickt schüchtern.

Gott, das sind die Allerschlimmsten! »Und warum tust du es jetzt doch?«

Wieder zuckt er mit den Schultern. »Ein paar Freunde von mir haben dich und Easton am Samstag im Club gesehen.«

»Ja und?« Ich erwarte schon einen beleidigenden Spruch, aber es kommt keiner.

»Das heißt, dass die Regeln sich geändert haben. Vorher durfte dich wegen Reed niemand fragen, ob du mit ihm ausgehen willst. Aber jetzt, wo du was mit Easton hattest, liegen die Dinge anders.«

Moment mal. Fragt er mich gerade, ob wir uns verabreden wollen?

Ich verenge meine Augen zu Schlitzen. »Momentchen. Du beschimpfst mich nicht als Schlampe, weil ich was mit Easton hatte?«

Er verzieht den Mund zu einem schiefen Grinsen. »Dann wäre unsere Schule ja ein richtiges Bordell.«

Ich muss lachen.

»Ernsthaft«, insistiert Daniel. »Besoffenes Herumgeknutsche mit Easton Royal ist hier eine Art Aufnahmeritual!«

»Sprichst du da aus eigener Erfahrung?«, erkundige ich mich höflich.

Er grinst. Süß ist er, das muss man ihm lassen. »Zum Glück bin ich bis jetzt darum herumgekommen. Aber jetzt wollte ich eigentlich fragen, ob du mal mit mir essen gehen würdest.«

Anscheinend merkt Daniel, dass ich ein wenig misstrauisch bin, weil er schnell hinzufügt: »Es muss ja kein richtiges Date sein. Wir können auch eher was Freundschaftliches unternehmen, wenn dir das lieber ist. Ich würde nur furchtbar gern das Mädchen kennenlernen, auf das alle Royals so stehen.«

Ich zögere immer noch, und er atmet hektisch aus und ein. »Kann ich mal dein Telefon sehen?«

Auch wenn ich keine Ahnung habe, was er damit will, gebe ich es ihm.

Er wischt eilig mit dem Zeigefinger auf dem Touchpad herum und gibt es mir dann zurück. »So. Jetzt hast du meine Nummer. Denk doch mal drüber nach, und falls du Lust auf ein Abendessen mit mir hast, dann schreib mir.«

»Ähm. Okay.«

Daniel lächelt mich an und winkt mir im Davongehen noch einmal zu. Ich werfe einen Blick auf seinen appetitlichen Hintern, und auch der Rest seines durchtrainierten Körpers kann sich sehen lassen. Ob er wohl im Football-Team ist? Hoffentlich nicht, dann würde Reed nämlich im Handumdrehen von dieser Aktion erfahren.

Aber ich habe wieder einmal unterschätzt, wie schnell sich an dieser Schule alles herumspricht. Ich bin noch nicht einmal in der Cafeteria angekommen, da habe ich auch schon eine SMS von Valerie.

Daniel Delacorte will mit dir ausgehen????!!!

Jepp.

Hast du Ja gesagt??!

Hab gesagt, dass ich drüber nachdenke.

Überleg nicht zu lang. Er ist 1 von den Guten.

Und er ist Captain des Lacrosse-Teams, schickt sie hinterher. Als würde das irgendeinen Unterschied machen. Ich verdrehe die Augen und gehe in die Cafeteria, um mich zu Valerie an unseren Stammplatz in der Ecke zu setzen.

Sofort fängt sie an zu grinsen und steckt ihr Telefon weg. »Okay. Erzähl mir alles. Hat er sich auf die Knie fallen lassen? Oder dir Blumen geschenkt?«

Die nächste Stunde über bombardiert sie mich mit Fragen zu einem Typen, mit dem ich gerade mal zwei Minuten lang gesprochen habe. Ich muss selbst zugeben, dass es eine willkommene Abwechslung zu dem übrigen Geläster war – und außerdem lenkt es mich ein bisschen von Reed ab.

22. Kapitel

Ich sehe Reed erst nach Schulschluss. Überraschenderweise verbietet er mir nicht, mich mit Daniel zu treffen. Stattdessen lehnt er lässig an seinem Wagen und plaudert mit Abby, die eine Hand auf ihre Hüfte gestemmt hat und sich mit der anderen mindestens ebenso cool am Auto abstützt. Boah, ich könnte kotzen, wenn ich das sehe.

»Das sieht aber gemütlich aus.«

Ich drehe mich um und sehe Savannah neben mir stehen, mit der ich seit unserer kleinen Tour durch die Schule kein Wort mehr gewechselt habe. »Jepp«, meine ich überrumpelt.

»Ich habe gehört, dass Daniel Delacorte heute gefragt hat, ob du mal mit ihm ausgehst.« Sie glättet ihr perfekt gekämmtes Haar.

»Die Flüsterpost funktioniert auf jeden Fall gut bei euch«, scherze ich. »Aber ja, das ist richtig.«

»Mach es nicht«, sagt sie kurz angebunden. »Sonst wirst du es noch bereuen.«

Mit diesen Worten macht sie auf dem Absatz kehrt und lässt mich mit offenem Mund stehen.

Noch ehe ich mir einen Reim auf diese Warnung machen

kann, fährt neben mir auch schon ein schicker Sportwagen vor. Daniel lächelt mich vom Fahrersitz aus an.

»Cooler Schlitten.« Ich linse hinein. Die Innenausstattung ist schwarz, und das Armaturenbrett leuchtet. »Klingt wie ein richtig wildes Biest.«

»Danke. Haben mir meine Alten geschenkt, als ich sechzehn wurde. Als ich gehört habe, dass das Ding vierhundert PS hat, habe ich mir fast schon Sorgen gemacht. Das wirkte so, also hätte mein Dad die Befürchtung, ich müsste irgendwas kompensieren.«

Ich grinse, weil ich es sympathisch finde, wenn jemand über sich selbst lachen kann. »Und, musst du das?«

»Ella, also wirklich.« Er schnalzt mit der Zunge. »Du solltest mich in der Hinsicht eigentlich beruhigen und mir sagen, dass ich auch ohne Sportkarre ein ganzer Kerl bin oder so.«

»Woher soll ich das denn wissen?«, necke ich ihn.

»Ich verrate dir mal was.« Er lehnt sich über die Gangschaltung und bedeutet mir, dass ich näher kommen soll. »Wir Männer haben äußerst zerbrechliche Egos. Wir brauchen genug Komplimente, sonst verwandeln wir uns in die letzten Psychos.«

»Du musst dir in Sachen Männlichkeit überhaupt keine Sorgen machen«, sage ich pflichtbewusst.

»Sehr freundlich.« Er grinst. »Soll ich dich heimbringen?«

Ich recke meinen Hals und suche den Parkplatz nach Easton, den Zwillingen oder Durand ab, aber bis auf Reed ist niemand zu sehen. Und der ist sowieso gerade mit seinem blonden Engelchen beschäftigt, das ihn an seine Mutter erinnert.

Daniel folgt meinem Blick zu dem Pärchen. »Abby und Reed«, murmelt er bedeutungsvoll. »Das absolute Traumpaar.«

»Wer sagt das?« Ich klinge wütend und bin es auch, aber es ärgert mich, dass man mir das anmerkt.

»Reed ist sehr wählerisch, im Gegensatz zu Easton. In den letzten Jahren habe ich ihn nur mit einem einzigen Mädchen gesehen. Ich glaube, sie ist die Frau seines Lebens.«

»Warum sind sie dann nicht zusammen?«

Wir sehen beide, wie Reed sich hinunter zu Abby neigt, und es wirkt, als würden sie sich jeden Moment küssen.

»Wer behauptet denn, dass sie das nicht sind?« Daniel sagt das ganz unbedacht und will mich damit sicher nicht verletzen, aber trotzdem tut es weh, das zu hören.

»Denkst du noch mal über meine Einladung nach?«

Mein Blick wandert zurück zu Daniel, dem Inbegriff des verzogenen, reichen Muttersöhnchens. So hatte ich mir die Royals eigentlich vorgestellt: blond, blauäugig und mit Gesichtern wie auf einem alten Barockgemälde. Die Royals wirken im Vergleich zu seiner lässigen Eleganz beinahe ein wenig heruntergekommen. Jedes Mädchen würde begeistert Daniels Einladung akzeptieren, und ich weiß wirklich nicht, warum mich die Vorstellung überhaupt nicht reizt.

»Ich bin momentan ziemlich durcheinander«, teile ich ihm mit. »Andere Väter haben auch schöne Töchter, ich bin sicher, du findest noch eine bessere Kandidatin.«

Einen Moment lang mustert er mich. »Ich frage mich gerade, ob du mir einfach nur höflich einen Korb geben willst oder ob du dich vielleicht selbst herunterputzt. So oder so werde ich nicht so schnell aufgeben.«

Als hinter uns ein lautes Hupen ertönt, komme ich um eine Antwort glücklicherweise herum. Reed hat seinen Rover so nah an Daniels Wagen herangefahren, dass die Stoßstangen sich beinahe berühren. Es sieht ziemlich komisch aus, wie der gigantische Rover den eleganten Sportwagen überragt und fast so wirkt, als wollte er ihn einfach niederwalzen. Daniel startet den Motor und sieht mich verschmitzt an. »Hier hat anscheinend jemand wirklich was zu kompensieren, aber ich glaube, das bin nicht ich.«

Mit diesen Worten braust er davon, und Reed fährt in die frei gewordene Lücke. Daniel täuscht sich. Reed kompensiert mit dem Auto nichts – es passt einfach perfekt zu ihm.

»Gehst du mit ihm aus?«, erkundigt Reed sich, sobald ich eingestiegen bin.

»Daniel?«

»Hat dich etwa noch jemand gefragt?«

Wenn er doch bloß keine Sonnenbrille aufhätte und ich ihm in die Augen sehen könnte! Sieht er wütend aus? Frustriert? Oder gleichgültig? *Erleichtert?!*

»Nee, nur Daniel. Ich werde mal drüber nachdenken.« Ich mustere sein Profil. »Ist das ein Problem?«

An seinem Kiefer zuckt ein Muskel. Wenn er auch nur den kleinsten Schritt auf mich zumachen würde ... Ich wäre sofort dabei. *Komm schon, Reed. Los.*

Sein Blick streift mich kurz, ehe er sich wieder auf die Straße konzentriert. »Ich dachte, wir haben letzte Nacht einen Waffenstillstand ausgerufen. Stimmt doch, oder?«

Ich will mehr als das, und das überrascht mich selbst. Eine Feuerpause ist die eine Sache, aber mir selbst einzugestehen – und auch ihm –, dass ich gern ... Nein. Das kommt mir ziemlich riskant vor.

»Ja, so etwas in der Art«, murmele ich.

»Dann wäre ich doch ein richtiger Arsch, wenn ich jetzt sagen würde, dass du es lassen sollst, oder?«

Nein. Denn dann wüsste ich, dass ich dir was bedeute.

»Ich finde nicht, dass wir wegen des Waffenstillstands aufhören sollten, uns um den anderen zu sorgen«, sage ich leichthin.

»Na, wenn du dich fragst, ob er dir wehtun könnte, dann würde ich eher auf Nein tippen. Habe noch nie davon gehört, wie er mit irgendwelchen Eroberungen prahlt oder so. Er hat eher den Ruf, ein anständiger Typ zu sein.« Reed zuckt mit den Schultern. »Er ist im Lacrosse-Team. Die Typen hängen immer in ihrer Clique ab, deswegen kenne ich ihn nicht besonders gut. Aber wenn ich eine Schwester hätte, dann würde ich ihr nicht davon abraten, ihn zu treffen.«

Das war aber nicht meine Frage!, schreie ich ihm innerlich zu.

»Du und Abby ... Seid ihr wieder zusammen?«

»Wir hatten noch *nie* eine Beziehung!«, sagt er schroff.

»Wirkte aber ganz schön vertraut zwischen euch beiden. Daniel hat gesagt, dass ihr wie füreinander geschaffen seid.«

»Ach ja?« Reed klingt höchst amüsiert. »Wusste gar nicht, dass er sich für mein Liebesleben interessiert.«

»Abby ist also Teil deines Liebeslebens?«

»Was genau willst du eigentlich wissen, Ella?« Er schaut aus dem Fenster, deswegen kann ich sein Gesicht leider nicht sehen.

Schluss mit der Fragerei. Das wäre viel zu peinlich. Ich rutsche noch tiefer in den Sitz. »Nix.«

Reed seufzt. »Schau mal, nächstes Jahr gehe ich aufs College. Und im Gegensatz zu Gideon werde ich nicht jedes Wochenende nach Hause kommen. Ich muss mal Abstand zu dieser Stadt und meiner Familie bekommen ... Abby und ich hatten eine schöne Zeit, aber sie ist nicht meine Zukunft, und ich will sie auch nicht ausnutzen.«

Und da habe ich meine Antwort. Selbst wenn er sich von mir angezogen fühlt – obwohl er das Thema tunlichst vermeidet –, wird er in dieser Hinsicht nichts unternehmen. Er wird abhauen, sobald er kann, und eigentlich sollte ich es zu schätzen wissen, dass er so ehrlich ist. Aber ich kann nicht. Dumm wie ich bin, will ich viel lieber, dass er keine Mühen scheuen würde, um bei mir zu sein. Gott, was ist nur mit mir los?

Ich wende mich von ihm ab und sehe hinaus auf die vorbeiziehenden Häuser und Bäume.

Als das Schweigen schließlich zu drückend wird, platzt es aus mir heraus. »Wieso prügelst du dich? Wegen des Geldes?«

Er bricht in bellendes Gelächter aus. »Natürlich nicht. Es tut mir einfach gut.«

»Weil du dich abreagieren musst, weil du dir verbietest, mit Abby zu schlafen?« Der Satz ist mir rausgerutscht, noch ehe ich darüber nachdenken kann, was ich da sage.

Reed hält an, und ich stelle überrascht fest, dass wir schon zu Hause angekommen sind. Endlich nimmt er die Sonnenbrille ab und sieht mir direkt in die Augen.

Meine Kehle ist plötzlich staubtrocken, und ich muss kurz hüsteln. »Was ist denn?«

Er wickelt eine meiner Haarsträhnen um seinen Zeigefinger. »Denkst du wirklich, dass ich wegen Abby die ganze Nacht wach liege?«

»Ich weiß nicht.« Kurz zögere ich. »Eigentlich will ich das nicht.«

Ich halte den Atem an, warte auf seine Antwort, aber er lässt nur meine Haarsträhne fallen und langt nach dem Türgriff.

Er dreht sich nicht zu mir um, als er schließlich doch noch etwas sagt. »Daniel ist ein netter Kerl. Vielleicht solltest du ihm eine Chance geben.«

Nachdem er weg ist, bleibe ich noch einen Moment lang im Auto sitzen, um mich zu sammeln. Keiner ist richtig direkt geworden, aber eigentlich liegen die Karten jetzt auf dem Tisch. Ich habe ihm meine ganze Gefühlswelt vor die Füße gekippt, und er hat mir zu verstehen gegeben, dass ich die mal schön für mich behalten soll. Er hat das relativ nett rübergebracht, aber auch ein schönes Messer kann einem schlimme Wunden verpassen.

Als ich hineinkomme, sitzt Brooke am Pool und scheint sich von ihrem Besäufnis recht gut erholt zu haben. Neben ihrer Liege steht Reed, und während sie ihn zuquatscht, fährt sie mit der Hand immer wieder an seinem nackten Oberschenkel auf und ab. Ich habe schon gesehen, wie sie Gideon so berührt hat, aber ich frage mich wirklich, warum die Jungs sich das gefallen lassen. Immerhin weiß ich doch, dass sie sie nicht ausstehen können! Wenn Callum die Beziehung zu seinen Söhnen irgendwie retten möchte, wäre es schon mal ein guter Anfang, Brooke rauszuschmeißen.

Weil ich mich einsam fühle und total verwirrt bin, mache ich mich auf die Suche nach Easton. Der fläzt gerade auf seinem Bett und sieht sich eine Autoshow an, in dem Karossen auseinandergenommen und hinterher wieder so zusammengesetzt werden, dass die Autos aussehen wie aus einem Kartoon.

»Wir waffenstillstanden jetzt also, ja?« Er grinst, als er mich entdeckt.

»Ist das überhaupt ein Wort?«, frage ich, als ich ins Zimmer komme.

»Klingt wie ein Wort, also funktioniert es auch.«

»Na, *Megatrottel* klingt auch nicht schlecht, aber du findest es garantiert in keinem Wörterbuch.«

»Nennst du mich etwa *Megatrottel?*«

»Nein, du bist nur ein ganz gewöhnlicher Trottel.«

»Vielen Dank, Schwesterchen!«

»Du weißt schon, dass wir gleich alt sind, oder?« Ich verdrehe die Augen und werfe mich neben ihn aufs Bett. Easton rollt beiseite, damit ich Platz habe.

»Ich war immer schon reifer und weiser als andere Jungs in meinem Alter.«

»Mhm, klar.«

»Jetzt mal im Ernst. Reed hat gesagt, dass zwischen uns jetzt alles klar ist. Stimmt das, oder spielst du wieder irgendein Spielchen?«

»Ich hatte nie vor, welche zu spielen«, grummle ich. »Und ja, es stimmt, denke ich.« Er sieht erleichterter aus, als ich gedacht hätte. »Wie dem auch sei. Ich wollte dich was fragen. Was hältst du von Daniel Delacorte?«

»Wieso interessiert dich das?«

»Er hat mich gefragt, ob wir mal ausgehen wollen. Anscheinend hat unser Kuss wie eine Art Startschuss oder Freigabe funktioniert.«

Easton wackelt mit den Augenbrauen. »Ich bin eben voll der Bringer, was?«

»Ach, komm schon.« Ich werfe ein Kissen nach ihm, aber er stopft es sich einfach unter den Bauch, um noch bequemer zu liegen. »Warum hast du mich geküsst?«

»Ich war notgeil. Du warst da. Ich hatte Lust, dich zu küssen.« Er zuckt mit den Schultern und wendet sich wieder der Sendung zu. Mann, ist das einfach, wenn man sich von seinen Urinstinkten treiben lässt. Essen, trinken, knutschen und dann wieder von vorn.

»Warum hast *du* mich denn geküsst?«, entgegnet er mir.

Meine Gründe sind tatsächlich ein bisschen komplizierter. Ich wollte Reed eifersüchtig machen. Mir selbst und allen anderen im Club beweisen, dass ich begehrenswert bin. Ich wollte Zuneigung von ... irgendjemandem. Letztlich hatten wir wohl doch ähnliche Gründe. »Ich wollte.«

»Lust auf eine zweite Runde?« Er klopft einladend auf seine Wange.

Ich schüttle lachend den Kopf.

»Warum nicht?«, fragt er gelassen.

»Weil ... Na, so halt.« Ich sehe beiseite.

»So leicht kommst du mir nicht davon! Sag es. Erzähl deinem großen Bruder davon, dass du in deinen anderen großen Bruder verknallt bist.«

»Das bildest du dir ein. Ich bin doch nicht in Reed verliebt!«, protestiere ich.

»Bullshit.«

»Nein!«, wiederhole ich, aber Easton ignoriert meinen Einwand.

»Ella, ich bitte dich. Mir wird ja schon heiß, wenn ich nur neben euch stehe, so sehr knistert es zwischen dir und Reed!« Er grinst, wird aber sofort wieder ernst. »Schau mal, ich mag dich. Hätte ich selbst nicht für möglich gehalten, aber es ist so. Und deswegen habe ich das Gefühl, ich müsste dich vor den Royal-Brüdern warnen. Wir sind alle ziemlich gestört, weißt du? Na schön, wir sind nicht schlecht im Bett, aber davon abgesehen sind wir wie ein gefährlicher Hurrikan.«

»Und Daniel?«

»Der ist in Ordnung. Nicht so ein Aufreißer wie ich, weißt du? Die Jungs im Lacrosse-Team mögen ihn, und sein Vater ist Richter.«

»Was gibt es so für Gerüchte über ihn?«

»Ich weiß von nichts. Willst du ihn flachlegen?«

»Savannah hat gesagt ...«

»Hör nicht auf die Schnepfe«, unterbricht mich Easton. Ich sehe ihn skeptisch an. »Warum nicht?«

»Weil sie und Gid letztes Jahr was miteinander hatten.«
Mir klappt der Kiefer herunter. Ernsthaft? Savannah und
Gideon?! Ich denke zurück an die Führung über den Cam-
pus und wie sie mir da erklärt hat, dass die Royals das ge-
samte Schulleben fest im Griff haben. Aber sie hat in dem
Moment keinerlei Gefühlsregung gezeigt. Außer ... dass sie
Gideon auf Jordans Party die ganze Zeit angeglotzt hat. Ein
bisschen so, als wollte sie ihn aus ihrem Gedächtnis löschen.

»Savannah war früher ein richtiges Mauerblümchen«,
fährt Easton fort. »Hatte Zöpfe und richtig komisches Haar.
Keine Ahnung, was sie damit gemacht hat, vielleicht hat sie
jetzt einen besseren Schnitt oder so. Jedenfalls hat sie sich
in der zehnten Klasse plötzlich total verändert. Gid hat
einen Blick auf sie geworfen und sich sofort an sie ran-
geschmissen. Aber kurz nach Onkel Steves Tod hat sich
etwas geändert. Er hat sie eiskalt abserviert, und seitdem ist
sie richtig verbittert.«

»Krass«, murmele ich. Savannah und Gideon. Ich kann
mir die zwei überhaupt nicht zusammen vorstellen.

»Ich hab's dir doch gesagt. Hurrikan-Alarmstufe Rot.«
Er macht eine rasche Geste mit der Hand, als würde er
irgendetwas zertrümmern. Dann seufzt er laut auf und
widmet sich wieder dem Fernseher.

23. Kapitel

Am nächsten Morgen erwartet mich Daniel schon an meinem Schließfach. Obwohl sowohl Reed als auch Easton mir ihr Okay gegeben haben, bin ich immer noch hin- und hergerissen. Aber ich muss mir Reed aus dem Kopf schlagen. So viel ist klar.

Noch ehe Daniel auch nur ein Wort sagen kann, überfalle ich ihn auch schon mit meiner Ansage.

»Ich muss dir direkt sagen, dass das mit mir keine sichere Angelegenheit ist«, erkläre ich ihm etwas unbeholfen. »In meinem Leben geht es momentan drunter und drüber, und deswegen kann ich mich jetzt auf nichts Ernsthaftes einlassen.«

»Alles klar, ich hab's verstanden«, verspricht er mir. Er lehnt sich hinunter und gibt mir einen sanften Kuss auf die Wange. »Du bist süß. Und ich kann warten.«

Ich bin ... süß? Bis auf meine Mom hat noch nie jemand so etwas zu mir gesagt. Irgendwie gefällt es mir.

Von jetzt an kommt Daniel jeden Tag an mein Schließfach, erzählt mir irgendetwas Lustiges und verabschiedet sich dann mit einem Kuss auf meine Wange. Abends zieht

Easton mich damit auf, aber Reed wahrt stets sein perfektes Pokerface. Ich habe wirklich keinen blassen Schimmer, was er von all der Aufmerksamkeit hält, die Daniel mir schenkt. Trotzdem ist der Waffenstillstand immer noch intakt. Wahrscheinlich fällt sogar Callum auf, wie anders die Atmosphäre hier im Haus jetzt ist. Als er einmal an meinem Zimmer vorbeigekommen ist und gesehen hat, wie Reed und ich zusammen fernsehen, sind ihm beinahe die Augen aus dem Kopf gefallen!

Am Freitag bringe ich Daniel eine Apfeltasche mit, weil er mir erzählt hat, dass das sein Lieblingsgebäck beim *French Twist* ist. Dieses Mal küsst er mich direkt auf den Mund – es ist ein zarter, trockener Kuss, der aber angenehmer ist, als ich gedacht hätte.

Als ich wegen eines lauten Knalls am anderen Ende des Flurs zurückspringe, lasse ich sein Geschenk beinahe fallen.

»Vorsicht!« Daniel nimmt das Gebäck sicherheitshalber an sich. »Du darfst doch das tolle Essen nicht kaputt machen! Das verstößt gegen die Genfer Konvention! Das kann richtig Ärger geben ...« Seine Augen blitzen.

»Schmeißt du dich nur an mich ran, um immer Gratisgebäck abzustauben?«, frage ich ihn verschmitzt.

»Oh Mann.« Er legt eine Hand auf sein Herz. »Du hast mich durchschaut. Ist das ein Problem?« Plötzlich muss ich grinsen. »Gott, jetzt habe ich dich zum Lächeln gebracht. Und das ist echt ein Problem, weil dein Lächeln einen wirklich um den Verstand bringen kann, Süße. Ich glaube, mein Herz ist gerade stehen geblieben.« Er klopft auf seine Brust. »Hör mal!«

Weil das so eine kitschige Idee ist und Daniel gleichzeitig so unbekümmert wirkt, beschließe ich mitzuspielen. Ich drücke meinen Kopf an seine Brust und lausche dem gleichmäßigen Klopfen seines Herzen.

Neben mir ertönt ein lautes Würgegeräusch. Es ist Easton, der gerade an uns vorbeiläuft und sich einen Finger in den Hals steckt. Er verdreht die Augen und läuft weiter, während Reed, der neben ihm hergeht, gelangweilt beiseitesieht. In seinem Uniformhemd, das er lose über seine Hose hängen lässt, sieht er so heiß aus, dass ich meinen Blick kaum von ihm losreißen kann.

Daniel lacht. »Und, kommst du heute zum Spiel?«

»Ich denke schon.« Auf keinen Fall darf ich mich jetzt umdrehen und gucken, was Reed macht. »Aber ich bin wahrscheinlich erst zur zweiten Halbzeit da, weil ich freitags immer bis um sieben arbeite.«

»Und wie sieht es mit der Party danach aus?«

»Ich wollte mit Easton hin«, gebe ich zu. Wir haben uns letzte Nacht darauf geeinigt, weil Val heute zu Hause bleiben muss, um mit Tam zu skypen. Das ist jammerschade, weil mit ihr auszugehen einfach immer viel Spaß macht.

Während der gesamten Diskussion zwischen Easton und mir über die Party stand Reed daneben wie ein Zinnsoldat und hat kein Wort gesagt. Ich hätte ihn zu gern zu irgendeiner Aussage gezwungen! Aber damit hätte ich wohl den Waffenstillstand gefährdet.

Irgendwie kann ich mich nicht recht entscheiden, was ich angenehmer finde. Den leisen Royal-Haushalt mit einem stoisch schweigenden Reed oder eher sein Geschrei und seine Drohungen, die er mit obszönem Penisgewackel unterstreicht.

»Schon verstanden. Wir können einfach ... abhängen, richtig?«, fragt Daniel.

»Ja.«

Als er mir sein übliches Strahlegrinsen zuwirft und davonschlendert, frage ich mich wieder einmal, wieso ich nicht einfach Ja zu dem Typen sagen kann.

Die Party findet im Haus eines der Lacrosse-Spieler statt. Farris irgendwas heißt er. Ich kenne ihn nicht, aber er ist in derselben Klassenstufe wie Reed und angeblich richtig gut in Naturwissenschaften. Er und irgendein anderer Naturwissenschaftler mixen Drinks, die sie in großen Glasbechern servieren. Dazu tragen sie weiße Laborkittel und nichts darunter, sodass jeder ihre muskulösen Bäuche sehen kann. Von wegen unsportliche Nerds!

Ich bestehe auf einen Erdbeerdaiquiri, auch wenn der Barkeeper/Chemiker versucht, mir ein seltsames grünes Etwas in die Hand zu drücken.

Easton kippt das Getränk in einem Rutsch hinunter. »Ab jetzt trinke ich nur noch Bier«, verkündet er. »Früchte und Hopfen vertragen sich nicht besonders gut.«

Nachdem ich meinen gefüllten Becher überreicht bekommen habe, nimmt Easton mich beiseite. »Das Zeug kann verdammt stark sein, also pass heute Abend ein bisschen auf!«, warnt er mich.

Ich nehme einen Schluck. »Schmeckt wie ein Smoothie.«

»Eben. Die Typen sind Meister darin, jeden total besoffen zu machen, ohne dass die Leute es selbst merken.«

»Okay. Ich werde keinen zweiten trinken.« Ich bin fast ein bisschen gerührt, dass Easton sich um mich sorgt. Reed kann ich nirgends entdecken. »Kommt Reed denn auch?« Bei der Frage fühle ich mich ein bisschen jämmerlich.

»Keine Ahnung. Wahrscheinlich schon, aber ... Ich habe ihn nach dem Spiel wieder mit Abby gesehen.«

Anstatt einer Antwort kippe ich den halben Becherinhalt in mich hinein.

Easton mustert mich. »Alles okay bei dir?«

»Alles schick«, lüge ich.

»Wenn du was brauchst, bin ich immer nur einen Anruf entfernt.« Er hebt sein Handy in die Luft. »Aber jetzt muss ich mir dringend eine Lady klarmachen, kleine Sis.« Er drückt mir einen Kuss auf die Wange und schlendert Richtung Pool.

In dem Augenblick, in dem Easton verschwunden ist, taucht Daniel neben mir auf. »Himmel, ich habe schon gedacht, der Anstands-Wauwau verschwindet überhaupt nicht mehr!« Seine Augen blitzen verschmitzt auf. »Komm, ich stelle dich allen vor.«

Er legt einen Arm um meine Schulter und führt mich von Gruppe zu Gruppe. Kids von meiner Schule, die mich bis jetzt keines Blickes gewürdigt haben, nicken mir plötzlich zu, lächeln und plaudern mit mir über das heutige Spiel oder den Gegner der kommenden Woche, der gegen das Team der *Astor Park* natürlich keine Chance hat. Dann noch über den Hobbit-Chemielehrer, den niemand mag, und den Kunstlehrer, den alle super finden.

Das alles kommt mir vor wie ein Traum. Ich weiß nicht, ob es daran liegt, dass Daniel an meiner Seite ist, oder ob auch die kleinen Leute jetzt vom Burgfrieden auf der Royal-Festung erfahren haben, aber plötzlich sind alle total nett zu mir.

Sie strahlen mich an, und ihr Lachen ist richtig ansteckend. Irgendwann tun meine Wangen vom vielen Grinsen fast schon weh.

»Amüsierst du dich?«, murmelt Daniel mir zu, und ich lehne mich an ihn.

»Und wie!«, sage ich und bin selbst ein bisschen überrascht.

Reed ist sonst wo, und dieses Mal bringt er den Range Rover zusammen mit Abby wahrscheinlich selbst zum Wackeln, aber was kümmert es mich? Daniel ist ja hier und kümmert sich rührend um mich. Er hat einen Arm um meine Schultern gelegt und drückt mich an seinen warmen

Körper. Ich fühle mich seltsam träge. Anscheinend macht der Alkohol mich ein wenig unvorsichtiger, und davor hat Easton mich ja auch gewarnt. Ich höre eine leise Alarmglocke in meinem Kopf klingeln.

»Lass mich dir doch noch einen Drink besorgen«, bietet Daniel an.

»Ich weiß nicht ...« Ich sehe ihn an und bin nicht ganz sicher, was ich von der Situation halten soll.

»Ich glaube, Ella muss dringend mal auf die Toilette!«

Ich drehe mich stirnrunzelnd um und sehe Savannah Montgomery vor uns stehen. Was will die denn hier? Noch ehe ich protestieren kann, hat sie mich auch schon hinter sich her ins Bad gezerrt und die Tür hinter uns zugeknallt.

Sprachlos sehe ich zu, wie sie einen Waschlappen unter das kalte Wasser hält.

»Was soll das denn werden?«, frage ich ungehalten.

Sie dreht sich um und sieht mich auf eine Weise an, die ich nicht recht zu deuten weiß.

»Hör mal, ich mag dich nicht besonders gern ...«

»Wow, danke!«

»... aber ich würde nicht mal meine schlimmste Feindin Daniel zum Fraß vorwerfen.«

Jetzt bin ich total verwirrt. »Was stimmt denn nicht mit ihm? Reed und Easton haben gesagt, dass er ganz okay ist!«

»Willst du einen guten Rat? Hör bloß nie auf die Royals!«

Jetzt bemerke ich die Bitterkeit, von der Easton mal gesprochen hat. Man sieht es ihrem angespannten Gesicht an, und ihre Worte klingen auch sehr harsch.

»Ich habe schon kapiert, dass du sie nicht sonderlich gut leiden kannst«, sage ich leise. »Mir hat jemand von dir und Gideon ...«

Jetzt sieht sie mich richtig angewidert an.

»Ach, weißt du was? Ich nehme alles zurück. Du und Daniel passt perfekt zusammen. Hab einen tollen Abend, Ella!«

Mit diesen Worten wirft sie mir den nassen Waschlappen entgegen, der mir erst gegen das Gesicht klatscht und schließlich hinunter auf mein Oberteil rutscht. Verwirrt hebe ich den Waschlappen auf und zupfe dann an meinem nassen T-Shirt. Was war das denn?!

Daniel wartet vor dem Badezimmer und sieht mich besorgt an. »Was ist denn los? Habt ihr euch gestritten?«

»Nicht so richtig. Keine Ahnung, sie war einfach plötzlich stinksauer und hat dann dieses nasse Ding nach mir geworfen.« Ich deute auf das nasse *Astor-Park*-T-Shirt, das ich mir von den Zwillingen geborgt und unten zusammengeknotet habe, damit es passt.

»Brauchst du ein frisches Shirt? Ich könnte eins aus Farris' Zimmer holen.« Er deutet nach oben.

»Nee, ist okay. Das trocknet schon.« Ich zupfe an dem dünnen Stoff.

Er nickt. »Hör mal, ich will jetzt nicht fies sein, aber Savannah ist in letzter Zeit ziemlich mies drauf. Pass einfach auf, dass sie das nicht an dir auslässt.«

»Ja, hab ich verstanden.«

»Die bereiten drüben ein Dartspiel vor. Hast du Lust?«

»Klar, warum nicht!«

Er reicht mir eine Flasche Wasser. »Weiß nicht, ob du noch mehr Flüssigkeit gebrauchen kannst, aber ich dachte, das tut dir gut. Diese Drinks von Farris sind wirklich ziemlich hart.«

»Danke.« Ich drehe den Verschluss auf und stelle fest, dass die Flasche noch nicht angebrochen war. Daniel gehört definitiv zu den Guten, und es wäre wirklich bescheuert, ihm nicht wenigstens eine Chance zu geben.

Während wir den Flur hinuntergehen, drückt er seinen Arm an meine Schulter.

»Weißt du was?« Ich hole tief Luft. »Ich finde, wir sollten mal miteinander ausgehen.«

»Echt?« Er strahlt.

»Auf jeden Fall!«

»Alles klar!« Er zieht mich an sich und gibt mir einen sanften Kuss auf die Schläfe. »Aber jetzt lass uns erst mal die anderen an der Dartscheibe das Fürchten lehren!«

Die Dartscheibe hängt im Poolhaus, das am anderen Ende des Grundstücks von Farris' Familie liegt.

Als ich die zwei anderen Mädchen sehe, die schon in den Ledersesseln fläzen, bin ich sofort beruhigt. Daniel wollte mich an keinen einsamen Ort locken, weil er irgendwelche niederen Absichten hat.

»Das sind Zoe und Nadine. Sie wohnen in der Stadt.«

Zoe hebt schlaff die Hand. »Wir gehen auf die *South-East-High*.«

»Haben heute nicht unsere Teams gegeneinander gespielt?«

»Jepp. Und das feiern wir jetzt.«

Ich muss lachen. »Aber ihr habt doch verloren.«

»Ein Grund mehr zum Frustsaufen, oder?« Sie und Nadine kichern.

»Gut, dass Hugh bei uns ist.«

Hugh ist ein dürrer Typ, der nur ein bisschen größer ist als ich und der gerade einen Zug von etwas nimmt, das ich nicht genauer definieren kann. Er nickt kaum merklich.

Daniel zwinkert den Mächen zu. »Ella und ich haben jetzt ein Date mit der Dartscheibe. Habt ihr auch Bock?«

»Nein, wir gucken nur zu. Das mag Hugh sowieso am liebsten, stimmt's?«

Hugh bläst ihnen Rauch ins Gesicht, woraufhin sie nur

noch heftiger lachen. Entweder sind sie betrunken oder bekifft – oder beides.

»Willst du Rot oder Gelb?« Daniel hält beide Pfeile in die Luft.

»Rot.«

Er gibt mir den roten Pfeil und führt mich hinüber zu der Scheibe, als ich plötzlich ein heftiges Pieken an meinem Oberarm spüre.

»Au!« Ich schlage mit der Hand auf meinen Arm. »Was war das denn?«

Daniel hält seinen Pfeil in die Luft und sieht mich verlegen an. »Ich habe dich mit dem Pfeil gepiekst.«

»Scheiße, Daniel, das hat ganz schön wehgetan! Nicht besonders komisch.« Ich reibe mir die wunde Stelle, und er sieht stirnrunzelnd auf die Pfeilspitze.

»Sorry. Ich habe es wohl ein bisschen übertrieben.«

Ich zwinge mich, mich zu entspannen. »Mach das einfach ... nie wieder, okay?«

Er zieht mich in eine Umarmung. »Mach ich nicht.«

Ich lasse mich eine Weile festhalten, weil der Körperkontakt sich gerade richtig gut anfühlt. Als er mich loslässt, muss ich mich an einem Tisch festhalten, der neben mir steht. Irgendwas stimmt mit meinem Gleichgewichtssinn nicht. Scheinbar war dieser Drink wirklich verdammt stark ... Wir spielen erst eine Runde und dann noch eine. Ich treffe permanent daneben, und meine Pfeile landen öfter auf der Wand als auf dem Brett. Daniel macht sich ein bisschen über mich lustig und sagt, dass ich hoffentlich nie bei *Die Tribute von Panem* mitmachen muss.

Bei der dritten Runde ist mein Mund merkwürdig trocken. Ich will nach der Wasserflasche greifen, greife aber daneben und werfe sie um.

»Mist. Sorry.«

Ich höre die Mädchen hinter mir kichern und lasse mich auf die Knie fallen, um irgendetwas zu suchen, womit ich die Wasserlache aufwischen kann. Mein T-Shirt. Das saugt die Flüssigkeit sicher super auf, und nass ist es ja sowieso schon. Außerdem nervt der Stoff. Eigentlich nerven alle Klamotten. Mein BH ist viel zu eng, und der Bund meines Höschens schneidet mir ins Fleisch.

Der Saum meines T-Shirts kratzt mich jedes Mal, wenn ich mich bewege. Ich denke, ich sollte mich ausziehen.

»Gute Idee!«, stimmt Daniel mir zu.

Scheinbar habe ich laut vor mich hin gesprochen. »Meine Klamotten stören mich echt!«, gebe ich zu.

»Yeah, komm, wir ziehen uns aus!«, ruft eines der Mädchen auf dem Sofa. Ich höre lautes Kichern und dann das Rascheln von Stoff.

»Ich stecke mit dem Kopf fest!«, quietscht eine.

»Warum helft ihr euch nicht gegenseitig beim Ausziehen?«, schlägt Hugh vor. Ich stehe auf und drücke mich an Daniel. Zoe zieht Nadines Top aus und wirft es Hugh zu. Er lässt es zu Boden fallen und schlendert hinüber zum Sofa.

»Ich sollte gehen«, meine ich zu Daniel. Ich kann mir nämlich gut vorstellen, was gleich auf dem Sofa passieren wird, und habe überhaupt keine Lust, dabei zuzusehen.

Daniel zieht mich an sich, und ich spüre, dass er eine Erektion hat. Liegt vielleicht an der Szene auf der Couch.

»Wo ist Reed?«, frage ich ihn plötzlich. Wegen des Pochens zwischen meinen Beinen muss ich natürlich sofort wieder an ihn denken. »Ich brauche ihn.«

»Nein, tust du nicht. Du hast doch mich.« Daniel reibt sich langsam an mir.

»Nein.« Ich reiße mich von ihm los. »Es tut mir leid, Daniel. Ich glaube, ich bin nicht ...« Ich hebe meine Hand und fahre mir damit zittrig durchs Haar.

Warum bin ich nur plötzlich so ... erregt? Mein Herz klopft so heftig, dass ich es in meinen Ohren hören kann, laut und schnell. Ich zwinge mich, mich zu konzentrieren. »Ich brauche Reed.«

»Himmel, du blöde Schlampe, jetzt schließ einfach deine Augen und genieß es, okay?«

Seine Stimme klingt überhaupt nicht mehr nett, sondern kalt und genervt. Er reißt an dem Saum meines T-Shirts, und ich versuche, seine Hand wegzuschlagen, treffe aber nicht richtig. Schon hat er mein Top ausgezogen.

»Wie läuft es denn bei euch?« Das ist Hughs Stimme, und sie ist verdammt nah.

»Sie ist voll drauf, Mann. Ich hab ihr ein bisschen MDMA gegeben, aber sie dachte, ich pikse sie mit einem Pfeil.« Daniel klingt wahnsinnig stolz, als er von diesem Trick erzählt. Ich versuche, ihm einen Hieb mit meiner Faust zu verpassen, aber mein Arm ist zu schwer.

Hugh zögert. »Alter, denkst du wirklich, du solltest so was mit Ella Royal machen? Ich dachte, nach der Sache mit Savannahs Cousine halten wir uns eher an Leute, die nicht aus der Stadt kommen. Bringt doch nichts, sich am Nachbarstöchterchen die Hände schmutzig zu machen, oder?«

Daniel schnaubt. »Die Royals können sie sowieso nicht ausstehen. Sie wird bestimmt nichts sagen und ist eh schon total verdorben. Die Prinzessin aus der Gosse hat mich eine Woche ackern lassen, um sie rumzukriegen!«

Er legt die Hände um mein Gesicht, und es fühlt sich so gut an, dass ich mir nur noch mehr wünsche, es wäre Reed. Ich stöhne seinen Namen.

»Was hat sie gesagt?«

Daniel lacht. »Ich schätze mal, unsere Süße hier hat sowohl Easton als auch Reed geknallt.« Er knetet brutal meine Brüste, und ich stöhne auf, ob ich will oder nicht.

»Shit, die ist vielleicht notgeil!«, johlt Hugh. »Super. Kann ich sie nach dir haben?«

»Klar. Lass mich erst mal mein Ding machen, danach gehört sie ganz dir.«

»Was denkst du, wie ausgeleiert sie schon ist? Ich habe gehört, dass sie schon 'ne Menge Action hatte.«

»Ich weiß es noch nicht. Irgendwie kriege ich ihre verdammten Beine nicht auf.« Er stößt mich auf einen Stuhl und rammt seine Knie zwischen meine Beine.

»Warum gibst du ihr nicht ein bisschen Koks? Dann wird sie vielleicht wieder munterer.«

»Jepp, gute Idee.«

Als Daniel aufsteht, sehe ich alarmiert zu, wie er in einer Schublade herumwühlt.

»Wo lagert Farris denn seinen Shit ...? Ich dachte, das wäre hier. Oder vielleicht im Kühlschrank?«

Plötzlich höre ich Stimmengewirr vor dem Poolhaus. »Ella ... sie gesehen ... Daniel ...«

»Reed.« Ich zwinge mich aufzustehen. »Reed.« Ich stolpere an den zwei Mädchen vorbei, die gerade heftig miteinander herumknutschen.

»Hey, hiergeblieben!« Daniel knallt die Schublade zu und rennt zur Tür, ehe ich das Poolhaus verlassen kann.

»Wo willst du hin?«

»Ich muss gehen!«, insistiere ich und greife nach dem Türknauf.

»O nein, das wirst du nicht. Komm wieder her.« Wir rangeln an der Tür, und plötzlich sehe ich, wie in Daniels Hand etwas Glänzendes aufblitzt. »Hugh, hilf mir mal!«, ruft er.

Ich klopfe gegen die Tür. »Reed! Reed!«

Daniel flucht, und Hugh reißt mich zurück, aber es ist bereits zu spät. Die Tür springt auf, und Reed kommt hereingestürmt. Als er uns drei sieht, funkeln seine blauen Augen vor Zorn.

Ich renne zu ihm, und Daniel ist so überrumpelt, dass er mich loslässt. Ich sacke zusammen.

»Was zur Hölle ist hier los?!«, brüllt Reed.

»Alter, die ist total zugedröhnt!«, erklärt Daniel. »Ich musste sie hierherbringen, damit sie sich da draußen nicht total zum Affen macht!«

»Nein!«, protestiere ich und versuche, mich aufzusetzen, auch wenn es mir überhaupt nicht gelingt. Irgendwie fehlen mir die Worte, die ich bräuchte, um mich selbst zu erklären. Ich kann Reed nur verzweifelt ansehen, aber der denkt jetzt bestimmt, dass ich eine richtige Schlampe bin. Der Gedanke macht mich so fertig, dass jeder Kampfgeist mich verlässt. Das war's.

Plötzlich kommen noch mehr Leute, und ich sehe, wie fünf Paar Füße einen Kreis bilden. Je mehr Partygäste das hier mitkriegen, desto peinlicher wird es! Ich lasse den Kopf sinken und wünsche mir, dass der Erdboden mich einfach verschluckt.

»Du hast jetzt zwei Möglichkeiten«, sagt Reed so ruhig, als würde er einem Schüler eine Strafpredigt halten. »Du kannst dich jetzt entweder entschuldigen und die Wahrheit sagen, dann schlägt dir nur einer von uns die Fresse ein. Oder du lügst, dann verwandeln wir dich in ein Studienobjekt für Chirurgiestudenten. Na, was meinst du?«

Spricht er mit mir? Könnte gut sein. Ich hebe den Kopf, um zu protestieren, und sehe eine Wand aus Royal-Brüdern vor mir aufragen. Sie sind alle da, sogar Gideon. Alle haben die Arme verschränkt, und ihre Mienen sind ziemlich ungemütlich. Aber keiner von ihnen sieht mich an.

Ich linse zu Daniel, der die Hände herabbaumeln lässt und in einer Hand eine Spritze hält.

Er räuspert sich. »Reed, ich habe nichts ...«

»Okay, dann hast du dich wohl entschieden.«

»Gar nicht klug von dir«, murmelt Easton.

Dann beugt Reed sich zu mir herunter und hebt mich hoch. Er drückt mich an seine Brust, legt eine Hand unter meinen Po, die andere um meine Schultern. Dieser Kerl war mein Feind und der Grund für verdammt viel Kummer. Aber jetzt gerade klammere ich mich an ihn und will ihn am liebsten nie wieder loslassen.

Als wir im Range Rover sitzen, beginne ich zu weinen. »Reed, irgendwas stimmt nicht mit mir.«

»Ich weiß, Baby. Das wird schon wieder.« Er legt eine kühle Hand auf mein Bein, und von der Berührung wird mir ganz schwindelig.

»Berühr mich, Reed.« Ich versuche, seine Hand nach oben zu schieben. Er stöhnt leise auf und packt kurz meinen Oberschenkel, ehe er die Hand hektisch wieder wegzieht.

»Nein, lass sie da!«, protestiere ich. »Das hat sich total gut angefühlt!«

»Daniel hat dich mit MDMA vollgepumpt, Ella. Deswegen bist du gerade so heiß auf Berührungen, und das werde ich sicher nicht ausnutzen.«

»Aber ...« Wieder will ich nach seiner Hand greifen.

»Nein!«, bellt er. »Bitte, lass mich jetzt einfach in Ruhe fahren, okay?«

Ich weiche zurück, spüre aber immer noch ein Kribbeln auf meiner Haut. Dann reibe ich meine Beine aneinander, um etwas gegen das Pochen zu tun, und tatsächlich hilft es ein bisschen. Wäre natürlich schöner, wenn Reed mich anfassen würde, aber notfalls tun es auch meine eigenen Hände. Ich fahre mit den Handflächen über meine Oberschenkel, und dann über meine Waden. Meine Haut fühlt sich an, als wäre sie lebendig, und ich fasse unter das Shirt, das Reed mir geborgt hat, um den Schmerz wegzumassieren.

»Ella, bitte! Du bringst mich noch um!«

Beschämt höre ich auf. »Es tut mir leid«, entschuldige ich mich kleinlaut. »Ich weiß echt nicht, was mit mir los ist.«

»Lass uns einfach heimfahren«, meint er erschöpft.

Reed jagt die Straße entlang und springt schließlich aus dem Rover, noch ehe der Motor ausgeht. Als er die Tür aufreißt, taumele ich in seine Arme. Wir seufzen beide auf – ich vor Erleichterung, er vor Frust.

Ich höre anderes Türenknallen, und die restlichen Brüder gesellen sich zu uns, wobei Sawyer vorauseilt, um aufzusperren.

»Vor ihr liegt eine verdammt lange Nacht«, meldet sich Gideon zu Wort. »Irgendwer wird ihr behilflich sein müssen.«

»Wie meinst du das?«, stößt Reed hervor.

»Das weißt du genau«, erwidert Gideon leise.

»Fuck.«

»Soll ich mich darum kümmern?«, bietet Easton an.

Ich klammere mich an Reeds Armen fest und krümme mich zusammen. Er drückt mich fester an sich. »Nein. Das wird keiner machen außer mir.«

Mein Gehirn ist total vernebelt, aber ich merke, wie er mich die Treppe hochträgt und mich dann aufs Bett legt. Als er weggeht, seufze ich leise auf und versuche, ihn festzuhalten. »Geh nicht weg!«

»Mache ich nicht«, verspricht er mir. »Ich hole nur eben einen Waschlappen.«

Als er im Bad verschwindet, fange ich wieder an zu

schluchzen. »Ich weiß echt nicht, weshalb ich so eine Heulsuse bin.«

»Weil du total mit Drogen vollgepumpt bist, Ella. MDMA. Koks. Keine Ahnung, was er dir ansonsten noch verabreicht hat!« Reed klingt ziemlich angewidert.

»Es tut mir leid«, flüstere ich.

»Ich bin dir doch nicht böse!« Er drückt den Waschlappen an meine Stirn. »Ich bin sauer auf mich selbst. Es ist meine Schuld. Na, und die von Easton. Ich bin dafür verantwortlich. Reed, der Zerstörer.« Er klingt traurig. »Wusstest du das schon?«

»Mir gefällt der Name überhaupt nicht.«

Er setzt sich neben mich und wischt mit dem Waschlappen immer wieder über mein Gesicht, über meinen Hals und meine Schultern. Es fühlt sich absolut himmlisch an.

»Und wie würdest du mich stattdessen nennen?«

»Mein.«

24. Kapitel

Wir halten beide den Atem an.

»Ella«, setzt er an, ohne den Satz zu beenden. Stattdessen sieht er mir dabei zu, wie ich mich aufsetze.

Ich reiße ihm das nasse Tuch aus der Hand und pfeffere es auf den Boden. Kurz darauf folgt sein T-Shirt.

»Ella!«, versucht er es erneut.

Aber mir reicht es jetzt mit seinem ehrenwerten Getue. Ich brauche ihn jetzt.

Als Nächstes klettere ich auf seinen Schoß und schlinge meine Beine um seine Hüften.

»Frag mich, wieso Daniel vorhin so wütend auf mich war.«

Reed versucht, sich aus meinem Zangengriff zu lösen.

»Ella …«

»Frag.«

Ein Moment vergeht, dann hört er plötzlich auf, mich von sich wegzuschieben. Stattdessen legt er beide Hände auf meine Oberschenkel, und mich überläuft ein leichter Schauer.

»Warum war er sauer?«, fragt Reed mit rauer Stimme.

»Weil ich nicht aufhören wollte, deinen Namen zu sagen.«

Seine Augen lodern.

»Weil ich dich will. Das wollte ich immer, und langsam habe ich es so satt, dagegen anzukämpfen.«

Er sieht mich wie durch einen leichten Nebel an. »Mein Bruder ...«

»Du«, wiederhole ich. »Es warst immer du.«

Ich lege meine Hand in seinen Nacken, und er stöhnt auf. »Du kannst doch gar nicht klar denken.«

»Aber das liegt nicht an irgendwelchen Drogen«, flüstere ich. »Ich kann nicht mehr klar denken, seit ich dir begegnet bin.«

Wieder stöhnt er leise auf. »Es kommt mir vor, als würde ich dich ausnutzen, weißt du?«

Ich ziehe seinen Kopf zu mir herunter. »Ich brauche dich, Reed. Zwing mich nicht, dich anzubetteln.«

Und plötzlich gibt er doch nach. Eine Hand vergräbt er in meinem Haar, mit der anderen zieht er mich brutal an sich. »Du wirst mich nie wieder bitten müssen. Du kriegst alles von mir, was du willst.«

Seine Lippen streifen meine, erst ganz leicht, federleicht, fast so, als wollte er sich zunächst die Form meines Mundes genau einprägen. Und in dem Moment, in dem ich mehr von ihm verlangen will, schiebt er seine Zunge in meinen Mund und küsst mich so heftig, dass mir ganz schwindelig wird.

Wir kippen nach hinten, liegen auf der Matratze. Er packt mit beiden Händen meine Hüften und drückt mich an sich. Wieder küsst er mich, gierig und fordernd, und ich lege alles in den Kuss, was ich seit Wochen mit mir herumschleppe. Meine Liebe, meine Einsamkeit, meine Hoffnung und meine Trauer.

Und Reed nimmt all das an und gibt es mir zurück. Unsere Arme und Beine sind verknotet, wir ringen förmlich miteinander, und schließlich entdeckt sein Mund die empfindliche Stelle hinter meinem Ohr und die an meiner Kehle, und er küsst mich und küsst mich, als könnte er nie genug von mir kriegen.

Dann drückt er sein Knie zwischen meine Beine, und selbst durch den Stoff meiner Jeans und meines Höschens hindurch bekomme ich dadurch die Art von Erleichterung, nach der ich mich so sehne. Beinahe. Es reicht mir noch längst nicht, und ich tue meine Unzufriedenheit in Form eines lauten Seufzens kund.

Er stemmt sich auf die Ellbogen und sieht auf mich hinab, die Augenlider halb gesenkt, die Lippen von unseren Küssen geschwollen. Er ist definitiv der heißeste Typ auf diesem Erdball, und er gehört mir. Zumindest heute.

»Mehr«, flehe ich ihn an.

Er grinst, rollt sich zur Seite und schiebt eine Hand zwischen meine Beine. Sofort erbebe ich am ganzen Körper.

»Besser?«, flüstert er.

Nein. Doch. Ich winde mich, und Reed muss kurz grinsen, ehe sein Blick wieder ganz weich wird. Er lässt seine Hand zwischen meinen Beinen kreisen, sodass sein Handballen immer wieder die Stelle berührt, die so heftig pocht.

Mein Körper ist wie ein Stromkabel, das unter Hochspannung steht. Nur eine weitere Berührung seiner Handfläche braucht es noch, und schon explodiere ich vor Lust. Ich keuche und zittere, bin vollkommen überwältigt von diesem unglaublichen Gefühl. Vielleicht rührt das ja von den Drogen her, aber ich stelle mir lieber vor, dass es an Reed liegt. An seinem leisen, ermutigenden Murmeln. An seiner Erektion, die an meine Hüfte drückt.

Wir küssen uns wieder, ich jetzt mit ganz neuer Energie, weil das Verlangen schon wieder in mir wächst, viel eher, als wir es für möglich gehalten hätten. Ich packe ihn an den Schultern, bis er auf mir liegt.

Unsere Münder verschmelzen miteinander, und er stöhnt auf, als ich mich ihm entgegenstemme, um mich an ihm zu reiben. Sein steifer Penis ist jetzt das Einzige, was mir Erleichterung verspricht. Er ist ziemlich mächtig und wirkt einsatzbereit, aber als ich danach greifen will, schlägt Reed meine Hand beiseite.

»Nein.« Er klingt gequält, »Es geht jetzt nicht um mich. Nicht heute Nacht. Nicht, wenn du ...«

Mit Drogen vollgepumpt bist, das wollte er wohl sagen. Dabei fühle ich mich eigentlich gar nicht mehr high. Wenn, dann von seinen Küssen.

Er beginnt, meinen Hals zu küssen und daran zu saugen, während er sich rhythmisch auf mir hin- und herbewegt. Meine Lust wird immer größer, aber noch ist seine Jeans im Weg. Ich will nicht, dass es jetzt nur um mich geht. Ich will ...

Wieder schlägt er meine Hand weg und wälzt sich von mir herunter. Aber er geht nicht weg. Stattdessen beginnt er, sich an meinen Brüsten hinabzuküssen, sodass mir sofort ganz heiß wird. Ich spüre seine zarten, warmen Lippen an meinem Nippel, und als er mit seiner Zunge langsam darüber leckt, sehe ich tatsächlich Sternchen. Dann beginnt er, an meiner Brustwarze zu saugen, und mir stockt der Atem.

Mit jedem Ausschlag seiner Zunge wird mir heißer. Ich winde und krümme mich, sehne mich nach etwas, das ich selbst nicht genau benennen kann. Wieder verändert er seine Position, um sich meinem anderen Nippel zu widmen, ehe er schließlich beginnt, sich an meinem Bauch hinabzuküssen, immer weiter Richtung ...

»O mein Gott. Reed ...«

»Schon gut, Baby, ich bin ja da. Ich weiß, was du brauchst.«

Als er mein dünnes Höschen an meinen Beinen hinabschiebt, bleibt mir beinahe das Herz stehen. Seine Hände zittern, und er zieht einmal scharf die Luft ein, ehe er seinen Mund zwischen meine Beine drückt.

Ich schreie leise auf, weil das Gefühl so ungewohnt ist und es sich unglaublich gut anfühlt. Als seine Zunge meine empfindlichste Stelle berührt, bäume ich mich auf und stöhne laut. Damit mich niemand hört, beiße ich mir fest auf die Unterlippe, aber Reed bringt mich wirklich um den Verstand. Beinahe werde ich ohnmächtig. Ich packe ihn am Haar und ziehe daran.

»Soll ich aufhören?«

»Nein!«

Also macht er weiter. Seine Zunge ist magisch, er leckt unerbittlich weiter an mir und stöhnt zwischendurch selbst leise auf, ganz so, als würde er das hier genauso sehr genießen wie ich.

Er streicht mit seinem Zeigefinger über meinen Schenkel und sieht mich an, als bäte er mich stumm um Erlaubnis. Ich nicke ungeduldig. Will das hier so sehr.

Als er langsam einen Finger in mich hineinschiebt, schließt er die Augen. Dann beißt er die Zähne fest zusammen. »Du bist so verdammt eng.«

»Hab ich dir doch gesagt.«

Er lacht auf. »Stimmt.« Er zieht den Finger wieder heraus und fährt damit über mein Bein. »Ich sorge dafür, dass es dir gleich richtig gut geht, Ella.«

»Mir geht es jetzt schon super«, protestiere ich und ziehe meine Beine an.

Er grinst mich schief an. »Das war doch noch gar nichts!«

Dann lässt er sich wieder zwischen meine Beine sinken, sodass meine Oberschenkel so weit gespreizt werden, dass es mir eigentlich peinlich sein müsste. Ist es aber nicht. Ich bin einfach nur voller Vorfreude. Einen Arm um meinen

Oberschenkel geschlungen, schiebt er wieder einen Finger in mich hinein.

Die Muskeln in meinen Beinen ziehen sich zusammen. Ich vergrabe meine Hände in seinem Haar, und Reed hört auch dann nicht auf, mich zu küssen, als die Lust über mir zusammenbricht wie der Ozean da draußen vor unserem Fenster und die Wellen mich unter sich begraben. Sobald ich mich wieder entspanne, legt er sich neben mich und zieht mich an sich.

Er legt seine Lippen an meinen Hals und atmet tief aus und ein.

»Warum bist du nur hierhergekommen?«

»Ich ... Das weißt du doch. Dein Vater ...«

»Ich meine eher: warum ausgerechnet jetzt?« Seine resignierten Worte jagen einen weiteren Hitzeschub durch meinen Körper.

»Vielleicht hätten wir zu einem anderen Zeitpunkt und an einem anderen Ort eine Chance gehabt.«

»Ich verstehe nicht, was du meinst.«

»Ich will damit sagen, dass so etwas nicht noch einmal passieren darf.« Er hebt den Kopf, und ich sehe, wie unglücklich er aussieht. »Ich muss weg. Muss diesen verdammten Ort verlassen und mich bessern. Ich muss zu einem ... besseren Menschen werden.« Seine Stimme kippt.

»Ein besserer Mensch«, wiederhole ich leise. »Wieso denkst du denn, dass du schlecht bist?«

Er schweigt einen Moment lang und streichelt gedankenverloren meine Schulter. »Ist egal«, meint er schließlich. »Vergiss es einfach.«

»Reed ...«

Er setzt sich auf und schlüpft aus seinem T-Shirt.

»Mach deine Augen zu«, meint er rau und legt sich neben mich. Seine Jeans hat er nicht ausgezogen, und der Stoff kratzt ein wenig an meinem Bein, als ich es um seines schlinge. »Mach einfach die Augen zu und schlaf, ja?«

»Versprichst du mir, dass du nicht gehst?«, murmele ich an seine nackte Brust.

»Versprochen, Ella.«

Ich schmiege mich dichter an ihn und genieße die Wärme seiner Haut, seinen beruhigenden, regelmäßigen Herzschlag.

Als ich am nächsten Morgen aufwache, ist Reed weg.

25. Kapitel

»Alles fit bei dir, Schwesterchen?« Easton wirft mir einen prüfenden Blick zu, als ich in die Küche taumle. Ich fühle mich, als wäre ein Lkw über mich drübergefahren – mehrfach.

»Nein. Mir geht es hundeelend.« Ich gehe zur Spüle und schenke mir ein Glas Leitungswasser ein, das ich in einem Zug hinunterkippe, um es dann sofort wieder volllaufen zu lassen.

»Du hast einen mörderischen Kater, richtig? Ging mir genauso, als mir Molly zum ersten Mal begegnet ist.« Easton klingt mitfühlend.

»Molly?«, fragt Callum neugierig, der gerade durch die Tür kommt. »Hast du etwa eine neue Freundin, Easton? Was ist denn mit Claire passiert?«

Easton kann sein Lachen nur mit Mühe unterdrücken. »Das zwischen Claire und mir ist Schnee von gestern. Aber Molly ist echt richtig cool.« Er sieht mich grinsend an.

Die Schmerzen in meinem Kopf dröhnen so heftig, dass ich nicht einmal zurücklächeln kann. Als Callums Blick auf mich fällt, zuckt er zusammen.

»Ella, du siehst ja schrecklich aus!« Misstrauisch blickt

er zwischen seinem Sohn und mir hin und her. »In welchen Mist habt ihr sie gestern bloß wieder mit hineingezogen?«

»Ach, Freund Alkohol und Ella vertragen sich einfach nicht sonderlich gut.«

Ich werfe ihm heimlich einen dankbaren Blick zu. Scheinbar gehört das Dichthalten mit zum Waffenstillstand. Nicht, dass ich gestern freiwillig Drogen genommen hätte. Als ich an Daniels lustvernebelten Blick und seine Grapschfinger denke, balle ich meine Hände zu Fäusten.

»Warst du gestern so richtig betrunken?« Callum sieht mich mit zusammengekniffenen Lippen an.

»Ein bisschen«, gebe ich zu.

»Ach, komm schon, Dad. Jetzt mach nicht plötzlich einen auf Glucke, ja?«, meldet Easton sich zu Wort. »Du hast mir das erste Bier angedreht, als ich zwölf war!«

»Und ich war elf«, meint Gideon, der gerade in die Küche schlendert. Er hat kein T-Shirt an, und auf seinem Bauch ist eine Schramme zu sehen. Er sieht mich an, anscheinend ebenfalls voller Mitgefühl. »Wie geht es dir?«

»Sie hat einen dicken Kater«, antwortet Easton an meiner Stelle und sieht ihn vielsagend an.

Callum scheint immer noch nicht ganz zufrieden zu sein. »Ich finde es nicht gut, wenn du so exzessiv trinkst.«

»Hast du etwa Angst, dass sie dir deinen Platz als Meistersäufer hier im Haus streitig machen könnte?«

»Das reicht jetzt, Easton!«

»Hey, ich möchte nur gern auf deine Heuchelei aufmerksam machen. Außerdem wird hier ganz offensichtlich mit zweierlei Maß gemessen. Wenn wir Jungs uns abschießen, ist dir das total egal – und bei Ella machst du plötzlich ein riesiges Drama draus?«

Callum sieht zwischen mir und seinen Söhnen hin und her und schüttelt dann den Kopf.

»Na, vielleicht sollte ich mich auch drüber freuen, dass ihr euch jetzt füreinander einsetzt.«

Im Flur ertönen Schritte, und als Reed die Küche betritt, bleibt mir kurz das Herz stehen. Er trägt schwarze Trainingshosen, die tief auf seiner Hüfte sitzen. Sein Oberkörper ist nackt und noch ein wenig feucht, so als hätte er gerade geduscht. Auf dem Weg zum Kühlschrank würdigt er mich keines Blickes.

Was habe ich denn für eine Reaktion erwartet? Dass ich allein aufgewacht bin, spricht schließlich Bände. Und auch seine Ansage gestern war mehr als eindeutig.

»Oh Ella«, sagt Callum plötzlich. »Fast hätte ich es vergessen. Morgen wird dein neues Auto geliefert, du kannst in Zukunft also selbst zur Arbeit fahren.«

Obwohl es mich freut, dass Callum endlich ganz entspannt mit dem Thema Nebenjob umgeht, spüre ich gleichzeitig eine leise Enttäuschung. Auch Reed, der am Kühlschrank steht, versteift sich augenblicklich. Uns ist beiden klar, dass diese Ankündigung das Ende unserer Fahrgemeinschaft bedeutet.

»Toll!«, erwidere ich schwach.

»Wie auch immer.« Callum sieht sich in der Küche um. »Was habt ihr denn heute so vor? Ella, ich dachte, du und ich könnten vielleicht ...«

»Ich gehe mit Val an den Landungssteg«, unterbreche ich ihn. »Wir wollten in diesem Fischrestaurant direkt am Wasser essen, von dem sie die ganze Zeit so schwärmt.«

Er sieht mich enttäuscht an. »Oh, okay. Klingt super.« Er wendet sich an seine Söhne. »Hat jemand von euch Lust, mal wieder zum Golfplatz zu fahren? Ist Ewigkeiten her, seit wir zum letzten Mal zusammen da waren!«

Keine Reaktion. Callum trottet wie ein begossener Pudel aus der Küche, und irgendwie machen meine Stiefbrüder mich jetzt doch ein bisschen sauer.

»Könnt ihr euch denn nicht einmal ein bisschen Mühe geben?«, frage ich.

»Glaub mir, das tun wir bereits«, sagt Gideon so scharf und bitter, dass ich zusammenzucke.

Als er aus der Küche rauscht, wende ich mich an Easton. »Was ist denn mit dem los?«, frage ich ihn.

»Keine Ahnung.«

Vielleicht weiß Reed mehr, denn der zieht nur einen Flunsch. »Lasst Gid in Frieden.«

Und dann macht auch er die Biege. Er hat mich nicht einmal angesehen, und das ist schlimmer als der ärgste Kater.

Das Mittagessen mit Val ist richtig nett, aber ich verabschiede mich schon recht bald, weil mein Kopf sich anfühlt, als würde jemand mit rostigen Messern auf ihn einstechen. Sie lacht und meint, dass es ja eine tolle Party gewesen sein muss, wenn ich jetzt so fertig bin. Ich lasse sie in dem Glauben, genau wie Callum.

Ich weiß auch nicht, weshalb ich ihr nicht von Daniel erzähle. Val ist meine Freundin, und sie ist sicher die Erste, die sich für mich an ihm rächen würde. Aber irgendetwas hält mich zurück. Vielleicht ist es Scham.

Ich sollte mich nicht schämen. Nein, das sollte ich auf keinen Fall. Ich habe nichts falsch gemacht, und wenn ich auch nur die leiseste Ahnung gehabt hätte, was für ein Psycho Daniel ist, dann wäre ich nie mit ihm zum Poolhaus gegangen. Nie im Leben.

Aber jedes Mal, wenn ich an die vergangene Nacht denke, sehe ich mich selbst vor mir – wie ich mir die Kleider vom Leib reiße und Reeds Namen flüstere, während ich Daniels drängende Hände am ganzen Körper spüre. Ich stelle mir das vor, und schon könnte ich vergehen vor Scham.

Leider kann ich mich nicht einmal mit dem ablenken, was danach passiert ist – dem guten Teil des Abends sozusagen, während dem ich aus ganz anderen Gründen Reeds Namen gestöhnt habe. Ich will nicht daran denken, weil es mich traurig macht. Reed wollte mich letzte Nacht, aber das bedeutet leider nicht, dass sich in Zukunft irgendetwas ändern wird.

Valerie setzt mich zu Hause ab und brettert dann im Auto der Haushälterin davon. Sie hat mir vorhin erzählt, dass ihr Freund Tam nächstes Wochenende zu Besuch kommt, und ich brenne jetzt schon darauf, ihn zu treffen! So viel, wie sie mir von ihm erzählt hat, kommt es mir ohnehin so vor, als würde ich ihn kennen.

Das Wetter ist herrlich, also beschließe ich, mich in meinen Bikini zu werfen und mich eine Weile an den Pool zu legen. Hoffentlich sorgt der Sonnenschein dafür, dass ich mich wieder wie ein Mensch fühle. Ich schnappe mir ein Buch und strecke mich auf einer Liege aus. Leider währt der Frieden nicht lange, weil Gideon bereits zwanzig Minuten später in seiner Speedo-Badehose anmarschiert kommt.

Wahrscheinlich ist er von allen Royal-Brüdern derjenige mit dem geringsten Fettanteil. Er hat die Figur eines Schwimmers, und Easton hat mir erzählt, dass er wegen seiner schwimmerischen Leistungen ein Vollstipendium am College erhalten hat. Die Zwillinge schwören, dass er bei den kommenden Olympischen Spielen die Goldmedaille gewinnen wird. Heute würde das wahrscheinlich nicht funktionieren. Seine Schwimmzüge sind ungleichmäßig, und außerdem ist er ganz schön langsam.

Vielleicht mache ich mir auch zu viele Gedanken. Schließlich habe ich ihn vorher erst einmal schwimmen gesehen, und vielleicht lässt er es heute einfach entspannt angehen.

»Ella!«, ruft er, als er sich fast eine Stunde später aus dem Becken stemmt.

»Ja?«

Er kommt auf mich zu, während das Wasser von ihm heruntertropft und sich auf der Terrasse verteilt.

»Heute Abend findet am Strand eine Party statt. Auf dem Grundstück der Worthingtons.« Er trocknet seinen Oberkörper mit einem Handtuch ab. »Ich will, dass du zu Hause bleibst.«

»Ach, ich wusste gar nicht, dass du jetzt für meine Freizeitgestaltung zuständig bist.« Ich ziehe eine Augenbraue nach oben.

»Heute schon.« Er klingt nicht so, als ob er darüber diskutieren wollte. »Ich meine es ernst. Halt dich fern von der Party.«

Nach der letzten Nacht habe ich nicht die geringste Lust, je wieder auf irgendeine Party zu gehen. Trotzdem passt es mir nicht, dass er es mir verbieten will.

»Vielleicht.«

»Nix da vielleicht. Du bleibst hier.«

Er verschwindet im Haus, und keine fünf Minuten später kommt Easton herausgeschlendert und lungert vor meiner Liege herum.

»Brent Worthington feiert heute eine Party, und ...«

»Ich soll nicht kommen. Besten Dank, weiß schon Bescheid.«

Er reibt sich das Kinn. »Ja.«

»Scheinbar hast du schon mit Gideon gesprochen, was?«

Es ist offensichtlich, dass dem so ist, aber er versucht es noch mal mit einer anderen Masche. »Schau mal, Schwesterchen, es gibt für dich doch keinen Grund hinzugehen. Mach dir heute einen gemütlichen Abend, schau dir ein paar Seifenopern an ...«

»Seifenopern? Ich bin doch keine fünfzigjährige Hausfrau!«

Er kichert. »Na schön, dann zieh dir eben einen Porno rein! Jedenfalls kommst du heute nicht mit uns mit.«

»Mit *uns*? Kommt Reed etwa auch mit?«

Easton zuckt mit den Schultern, ohne mir in die Augen zu sehen. Langsam werde ich echt skeptisch! Was haben die Typen bloß vor? In meinem Bauch breitet sich Panik aus. Kommt Daniel auch? Wollen sie mich deswegen von der Party fernhalten?

Mir bleibt keine Möglichkeit mehr, Nachforschungen anzustellen, weil Easton schon wieder verschwunden ist. Seufzend greife ich nach dem Buch und versuche, mich auf das Kapitel zu konzentrieren, das ich gerade lese, aber es bringt nichts. Ich sorge mich viel zu sehr.

»Hey.«

Ich sehe auf. Reed. Zum ersten Mal am heutigen Tag sehen wir uns tatsächlich in die Augen.

Er lässt sich auf dem Stuhl neben mir nieder.

»Wie geht es dir?«

Ich lege mein Buch beiseite. »Besser. In meinem Kopf hämmert es nicht mehr so sehr, aber ich fühle mich immer noch sehr schwach.«

Er nickt. »Du solltest dringend was essen.«

»Habe ich.«

»Dann eben noch mehr.«

»Glaub mir, ich bin pappsatt.« Plötzlich muss ich grinsen. »Val hat mich heute Mittag regelrecht mit Shrimps und Krabben gemästet.«

Seine Lippen zucken.

Lächle, bete ich innerlich. *Lächle mich an. Berühr mich. Küss mich. Irgendwas.*

Das Lächeln schafft es nicht bis an die Oberfläche. »Hör mal, wegen letzter Nacht ...« Er räuspert sich. »Ich muss dich was fragen.«

Ich runzle die Stirn. »Okay ...?«

»Hast du ... War es ...« Er atmet tief aus. »Hast du das Gefühl, dass ich die Situation ausgenutzt habe?«

»Was? Nein, natürlich nicht!«

Er sieht mich weiter angespannt an. »Du musst ehrlich zu mir sein. Wenn du das Gefühl hast, dass ich dich benutzt habe oder irgendetwas gemacht habe, was du nicht wolltest ... dann musst du mir das bitte sagen.«

Ich setze mich auf und lehne mich an ihn, die Hände um sein Gesicht gelegt. »Du hast nichts gemacht, was ich nicht wollte.«

Er ist offensichtlich wahnsinnig erleichtert. Als ich mit dem Daumen über seinen Kiefer streiche, geht sein Atem schneller. »Schau mich bitte nicht so an.«

»Wie denn?«, flüstere ich.

»Das weißt du ganz genau.« Stöhnend nimmt er seine Hände von meinem Gesicht und springt auf. »Das darf nicht noch einmal passieren. Ich werde es nicht zulassen.«

»Warum nicht?!«

»Weil es nicht richtig ist. Ich bin nicht ... Ich will dich einfach nicht, okay?« Er schnaubt. »Letzte Nacht war ich nett zu dir, weil du total auf E warst und dringend ein wenig Erleichterung gebraucht hast. Ich habe dir einen Gefallen getan, das war's. Ich will dich nicht.«

Noch ehe ich antworten kann, ist er auch schon weg. Oder vielmehr, bevor ich ihn einen elenden Schwindler nennen kann. Er will mich nicht? Bullshit! Wenn er mich nicht wollen würde, dann hätte er mich nicht geküsst, als könnte er nicht genug kriegen. Dann hätte er meinen Körper nicht behandelt, als wäre ich das kostbarste Geschenk, das er sich vorstellen kann. Und er hätte mich nicht im Arm gehalten, bis ich eingeschlafen bin.

Er lügt mich an, und deswegen bin ich noch alarmierter als vorher. Jetzt bin ich nicht mehr nur besorgt, sondern auch wild entschlossen. Es ist nämlich offensichtlich, dass Reed Royal Geheimnisse hat, von denen ich momentan noch keinen blassen Schimmer habe.

Aber das wird sich ändern. Ich werde es rauskriegen. Warum er alle so auf Abstand hält, warum er glaubt, ein schlechter Mensch zu sein, und warum zum Teufel er so tut, als wäre da nichts zwischen uns – obwohl wir es doch beide besser wissen. Ich werde das alles herausfinden, verdammt noch mal.

Was wohl heißt ... dass ich mich heute Abend doch noch ins Getümmel werfen werde.

26. Kapitel

Ich brauche dringend Verstärkung, oder zumindest ein paar Infos. Soweit ich weiß, leben die Worthingtons ein Stück die Küste hinunter und offenbar nah genug, dass man den Lärm der Party bis zum Grundstück der Royals vernehmen kann. Außerdem müssen sie Kinder haben, die etwa im Alter der Royal-Brüder sind. Aber das war es auch schon, was ich an Infos habe.

Gut, dass ich direkten Kontakt zur Klatschzentrale habe.

Valerie hebt gleich nach dem ersten Läuten ab. »Brauchst du noch mehr Meeresfrüchte? Ich habe dir doch gesagt, dass fettiges Essen bei Kater am besten hilft!«

Allein vom Gedanken an auch nur eine weitere Miesmuschel in meinem Bauch wird mir schon speiübel. »Nee danke. Ich habe mich gefragt, ob eure Skype-Konferenz schon vorbei ist und du vielleicht rüberkommen willst, um die Royals mit mir auszuspionieren?«

Valerie zieht scharf die Luft ein. »Bin sofort da.«

»Hey!«, unterbreche ich sie, ehe sie auflegen kann. »Hast du ein Auto?«

»Nein. Und du kannst nicht zufällig einen deiner Brüder fragen, ob er mich abholen will?«, fragt sie ernüchtert.

»Mach dir keine Sorgen, Durand holt dich ab. Sobald ich Callum sage, dass ich Besuch von einer Freundin kriege, würde er sie wahrscheinlich auch höchstpersönlich abholen.«

»O, das ist ja nett. Callum ist sowieso ganz schön heiß für sein Alter.«

»Valerie, du bist so eklig! Er ist über vierzig!«

»Na und? Männer können wie Wein sein, mit dem Alter werden sie immer besser ... Oder auch nicht. Weißt du, wer auf alte Knacker steht?«

»Keine Ahnung. Die Pastellzicken vielleicht?«

»Himmel, nein. Die Mädels hätten keine Ahnung, was sie mit einem erwachsenen Mann anfangen sollten, geschweige denn mit einem, der schon ein paar Jährchen auf dem Buckel hat. Jordans große Schwester! Sie ist zweiundzwanzig und bringt ständig irgendwelche alten Säcke mit nach Hause. Der letzte hatte schon richtig graues Haar, und ich schwöre dir, dass der älter war als Onkel Brian! Ich weiß nicht, ob sie einfach super spleenig ist und das die einzigen Typen sind, die wissen, was ihr gefällt, oder ob sie einen Vaterkomplex hat.«

»Dann war mein fieser Spruch auf Jordans Party wohl gar nicht so weit von der Realität entfernt, oder?«

»Na ja, damit hast du dich auf jeden Fall nicht sonderlich beliebt gemacht«, meint Valerie kichernd.

»Ich muss jetzt auflegen, sonst erbreche ich wegen dieser Diskussion noch mein ganzes Mittagessen.« Ich lege auf und versuche die Vorstellung davon, wie Callum schmutzige Sachen macht, irgendwie aus meinem Hirn zu verbannen.

Zum Glück hat Durand gerade Zeit, und Valerie steht im Nu vor mir.

»Wow, hier ist es so ...« Sie sieht sich in meinem Zimmer um und sucht offenbar nach den richtigen Worten.

»Mädchenhaft? Kitschig? Wie eine Valentinsaktion, die richtig schiefgegangen ist?«

Sie lässt sich rückwärts auf die rosafarbene, gerüschte Tagesdecke fallen. »Interessant.«

»So kann man es auch ausdrücken.« Ich lasse mich auf den weißen mit Pelz bezogenen Stuhl vor dem Frisiertischchen plumpsen und sehe zu, wie Valerie die durchscheinenden Vorhänge zurückschiebt, die an dem vierpfostigen Bett herunterhängen.

»Willst du was trinken? Ich habe hier oben ein bisschen Vorrat.« Ich öffne die Glastür des kleinen Kühlschranks, der sich unter dem Frisiertisch befindet.

»Klar. Ich nehme irgendein Light-Getränk. Von dem ganzen Rosa mal abgesehen, ist das doch ein sehr schönes Zimmer. Fernseher, tolles Bett ...« Sie streicht über die Tagesdecke.

»Ist das hier etwa Seide?«

Ich habe gerade eine Hand im Kühlschrank, als sie diese Bombe platzen lässt.

»Ich schlafe auf Seide?«

»Na ja, streng genommen schläfst du drunter. Ich meine, das musst du natürlich nicht einhalten, aber eigentlich liegt die Decke über dir.« Valerie sieht mich ganz besorgt an und befürchtet offenbar, dass meine Erziehung so bizarr war, dass man mir nicht einmal das beigebracht hat. Leider liegt sie damit gar nicht einmal so falsch.

»Das weiß ich, Blödi.« Ich werfe ihr eine Dose Cola Light zu und öffne mir selbst auch eine. »Es ist einfach nur komisch. Weißt du, früher habe ich in einem Schlafsack gepennt. Und plötzlich liege ich auf Seidenlaken – ähm, Tagesdecken, meine ich.« Jetzt reicht es aber auch wirklich mit diesem Kram. »Erzähl mir alles, was du über die Worthingtons weißt«, befehle ich ihr.

»Die Fernseh-Worthingtons oder die Immobilienmakler-Worthingtons?«, fragt sie, den Mund an der Dose.

»Keine Ahnung. Sie wohnen in der Nähe und veranstalten heute eine Strandparty.«

»Ah, dann sind es die Fernseh-Worthingtons. Die wohnen etwa fünf Häuser weiter.« Sie hebt ihre Dose in die Höhe. »Hast du einen Untersetzer für mich?«

Ich werfe ihr einen Notizblock zu, und sie stellt ihre Dose darauf ab.

»Brent Worthington ist in der Zwölften. Er ist superkonservativ, wobei es ihm da mehr um den Bekanntheitsgrad geht als ums Geld. Die Eltern seiner Freundin Lindsey mussten vor ein paar Jahren Insolvenz anmelden und ihre Tochter von der *Astor Park Prep Academy* nehmen, weil sie sich die Schulgebühren nicht mehr leisten konnten. Aber Brent hat sich trotzdem nie von ihr getrennt, weil Lindsey eine *DAR* ist.«

»Was machen die Dars denn?«, frage ich.

Valerie schüttelt lachend den Kopf. »Das ist doch kein Nachname! Es steht für *Daughters of the American Revolution*. Das heißt, dass man seine Vorfahren auf dem Stammbaum so lange zurückverfolgen kann, bis man auf einem der drei Originalboote ankommt, die damals von England hierhergeschippert sind.«

»Wow.« Ich starre sie an.

»Jepp. Also, worum geht es?«

»Die Royals gehen heute auf diese Party und haben mir verboten mitzukommen.«

»Warum? Diese Partys sind eigentlich ziemlich gesittet, was Highschool-Events angeht. Im Haus sind alle Zimmer abgesperrt, weil Brent nicht will, dass da drin jemand Sex hat. Es gibt nur eine Toilette, die benutzt werden darf, und die erreicht man direkt vom Innenhof aus. Das Poolhaus ist auch abgesperrt. Brent lässt das Essen bringen und legt Wert darauf, dass jeder aussieht wie bei einem Segeltörn auf der Jacht. Er trägt sogar sein Country-Club-Sakko, und alle Mädchen tragen Kleidchen. Ausnahmslos.«

Klingt ja schrecklich. Wenn die Royals mir das so geschildert hätten, dann wäre ich freiwillig zu Hause geblieben! Aber sie mussten ja diese komische Warnung aussprechen, und das deute ich so, dass heute Abend etwas passieren wird, das ich nicht mitbekommen soll.

»Glaubst du, Daniel Delacorte ist auch eingeladen?«

Sie nickt langsam. »Ja. Sein Vater ist Richter, und ich glaube, Daniel will später auch mal einer werden. Und man kann nie genug Juristen im Freundeskreis haben, oder?«

Mir wird wieder einmal klar, wie es kommt, dass die Reichen immer reicher werden. Sie bauen einfach schon zu Highschool-Zeiten ihr Netzwerk auf und kratzen sich auch dann noch gegenseitig den Rücken, wenn sie schon erwachsen sind.

»Ist gestern etwas zwischen dir und Daniel passiert? Ich weiß ja, dass du einen üblen Kater hast, aber Jordan meinte, du wärst so dicht gewesen, dass Reed dich aus dem Haus von Farris tragen musste. Er hat dir doch ... nichts getan?«

Ich will Valerie nicht die ganze furchtbare Geschichte erzählen, doch wenn ich sie schon mit ins Boot hole, muss ich ihr zumindest ein kleines bisschen davon erzählen.

»Er dachte, ich bin leicht zu haben. War ich nicht. Und den Royals gefällt es gar nicht, wenn sich jemand an ihre Schwester, oder sagen wir ... ihre Stiefschwester ranmacht. Belassen wir es dabei.«

Sie verzieht das Gesicht. »Gott, was für ein Vollidiot. Aber wozu brauchst du mich, wenn die Jungs sich sowieso schon für dich rächen?«

»Ich habe keine Ahnung, ob sie das tatsächlich vorhaben.

Ich weiß nur, dass sie mich nicht dabeihaben wollen. Auf keinen Fall.«

Valeries Augen leuchten auf. »Ich finde es toll, dass es dir egal ist, was die Royals denken!« Sie springt vom Bett und reißt meine Schranktür auf. »Wollen wir doch mal sehen, ob du ein Kleid hast, das der Worthingtons würdig ist.«

Ich kippe den Rest meiner Cola hinunter, während Val sich durch meine Klamottensammlung wühlt und ein Kleid nach dem anderen herausschleudert.

»Du brauchst echt dringend mehr Klamotten. Sogar die Carringtons geben mir alles, worauf ich Lust habe. Wusste gar nicht, dass Callum so knauserig sein kann.«

»Ist er auch nicht. Ich musste schon mit Brooke shoppen gehen und fand die Läden, in die sie mich geschleppt hat, viel zu teuer.«

»So ist das hier in der Gegend nun mal.« Valerie winkt ab. »Betrachte deine private Garderobe einfach als eine Art erweiterte Schuluniform. Außerdem macht es einen schlechten Eindruck, wenn du nicht adrett genug aussiehst – weil dann nämlich alle denken, dass Callum dich kurzhält. Aha, was haben wir denn da?« Sie zieht ein dunkelblaues Sommerkleid mit leichten Flügelärmeln und einem tiefen, mit weißer Spitze eingefassten V-Ausschnitt heraus. Ich kann mich gar nicht daran erinnern … Wahrscheinlich hat Brooke das ohne mich ausgesucht.

»Das ist doch nett. Es ist sexy, ohne billig zu wirken.«

»Ganz wie du meinst, liebe Fashionberaterin!« Da, wo ich früher gearbeitet habe, war mein Ausschnitt schließlich viel tiefer. Und vermutlich sollte es sogar billig aussehen. Ich ziehe mich eilig um, weil es langsam spät wird und ich dringend bei der Party sein will, ehe das Feuerwerk beginnt.

»Kann ich mir das ausleihen?« Valerie hält ein weißes Spitzenkleid an ihren Körper.

»Tu dir keinen Zwang an!« Sie ist ein wenig kleiner als ich, also dürfte ihr das Kleid bis an die Mitte ihrer Oberschenkel reichen. »Nur mal so aus Neugier: Wie viele Kleider sollte man denn so haben?«

Ich finde ja zwei schon ausreichend.

»Mehrere Dutzend.«

Ich wirble herum, aber Valerie sieht mich todernst an.

»Du machst Witze.«

»Nee.« Sie hängt das Kleid wieder in den Schrank und beginnt dann, an ihren Fingern abzuzählen, wie viele unterschiedliche Gelegenheiten es gibt. »Du brauchst was für nachmittags, was zum Bootfahren, was für die Clubs – sowohl Nachtclubs als auch Country-Clubs –, Kleider für Gartenpartys, welche für offizielle Schulfeiern, welche für deine Freizeit, für Hochzeiten und Beerdigungen ...«

»Hast du gerade Beerdigungen gesagt?« Mir schwirrt der Kopf.

Valerie zwinkert mir zu. »Ich wollte nur testen, ob du mir zuhörst.« Als ich die Augen verdrehe, lacht sie und beginnt, sich auszuziehen. »Auf jeden Fall brauchst du viel mehr Klamotten, als du bis jetzt hast. Es ist nun mal wichtig, wie man aussieht, gerade wenn man eine Royal ist.« Weil sie sich den Pullover über den Kopf zieht, ist ihre Stimme etwas gedämpft. »Kleines Beispiel. Wenn man auch nur ein falsches Wort über Maria Royal sagt, drehen alle Royals total am Rad. Reed ist mal beinahe in den Knast gewandert, nachdem er ein Kid von der *South-East*-High angegriffen hat, weil es seine Mom als Pillen werfende Selbstmörderin beschimpft hat.«

»Er hat Maria vorgeworfen, sie hätte sich umgebracht?«, rufe ich schockiert aus.

Valerie sieht sich um, als erwarte sie, dass Reed plötzlich um die Ecke gesprungen kommt. Dann senkt sie die Stimme.

»Es ist ein Gerücht, und zwar eines, das die Royals gar nicht gern mögen. Sie haben sogar Marias Arzt deshalb verklagt.«

»Haben sie gewonnen?«

»Der Klage wurde stattgegeben, und der Arzt hat sowohl Praxis als auch Staat verlassen, also ... ja.«

»Wow.«

»Wie dem auch sei«, fährt Valerie fort, »was ihre Mom angeht, verstehen sie keinen Spaß. Deswegen vermute ich mal, dass es ihnen auch sehr wichtig ist, dass Außenstehende wissen, dass du gut behandelt wirst.«

Das fühlt sich an wie ein Schlag in die Magengrube. Geht es Reed darum? Kümmert er sich nur darum, den guten Ruf der Familie zu wahren? Nein, das kann nicht sein. Das, was hier in diesem Zimmer stattgefunden hat, unter und auf der Seidendecke, war absolut privat und hatte nichts mit dem Ruf der Royals zu tun.

Ich werfe einen Blick auf die Uhr und stelle fest, dass ich mich beeilen muss. Blitzschnell schlüpfe ich in das Kleid, aber als ich einen Blick in den Spiegel werfe, wird mir klar, dass ich ein Problem habe.

»Val, der Ausschnitt ist viel zu tief.« Ich drehe mich um, um ihr zu zeigen, dass man sogar den Ansatz des BHs sehen kann.

Sie zuckt mit den Schultern. »Dann musst du den BH eben ausziehen. Trag doch Pflaster, wenn du Angst hast, dass man was sehen könnte.«

»Kann ich machen.« Obwohl mir die Vorstellung, mit Daniel auf demselben Grundstück zu sein, ohne einen BH zu tragen, überhaupt nicht gefällt.

Wir brauchen noch eine weitere halbe Stunde, um uns zu schminken und zu frisieren. Um Valeries Make-up kümmere ich mich höchstpersönlich, und sie ist ziemlich baff, als sie meinen Schminkkoffer sieht.

»Okay, in Sachen Garderobe brauchst du vielleicht noch ein bisschen Nachhilfe, aber deine Make-up-Ausrüstung ist der Hammer!«

»Danke, aber wenn du keinen Lippenstift auf den Zähnen haben willst, dann musst du jetzt mal die Schnute halten.« Ich wackle drohend mit dem Lippenstift vor ihren Augen hin und her, und sie schließt gehorsam den Mund.

Sobald wir fertig sind, warten wir darauf, dass die Jungs aufbrechen. Als irgendwann lautes Türenknallen ertönt und man im Flur hektische Schritte hört, wissen wir, dass es so weit ist. Schließlich ertönt ein leises Klopfen an der Tür, und ich zucke kurz zusammen.

»Ist alles okay bei dir?«, erkundigt sich Easton. »Wir sind wahrscheinlich ziemlich früh zurück.«

»Ist mir egal!«, rufe ich und versuche, so beleidigt wie möglich zu klingen. »Und klopf ja nicht noch mal bei mir. Ich bin sauer auf dich. Auf euch alle.«

»Sogar auf Reed?«, fragt Easton lachend.

»Natürlich!«

»Ach, komm schon. Wir meinen es doch nur gut!«

Plötzlich weiß ich, dass mein Zorn durchaus echt ist. »Ach, ihr Royals wüsstet doch nicht mal, was gut für mich ist, wenn ein Playboyhäschen es euch ins Gesicht knallen würde.«

Valerie streckt ermutigend ihre Daumen in die Höhe.

Easton seufzt. »Natürlich würde ich überhaupt nichts mehr kapieren, wenn ein Playboyhäschen vor mir stünde! Ich hätte dann nur Augen für ihre Titten.«

Valerie lacht laut auf.

»Nicht!«, fauche ich. »Du ermutigst ihn damit nur zu weiteren blöden Sprüchen!«

»Ich kann euch super hören! Und ich bin irre motiviert«, ruft Easton. »In ein paar Stunden sind wir daheim. Bleibt wach, Mädels, dann schauen wir noch einen schönen Film zusammen.«

»Hau ab, Easton.«

Er schlurft davon.

»Easton ist toll. Wenn ich nicht so verliebt in Tam wäre, dann würde ich mich sofort an ihn ranschmeißen«, gibt Valerie zu.

»Es ist auch nicht sonderlich schwer, ihn rumzukriegen«, merke ich trocken an.

»Nein?«

»Es wird erst kompliziert, wenn man ihn behalten will, schätze ich.«

27. Kapitel

Valerie und ich laufen barfuß den Strand entlang zum Grundstück der Worthingtons, unsere Schuhe in der Hand. »Wieso crashen eigentlich nicht dauernd Leute solche Partys?«, frage ich neugierig. »Kann nicht jeder einfach hier am Strand entlanglaufen und dann direkt ins Haus?«

»Na, die würden sofort merken, dass du nicht dazugehörst, weil du die falschen Klamotten trägst. Außerdem haben nur die Leute Zugang zum Strand, die auch hier wohnen. Wenn du dir also kein zehn Millionen Dollar teure Bude leisten kannst, dann wirst du auch nie einen Fuß auf diesen Strandabschnitt setzen.«

»Meinst du, die schicken uns wieder weg?« Der Gedanke ist mir zuerst gar nicht gekommen, weil ich solche Partys überhaupt nicht kenne.

»Nein. Schließlich bist du Ella Royal, und auch wenn ich nichts anderes bin als eine arme Verwandte, heiße ich immerhin Carrington.«

Wir kommen gar nicht bis zu Brent Worthington, weil wir vorher schon auf meine werten Stiefbrüder treffen, die sich in einer Ecke des Grundstücks zusammengerottet haben. Man sieht ihnen sofort an, dass sie etwas aushecken.

Und es geht dabei garantiert um Daniel – um wen auch sonst?

Aber wenn sich hier jemand rächen darf, dann bin das ja wohl ich. Ich stapfe auf die Gruppe zu, aber sie bemerken mich nicht einmal.

»Hey, Bro, was geht bei euch?« Ich piekse Gideon mit dem Zeigefinger in den Rücken.

Reed wirbelt herum und mustert mich streng. »Was machst du denn hier? Ich hab dir doch gesagt, dass du zu Hause bleiben sollst!«

»Ich auch!« Gideon sieht mich stirnrunzelnd an und kneift die Lippen zusammen.

»Und ich auch«, steuert Easton der Diskussion bei.

»Und ihr?« Ich mustere die Zwillinge, die beiden dieselben Khaki-Shorts und dasselbe weiße Polohemd mit dem kleinen Krokodil auf der Brust tragen. Sie blinzeln mich mit Unschuldsmiene an. Heute Abend kann man sie wirklich unmöglich auseinanderhalten, aber vielleicht findet Sawyers Freundin ja genau das lustig. Bevor der Abend zu Ende ist, muss ich einen von ihnen dringend noch mit Lippenstift markieren.

»Tja, ich habe Neuigkeiten für euch: Ich bin nicht euer Schoßhündchen. Ich sitze ganz sicher nicht herum, drehe Däumchen und warte auf eure Kommandos. Warum sollte ich überhaupt zu Hause bleiben? Haben sie hier auch Drogen in die Drinks gemischt, oder was?«

Hinter mir schnappt Valerie so laut nach Luft, dass sich sechs zornige Augenpaare auf mich richten.

»Nein«, schnaubt Gideon. »Aber wenn hier irgendwas schiefläuft, dann wäre Dad sicher weniger sauer, wenn du währenddessen friedlich daheim in deinem Bett schlummern würdest.«

»Oder gerade mit Valerie herummachst«, zwitschert

Easton. »Aber hauptsächlich geht es natürlich darum, dass du zu Hause bist«, fügt er eilig hinzu, als er abermals strenge Blicke erntet.

»Jetzt wo du hier bist, riecht Daniel sicher Lunte«, meint Reed finster.

Valerie stellt sich neben mich. »Wenn ihr keinen Verdacht erregen wollt, dann sollte Easton jemandem die Zunge in den Hals stecken, Reed sollte Abby versaute Dinge ins Ohr flüstern« – an dieser Stelle wird mir kurz übel –, »Gideon sollte über irgendwelchen College-Kram reden, und ihr da« – jetzt deutet sie auf die Zwillinge – »solltet irgendwelche Leute auf den Arm nehmen, weil ihr euch wirklich gleicht wie ein Ei dem anderen.«

Easton überdeckt sein Lachen mit einem künstlichen Hüsteln, während die Zwillinge versuchen, Valerie nicht anzusehen. Reed und Gideon werfen sich einen langen Blick zu.

»Wenn ihr schon mal hier seid, macht es natürlich keinen Sinn, euch direkt wieder nach Hause zu schicken. Aber das hier ist eindeutig eine Angelegenheit der Royals.« Gideon sieht Valerie vielsagend an.

»Ups, irgendwie habe ich plötzlich riesigen Durst! Ich werde mir mal ein Gläschen Champagner besorgen.«

Nachdem Val die Biege gemacht hat, reibe ich mir die Hände. »Also, was ist der Plan?«

»Reed zettelt einen Streit an und verkloppt Daniel«, meint Easton stolz.

»Toll, ist ja richtig ausgeklügelt!«

Alle drehen sich zu mir und starren mich an. Wow. Im Hauptfokus der Royals zu stehen, ist ganz schön überwältigend.

Ich konzentriere mich auf Reed und Gideon, weil ich die beiden am dringendsten überzeugen muss.

»Ihr glaubt, ihr könnt Daniel zu einer Prügelei anstiften?« Beide zucken mit den Schultern. »Und ich bin mir sicher, dass ihr davon überzeugt seid, dass das funktioniert – weil ihr euch alle prügeln würdet, um euren Namen zu verteidigen. Aber dieser Typ hat keinen Funken Ehrgefühl in sich. Er ist kein fairer Kämpfer. Sondern jemand, der ein Mädchen mit Drogen vollpumpt, um von ihr zu bekommen, was er will – weil er nicht selbstbewusst oder geduldig genug ist, es anders zu versuchen. Er ist ein Vollidiot.« Ich deute auf Reeds muskulösen Oberkörper. »Reed ist ein richtiges Muskelpaket und prügelt sich regelmäßig.«

»Sie weiß von den Kämpfen?«, unterbricht Gideon mich. Reed nickt ihm knapp zu, und Gideon wirft entnervt die Hände in die Luft.

»Trotzdem wird er sich wehren«, meint Reed.

»Ich wette mit dir, dass er sich eher kaputtlacht und sagt, dass er sowieso genau weiß, dass du gewinnen wirst. Und hinterher stehst du da wie der Bösewicht.«

»Ist mir egal.«

»Schön. Wenn du ihn einfach nur windelweich prügeln willst, dann nichts wie ran.« Ich deute auf den Rasen, der sich immer weiter mit Leuten füllt.

»Reed darf auf keinen Fall den Anfang machen«, wirft Easton ein. Verwirrt sehe ich von einem Bruder zum anderen. »Ist das eine Art Ehrenkodex aus eurem Prügelclub?«

»Nein, aber Dad hat Reed vor ein paar Monaten erwischt. Und er hat ihm damit gedroht, dass er die Zwillinge in eine Militärschule steckt, wenn er das noch einmal macht.«

Wow, das ist ja richtig fies. Ich weiß, dass es Reed egal wäre, wenn man ihn auf diese Schule schicken würde – zumindest würde es ihn nicht umbringen. Aber garantiert will er auf keinen Fall schuld daran sein, dass die Zwillinge dorthin müssen. Callum ist doch immer wieder für eine Überraschung gut.

»Du darfst also nie wieder jemandem eine reinhauen?«

»Nein, nur wenn ich mich verteidigen muss – oder ein Familienmitglied. So hat er das zumindest ausgedrückt«, presst Reed zwischen zusammengebissenen Zähnen hervor.

»Wenn du eine bessere Idee hast, spuck sie aus.«

Alle wissen, dass mir auch nichts Besseres einfällt. Gideon schüttelt den Kopf, und sogar Easton sieht mich enttäuscht an. Ich starre in den dunklen Himmel, dann hinaus auf den Ozean, zum Haus und dann wieder zurück zu den Brüdern. Auf einmal habe ich einen Geistesblitz.

»Haben die Worthingtons ein Poolhaus?«

»Ja«, sagt Reed argwöhnisch.

»Wo ist es?« Das Poolhaus der Royals besteht beinahe komplett aus Glas, sodass man den Ozean auf der einen und den Pool auf der anderen Seite sehen kann. Ich zupfe an Reeds Ärmel. »Zeig es mir mal.«

Reed hilft mir über den Felsvorsprung auf das hintere Rasenstück. Er deutet auf einen dunklen Umriss, der am Ende einer Betonterrasse steht, die um den Swimmingpool herumführt. »Worthington sperrt das Haus immer ab.«

»Damit niemand dort Sex haben kann. Hat Val mir schon erklärt.« Es ist wirklich perfekt. Ich sehe zu den Zwillingen.

»Wenn das bedeutet, dass ich mich als Frau verkleiden soll, dann bin ich aber raus!«, meint Sawyer und hebt protestierend die Hände. Zumindest vermute ich, dass er es ist, weil an seinem Handgelenk noch Spuren einer Narbe zu sehen sind.

»Ich hole mal Valerie, ich brauche dringend Verstärkung. Und ich brauche beide Zwillinge. Der Rest von euch tut einfach so, als würdet ihr euch auf der Party schwer amüsieren. Wenn es so weit ist, schicke ich Sawyer los, damit er euch

Bescheid gibt. Es wäre super, wenn ihr so viel Publikum wie möglich am Pool versammeln könntet. Und Kameras können auch nicht schaden.«

»Was hast du vor, Schwesterchen?«, fragt Easton neugierig.

»Oh, glaub mir. Wenn ein Mädchen so gedemütigt wird und man sie mit Drogen vollpumpt, kann sie das schon ziemlich wütend machen«, meine ich geheimnisvoll und stürme dann los, um Val zu finden.

Ich entdecke sie, wie sie mit Savannah in der Nähe des Strands steht und plaudert.

»Hey, kann ich euch kurz stören?«

Zuerst wende ich mich an Savannah. »Hör mal, als Erstes wollte ich mich bei dir dafür entschuldigen, dass ich dir gestern Abend nicht zugehört habe. Ich habe mich einsam gefühlt, weil ich in jemanden verliebt bin, den ich nicht haben kann – und dann habe ich mich eben an Daniel gehalten. Das war ein großer Fehler.«

Sie presst die Lippen zusammen, aber mein Geständnis und vielleicht auch unser Hass auf Daniel scheint das Eis gebrochen zu haben.

»Entschuldigung angenommen«, meint sie steif.

»Oh, Sav, jetzt mach dich aber mal locker!«, meint Valerie. »Schließlich sind wir hier, um es Daniel heimzuzahlen. Stimmt's, Ella?«

Savannah zieht die Augenbrauen hoch und sieht mich neugierig an. Ich nicke stürmisch. »Also, passt auf. Der Plan ist folgender.«

Nachdem ich die Details erläutert habe, johlt Valerie begeistert auf. Savannah aber sieht mich skeptisch an.

»Denkst du echt, dass er darauf reinfällt?«

»Savannah, der Typ setzt Mädchen unter Drogen, um Sex mit ihnen zu haben. Dieses Angebot wird er auf keinen Fall ausschlagen! Der ist total auf dem Machttrip, und diese Tatsache nutzen wir.«

Sie zuckt mit den Schultern. »Na schön, ich bin dabei. Zeigen wir's dem Arschloch.«

Daniel sitzt mit einem Heineken in der Hand auf einer Liege am Pool, während er mit der anderen den Oberschenkel eines Mädchens knetet. Sie wirkt ziemlich jung, ist bestimmt erst in der neunten Klasse, und plötzlich erwacht in mir ein ganz neuer Kampfgeist. Es ist höchste Zeit, dass wir Daniel aufhalten.

»Hi Daniel«, sage ich in meinem unterwürfigsten Tonfall.

Er reißt den Kopf nach oben und schaut sofort nach, ob die Royal-Brüder hinter mir stehen. Als er sieht, dass die Luft rein ist, lehnt er sich zurück und zieht das Mädchen näher an sich. »Was willst du? Ich bin beschäftigt.«

»Ich ... Ich wollte mich für gestern Abend entschuldigen. Ich habe überreagiert. Immerhin bist du Daniel Delacorte und ich ... Ich bin eben nur eine Prinzessin aus der Gosse.« Ich muss wirklich beinahe kotzen, wenn ich mir selbst beim Reden zuhöre.

Das Mädchen rutscht unbehaglich hin und her. »Ähm, ich glaube, meine Schwester ruft gerade nach mir.«

Sie schlüpft unter Daniels Arm hervor, und ich springe sofort ein. »Ich muss dir Daniel sowieso mal kurz entführen, aber dann gehört er wieder ganz dir!«

Daniel grinst. »Nur kurz? Ich glaube, ich brauche ein bisschen länger!«

Das Mädchen kichert und verdrückt sich dann. Verstehe ich. Es macht auch keinen Spaß, jemandem dabei zuzusehen, wie er sich vollkommen selbst erniedrigt. Sobald sie außer Hörweite ist, verwandelt sich Daniels sorgloses

Lächeln in eine finstere Miene. »Was wird das hier für ein Spielchen?«, fragt er.

»Ich will noch eine zweite Chance.« Ich lehne mich nach vorn, sodass er mein Dekolleté direkt vor der Nase hat. »Ich habe einen Fehler gemacht. Wenn du mir einfach direkt gesagt hättest, was du willst, dann hätte ich ganz anders reagiert.« Ich kann selbst nicht fassen, dass ich diesen Mist wirklich über die Lippen bringe!

Er gafft in meinen Ausschnitt und leckt sich die Lippen. »Die Royals wirkten nicht gerade glücklich über unser kleines Tête-à-Tête.«

»Ja, sie waren sauer, weil ich eine Szene gemacht habe. Sie wollen, dass ich die Klappe halte und nicht mehr weiter auffalle.«

»Trotzdem bist du hier.«

»Ihr Dad hat ihnen gesagt, dass sie mich mitnehmen sollen.«

Er runzelt die Stirn. »Du willst dich also rächen? Ist es das?«

»Wenn ich ehrlich bin, dann schon, ja«, schwindle ich. Es kann nicht schaden, wenn er denkt, dass die Royals und ich miteinander im Clinch sind. »Es nervt mich einfach, dass diese Trottel mich immer zwingen wollen, irgendeine Rolle zu spielen.« Ich zucke mit den Schultern. »Ich mache nun mal gern Party und habe dabei so richtig Spaß. Ihnen zuliebe habe ich ja versucht, brav zu sein, aber ... So bin ich eben einfach nicht.«

Daniel sieht mich fasziniert an.

»Lass uns also mit dem Theater aufhören, ja? Worauf auch immer du Bock hast – ich stehe dir zur Verfügung, und nicht nur ich.« Ich deute vage hinter mich.

»Du kennst doch Valerie, oder?« Er nickt und glotzt dann wieder auf meinen Busen. »Ich habe ihr von deinen

Freundinnen erzählt, Zoe und Nadine. Sie war definitiv interessiert, und wir dachten uns …« Ich verstumme und lege meine Hand auf Daniels Knie, um dann meinen Mund an sein Ohr zu drücken. »Wir dachten, wir zeigen dir mal, was wir Astor-Girls so draufhaben. Wir sind beide Tänzerinnen, weißt du?«

»Echt?« Seine Augen leuchten auf.

»Und du kannst mit uns machen, was auch immer du willst«, sage ich neckisch.

Jetzt hat er Feuer gefangen. »Wirklich alles?«

»Alles, ja. Kannst auch gern deine Kamera mitbringen. Vielleicht willst du ja ein paar Erinnerungsbilder schießen.«

»Wo?« Er schiebt seine Hand zwischen meine Beine. Boah, ist das ekelhaft.

»Im Poolhaus. Ich habe das Schloss öffnen können. Wir treffen uns in fünf Minuten dort!«

Ich schlendere davon, ohne mich noch einmal umzusehen. Wenn ich Daniel falsch eingeschätzt habe, wird der Plan nicht aufgehen, und ich muss vor den Royals zu Kreuze kriechen. Aber eigentlich glaube ich nicht, dass ich falschliege. Immerhin bietet sich Daniel die Möglichkeit, gleich zwei Gossenmädchen klarzumachen und sie dabei sogar zu fotografieren – und die Bilder hinterher seinen Freunden zu zeigen. Diese Chance lässt er sich garantiert nicht entgehen.

Als ich in das kleine Gebäude schlüpfe, erhebt Val sich von einem der zwei Stühle, die sie und Savannah vor die bodentiefen Fenster gestellt haben. Wie bei den Royals sind auch hier fast alle Wände verglast, sodass der Blick auf den Ozean frei ist. Aber es gibt auch Vorhänge, und die Mädels haben alle zugezogen.

»Gefällt mir, was ihr aus diesem Ort gemacht habt«, scherze ich.

Valerie wirft mir etwas zu, das ich reflexartig fange. Der Gürtel eines Bademantels. »Danke. Wir haben es absichtlich schlicht gehalten, weil wir dachten, unser Kunstwerk kommt noch besser zur Geltung, wenn es keinerlei Ablenkung gibt. Bist du mit dem Gürtel einverstanden?«

Ich erinnere mich an die Jacht und Reed. »Das klappt auf alle Fälle.« Ich knote ihn um meine Hüfte. »Wo steckt Savannah?«

»Ich bin im Bad!«, ruft sie.

Plötzlich hören wir ein lautes Klopfen an der Tür. Daniel.

»Showtime, Ladys!«, wispere ich und öffne die Tür.

28. Kapitel

»Ich dachte schon, dass ihr mir vielleicht eine Falle stellt, aber die Royals sind ja tatsächlich alle mit dem Trinken beschäftigt. Reed ist heute anscheinend irre scharf auf Abby.« Daniel mustert mich und lässt seinen Blick dann zu Valerie wandern. »Val, ich hätte von dir nie gedacht, dass du so versaut bist! Dabei hätte ich es eigentlich ahnen können.«

Weil ihr schließlich beide trashige Unterschichtschlampen seid, beende ich den Satz innerlich für ihn.

Valerie verzieht angewidert den Mund, und auch sonst ist ihre Show nicht besonders überzeugend. Angeturnt wirkt sie jedenfalls nicht – deswegen muss ich ihn jetzt dringend ablenken.

»Was willst du zuerst machen?« Ich streiche seine Schultern und ziehe ihn dann hinter mir her an den Tisch, der in der Mitte des Raumes steht. Offenbar war er den anderen zu schwer, um ihn zu verschieben.

»Wie wäre es für den Anfang, wenn ihr miteinander rummacht?«, schlägt Daniel galant vor.

»Es soll direkt zur Sache gehen, ja? Und was ist mit dem Vorspiel?« Ich stoße ihn auf den Tisch, ein bisschen fester als nötig. »Ich vermute, du brauchst dringend ein bisschen

Nachhilfe in Sachen Vorfreude. Lass uns ein bisschen für dich tanzen.« Er lehnt sich zurück und stützt sich auf die Ellbogen, ehe er uns arrogant mit dem Kinn zunickt. »Schön. Aber ich will viel nackte Haut und Gefummel sehen, klar?«

Valerie ringt kurz um Fassung und tritt dann auf ihn zu. »Wie wäre es mit einer kleinen Massage? Hast du schon mal eine bekommen?«

»Klar, im Club von Daddy bekomme ich die ganze Zeit welche.«

»Aber von zwei Mädchen – mit einem Happy Ending?« Sie wackelt mit ihrem Zeigefinger. »Wie Ella schon meinte: Wir sollten nichts überstürzen. Erst mal kriegst du eine schöne Massage, und dann kannst du uns zusehen. Ich finde auf jeden Fall, dass du zuerst kommen solltest.«

Daniel wägt einen Moment ab. »Jepp, das klingt eigentlich ganz gut. Ihr Bitches könnt euch ruhig noch ein bisschen Zeit lassen.« Er zwinkert, um zu zeigen, dass das mit den *Bitches* lustig gemeint ist. Leider finden wir das gar nicht zum Lachen, und ich habe gute Lust, ihm sofort eine reinzuhauen.

»Lass uns dir beim Ausziehen helfen«, sage ich zuckersüß.

Zum Glück wird Daniel nicht misstrauisch. Scheinbar traut er uns beiden alles zu, was versaute Ideen angeht. So funktioniert sein mickriges Gehirn nun mal, und genau deswegen wird bestimmt alles nach Plan laufen. Er ist nun mal Daniel Delacorte, Sohn eines Richters, Lacrosse-Spieler, ein Typ mit dem perfekten Saubermann-Image, dem nie jemand etwas Böses unterstellen würde. Ich zweifle keine Sekunde daran, dass auch Savannahs Cousine einem weniger angesehenen Zweig der Familie angehört.

Valerie und ich wollen uns schon widerwillig daranmachen, ihm beim Ausziehen zu helfen, aber zum Glück ist das gar nicht nötig. Er schlüpft eifrig aus Hose, Boxershorts und T-Shirt und ist im Handumdrehen splitternackt.

»Da kann es ja jemand gar nicht erwarten!«, murmelt Valerie.

Daniel leckt sich die Lippen. »Wo wollt ihr mich haben, Girls?«

Valerie stemmt ihre Hand auf die Hüfte und tut so, als müsste sie erst mal scharf nachdenken.

»Wie wär's da drüben?« Sie deutet auf einen Haufen Kissen, der direkt vor dem Fenster liegt.

Daniel geht in großen Schritten auf den Stapel zu und lässt sich auf die weichen Polster sinken.

»Pass bitte auf, dass du mich nicht beißt, ja? Am besten, du schützt deine Zähne mit deinen Lippen.«

So. Das ist jetzt aber das letzte Kommando, das ich von ihm entgegennehme, denke ich, und haue ihm dann mit der Obstschale gegen den Kopf.

»Was soll das denn?!«, brüllt er und betastet wutentbrannt seinen Schädel.

»Ich hab dir doch gesagt, dass die Schale zu leicht ist«, meint Savannah vorwurfsvoll, die gerade aus dem Bad gestürzt kommt. Noch ehe Daniel aufspringen kann, hält sie auch schon eine Dose Haarspray in die Luft und sprüht es ihm in die Augen.

»Ihr Schlampen! Ich mach euch fertig!«, jault Daniel. Als er aufsteht, taumelt er gegen die Fensterscheibe, und wir drei lachen uns kaputt.

»Ich will ihn nicht umbringen, nur ein bisschen zurichten«, erinnere ich Savannah. »Was ist denn mit dem Kerzenleuchter?« Ich verpasse Daniel mit dem silbernen Teil einen Schlag an die Schulter, und Savannah schlägt ihm damit noch einmal so geschickt auf den Kopf, dass er zur Seite wegkippt.

»Du hast recht, Ella. Der Kerl ist echt unheimlich«, murmelt Val.

Dann schnappen wir uns die Gürtel, schnüren ihn so fest wie möglich ein, sodass er aussieht, als wäre er ein gefüllter Truthahn. Weil Daniel sich gerade in einem Dämmerzustand befindet, ist es uns ein Leichtes, die Hände auf seinem Rücken zusammenzubinden, dann seine Knöchel, und schließlich Arme und Beine mit einer großen Schlaufe zu fesseln.

»Zu schade, dass wir kein Tape haben.« Ich hebe eine Banane vom Fußboden auf und werfe sie in die Luft. »Die hier könnten wir ihm an den Hintern kleben.«

»Das wäre super!«, kräht Valerie.

Savannah zieht einen Flunsch. »Ich hätte da auch noch was für seinen Hintern!« Sie geht zu ihm und verpasst ihm den härtesten Fußtritt, den ich außerhalb eines Films je gesehen habe. Anscheinend hat es ihren Zorn noch nicht ausreichend besänftigt, ihm mit einem Kerzenleuchter einen überzubraten.

Tatsächlich hat der Tritt Daniel aus seiner Ohnmacht gerissen, und er heult vor Schmerz laut auf. Auf Savannahs Gesicht erscheint ein hämisches Grinsen. Sie beugt sich zu ihm hinunter und flüstert ihm etwas ins Ohr, das ihn erschauern lässt.

Dann richtet sie sich auf und streicht sich ihr Haar glatt.

»Ich bin bereit. Habe keine Lust, mehr Zeit als nötig mit diesem Dreckskerl zu vergeuden.«

»Warte mal!«, sagt Valerie, und wir sehen, wie sie einen Apfel in die Luft wirft.

Ich muss grinsen. »Denkst du dasselbe, was ich denke?«, frage ich. Der Plan ist megafies, und ich liebe ihn!

Savannah bricht in schallendes Gelächter aus. Wir ziehen Daniels Kiefer auseinander und stopfen ihm den Apfel in den Mund. Mit so einem nackten, belämmerten Typen werden wir doch mit links fertig!

»Lasst uns gehen!« Ich renne zur Tür, wo Sawyer schon auf uns wartet. »Wir sind fertig.«

»Wir auch«, erwidert er grinsend. »Habt ihr ihn gekillt? Sein Schrei vorhin klang ganz schön übel.«

»Ich glaube, Savannah hätte das gern getan, aber wir konnten sie davon abhalten.«

»Das Mädchen hat mich schon immer beeindruckt«, meint Sawyer.

Ich lehne mich zurück und bedeute den Mädels, dass sie gehen können. Savannah und Val schlüpfen durch die Fenstertür, die zum Strand führt. Sobald sie am Ufer sind, drücke ich auf den Knopf, der die Vorhänge automatisch beiseitegleiten lässt, und knipse das Licht an. Die Worthingtons haben es uns mit ihrer luxuriösen Einrichtung wirklich sehr leicht gemacht. Sobald das Licht an ist und die Vorhänge geöffnet sind, flitzen Sawyer und ich zu den Mädels, die draußen bei Sebastian stehen.

Sebastian legt Savannah und Valerie je eine Hand auf die Schulter.

»Zu schade, dass wir die Show verpassen werden«, grummelt er.

Das finde ich auch, aber es wäre keine gute Idee, wenn wir uns ins Publikum mischen würden. Wenn seine Kumpels rausfinden, dass wir hinter der Aktion stecken, dann könnte das übel für uns ausgehen. Deswegen haben wir die Zwillinge als unsere persönlichen Bodyguards angeheuert.

Wir stehen herum und warten darauf, dass jemand Daniel bemerkt, der wie ein menschliches Spanferkel im Poolhaus liegt.

Plötzlich hören wir, wie ein paar Gäste nach Luft schnappen. Ein Schrei, den ich nicht zuordnen kann, ertönt, und dann herrscht Stille.

Nach einer Weile, die einem wahrscheinlich erst recht wie eine Ewigkeit erscheint, wenn man nackt und gefesselt Dutzenden Blicken ausgesetzt ist, ruft jemand: »O mein Gott!«, und jemand anderes: »Ist das etwa Daniel Delacorte?« Und plötzlich hagelt es Kommentare und Scherze, es wird geklatscht, gepfiffen und geschrien. Ich fange plötzlich an zu zittern, so sehr, dass ich mich an Sawyer lehnen muss.

»Ich weiß auch nicht, warum ich so schwach bin«, stammle ich.

»Der Adrenalinkick lässt nach.« Er kramt in seiner Tasche und reicht mir eine Stange Pfefferminzdrops. »Mehr hab ich leider nicht. Sorry.«

»Schon okay«, murmele ich und stecke mir zwei davon in den Mund. Dann konzentriere ich mich ganz aufs Kauen, und ich bin mir nicht sicher, ob es der Zucker ist, der hilft, oder einfach nur, dass ich mich auf etwas anderes konzentrieren kann. Langsam lässt das Zittern nach, und mir wird wieder etwas wärmer. »Wo steckt denn die restliche Royal-Crew?«, frage ich.

Sebastian sieht mich so amüsiert an, als wüsste er ganz genau, für welchen meiner Brüder ich mich besonders interessiere.

»Ach, die genießen zusammen mit den anderen Daniels Demütigung vor der ganzen Schülerschaft und sorgen dafür, dass das richtige Gerücht entsteht.«

»Und das wäre?«

»Na, die Wahrheit. Dass er von einem Mädchen verprügelt wurde.«

»Von drei«, korrigiere ich ihn.

»Klar, aber die Story klingt besser, wenn nur von einem die Rede ist.«

»Wollt ihr denn nicht auch was von dem Ruhm abhaben?«

»Nee. Am Ende erfährt es Dad, und er kommt uns wieder mit dieser elenden Militärschule.« Sawyer grinst. »Das Wichtigste ist, dass *wir* wissen, dass wir dahinterstecken!«

Als die drei restlichen Royals auf uns zukommen, gehe ich mit Sawyer hinunter an den Strand. Valerie ruft mir zu, dass sie sich von Savannah nach Hause bringen lässt, und ich winke ihr eilig zu, während ich den Zwillingen nachlaufe. Ihre Brüder sind dicht hinter uns.

»Du hättest seinen Gesichtsausdruck sehen sollen!«, johlt Gideon.

»Mann, hat der vielleicht einen kleinen Schniedel!«, wundert sich Easton. »Meint ihr, das lag nur daran, dass er nicht steif war, oder ist der echt so winzig?«

»Die Wunde auf seiner Stirn sieht richtig übel aus. Warst du das?« Reed klingt beeindruckt.

Die drei Brüder plappern alle auf einmal auf uns ein.

»Wow!« Ich hebe die Hände. »Ich kann nicht allen gleichzeitig zuhören!«

»Das hast du gut gemacht«, meint Gideon und strubbelt zu meiner großen Überraschung mit seiner Hand durch mein Haar.

»Perfekt«, meint auch Reed, und von dem Wohlwollen in seinem Blick wird mir ganz komisch zumute.

Easton hebt mich in die Luft und wirbelt mich herum. »Du bist der Boss, Ella! Bitte erinner mich immer daran, dass ich mich niemals mit dir anlegen darf!«

Als wir hinter uns Schreie und Flüche hören, drehen wir uns Richtung Haus. Easton lässt mich zu Boden gleiten, und wir sehen, wie sich oben an der Böschung eine Menschentraube bildet. Dann hören wir ein lautes Platschen – wurde da etwa jemand in den Pool geworfen?

»Er hat doch tatsächlich Penny Lockwood-Smith ins Wasser geschubst!«, juchzt jemand begeistert.

»Da kommt er ja«, meint Gideon seufzend und meint natürlich Daniel, der sich den Weg durch die Menge bahnt. Selbst in dem dunkelblauen Licht der Nacht können wir erkennen, dass er fuchsteufelswild ist.

»Lass dich ja nicht von ihm beißen«, flüstert Easton mir ins Ohr. »Vielleicht hat er ja Tollwut.«

Daniel bleibt am Ende der Rasenfläche stehen und sieht sich am Strand um. Als er uns entdeckt hat, brüllt er los und springt hinunter auf den Sand. Wow, ganz schön athletisch.

»Nicht übel«, murmele ich.

»Na ja, er ist ja auch im Lacrosse-Team«, erinnert Sawyer mich.

»Ich bringe euch um! Euch alle! Und mit dir fange ich an, du Schlampe!«

Reed dreht sich breit grinsend um, ein Anblick, den ich nicht unbedingt gewöhnt bin.

»Klingt wie eine Drohung, was?«, fragt er uns.

Easton nickt und grinst ebenfalls. »Ja, Ella ist eindeutig in Gefahr. Das würde Dad gar nicht gefallen.«

Reed sieht richtig glücklich aus, als er sich vor mich stellt und zusieht, wie Daniel nur in Shorts auf uns zurennt.

Ab und zu leuchtet Blitzlicht auf – ein paar Partygäste wollen dieses unvergessliche Spektakel wohl für immer festhalten. Die Zwillinge stellen sich schützend vor mich, und das gerade noch rechtzeitig: Denn sobald ich meinen Kopf zwischen dem royalschen Muskelberg hervorstrecke, sehe ich auch schon, wie Daniel sich mit einem animalischen Knurren auf Reed wirft. Der macht einen Schritt nach vorn und schlägt Daniel mit voller Wucht ins Gesicht. Und der fällt um. Wie ein Stein.

29. Kapitel

Auf dem Rückweg nach Hause sind wir alle in Hochstimmung. Ich schicke Val schnell eine Nachricht, um zu hören, ob ihre Heimfahrt mit Savannah okay war, und sie versichert mir, dass alles in Ordnung ist und Savannah sowieso bei ihr um die Ecke wohnt.

Easton läuft neben mir her, die Zwillinge eilen vorneweg und unterhalten sich immer noch amüsiert über das Schauspiel im Hause Worthington.

»Der hat ihn echt in der ersten Runde k.o. geschlagen«, gluckst Sawyer.

»Neuer Rekord für Reed«, stimmt Sebastian ihm zu.

Reed und Gideon trotten hinter uns her. Jedes Mal wenn ich mich umdrehe, sehe ich, dass sie die Köpfe zusammengesteckt haben und in ein eifriges Gespräch vertieft sind.

Es ist klar, dass die zwei wieder einmal Geheimnisse haben, die sie nicht mit uns teilen wollen, und das macht mir irgendwie Kummer. Eigentlich habe ich nämlich langsam wirklich geglaubt, dass die Royals zusammenhalten wie Pech und Schwefel.

Als wir am Haus ankommen, bleibe ich am Fuße der Treppe stehen.

»Ich mache noch einen kleinen Spaziergang am Wasser«, meine ich.

»Ich komme mit!«, sagt Easton sofort.

Ich schüttle den Kopf. »Ich möchte ein bisschen allein sein. Nimm es mir nicht übel.«

»Ist schon okay.« Er beugt sich zu mir hinunter und drückt einen dicken Schmatzer auf meine Wange. »Die Racheaktion heute war super, Sis. Du bist meine Heldin!«

Sobald er weg ist, stelle ich meine Schuhe bei den Felsen ab und laufe barfuß durch den weichen Sand. Der Mond spendet genug Licht, dass ich mich orientieren kann, und ich habe gerade mal ein paar Meter zurückgelegt, als ich hinter mir Schritte höre.

»Du solltest hier nicht allein herumlaufen«, sagt Reed.

»Warum denn nicht? Denkst du, Daniel versteckt sich hinter einem Felsen und überfällt mich?«

Ich bleibe stehen und drehe mich zu ihm um. Wie immer stockt mir beim Anblick seines wunderschönen Gesichts kurz der Atem.

»Könnte schon sein. Du hast ihn heute ganz schön bloßgestellt.«

Ich muss lachen. »Na, und du hast ihn k.o. geschlagen! Wahrscheinlich drückt er gerade eine Packung Eis auf sein Gesicht.«

Er zuckt mit den Schultern. »Er hat es nicht anders gewollt.«

Ich starre aufs Wasser. Reed starrt mich an. Ich spüre seinen Blick wie Feuer auf meinen Wangen brennen und lächle ihn unsicher an.

»Spuck's schon aus.«

»Was denn?«

»Weitere Lügen. So von wegen nur ein Gefallen, als du

gestern Nacht bei mir lagst, dass du mich nicht willst und so weiter und so fort.« Ich winke ab.

Reed muss doch tatsächlich lachen.

»O Gott! War das etwa ein Lachen? Ein leises Glucksen? Hey, Leute, kommt mal schnell her! Reed Royal lacht! Kann jemand im Vatikan anrufen und dieses Wunder verkünden?«

Wieder gluckst er. »Du bist vielleicht eine Nervensäge«, grummelt er.

»Ja, aber du magst mich trotzdem.«

Er verstummt. Ich denke schon, dass da nichts mehr kommt, aber dann flucht er leise auf. »Ja, vielleicht tue ich das wirklich.«

»Zwei Wunder in nur einer Nacht?! Wird heute noch die Welt untergehen?«

Reed zupft an einer meiner Haarsträhnen. »Vorsicht, Fräulein!«

Ich strecke einen Zeh ins Wasser, aber es ist sogar noch eisiger als sonst. Ich quietsche auf und weiche zurück.

»Ich hasse den Atlantik!«, verkünde ich. »Der Pazifik ist viel, viel besser!«

»Du kommst von der Westküste?« Jetzt klingt er richtig neugierig.

»Westen, Osten, Norden, Süden – wir haben überall gelebt. Sind nie lang am selben Ort geblieben. Ich glaube, das Längste war mal ein ganzes Jahr in Chicago. Oder eigentlich Seattle – das waren zwei Jahre. Aber die zähle ich mal nicht mit, weil meine Mom da krank war und uns gar nichts anderes übrig geblieben ist, als auszuharren.«

»Warum seid ihr denn so viel umgezogen?«

»Ach, meistens wegen des Geldes. Wenn Mom ihren Job verloren hat, mussten wir eben unsere Sachen packen und umziehen. Oder sie hat sich wieder mal verliebt, und wir sind zu ihrem neuen Typ gezogen.«

»Hatte sie viele?« Jetzt klingt er harsch.

»Yeah. Sie hat sich ständig verknallt.«

»Dann war es keine echte Liebe.«

Ich sehe ihn fragend an.

»Es war einfach Lust«, meint Reed achselzuckend. »Das ist nicht das Gleiche.«

»Vielleicht. Aber ihr hat es trotzdem was bedeutet.« Ich zögere. »Haben deine Eltern sich denn geliebt?«

Vielleicht hätte ich nicht fragen sollen, denn Reed versteift sich sofort.

»Mein Dad behauptet zwar, dass sie das getan hätten. Aber er hat sich nicht gerade so benommen.«

Ich glaube, da liegt er falsch. Allein wenn man Callum zuhört, wie er über Maria spricht, ist eigentlich klar, dass er sie sehr geliebt hat. Ich habe keine Ahnung, wieso seine Söhne sich weigern, das anzuerkennen.

»Ihr vermisst sie alle sehr, was?«, frage ich, um die Situation ein wenig aufzulockern, aber Reed wirkt immer noch sehr angespannt. Er sagt kein Wort.

»Ist doch okay, das zuzugeben. Mir fehlt meine Mom jeden Tag. Sie war die wichtigste Person in meinem Leben.«

»Sie war eine Stripperin.«

»Na und?! Von ihrem Gehalt haben wir die Rechnungen bezahlt, die Miete ... Und meine Tanzstunden.«

Er sieht mich scharf an. »Als sie krank wurde: Hat sie dich da gezwungen zu strippen?«

»Nein, sie wusste gar nichts davon. Ich habe immer behauptet, dass ich kellnere. Das habe ich auch gemacht, und dann habe ich noch in einer Fernfahrerkneipe gejobbt. Aber das hat nicht genug Geld gebracht, also habe ich ihren Ausweis gemopst und habe damit einen Job in einem Club bekommen.« Ich seufze. »Ich erwarte ja gar nicht, dass du das verstehst. Schließlich musstest du dir um Geld noch nie Sorgen machen.«

»Das stimmt.«

Ich weiß nicht genau, ob ich mich zuerst in Bewegung gesetzt habe oder er, aber auf einmal laufen wir wieder los. Erst haben wir noch ein paar Schritte Abstand zueinander, aber während wir laufen, kommen wir uns näher und näher, bis unsere Arme sich immer wieder berühren. Seine Haut ist warm, und meine kribbelt bei jedem noch so kleinen Kontakt.

»Meine Mutter war sehr nett«, meint er schließlich.

Das hat Callum auch gesagt. Gleichzeitig muss ich an Steves schreckliche Witwe Dinah denken, die ihre ganze Wohnung mit Aktbildern von sich dekoriert hat, und frage mich, wie zwei solch gute Freunde sich für so unterschiedliche Frauen entscheiden konnten.

»Sie hat immer allen geholfen – vielleicht ein bisschen zu sehr. Sie hat sich regelrecht aufgeopfert.«

»War sie lieb zu euch?«

Reed nickt. »Ja, sie hat uns geliebt. War immer für uns da, hat uns mit Rat und Tat beiseitegestanden und uns auch bei den Hausaufgaben geholfen. Außerdem hat sie sich immer Zeit allein für jeden Einzelnen von uns genommen. Wahrscheinlich wollte sie vermeiden, dass jemand von uns sich vernachlässigt fühlt oder der Eindruck entsteht, sie hätte ein Lieblingskind. Am Wochenende haben wir dann immer was zusammen unternommen.«

»Was denn zum Beispiel?«

Er zuckt mit den Schultern. »So Sachen halt. Wir sind ins Museum oder in den Zoo gegangen oder haben Drachen steigen lassen.«

»Was soll das denn heißen?«

Er verdreht die Augen. »Sag mir nicht, dass du das noch nie gemacht hast, Ella!«

»Nö.« Ich ziehe einen Flunsch. »Ich war aber mal im Zoo. Ein Lover meiner Mom hat uns mal mit in so einen miesen kleinen Streichelzoo irgendwo im Nirgendwo geschleppt. Es gab eine Ziege, ein Lama und einen blöden kleinen Affen, der mich mit Dreck beworfen hat, als ich vorbeigelaufen bin.«

Reed wirft den Kopf zurück und lacht. Ich habe noch nie etwas gehört, das so sexy klingt.

»Dann kam aber raus, dass der kleine Zoo nur als Tarnung für einen Drogenumschlagplatz fungiert hat. Der Lover meiner Mom wollte einfach nur Weed kaufen.«

Auch wenn keiner es kommentiert, weiß ich, dass wir beide über die drastischen Unterschiede unserer Kindheitserlebnisse nachdenken.

Wir laufen weiter, und ich spüre kurz seine Finger an meinen. Ich halte den Atem an, frage mich, ob er nach meiner Hand greifen wird. Als er das nicht tut, bin ich so enttäuscht, dass ich stehen bleibe und ihn ansehe. Das ist natürlich keine gute Idee, weil er mir meine Sehnsucht sofort anmerkt.

»Du magst mich«, verkünde ich.

Sein Kiefer zuckt.

»Du willst mich.«

Wieder ein Zucken.

»Verdammt, Reed, warum kannst du es nicht einfach zugeben? Was bringt die Lügerei?«

Als er nichts erwidert, wirble ich herum und laufe davon, stapfe so fest auf, dass mit jedem meiner Schritte Sand durch die Luft fliegt. Plötzlich reißt Reed mich zurück und drückt meinen Rücken an seinen muskulösen Oberkörper.

Er legt sein Kinn auf meine Schulter, sodass seine Lippen nur Millimeter von meinem Ohr entfernt sind.

»Du willst, dass ich es sage, ja?«, flüstert er. »Okay. Schön. Ich will dich. Ich begehre dich wahnsinnig.«

Ich spüre seine Erektion an meinem Po, aber ich hätte auch so gewusst, dass er die Wahrheit sagt. Ich beginne von Kopf bis Fuß zu beben, als Reed mich zu sich herumdreht und seine Lippen auf meine presst.

Der Kuss ist so heiß, dass sich der Atlantik garantiert sofort in einen heißen Lavastrom verwandelt. Ich öffne die Lippen, und er schiebt seine Zunge in meinen Mund, erkundet ihn so gierig, dass ich kaum noch Luft bekomme und mir nichts anderes übrig bleibt, als mich an ihm festzuklammern.

Er stöhnt auf und legt die Hände auf meinen Po. Immer noch spüre ich seine Erektion und bin von seinem Kuss wie berauscht. Plötzlich lässt er mich los und taumelt zurück.

»Nächstes Jahr gehe ich aufs College«, sagt er rau. »Ich haue ab, und es kann gut sein, dass ich nie wieder zurückkomme. Ich bin nicht so selbstsüchtig, als dass ich jetzt etwas anfangen würde, das ich dann nicht zu Ende bringe. Das will ich dir nicht antun.«

Ist doch egal!, würde ich am liebsten erwidern. Ich will dich haben, ganz egal, wie! Aber ich sage es nicht laut, weil ich weiß, dass es ihn nicht überzeugen würde.

»Lass uns heimgehen«, murmelt er, als ich nichts mehr sage.

Ich folge ihm wortlos, und meine Lippen kribbeln immer noch von unserem Kuss.

Ich schlafe schon beinahe, als sich meine Zimmertür plötzlich leise öffnet. Verwirrt hebe ich den Kopf, bin aber innerhalb weniger Sekunden hellwach.

Reed klettert zu mir ins Bett, ohne etwas zu sagen. Es ist zu dunkel hier im Zimmer, um seinen Gesichtsausdruck erkennen zu können, aber als er näher zu mir rückt, spüre ich die Wärme seines Körpers. Langsam streicht er erst über meine Wange, dann über mein Kinn.

»Was machst du da?«, flüstere ich.

»Ich habe mich dafür entschieden, egoistisch zu sein«, sagt er und klingt ein wenig gequält.

Ich habe das Gefühl, jeden Moment vor Freude zu explodieren, schlinge meine Arme um seinen Hals und ziehe ihn näher zu mir. Seine Lippen sind ganz dicht an meinen, aber er küsst mich nicht.

»Das ist eine Ausnahme«, wispert er.

»Das hast du letztes Mal auch gesagt.«

»Dieses Mal meine ich es ernst.« Und dann küsst er mich, und jeder noch so kleine Protest, der sich vorher in mir geregt haben mag, löst sich in Luft auf.

Als meine Zunge seine berührt, stöhnt er auf und bewegt seine Hüften rhythmisch auf mir, sodass seine Erektion an meinem Bein reibt. Ich lege mich so, dass wir voreinander liegen, Gesicht an Gesicht und Mund an Mund.

»Fuck«, krächzt er und schiebt dann seine Hand unter mein T-Shirt. In mein Höschen.

Seine Finger necken mich, drücken an meine empfindlichsten Stellen, sodass auch ich laut aufseufze. Wir berühren uns, fassen jeden Zentimeter nackter Haut an, den wir nur erwischen können, verschlingen den anderen förmlich.

Es dauert nicht lang, bis ich innerlich in Tausende von herrlichen Funken zerspringe. Ich stöhne in seinen Mund und koste die Lust aus, die über mich hinwegspült, und als auch Reed kommt, halte ich ihn, so fest ich kann.

Später liegen wir ineinander verknotet da und küssen uns eine halbe Ewigkeit. Ich will ihn nie wieder loslassen. Will für immer hier liegen bleiben.

Aber als ich am nächsten Morgen aufwache, ist er weg. So wie letztes Mal.

Ich frage mich schon, ob ich das alles nur geträumt habe, aber als ich mich auf die Seite rolle, merke ich, dass das Kissen nach ihm riecht – nach seinem Shampoo, seiner Seife und dem markanten Aftershave, das er trägt. Ja, er war hier. Meine Erinnerung ist echt. Und es tut verdammt weh, dass er weg ist. Da hilft auch der Sonnenstrahl nicht, der durch die Vorhänge direkt aufs Bett fällt.

Als aber von unten ein hoher, lauter Schrei ertönt, weicht meine Enttäuschung sofort Panik. Ich vermute, dass der Schrei aus dem Flur kam, und ich springe aus dem Bett und reiße die Tür auf, als das Kreischen von Neuem einsetzt.

»Damit kommst du nicht durch!«, brüllt Brooke. »Dieses Mal nicht, Callum Royal!«

30. Kapitel

Ich erreiche die Brüstung im selben Moment, in dem Easton aus seinem Zimmer gestürzt kommt. Sein Haar steht in alle Richtungen ab, und seine Augen sind blutunterlaufen. »Was zum Teufel ist das denn jetzt schon wieder?«, murmelt er, als er neben mir steht.

Wir sehen beide hinunter ins Foyer, wo Brooke und Callum sich eine Art Showdown liefern. Es hat schon etwas Komisches an sich, wie Brooke, die nun mal mehr als einen Kopf kleiner ist als Callum, ihn einzuschüchtern versucht.

»Es ist mein Recht, hier zu sein!«, schreit sie und bohrt Callum ihren spitzen Fingernagel in die Brust.

»Nein, ist es nicht. Du bist weder eine Royal noch eine O'Halloran. Also hast du auch kein automatisches Bleiberecht.«

»Ach ja, und kannst du mir bitte verraten, wo ich sonst hinsoll? Warum ich mich die ganze Zeit mit deinem Scheißdreck herumschlagen sollte? Du behandelst mich wie deine Geliebte, nicht wie deine Freundin. Wo ist mein Ring, Callum? *Wo zur Hölle ist mein Ring?!*«

Ich kann zwar Callums Gesicht nicht sehen, aber seinen

Schultern nach zu urteilen, ist er wahnsinnig angespannt. »Meine Frau ist kaum unter der Erde, und schon kommst du mir mit so was!«, brüllt er.

Jetzt versteift sich auch Easton, und ich greife nach seiner Hand, die er sofort so fest drückt, dass es beinahe wehtut.

»Du verlangst von mir, dich einfach mal eben zu heiraten, als wäre das keine große Sache!«

»Zwei Jahre!«, unterbricht Brooke ihn. »Sie ist seit zwei verdammten Jahren tot! Komm endlich drüber weg!«

Callum taumelt, als hätte sie ihm einen Hieb verpasst.

»Ich lasse mich nicht mehr von dir herumschubsen«, kreischt Brooke jetzt und packt ihn an seinem Hemdsaum. »Ich bin fertig mit dir, verstehst du das? Fertig!«

Mit diesen Worten verpasst sie ihm einen Schubs und rennt zur Tür, wobei ihre Schuhabsätze laut auf dem Marmorboden klackern.

Callum geht ihr nicht nach, und als ihr das auffällt, wirbelt sie herum und zeigt auf ihn. »Wenn ich jetzt da rausgehe, dann komme ich nie wieder!«

»Pass auf, dass die Tür dir keinen Klaps auf den Po verpasst, wenn du gehst«, meint Callum eiskalt.

»Du ... du ... du Monster!« Brooke reißt die Tür so heftig auf, dass ein Luftschwall ins Foyer strömt, den ich bis hinauf in den zweiten Stock spüre.

Ihr blonder Schopf und ihre schmale, in ein Minikleid gequetschte Gestalt verschwinden nach draußen, und sie knallt die Tür mit ebensolcher Wucht zu, wie sie sie aufgerissen hat.

Schweigen breitet sich im Foyer aus. In meinem Augenwinkel erkenne ich ein paar Schemen und sehe dann, dass alle anderen Royals hinter uns stehen. Die Zwillinge sehen verschlafen aus. Gideon geschockt. Reeds Miene verrät kaum etwas, aber wenn ich mich nicht täusche, sehe ich einen leisen Triumph in seinen Augen aufflackern.

Easton versucht gar nicht erst, seine Freude zu verbergen. »Ist das gerade wirklich passiert?«, fragt er uns kopf-schüttelnd.

Callum hebt den Kopf. Er sieht etwas erschöpft aus, aber auch nicht gerade todunglücklich über den Fakt, dass seine Freundin ihn soeben verlassen hat.

»Dad!«, ruft Easton und grinst über beide Backen. »Nicht übel, Kumpel! Komm her und gib mir High-five!«

Anstatt Easton zu antworten, sieht er mich an. »Wenn du schon wach bist, Ella, warum kommst du dann nicht in mein Büro? Wir sollten uns mal kurz unterhalten.« Dann verlässt er das Foyer.

Ich beiße mir auf die Unterlippe und weiß nicht recht, was ich machen soll. Plötzlich fällt mir wieder ein, was er gerade zu Brooke gesagt hat – dass sie keine Royal oder O'Halloran ist, und auf einmal werde ich richtig nervös. Ich habe das dumme Gefühl, dass sie wegen Steve gestritten haben. Und somit wohl auch indirekt über mich.

»Geh!«, murmelt Reed, und wie immer gehorche ich ihm instinktiv. Es ist wirklich ein bisschen so, als stünde ich total in seinem Bann, und ich weiß nicht, ob mir das gefällt. Leider kann ich nichts dagegen tun.

Mit weichen Knien gehe ich in Callums Arbeitszimmer. Er hat sich schon an der Minibar bedient und gießt sich ein ordentliches Glas Scotch ein, als ich hereinkomme.

»Alles okay bei dir?«, frage ich leise.

Er winkt mir mit dem Glas in der Hand zu, sodass der Scotch überschwappt. »Mir geht's gut. Alles in bester Ord-nung. Sorry, dass du von unserem Streit wach geworden bist.«

»Denkst du denn, dass es zwischen euch beiden jetzt

wirklich vorbei ist?« Irgendwie tut mir Brooke doch leid. Klar, sie kann eine üble Zicke sein, aber gleichzeitig war sie auch sehr nett zu mir. Glaube ich zumindest. Brooke Davidson ist eine toughe Nuss.

»Wahrscheinlich schon.« Er nimmt einen Schluck. »Sie hat mit ihrem Vorwurf ja auch nicht ganz unrecht. Zwei Jahre Warten ist ganz schön lang.« Callum stellt sein Glas ab und fährt sich mit der Hand durchs Haar. »In etwa einer Woche wird das Testament eröffnet.«

Ich sehe ihn verdutzt an. »Das Testament?«

»Ja. Das von Steve.«

»Ist das nicht längst passiert? Ich dachte, die Beerdigung hat vor einiger Zeit stattgefunden.«

»Schon, aber das Vermögen wurde noch nicht aufgeteilt. Die Eröffnung des Testaments selbst wurde noch aufgeschoben, bis man dich gefunden hat.«

Das hat Dinah sicher sehr gut gefallen. »Muss ich da wirklich hin? Erbt Dinah nicht ohnehin alles, weil sie seine Frau ist?«

»Es ist leider alles etwas komplizierter. Aber ja, du solltest da sein. Ich auch, als dein Vormund, und außerdem noch Dinah und unsere Anwälte. Sie ist gestern Abend nach Paris geflogen, aber in einer Woche ist sie wieder da, und dann werden wir alles klären. Es wird ganz harmlos, versprochen.«

Mit Dinah O'Halloran? Meint er da nicht eher *schamlos*?

Aber ich nicke nur. »Okay. Wenn ich hingehen muss, dann mache ich das natürlich.«

Er nickt ebenfalls und greift dann wieder nach seinem Drink.

Kurz darauf bricht Callum zum Golfspielen auf. Er behauptet, dass ihm das dabei hilft, den Kopf freizukriegen. Ob er sich wohl sehr betrinken wird? Aber er ist erwachsen, und ich bin erst siebzehn Jahre alt, also beiße ich mir auf die Zunge.

Ein Royal nach dem anderen bricht auf. Gideon fährt noch vor dem Mittagessen zurück ins College und sieht wieder einmal ziemlich erleichtert darüber aus, dass er abhauen kann.

Bald bin nur noch ich da. Ich wärme mir die Reste einer Quiche auf und beschließe, danach einen kleinen Strandspaziergang zu machen.

Ich bin erst seit ein paar Wochen hier, und doch ist schon eine Menge passiert. Nicht alles davon war schön, aber so ist das Leben nun mal. Immerhin war ich nicht allein, und erst jetzt, wo ich mich ein bisschen einsam fühle, stelle ich fest, dass ich das eigentlich gar nicht mag. Es ist schöner, Freunde und Familie um sich zu haben, so verrückt alle Beteiligten auch sein mögen.

Ob Gideon wohl deswegen immer wieder zurückkommt?

»Hast du mir was aufgehoben?« Als ich Reeds Stimme höre, zucke ich zusammen, und ich drücke schnell eine Hand auf meine Brust, weil ich Angst habe, dass mein Herz ansonsten hinausspringen könnte. »Hast du mich erschreckt! Ich dachte, du wärst zusammen mit Easton losgezogen.«

»Nö.« Er schlendert durch den Raum, um mir über die Schulter zu linsen.

»Was ist noch im Kühlschrank?«

»Essen.«

Er zupft spielerisch an meinem Haar – zumindest interpretiere ich das mal so – und durchforstet dann den Kühlschrank. Irgendwann wird es wegen der Kühlschrankluft richtig kalt im Raum.

»Gibt es ein Problem?«, frage ich und höre kurz auf zu

essen, um seinen sexy Körper einen Moment lang bewundern zu können. Allein wie seine Muskeln sich zusammenziehen, während er nach dem Essen sucht ...

»Ich schätze mal, du würdest mir kein Sandwich machen, oder?«, fragt er, den Kopf im Kühlschrank.

»Auf keinen Fall.«

Er knallt die Tür zu und gesellt sich zu mir an den Tisch, reißt mir dann Teller und Gabel vor der Nase weg und beginnt, die Quiche in sich hineinzustopfen, noch ehe ich protestieren kann.

»Das war meine!« Ich greife hinüber, um ihm den Teller wieder wegzunehmen.

»Sandra würde wollen, dass du mit mir teilst.« Mühelos hält er mich mit einer Hand auf Abstand.

Mist. Ich sollte dringend Gewichte stemmen. Noch einmal versuche ich, mir den Teller zu schnappen, und dieses Mal zieht Reed mich zu sich. Vor Überraschung verliere ich die Balance und lande rittlings auf seinem Schoß. Meine Versuche, mich loszumachen, enden in dem Moment, in dem er eine Hand auf meinen Po legt und mich noch näher an sich zieht.

Sobald er mich küsst, erwidere ich seinen Kuss gierig. Ich will wieder diese heiseren Geräusche hören, mit denen er mir zeigt, wie heiß er mich findet.

»Du bist heute Morgen einfach abgehauen«, meine ich, sobald wir kurz voneinander ablassen. Mist. Das ist mir jetzt so rausgerutscht. Hoffentlich kommt jetzt kein fieser Kommentar.

»Wollte ich eigentlich nicht.«

»Warum bist du dann gegangen?« Scheiß auf den Stolz. Scheinbar macht es ihm nichts aus, wenn ich mich von meiner verletzlichen Seite zeige.

Er fährt sich mit den Fingern durchs Haar.

»Weil ich mich nicht im Griff habe, wenn es um dich geht. Ich halte es nicht lange aus, einfach nur neben dir im Bett zu liegen. Mann, für die Hälfte der Dinge, die ich mir ausmale, gehöre ich wahrscheinlich in den Knast!«

Klingt interessant. »Du denkst viel zu viel nach.«

Er gibt irgendeinen komischen Laut von sich – er klingt ungeduldig, zynisch und amüsiert zugleich –, und dann küsst er mich wieder. Bald reicht das nicht mehr. Ich ziehe an seinem T-Shirt, und auch seine Hände sind überall. Unter meinem Top, unter dem elastischen Bund meiner Shorts. Ich drücke mich ihm entgegen und sehne mich nach der Erlösung, die ich nur von Reed bekommen kann.

Als wir ein leises Schlurfen hören, zucken wir zusammen. »Hast du das auch gehört?«, flüstere ich.

Reed erhebt sich geschmeidig und kraftvoll zugleich, ohne mich abzusetzen. Der Flur ist leer. Er stellt mich auf den Boden und gibt mir einen Klaps auf den Po. »Warum ziehst du dir nicht dein Badezeug an?«

»Ähm, warum sollte ich?« Eigentlich will ich mich einfach nur wieder auf seinen Schoß setzen und ihn um den Verstand küssen. Aber er ist schon auf dem Weg nach draußen.

»Weil wir schwimmen gehen!«, ruft er mir über die Schulter hinweg zu.

Seufzend mache ich mich auf den Weg nach oben und sehe plötzlich Brooke auf mich zukommen. War die etwa in meinem Zimmer?

Ich bleibe stehen und werde auf einen Schlag wütend und misstrauisch zugleich. Was zum Teufel will sie in meinem Zimmer?!

Mist! Da ist mein Geld!

Ich lasse meinen Blick an ihr auf- und abwandern, aber sie hat keine Handtasche bei sich, und ihre Klamotten sind so eng, dass sie darunter unmöglich ein Bündel Geldscheine versteckt haben kann. Trotzdem hat sie in meinem Zimmer nichts verloren.

»Was machst du hier?«, frage ich sie unwirsch.

Sie schlendert auf mich zu. »Ach, wenn das nicht unser kleines Waisenmädchen Ella ist, die neue Prinzessin auf dem Royal-Schloss.«

»Ich dachte, du wolltest gehen und nie wieder zurückkommen«, meine ich argwöhnisch.

»Tja, Pech gehabt.« Sie wirft ihr langes blondes Haar über ihre Schulter. Scheinbar empfindet sie mir gegenüber nur noch Kälte.

Es bringt jetzt nichts, sich darauf einzulassen, also gehe ich einfach an ihr vorbei. »Halt dich fern von meinem Zimmer, klar? Ich mein's ernst, Brooke. Wenn ich dich hier noch mal erwische, dann erzähle ich es Callum.«

»Richtig. Callum, dein Retter. Der Mann, der dich aus der Gosse geholt und hierhergebracht hat.« Sie klingt bitter. »Das hat er für mich auch getan. Erinnerst du dich? Aber weißt du was, Süße: Wir sind austauschbar. Das sind wir alle.« Sie wedelt mit ihrem perfekt lackierten Zeigefinger vor mir hin und her. »Dein Leben hat sich von Grund auf verändert, oder nicht? Wie im Märchen. Aber leider sind Märchen nicht echt. Mädchen wie du und ich müssen nach dem Ball zwangsläufig wieder die Asche zusammenkehren.«

Ich sehe, dass ihre Augen ganz feucht geworden sind.

»Brooke«, sage ich sanft. »Lass mich dir ein Taxi rufen, okay?« Jetzt tut sie mir doch wieder leid. Sie ist verletzt und braucht Hilfe. Auch wenn ich nicht weiß, was ich für sie tun kann, außer dafür zu sorgen, dass sie sicher nach Hause kommt.

»Dich wird er auch irgendwann satthaben«, fährt Brooke

fort, als hätte ich nichts gesagt. Es ist auch völlig egal, was ich erwidere. Sie braucht einfach nur eine Zuhörerin. »Denk an meine Worte.«

»Vielen Dank für die Auskunft«, erwidere ich trocken. »Aber ich glaube, es ist jetzt Zeit, dass du gehst.«

Ich versuche, sie Richtung Treppe zu schieben, aber sie reißt sich los und taumelt gegen die gegenüberliegende Wand. Plötzlich perlt ein irres Lachen aus ihren kirschrot geschminkten Lippen. »Ich hatte die Royals sehr viel länger im Griff als du, Süße.«

So, jetzt reicht es. Mir geht wirklich die Geduld aus, deswegen ziehe ich mich schnell in mein Zimmer zurück, knalle die Tür zu und laufe ins Bad. Mit zitternden Händen überprüfe ich, ob das Geld noch da ist. Als ich es ertastet habe, beschließe ich, dass ich es dringend an einem sichereren Ort verstecken muss.

»Was ist los?«, fragt Reed, sobald ich in den Innenhof trete. Ich kann ihm nicht sofort antworten, weil meine Zunge irgendwie verknotet ist. Keine Ahnung, wie ich mich normal verhalten soll, wenn Reed in nur einer Badehose vor mir steht, die noch dazu so aussieht, als würde sie jeden Moment von seinen Hüften rutschen.

Seine muskulöse Brust ist von einem leichten Schweißfilm überzogen, und auf einen Schlag ist mir meine Auseinandersetzung mit Brooke vollkommen egal. Brooke. Wer war noch mal Brooke?

»Ella?«, fragt er belustigt.

»Was?« Ich reiße mich selbst aus meiner Trance. »Oh, sorry. Brooke war da. Kam aus meinem Zimmer. Zumindest denke ich das.«

Callums Zimmer liegt am anderen Ende des Hauses. Die ausladende Treppe teilt das Haus sozusagen in zwei Hälften.

Die Zimmer der Jungs liegen in der einen, Callums in der anderen. Die Gästezimmer sind ein Stockwerk tiefer. Es macht überhaupt keinen Sinn, dass Brooke in unserem Teil des Hauses war.

Reed runzelt die Stirn und geht auf die Tür zu.

»Sie ist weg«, sage ich. »Ich habe gesehen, wie ihr Wagen aus der Einfahrt fuhr, als ich rausgekommen bin.«

»Wir müssen dringend den Code am Eingang ändern«, murmelt er.

»Mhm.« Ich kann nicht aufhören, ihn anzustarren.

Noch ehe ich einmal blinzeln kann, hat Reed mich auch schon in die Luft gehoben und in den Pool geworfen.

Mit einem lauten Platschen lande ich im Wasser und spucke es aus, als ich mich an die Oberfläche strample.

»Was sollte das denn?«, schreie ich und streiche mir nasse Strähnen aus dem Gesicht.

»Du wirktest ganz so, als hättest du eine kleine Abkühlung bitter nötig!«

»Das musst du gerade sagen.« Ich stemme mich auf den gekachelten Rand des Pools und jage hinter ihm her. Keine Chance. Er ist viel zu schnell. Ich brauche einen Trick.

Also tue ich so, als hätte ich mir den Fuß an einer Liege angestoßen.

»Autsch!«, heule ich und umklammere dramatisch meinen Fuß.

Reed kommt sofort angestürzt. »Alles okay?«

Ich hebe meinen vermeintlich verletzten Fuß, damit er ihn untersuchen kann. »Ich habe mir meinen kleinen Zeh angestoßen.«

In dem Moment, in dem er sich bückt, schubse ich ihn ins Wasser. Sofort taucht er wieder auf, reibt sich das Wasser aus den Augen und grinst mich an. »Ich wollte dir den Spaß nicht nehmen.«

»Na klar.«

Fasziniert sehe ich zu, wie das Wasser an ihm hinabrinnt. Dann winkt er mich zu sich. »Wir sind sowieso schon nass, dann kannst du eigentlich genauso gut gleich wieder in den Pool kommen.«

»Wieso, damit du mich untertauchen kannst?«

»Mache ich nicht.« Er hebt die Finger zum Schwur. »Pfadfinderehrenwort.«

Ich muss grinsen. »Ich glaube, das ist die Begrüßung von Mr Spock, nicht das Pfadfinderehrenwort!«

Er klatscht mit der Hand so fest aufs Wasser, dass mich eine ganze Wasserwoge erwischt.

»Bei diesem Gruß hebt man vier Finger, du Schlaumeier. Zwing mich nicht, dich zu holen!«

»Ich komme nur rein, weil ich es will. Nicht, weil du es mir befiehlst.«

Reed verdreht die Augen und spritzt mich wieder voll.

Ich weiche zurück, dann hole ich Anlauf und lasse mich mit einer Arschbombe ins Wasser fallen. Während ich untertauche, kann ich hören, wie er vor Lachen brüllt.

Die nächsten zehn Minuten verbringen wir damit, uns gegenseitig unterzutauchen. Vielleicht habe ich seine Badehose dabei ein Stückchen heruntergezogen, und er hat mich eventuell an den Brüsten berührt – aus Versehen natürlich. Wie immer reagiert mein Körper schon auf die kleinste Berührung.

Als ich das nächste Mal auf ihn zutauche, packt er mich am Handgelenk und zieht mich an die Wasseroberfläche. Er zerrt mich hinter sich her, bis er auf der Kante des Beckens sitzt und ich im Wasser vor ihm stehe.

»Du versuchst wohl, mir die Hose runterzuziehen, was?«

»Eigentlich wollte ich nur schwimmen.« Ich klimpere

mit den Wimpern. »Ich bin unschuldig, Officer.« Ich hebe meine Handgelenke, die er immer noch festhält.

Reed streicht mit einem Finger über meine Brust. »So siehst du aber gar nicht aus.«

Im Gegenzug fahre ich mit dem Fuß über seinen Oberschenkel und grinse, als er unruhig hin- und herrutscht.

»Ganz schön kalt hier«, meine ich. »Da ist es doch klar, dass meine Nippel steif werden.«

»Wenn dem so ist, dann sollte ich dich dringend wärmen.« Er zieht mein Bikinitop beiseite, sodass ich vollkommen entblößt bin.

Ich glaube, bis jetzt habe ich immer die Augen geschlossen, wenn er mich an den Brüsten berührt hat. Es ist unglaublich erotisch, ihm zuzusehen, wie er meinen Nippel in seinen Mund nimmt, leicht hineinbeißt und dann zärtlich darüberleckt, ehe er beginnt, daran zu saugen.

Heiliger Bimbam.

»Ich ertrinke gleich!«, keuche ich. Er hebt den Kopf und sieht mich verschmitzt an. »Das dürfen wir nicht zulassen!« Und schon hat er mich aus dem Pool gehoben und trägt mich Richtung Poolhaus.

Atemlos stolpern wir zum Sofa, und Reed lässt sich auf den Rücken fallen und zieht mich mit sich, sodass ich breitbeinig auf ihm sitze. Wir sind beide klatschnass, aber es ist mir egal, dass das Wasser aus meinem Haar unablässig auf seine Brust tropft. Ich bin viel zu sehr damit beschäftigt, laut zu stöhnen, weil er schon wieder an meinem Bikinioberteil herumfummelt und immer wieder seine Hüften an meine presst.

Dann zieht er an den Schnüren meines Bikinis, sodass das Oberteil hinunterrutscht. Sofort wird sein Blick hitziger. »Ich wollte von Anfang an mit dir schlafen«, gesteht er mir.

»Ach, ehrlich?«, necke ich ihn. »Du meinst, als ich zum ersten Mal dein Haus betreten habe und du mich von der Brüstung aus böse angefunkelt hast?«

»Ja. Du warst angezogen wie eine Obdachlose und hattest dieses Flanellhemd an, das du bis zum Hals zugeknöpft hattest. Und dazu dein Blick. Das war das Heißeste, was ich je gesehen habe.«

»Ich schätze mal, wir haben unterschiedliche Definitionen von heiß.«

Apropos heiß: Sein Oberkörper glüht regelrecht, sodass ich mir beinahe die Hände verbrenne, als ich über seine Bauchmuskeln streiche. Als ich beginne, ihn zu küssen, erwidert er meine Zärtlichkeiten so stürmisch, dass es mir beinahe den Atem verschlägt. Unsere Münder passen einfach perfekt zusammen. Ich fahre mit den Händen über seine Brust, und er atmet scharf ein. Unter meinen Fingerspitzen beginnen seine Muskeln zu zucken.

Ich liebe es, Grund für seine Erregung zu sein. Ja, ich turne tatsächlich Reed Royal an, den Typen, der die Stirn runzelt, anstatt zu lächeln; der normalerweise keinerlei Emotionen zeigt.

Jetzt aber steht ihm sein Verlangen ins Gesicht geschrieben. Und ich kann es spüren, wenn er sich an mich drückt.

Ich neige mich hinunter, um ihn weiterzuküssen, und als er an meiner Zunge saugt, seufze ich auf, und das Seufzen verwandelt sich in ein lautes Stöhnen, als er meinen Nippel zwischen seine Fingerspitzen klemmt. Ich drücke meine Brüste gegen seine Handflächen, und er sieht mich finster an.

»Ich bin schon wieder egoistisch«, murmelt er.

»Ich mag es, wenn du so bist«, flüstere ich.

Er lacht erstickt auf und rollt sich dann auf mich, während er eine Hand in mein Höschen schiebt.

»Ich will, dass es dir richtig gut geht.« Er drückt seine Lippen auf meine, und die Lust durchfährt mich wie ein Stromschlag. Ich schließe die Augen und genieße das Gefühl, das mich durchströmt, bis wir beide so heftig keuchen, dass garantiert jede Scheibe im Poolhaus beschlagen ist.

»Reed.« Um mich herum verschwimmt alles. Mein Gehirn funktioniert schon längst nicht mehr. Ich kann mich jetzt nur noch auf meine Lust konzentrieren, mich ihr ganz hingeben.

Als ich wieder auf dem Erdboden lande, grinst er mich ungeheuer selbstzufrieden an.

Ich kneife die Augen zusammen und würde ihm dafür, dass er eine solche Macht über mich hat, am liebsten eine knallen. Aber das ist irgendwie eine reichlich bescheuerte Idee, weil es sich ja wahnsinnig gut angefühlt hat.

Vielleicht wäre es ja auch nicht schlecht, für Gleichstand zu sorgen? Ich drücke ihn hinunter, sodass er flach auf dem Rücken liegt. Dann beginne ich seine Brust zu küssen. Jeden einzelnen herrlichen Zentimeter.

Sofort geht sein Atem schwerer. Als meine Lippen an dem Saum seiner Hose angekommen sind, versteift er sich. Kurz hebe ich den Kopf und sehe, dass er mich erwartungsvoll und angespannt zugleich anblickt.

Mit zitternden Fingern öffne ich die Schleife oben an seiner Hose. »Reed?«

»Mhm.«

»Kannst du mir beibringen, wie man …«, murmele ich. »Du weißt schon.«

Er reißt die Augen auf und wirkt dann fast so, als müsste er sich ein Lachen verkneifen. »Ah! Ja, klar.«

Ich zucke zusammen. »Du musst nicht, wenn du nicht …«

»Ich will.« Die Antwort kommt wie aus der Pistole geschossen, sodass jetzt ich beinahe lospruste. »Ich will es unbedingt.« Schnell schiebt er seine Hose hinunter.

Als ich mich ihm mit dem Mund nähere, hämmert mein Herz wie ein Presslufthammer. Ich will das hier hinkriegen, aber weil er mich so genau beobachtet, bin ich auch ganz schön nervös.

»Hast du das wirklich noch nie gemacht?«, fragt er heiser.

Ich schüttle den Kopf. Aus irgendeinem Grund macht ihn diese Information richtig fertig. »Was ist denn?«, frage ich und runzele die Stirn, als mir klar wird, wie gequält er mich ansieht.

»Ich bin so ein Arschloch. All das, was ich auf der Jacht zu dir gesagt habe ... Du solltest mich hassen, Ella.«

»Tue ich aber nicht.« Ich streiche mit der Hand über sein Knie. »Bring mir bei, was dich so richtig anmacht.«

»Ich bin schon total angeturnt.« Sein Blick ist leicht vernebelt, und er fährt sanft mit seinen Fingern durch mein Haar. Dann greift er nach meiner Hand und legt sie vorsichtig um seinen Penis. »Benutz auch deine Hand«, wispert er.

Ich fahre einmal an seinem Schaft auf und ab. »So?«

»Ja, genau so. Das ist richtig gut.«

Weil ich mich schon ein wenig mutiger fühle, nehme ich jetzt die Spitze seines Penis in den Mund und sauge einmal daran, sodass er fast von der Couch fällt. »Das ist noch besser ...«, stöhnt er.

Ich lächle und genieße die Laute, die er von sich gibt. Ich mag vielleicht nicht viel Erfahrung haben, aber ich schätze mal, dass mein Enthusiasmus das wieder wettmacht. Ich will ihm nämlich wirklich, wirklich Lust bereiten. Dafür sorgen, dass er die Kontrolle verliert.

Er streicht immer wieder über mein Haar, und mein Wunsch erfüllt sich früher, als ich dachte. Er bricht neben mir zusammen und zuckt wie verrückt. Als ich danach auf ihn krieche, drückt er mich fest an sich. »Ich habe das nicht verdient.«

Wie meint er das jetzt schon wieder? Plötzlich ertönt ein wildes Klopfen an der Tür.

»Sis! Bro! Schluss mit dem Herumgevögel!« Es ist Easton, der hysterisch lachend an die Tür hämmert.

»Verpiss dich!«, brüllt Reed.

»Würde ich gern, aber Dad hat gerade angerufen. Er ist schon auf dem Heimweg und will uns später zum Dinner ausführen. Er ist in fünf Minuten hier.«

»Mist.« Reed setzt sich auf und versucht, seine Frisur zu richten. Dann sieht er mich an und grinst. »Wir sollten uns dringend anziehen! Dad dreht durch, wenn er uns so sieht.«

Würde er das? Zum ersten Mal denke ich darüber nach, wie Callum wohl reagieren würde, wenn er Bescheid wüsste. Sofort sinkt mir das Herz in die Kniekehlen. Bestimmt hat Reed recht. Ich bin jetzt erst seit ein paar Wochen in Bayview, und trotzdem ist Callum schon sehr darauf bedacht, mich zu beschützen. Eigentlich war er das ja schon, noch ehe wir uns kennengelernt haben!

Es wird ihm überhaupt nicht passen.

Ich sehe zu, wie Reed sich die Hose über den nackten Hintern zieht.

Ganz und gar nicht.

31. Kapitel

»Ella!«, ruft Callum eine halbe Stunde später. »Komm runter, ich muss dir was zeigen!«

Ich wälze mich auf die Seite und ziehe mir ein Kissen auf den Kopf. Ich will jetzt nicht aus meinem Zimmer. Eigentlich bin ich nur hergekommen, um mich kurz fürs Dinner umzuziehen, aber dann habe ich mich aufs Bett geworfen und an all die wunderbaren Dinge gedacht, die unten im Poolhaus passiert sind.

Ich will jetzt nicht runtergehen, Callum sehen und mir den Kopf darüber zerbrechen, was er zu sagen hat; und ich will mir auch nicht vorstellen, wie er es fände, wenn er über Reed und mich Bescheid wüsste. Ich will einfach nur in meinem rosa Kokon bleiben und mich an meinen Erinnerungen laben. Denn was im Poolhaus passiert ist, war gut und richtig, und das lasse ich mir auf keinen Fall verderben!

Aber das Geschrei von unten lässt sich unmöglich ignorieren, vor allem weil jetzt auch Easton an meine Tür hämmert. »Los, Ella, mach schon! Ich habe Hunger, und wir können erst ins Restaurant, wenn du runterkommst.«

»Bin schon da!« Ich zwinge mich aufzustehen und

schlüpfe in die Deckschuhe, die langsam, aber sicher zu meinen liebsten Tretern werden. Sie sind einfach unglaublich bequem! Ob es wohl als Fauxpas gilt, sie außerhalb eines Bootes zu tragen? Ach, egal.

Als ich an der Treppe ankomme, warten alle Royals schon auf mich und starren mich an. Reed lächelt verhalten, Callum strahlt übers ganze Gesicht.

»Könnt ihr bitte an die Decke schauen oder so?«, grummle ich. »Ihr macht mich total nervös.«

Callum macht eine ungeduldige Handbewegung. »Komm raus, dann haben wir was anderes, was wir anstarren können.«

Plötzlich werde ich doch ein bisschen aufgeregt. Mein Auto – oder zumindest das, das Callum mir zur Verfügung stellt – muss angekommen sein! Ich bemühe mich um ein gemessenes Tempo, aber Easton hüpft die Treppe hinunter, nimmt zwei Stufen auf einmal und zerrt mich hinter sich her. Schließlich schubsen auch die anderen Brüder mich kurzerhand nach draußen.

Mitten in der Einfahrt, am Ende der gefliesten Stufen, steht ein Cabrio. Die zwei Sitze sind mit cremefarbenem Leder bezogen, und die Armaturen sind aus dunklem, glänzendem Holz gefertigt. Das verchromte Lenkrad glänzt so sehr, dass es mich beinahe blendet.

Aber nichts davon ist so spektakulär wie die Farbe. Der Wagen ist nicht pink. Und auch nicht rot, sondern königsblau. Es hat genau dieselbe Farbe wie das Flugzeug, in dem ich hierhergeflogen bin. Auch Callums Visitenkarten sind in diesem Ton gehalten.

Ich sehe hinüber zu Callum, und er nickt. »Ich habe es in unserer Fabrik in Kalifornien lackieren lassen. Das Patent auf die Farbe liegt bei *Atlantic Aviation*.«

Reed legt mir eine Hand ins Kreuz, und ich stolpere

nach unten zum Auto. Es ist so schön und neu und sauber, dass ich mir gar nicht vorstellen kann, es wirklich zu benutzen.

»Na, bereit für eine kleine Spritztour?«

»Nicht wirklich«, gestehe ich.

Alle lachen, aber es klingt aufrichtig und liebevoll. In meinem Magen zieht es. Habe ich wirklich eine Familie gefunden?

Callum gibt mir die Schlüssel und ein Dokument.

»Das sind die Fahrzeugpapiere. Ganz egal, was passiert – das Auto gehört dir.«

Das heißt wohl, dass er davon ausgeht, dass ich das Auto mitnehme, falls ich nicht länger hier wohnen will. Das ist bescheuert, ich habe ja sogar Angst, mich auch nur hineinzusetzen!

»Auf geht's, bewegen wir das Baby ein bisschen.« Reed öffnet die Beifahrertür und steigt ein. Jetzt, wo alle mich erwartungsvoll ansehen, habe ich keine andere Wahl. Reed erklärt mir, wie man den Sitz verstellt, das Lenkrad justiert und das Radio anstellt – das Allerwichtigste!

Dann drücken wir auf einen Knopf – und schon röhrt der Motor auf, und wir brettern los.

»Ich hasse Fahren«, gebe ich zu, als ich die ruhige zweispurige Straße entlangdüse, die vom Grundstück der Royals wegführt. Ich umklammere das Steuerrad, so fest ich nur kann, und bringe es einfach nicht über mich, schneller als vierzig Stundenkilometer zu fahren. Vor den Häusern entlang der Allee ragt entweder ein riesiges Tor auf, oder aber die Einfahrt zur Villa ist so lang, dass man nichts sehen kann als eine asphaltierte Straße, die von Bäumen und üppiger Bougainvillea verschluckt wird.

Das Auto ist klein genug, dass Reed bequem seinen Arm auf meinem Sitz ablegen kann. Er fährt mit der Hand durch mein Haar. »Dann ist es ja gut, dass du mich hast. Ich fahre nämlich gern.«

»Ach ja, so nennst du das? Ich *habe* dich?«, frage ich leise und bin froh, dass ich ihm nicht in die Augen sehen muss.

»Ja, ich denke, so könnte man das nennen.«

Den Rest der Fahrt über habe ich das Gefühl zu fliegen.

»Sieht ganz so aus, als hätte es Spaß gemacht!«, meint Callum, als wir zurückkommen.

»Das war die beste Fahrt meines Lebens!«, verkünde ich und werfe vor lauter Überschwang meine Arme um ihn. »Das war irre lieb von dir, Callum. Vielen Dank. Für alles.«

Callum wirkt etwas verdutzt, drückt mich dann aber ebenfalls fest an sich. Die Jungs beginnen zu murren, weil sie Hunger haben, und dann fahren wir zum Steak-Restaurant am Ende der Straße, wo die Royals genug Fleisch und Salat für fünf Familien in sich hineinschlingen.

Als wir heimkommen, renne ich in mein Zimmer und füge die Erinnerung an die Fahrt zu dem Katalog der besten Erlebnisse meines Lebens hinzu, direkt nach dem Blowjob.

Später, so spät, dass wahrscheinlich sogar schon sämtliche Mäusekinder friedlich in ihren kleinen Höhlen schnarchen, schleicht Reed in mein Zimmer und kriecht zu mir ins Bett.

»Ich hatte gerade einen wunderschönen Traum«, murmele ich, während er sich von hinten an mich schmiegt.

»Was war es denn?«, fragt er rau.

»Du bist in meinem Zimmer aufgetaucht und hast mich die ganze Nacht im Arm gehalten.«

»Der Traum gefällt mir«, flüstert er mir ins Ohr, und dann tut er genau das. Hält mich fest, bis ich tief schlafe.

Als ich aufwache, ist er bereits verschwunden, aber ich treffe ihn gleich darauf unten in der Küche.

»Musst du nicht zum Training?«, frage ich, weil ich nicht recht fassen kann, dass er mich tatsächlich zur Arbeit bringen will.

»Ich kann dich doch um diese Uhrzeit noch nicht allein mit deinem neuen Flitzer losfahren lassen. Vorher musst du das Auto noch ein bisschen einfahren, sonst jagst du damit noch im Halbschlaf an einen Baumstamm.«

Mein Herz hämmert schon wieder wie verrückt. »Hey, ich wurde heute Nacht immerhin von einem riesigen Bären in meinem Bett überrascht.«

Er zupft an meinem Haar. »Ich glaube, du bringst da märchentechnisch was durcheinander.«

»Was wäre denn passender? *Aladin* vielleicht, weil ich immer auf deinem fliegenden Teppich reiten darf?« Ich wackle mit den Augenbrauen.

Reed prustet vor Lachen. »Wow, du unterstellst also auch meinem Schwanz Zauberkräfte? Ja?«

Meine Wangen glühen, und das bringt ihn nur noch mehr zum Lachen. »Verdammt, du bist wirklich noch Jungfrau, stimmt's?«

Mittlerweile bin ich so rot wie eine Cherrytomate. Ich strecke ihm den Mittelfinger entgegen. »Ich unterstelle diese Zauberkräfte höchstens deinem ... ähm ...«

»Schwanz«, lacht er. »Komm schon, Jungfrau, sag es einfach! Schwanz.«

»Na gut, na gut, Mr Dick.« Ich funkle ihn den ganzen Weg zum Auto hin an.

Reed schafft es, sich irgendwie zusammenzureißen, als er sich anschnallt. Sobald er mir einen Kuss gegeben hat, hat sich meine Irritation auch schon in Luft aufgelöst.

Meine Morgenschicht im *French Twist* verbringe ich in einer Art rosarotem Nebel, und auch in der Schule lässt meine gute Laune nicht nach. Im Flur laufen Reed und ich uns ein paarmal über den Weg, werfen uns aber nur verstohlene Blicke zu oder zwinkern. Ist mir recht. Ich bin wirklich noch nicht bereit dazu, der *Astor-Park*-Schülerschaft mitzuteilen, dass ich was mit meinem Stiefbruder habe!

In der Mittagspause erleiden Valerie und ich einen kleinen Schock, als Savannah uns zu sich an ihren Tisch winkt. Wow. Die Rache an Daniel Delacorte war anscheinend in vielerlei Hinsicht ein voller Erfolg. Auch wenn Savannah in meiner Anwesenheit immer noch nicht vollständig entspannt wirkt.

Nach der Schule lege ich mich auf den sogenannten Südhang und mache meine Hausaufgaben, bis Reed und Easton mit ihrem Mannschaftstreffen fertig sind. Dann bringt Reed mich nach Hause und lässt die ganze Fahrt über den Arm auf meiner Lehne liegen.

Zu Hause stellen wir fest, dass Callum zu einer Geschäftsreise nach Nevada aufgebrochen ist. Sturmfreie Bude bis Samstag, yeah!

Abends liege ich auf meinem Bett und lese, als Reed unvermittelt in mein Zimmer gestapft kommt.

»Klar, immer hereinspaziert. Klopfen wird sowieso überbewertet«, murmele ich sarkastisch. Dann rolle ich mich auf den Rücken und sehe, wie er eine große Schale Popcorn auf meinem Nachttisch abstellt.

»Sag ich doch. Willst du was trinken?« Er reißt die Tür meines kleinen Kühlschranks auf. »Hast du hier vielleicht auch irgendwas, worauf nicht *Light* steht?«

»Hey, bring Bier mit! Ella hat nur diesen Diätmist!«, ruft er in den Flur.

Ich höre ein leises »Geht klar, Bro!« aus dem Haus ertönen und setze mich auf. »Ich habe ja fast Angst zu fragen, was du vorhast.«

»Wir schauen das Spiel an.«

»Wir?«

»Du, ich und Easton. Wir«, erklärt er und klettert zu mir aufs Bett. Ich rutsche beiseite, damit er mich nicht zerquetscht, und sehe mich skeptisch um. Okay, Reed und ich passen zu zweit aufs Bett, aber mit Easton wird es ganz schön eng. »Wie sollen wir denn hier alle draufpassen?«

»So.« Grinsend hebt Reed mich hoch und setzt mich zwischen seine Beine, um mich dann an seine Brust zu ziehen.

Einen Moment später kommt Easton dazu und wirft sich zu uns aufs Bett. Er verzieht tatsächlich keine Miene, als er uns so dasitzen sieht. Reed stellt die Popcornschüssel zwischen uns ab und schaltet den Fernseher an.

»Wo sind denn die Zwillinge?«, frage ich, obwohl wir die sowieso nicht mehr auf dem Bett unterbringen könnten.

»Drüben bei Lauren«, erwidert Easton, ehe er sich eine Handvoll Popcorn in den Mund schiebt.

»Beide?«

»Stell keine Fragen, auf die du lieber keine Antwort bekommen möchtest«, meint Reed wissend, und sofort beiße ich mir auf die Zunge.

Auf die Antwort könnte ich sowieso lange warten. Sobald das Spiel begonnen hat, bin ich Luft für die Jungs. Reed und Easton jubeln, grölen und geben einander High-fives.

Ich ergötze mich währenddessen an den knackigen Hintern der Spieler und grinse über die zweideutigen Ansagen des Kommentators. So was wie: »Leider ist die Penetration im Backfield viel zu schwach!«

Aber keiner der Jungs kann etwas mit meinen Späßchen anfangen. Also mache ich es mir einfach zwischen Reeds Beinen gemütlich und genieße die Gesellschaft. Ab und an streichelt Reed meinen Rücken oder streicht mir übers Haar. Es sind selbstverständliche, vertraute Gesten, als wären wir schon seit Jahren zusammen, und es ist richtig schön. Gibt wirklich schlimmere Arten, seinen Abend zu verbringen!

Irgendwie ist das Spiel ziemlich einseitig, weil nur ein Team Punkte macht, und nach einer Weile döse ich einfach ein, weil ich so viel Popcorn in mich hineingestopft habe. Ich wache erst auf, als Eastons Telefon läutet. Er hebt ab und stapft aus dem Zimmer, während Reed, meine menschliche Heizung, sich neben mir ausstreckt.

»Wer war das?«, frage ich schläfrig.

»Keine Ahnung. Hast du geschlafen?«

»Nee, ich hab nur meine Augenlider entspannt. Wie läuft das Spiel?«

»Die Lions machen die Titans fertig.«

»Sind das die echten Namen, oder denkst du sie dir aus?«

»Klar sind die echt!« Er klingt amüsiert, und ich spüre, wie er mit seinem warmen Finger an meinem Hosenbund entlangfährt. Ich strecke mich und spüre, wie dieses warme Gefühl, das ich in letzter Zeit so gut kennenlernen durfte, sich in mir ausbreitet.

»Sind wir fertig mit dem Football?« Eigentlich ist es eher ein Vorschlag als eine Frage.

Sofort sieht Reed mich mit verhangenem Blick an, klettert auf mich und stemmt die Arme links und rechts neben meinem Kopf ab. »Ja, ich denke, wir sind fertig.«

Er senkt seinen Kopf, und ich lecke mir erwartungsvoll die Lippen …

»… krass! Haben die Lions gerade einen Treffer gelandet?!« Easton platzt ins Zimmer.

Reed seufzt und wälzt sich von mir herunter.

»Siehst du. Es hat eben doch Vorteile, wenn Leute vorher klopfen«, flüstere ich, als Easton sich die Fernbedienung schnappt und den Ton lauter stellt.

Reed verschränkt nur die Arme und schnaubt, als Easton nervös im Zimmer auf und ab zu tigern beginnt.

Das Team, das Blau und Silber trägt und dessen Helme mit Löwen verziert sind, stürmt übers Feld. Ihre Gegner, auf deren Helmen ein brennendes *T* abgebildet ist, kriegen es nicht gerade gut hin, ihre Endzone zu verteidigen. Die nächsten zwanzig Minuten über landen die Silber-Blauen einen Touchdown nach dem nächsten – so lange, bis das Spiel entschieden ist.

Easton ist vollkommen außer sich. Als der Schiedsrichter schließlich abpfeift, ist er kreidebleich.

»Was ist los?«, fragt Reed. »Wie hoch war denn dein Einsatz?«

Ich habe ein Suchtproblem, das habe ich wahrscheinlich von meiner Mom geerbt. Oh Easton!

Easton zuckt mit den Schultern, als wäre das alles keine große Sache. »Ich habe es im Griff, Bro.«

Reeds Kiefer ist so angespannt, als hätte er gute Lust, seinen Bruder so richtig anzubrüllen.

»Okay«, sagt er schließlich. »Wenn du was brauchst, gib Bescheid.«

»Ja, na klar. Ich muss mal einen Anruf machen. Tut nichts, was ich nicht auch tun würde«, meint er betont leichthin.

»Ist Easton spielsüchtig?«, frage ich, sobald er zur Tür hinaus ist.

Reed atmet frustriert aus. »Vielleicht. Ich weiß es nicht. Ich glaube, er spielt und trinkt, weil ihm langweilig ist, nicht, weil er abhängig ist. Aber ich bin natürlich kein Psychologe.«

Mir fällt nichts Besseres ein, als einfach nur »Es tut mir leid« zu murmeln.

Er zuckt mit den Schultern. »Da kann man halt nichts

machen.« So angespannt, wie er aussieht, scheint er sich das aber selbst nicht abzunehmen.

»Ich geh mal ins Bett.« Reed stemmt sich nach oben. Ich ziehe meine Beine an und würde ihn am liebsten bitten, bei mir zu bleiben. »Okay«, meine ich kleinlaut.

Er zieht die Augenbrauen zusammen. »Ich wäre heute Nacht keine gute Gesellschaft, glaub mir.«

»Schon okay«, meine ich niedergeschlagen und will mich ins Bad verziehen.

Als ich an ihm vorbeigehe, packt er mich am Handgelenk. »Ich bin einfach nur fertig und ... Ich will dich auf keinen Fall unter Druck setzen.«

»Wird das jetzt diese Es-liegt-an-mir-nicht-an-dir-Nummer? So was will doch niemand hören!«

Er lächelt mich zögernd an. »Nein. Eher eine Du-bist-zu-heiß-um-wahr-zu-sein-Ansage. Und es ist verdammt hart, nicht einfach über dich herzufallen. Im wahrsten Sinne des Wortes.«

Ich pike ihm mit dem Zeigefinger in die Brust. »Wer sagt denn, dass du das nicht tun sollst?«

Er packt mich und zieht mich an sich. »Bist du wirklich bereit, Ella? Für all das?«

Ich zögere, und er senkt den Kopf und streift mit seiner Nase über meine Wange.

»Bist du nicht, und das ist okay. Ich kann warten. Aber neben dir zu schlafen, ist die Hölle für mich. Wenn du dich so an mich presst ... Und ich dann aufwache ...« Er verstummt, aber ich weiß sowieso, was er sagen will, weil es mir ja genauso geht. Plötzlich zieht es an Stellen, von denen ich gar nicht wusste, dass es sie gibt.

»Wir könnten ja auch andere Sachen machen.« Ich lecke über meine Lippen und denke ans Poolhaus.

Er stöhnt und vergräbt sein Gesicht in meinem Nacken.

»Es eilt doch nicht. Ehrlich. Wir lassen uns Zeit, und das ist gut so.« Er atmet noch einmal tief aus und streicht mir eine Strähne aus dem Gesicht. »Ist jetzt alles klar?«

Bringt ja nichts, dagegen anzureden. Ich kenne Reed gut genug, um zu wissen, dass es ewig dauert, seine Meinung zu ändern, wenn er erst einmal etwas beschlossen hat.

Und das heißt, dass ich die Nacht allein verbringen werde.

»Ja, alles klar.« Ich stelle mich auf die Zehenspitzen, um ihm einen Kuss auf die Wange zu geben. In dem Moment wendet Reed allerdings seinen Kopf, sodass wir uns doch auf den Mund küssen. Der lange, zärtliche Kuss macht alles wieder wett. Und seine Erektion fühlt sich auch verdammt gut an.

Die letzte Angst vor Zurückweisung verschwindet, als er später in der Nacht doch noch zu mir ins Bett kriecht. Leise ziehe ich seinen Arm um mich und falle in einen herrlichen, tiefen Schlaf.

32. Kapitel

Am Freitag stellt mich Valerie in der Mittagspause zur Rede.

»Was geht da zwischen dir und Reed?«

Ich setze meine überzeugendste Unschuldsmiene auf. »Was meinst du?«

»Als er gestern auf dem Weg zum Bio-Unterricht an dir vorbeigelaufen ist, hat er dir übers Haar gestrichen.«

Ich starre sie an und muss dann schrecklich lachen. »Und das kommt in Reeds Fall einer gigantischen Verkündigung gleich?«, frage ich ungläubig.

Sie nickt. »Er ist überhaupt nicht der Typ für solche öffentlichen Zuneigungsbekundungen. Selbst in der Zeit, als Reed angeblich mit Abby zusammen war ...«

Sofort ziehe ich die Nase kraus. Diese zwei Namen höre ich überhaupt nicht gern im selben Satz.

Valerie ignoriert mich und plappert einfach weiter. »... selbst dann hat er so etwas eher vermieden. Hat sie nie am Schließfach geküsst oder ihre Hand gehalten. Klar, sie ist zu seinen Football-Spielen gekommen, aber da ist er ja beschäftigt, und sie haben auch nach dem Spiel nicht in aller Öffentlichkeit herumgeknutscht oder so.« Sie sieht nachdenklich in die Ferne, und mir wird beinahe schlecht, wenn ich mir die zwei zusammen vorstelle. »Ich glaube, eigentlich hat man sie nur auf Partys zusammen gesehen. Von daher denke ich schon, dass es was bedeutet, wenn er dich hier in der Schule berührt.«

Ich starre hinab auf meinen Teller mit Hühnchen und Gemüse, damit Valerie nicht sieht, dass diese Info mir keineswegs egal ist. Nachdem er am Dienstagmorgen kurz meinen Hals berührt hat, konnte ich die Wärme seiner Fingerkuppen noch Stunden später spüren.

Sobald ich mich wieder halbwegs gefasst habe, sehe ich wieder zu Val. »Zwischen uns herrscht gerade Waffenruhe«, meine ich nur.

Sie sieht mich besorgt an, bohrt aber nicht weiter nach, weil sie eine gute Freundin ist.

Ich greife nach ihrer Hand und presse sie theatralisch an meine Brust. »In meinem Herzen wird für immer Platz für dich sein, Val.«

»Würde ich dir auch empfehlen!« Sie kneift in meine Brust, und ich schlage ihre Hand weg.

Kichernd beißt sie in eine Karotte und erzählt mir dann, dass im *Moonglow* wieder eine Party ab achtzehn stattfinden soll. »Bist du dabei?«

Ich zögere kurz, weil ich im ersten Moment vorher Reed fragen möchte, was er für den Abend geplant hat. Aber dann wird mir klar, dass ich mein eigenes Leben habe – ganz egal, in wen ich mich verliebt habe. Also nicke ich.

»Bin dabei.«

Auf dem Weg zu unseren Schließfächern gibt sie mir einen Knuff.

»Tanzen wir wieder im Käfig?«, frage ich grinsend.

»Ist der Papst katholisch?«

»Brauche ich ein neues Outfit?«

Sie schüttelt gespielt entrüstet den Kopf. »Hast du denn

nichts gelernt, seit du auf unserer Schule bist? *Natürlich brauchst du ein neues Outfit!*«

Also verabreden wir uns für später zum Shoppen.

»Ich hole dich nach der Arbeit ab«, verspreche ich ihr und denke an meinen neuen Flitzer.

Sie bleibt abrupt stehen. »Wie meinst du das?! Ist das Auto da?«

Ich nicke. »Ein Cabrio! Hat Callum mir geschenkt.«

Sie pfeift laut und vernehmlich, sodass sich um uns herum alle umdrehen.

»Bist du damit schon zur Schule gekommen?« Sie klatscht in die Hände. »Zeig her!«

»Ah, nein.« Wie soll ich ihr erklären, dass Reed mich mitgenommen hat? »Reed hat mich hergebracht. Der muss morgens sowieso zum Training, da können wir genauso gut zusammen fahren.«

Valerie verdreht die Augen. »Wie lange wollt ihr denn noch so tun, als wäre da nichts zwischen euch?«

Ich unterdrücke ein Grinsen. »Solange die Leute es uns noch abkaufen.«

Natürlich ist Val von meinem neuen Schlitten total begeistert. Ich habe ein bisschen Geld von meinen Ersparnissen abgezwackt, um einkaufen zu gehen, und sie bringt mich zu einer ganz gewöhnlichen Shoppingmall. Die Preise sind zwar auch hier saftig, aber nicht so hoch, dass ich das Gefühl habe, mein halbes Vermögen in ein bisschen Stoff zu investieren.

Zu Hause style ich erst sie und dann mich.

»Ich sehe total scharf aus«, stellt Valerie fest, als sie sich im Spiegel betrachtet. »Ich muss sofort ein Selfie für Tam schießen.«

»Lass mich das doch machen.«

Val schickt die Bilder sofort an ihren Freund. Die zwei scheinen eine tolle Beziehung zu haben, obwohl er vor einer Woche nicht wie versprochen vorbeigekommen ist. Valerie schien sich darüber gar nicht sonderlich aufgeregt zu haben.

»Wie machst du das?« Ich denke daran, wie es wird, wenn Reed aufs College geht. All die älteren Mädchen um ihn herum ... Hoffentlich komme ich damit klar.

Ehe sie antwortet, macht Val noch ein Bild von mir. »Ich muss ihm vertrauen. Außerdem schicke ich ihm eine Menge Bilder.«

»Nacktbilder?«

»Jepp. Richtig versautes Zeug. Aber meistens ohne mein Gesicht zu zeigen. Nicht dass es doch mal in die falschen Hände gerät.«

»Stimmt.« Kurz zögere ich. »War Tam der Erste, mit dem du ...?«

»Und wenn nicht? Wäre das ein Problem?«

»Nein, überhaupt nicht!« Ich hebe die Hände.

Sie sieht mich ungläubig an.

»Moment mal. Heißt das etwa, dass du noch nie Sex hattest?«

Ich senke den Kopf. »Nein. Nie.«

»Nie?! Wow. Jetzt sehe ich die Sache mit dir und Reed echt noch mal anders. Der wird nicht lockerlassen, ehe er dich nicht rumgekriegt hat.«

»Ich – ich«, stottere ich, und sie schlägt sich die Hand vor den Mund. »Sorry, so war das nicht gemeint! Wenn er mit dir zusammen ist, dann ist er auch treu. Als er Abby gedatet hat, habe ich ihn auch nie mit einer anderen gesehen.«

»Okay.« Ich fühle mich wie betäubt. Irgendwie bin ich nie auf die Idee gekommen, dass er mit anderen Frauen schlafen könnte. Lässt er sich deswegen so viel Zeit mit mir?

Valerie drückt meine Schulter. »Hey, das war doch nur ein blöder Spruch. War nicht so ernst gemeint, ehrlich. Ich wollte einen Spaß machen, und der ist gewaltig in die Hose gegangen. Verzeihst du mir?«

»Na klar.« Ich drücke sie an mich, kann aber nichts dagegen tun, dass ich ein bisschen misstrauisch geworden bin.

Ein paar Minuten später treten wir in unseren kurzen Kleidchen, den hohen Schuhen und mit wallendem Haar aus meinem Zimmer. Easton kommt gerade in den Flur und stößt einen lauten Pfiff aus. »Wo geht es denn hin, Ladys?«

»Ins *Moonglow*. Da gibt es eine Party«, erkläre ich.

Er zieht die Augenbrauen nach oben. »Hast du Reed Bescheid gegeben?«

»Nö. Sollte ich?« Ich habe ihn seit heute Morgen nicht mehr gesehen.

»Alles klar. Dann bist später«, meint Easton und saust die Treppe hinunter.

»Wo denn später?«, rufe ich ihm nach.

»Na, was denkst du denn?« Er schnaubt. »Ich werde Reed sagen, dass du mit nichts als ein paar Pflastern am Leib im Käfig tanzen wirst, und schon wird er halb durchdrehen!«

»Das bedeutet wohl, dass wir die zwei später sehen werden«, bemerkt Valerie trocken, und ich kann mir ein zufriedenes Grinsen nicht verkneifen.

Val und ich haben gerade mal den Club betreten, als wir auch schon zu den Käfigen geführt werden. Ich schätze mal, dass wir den Leuten hier im Gedächtnis geblieben sind. Zwei Songs lang liefern wir eine grandiose Show, bis ich plötzlich höre, wie jemand meinen Namen ruft. Ich sehe durch die Stäbe nach unten und entdecke Easton, der die Hände um seinen Mund gelegt hat und nach mir brüllt.

Sobald er meine Aufmerksamkeit auf sich gezogen hat, zeigt er zur Bar. Da lehnt Reed, etwa so wie beim letzten Mal, nur dass er dieses Mal nicht verschwindet.

Er wartet.

Er wartet darauf, dass ich den Käfig verlasse.

Dass ich durch den ganzen Raum auf ihn zukomme.

Zu ihm gehe.

Und ich mache es.

Währenddessen lässt er mich nicht aus den Augen, verfolgt jeden meiner Schritte.

Eine Handbreit vor ihm bleibe ich stehen. »Was denkst du?«, frage ich ihn rau.

Er sieht erst auf meine Brust, dann auf meine langen nackten Beine, die von dem kurzen schwarzen Rock kaum verhüllt werden. »Das weißt du ganz genau.« Er atmet tief ein. »Aber da wir uns gerade in der Öffentlichkeit befinden, muss ich es leider beim bloßen Gedanken daran belassen.«

Ich lege eine Hand auf seine Schulter, und ausgerechnet der Typ, der Zuneigungsbekundungen in der Öffentlichkeit angeblich nicht leiden kann, zieht meine Hand an seinen Mund und küsst sie. Ich kann seinen heißen Atem spüren, und dann drückt er mich an sich.

»Du treibst die Hälfte der Kerle hier drin in den Wahnsinn«, grummelt er.

»Nur die Hälfte?!«

»Na, die andere steht auf Easton.« Er schiebt seine Hand unter mein Haar und streicht dann über meinen Rücken bis hinab an mein Steißbein. Als er mich zwischen seine Beine zieht, atmen wir beide heftig ein und aus.

»Ich will tanzen«, stoße ich schließlich hervor.

Er kippt seinen Drink hinunter, knallt das Glas auf den Bartresen und nimmt meine Hand. »Auf geht's!«

Auf der Tanzfläche pressen wir uns dicht aneinander. Er schiebt seinen kräftigen Oberschenkel zwischen meine Beine und knickt sein Knie ein, sodass ich ihn quasi reite. Dann fährt er mit der Hand über meine nackten Beine. Ich lege meine Arme um seinen Hals und halte mich an ihm fest, vertraue ihm.

»Meine Hose wäre fast explodiert, als ich dir beim Tanzen zugesehen habe«, meint er.

»Wirklich? Es gefällt dir, wenn Val und ich zusammen tanzen?«, necke ich ihn, weil ich mir schon denken kann, dass das zu den Lieblingsfantasien jedes jungen Mannes gehört.

»Ach, da war noch jemand? Ich habe nur dich gesehen.«

Sofort schmelze ich dahin. »Rede ruhig weiter so, und ich vernasche dich sofort.«

Sein Atem beschleunigt sich, und er packt meinen Oberschenkel fester.

»Sollen wir gehen?«

Erhitzt, nervös und ganz benebelt vor Lust nicke ich.

»Lass uns Easton noch Bescheid geben.« Er drückt meine Hand und gibt mir einen Kuss auf die Wange.

»Ich hole mir noch schnell ein Glas Wasser.« Ich habe wirklich riesigen Durst.

»Okay, bin gleich wieder da!«

Reed wird von der Menge verschluckt, und ich versuche, die Aufmerksamkeit des Barkeepers zu gewinnen. Val tanzt sich in einem der Käfige immer noch die Seele aus dem Leib.

Plötzlich steht ein hübscher Typ mit struwweligem braunem Haar vor mir. Er hat die Ärmel seines Hemdes nach oben gekrempelt und trägt dazu ein Paar Shorts. Irgendwie kommt er mir bekannt vor, und ich frage mich, ob er auf die *Astor Park* geht.

»Ella Royal, richtig?«, fragt er.

Weil ich es langsam aufgegeben habe, auf meinem richtigen Namen zu bestehen, nicke ich. Ich halte eine Zehn-Dollar-Note in die Luft, und eine Barkeeperin bemerkt mich.

»Wasser!«, rufe ich ihr zu. Das Mädchen nickt, und ich stecke den Schein in einen Becher. Ganz schön viel Kohle für ein Wasser, aber ich vermute, dass man so am schnellsten bedient wird.

»Jepp, ich bin Ella. Gehst du auch auf die *Astor Park*?«

»Scott Gastonburg.« Er stützt sich auf dem Tresen ab.

»Darf ich dir eine Frage stellen?«

»Klar.« Ich nehme das Glas von der Barkeeperin entgegen und rufe ihr ein »Danke!« zu.

»Ich frage mich nur gerade, ob du mit den Zwillingen angefangen hast und dann dem Alter nach einen Royal nach dem anderen flachlegst? Oder treibst du es einfach kreuz und quer mit ihnen?«

Ich wirble so abrupt herum, dass mir das ganze Wasser über die Hand fließt.

»Du kannst mich mal!«

Er streckt mir seine Hände entgegen. »Liebend gern, Baby! Aber leider ist mein Nachname nicht Royal.«

Am liebsten würde ich ihm den gesamten Inhalt meines Glases ins Gesicht schütten. »Scher dich zum Teufel.« Ich knalle das Glas auf den Tresen und pralle gegen Reed.

Er sieht erst mich an, dann den Kerl mit den Shorts und scheint sofort zu begreifen, was Sache ist.

Er kneift die Augen zusammen. »Was hast du zu ihr gesagt?!«

»Nichts.« Ich ziehe an Reeds Arm. »Lass gut sein.«

Scott hat entweder keinerlei Gespür für Situationen, oder aber er hat sich eine Menge Mut angetrunken.

»Unsere liebe Ellie hat mir gerade angeboten, mit ihr zu vögeln. Aber ich habe sie daran erinnert, dass ich kein Royal bin. Nicht mal entfernt, aber hey, wenn ihr mit ihr durch seid, dann bin ich jederzeit zur Stelle.«

Reed verpasst ihm so schnell einen Fausthieb, dass ich gar keine Chance habe, irgendwie zu reagieren. Wenige Sekunden später liegt Scott bereits auf dem Boden, und Reed prügelt auf ihn ein.

»Reed, nicht! Komm schon!«, schreie ich und ziehe an seinen Schultern, aber er ist zu beschäftigt damit, Scott windelweich zu klopfen. Ein paar Gäste wollen mir helfen, sind aber gleichzeitig offensichtlich begeistert von der Schlägerei.

Schließlich bahnen sich drei Security-Kräfte ihren Weg durch die Menge und zerren Reed weg, während Scott am Boden liegen bleibt. Aus seiner Nase läuft Blut, und ein Auge ist dick angeschwollen.

»Du haust jetzt jedenfalls ganz schnell ab«, teilt einer der Türsteher Reed mit.

»Kein Thema.« Reed reißt sich los und packt mein Handgelenk. Ich weiß sofort, was er sagen will.

»Ja, ich suche Easton«, versichere ich ihm.

Reed nickt und deutet auf einen der Türsteher, der aussieht, als äße er zum Frühstück Steroide und zum Abendessen kleine Kinder.

»Du passt auf sie auf, klar? Wenn ihr irgendwas zustößt, dann wird aus diesem Club schneller eine Tiefgarage, als du dir vorstellen kannst.«

Ich warte nicht ab, bis Reed und die Türsteher sich einigen. Er sollte dringend hier raus, bevor er vor lauter Adrenalin gleich die nächste Schlägerei anzettelt.

»Easton ist dahinten bei den Toiletten«, ruft Reed mir zu, als die Türsteher ihn schon zum Ausgang schubsen. Val habe ich sowieso völlig aus dem Blick verloren, aber ich muss dringend Easton finden.

Als ich loslaufe, höre ich, dass die Leute schon beginnen zu tratschen.

»Was ist denn da passiert?«

»Na, ich glaube, eben wurde eine neue Regel der Royals verkündet. Sag irgendwas Schlechtes über Ella Royal, und du kannst den Rest deines Lebens dein Essen durch einen Strohhalm schlürfen.«

»Sie muss echt eine Granate im Bett sein«, bemerkt jemand.

»Na, in der Unterschicht kennt man eben keine Tabus«, schaltet sich jemand ein. »Diese Bitches lassen dich alles mit ihnen machen.«

Meine Ohren glühen, und am liebsten würde ich alle höchst persönlich verkloppen, all diese selbstzufriedenen Grinsegesichter ... Aber da entdecke ich Easton im Flur neben den Toilettenräumen. Er geht aber nicht auf die Toilette, sondern eilt weiter in Richtung Notausgang.

»Sorry«, murmele ich, als ich mich an der Schlange von Mädchen vorbeidränge, die zur Toilette wollen, und an einem knutschenden Paar vorbeirenne, das sich in eine eher wenig diskrete Ecke verzogen hat.

»Easton!«, rufe ich, aber er bleibt nicht stehen, obwohl er mich garantiert gehört hat.

Ich renne den Flur hinunter und trete Sekunden später aus der Tür.

Er steht mit zwei Typen in einer finsteren Gasse, und es sieht nicht gerade nach einer gemütlichen Raucherpause aus.

Oh nein. In was für eine Scheiße hat Easton sich denn da hineingeritten?

Die zwei Typen haben ihr dunkelbraunes Haar mit Gel aus dem Gesicht gekämmt. Sie tragen weiße T-Shirts und Jeans, die so tief sitzen, dass man wahrscheinlich ihre halben Hintern sehen könnte, wenn sie sich umdrehen würden. Nicht dass ich sonderlich scharf darauf wäre. Eine Metallkette baumelt an ihrem Gürtel.

»Rein mit dir, Ella.« Eastons Stimme klingt härter und kälter denn je.

»Moment mal«, meint einer der Typen. »Du kannst deine Schulden auch mit der Kleinen begleichen, wenn du willst.« Er fasst sich in den Schritt. »Leih sie mir eine Woche aus, und die Sache ist geritzt.«

Mein Leben vor den Royals war kein Zuckerschlecken, deswegen ist mir sofort klar, dass es um Erpressung geht.

Das Football-Spiel von Montagabend kommt mir in den Sinn.

»Wie viel?«, frage ich Mr Metallkette.

»Ella ...«, setzt Easton an.

Ich unterbreche ihn. »Wie viel schuldet er euch?«

»Achttausend.«

Uff. Neben mir tut Easton so, als handle es sich lediglich um ein bisschen Taschengeld. »Ich kann es euch nächste Woche geben. Ihr müsst nur noch ein bisschen Geduld haben, ja?«

Wenn das alles keine große Sache wäre, würde er nicht von irgendwelchen finsteren Kerlen bedroht werden. Und Mr Metallkette weiß das.

»Okay. Kann sein, dass ihr verwöhnten Kids auf Pump lebt, aber nicht mit mir. Ich kann nicht länger auf die Kohle warten, ich habe Rechnungen zu bezahlen, klar? Entweder du beschaffst die Knete so schnell wie möglich, oder all deine Pussyfreunde werden sehen, was passiert, wenn man Tony Loreno warten lässt.«

Eastons Schultern versteifen sich. Shit. Er bereitet sich auf eine Prügelei vor.

Tony greift in seine Tasche, und sofort läuft mir ein kalter Schauer über den Rücken.

»Halt!« Ich krame in der Handtasche nach meinen Schlüsseln. »Ich habe dein Geld. Warte hier.«

»Was soll das denn werden, Ella?«, bellt Easton.

Niemand wartet. Stattdessen folgen mir alle zum Auto.

33. Kapitel

Während ich den Kofferraum öffne, sehe ich mich auf dem Parkplatz nach Reeds Range Rover um. Nicht zu sehen. Das bedeutet wahrscheinlich, dass er auf der anderen Seite des Gebäudes geparkt hat.

Sofort bin ich total erleichtert. Wenn Reed jetzt auch noch in diesen Showdown geraten würde, würde alles völlig aus dem Ruder laufen, das weiß ich. Er hat heute schon einen Kerl k.o. geschlagen, und er würde es garantiert wieder tun. Besonders wenn es um seinen Bruder geht.

»Hol jetzt ja keine Knarre raus!«, warnt mich Tony und beugt sich über mich.

Ich verdrehe die Augen. »Ja, Kumpel, klar. Hab ein ganzes Waffenarsenal hier im Kofferraum. Jetzt beruhig dich mal.«

Ich hebe den Deckel an, unter dem sich der Ersatzreifen verbirgt, und greife nach dem Plastikbeutel, den ich daruntergequetscht habe. Kurz zieht sich meine Brust zusammen, als ich das Geldbündel heraushole und acht Tausender abzähle.

Easton sagt kein Wort, sieht mich aber stirnrunzelnd an. Besonders dann, als ich Tony das Geld in die Hand drücke.

»Da. Jetzt seid ihr quitt. War mir eine Freude, mit euch Geschäfte zu machen«, sage ich sarkastisch.

Grinsend zählt Tony die Scheine. Einmal. Zweimal. Als er zum dritten Mal anfangen will, knurrt Easton auf.

»Hey, es ist alles da, du Idiot. Jetzt hau schon ab!«

»Pass ja auf«, warnt ihn Tony. »Ich könnte dich immer noch verkloppen, einfach so aus Lust und Laune.«

Aber wir wissen alle, dass er das nicht tun wird. Das würde schließlich jede Menge Aufmerksamkeit auf ihn und seine schmutzigen Geschäfte lenken.

»Ach, und in Zukunft wettest du bitte bei jemand anderem«, meint Tony noch. »Auf dein Geld kann ich verzichten, und außerdem will ich deine hässliche Fresse nicht mehr sehen.«

Die zwei Kerle ziehen ab, während Tony das Geld in die Gesäßtasche seiner Jeans stopft. Ja, ich kann tatsächlich seinen Hintern aufblitzen sehen.

Als sie weg sind, wirble ich zu Easton herum. »Was ist denn nur los mit dir?! Warum lässt du dich auf diese gruseligen Typen ein?«

Er zuckt nur mit den Schultern.

Ich starre ihn ungläubig an und bin auf einmal rasend wütend. Wir hätten verletzt werden können, vielleicht sogar lebensgefährlich. Und er steht da, als wäre ihm das völlig egal. Bilde ich es mir ein, oder zieht er sogar den linken Mundwinkel nach oben?

»Das findest du lustig, ja?«, schreie ich. »Beinahe gekillt zu werden, macht dich an?«

»Ella ...«

»Nein, du hältst mal die Klappe! Ich will das jetzt nicht hören.« Ich hole mein Telefon aus der Handtasche und schreibe Reed, dass wir uns zu Hause treffen und dass ich Easton mitnehme.

Dann werfe ich die Plastiktüte in den Kofferraum und versuche, nicht darüber nachzudenken, warum sie plötzlich so leicht ist.

Tja, achttausend Dollar sind flöten gegangen, und dann noch die dreihundert von unserem Shoppingtrip heute. Bis Callum mir nächsten Monat eine weitere großzügige Finanzspritze gibt, habe ich erst mal nicht allzu viele Ersparnisse.

Eigentlich wollte ich bleiben, weil sich alles so positiv entwickelt hat. Aber gleichzeitig ist der Gedanke, jetzt einfach abzuhauen, sehr verlockend.

»Ella ...«

Ich hebe die Hand. »Jetzt nicht, ja? Ich muss Val finden.« Ich wähle ihre Nummer und hoffe, dass sie das Läuten trotz der lauten Musik hören kann.

Gott sei Dank hebt sie ab. »Hey, ist alles okay?«

Ich funkle Easton an. »Jetzt schon. Können wir uns draußen beim Auto treffen? Wir dürfen nicht mehr in den Club.«

»Bin schon unterwegs.«

»Alles klar!«

»Ella«, versucht es Easton erneut.

»Ich habe da jetzt keine Lust drauf.«

Endlich gibt er auf, und wir warten schweigend auf Val. Als sie endlich da ist, muss Easton sich auf die enge Rückbank quetschen, und auch die Fahrt zu Valeries Haus verläuft totenstill.

»Lass uns morgen telefonieren«, meint sie, als sie aussteigt. Easton klettert ebenfalls aus dem Auto.

»Ja, und sorry wegen eben.«

Sie lächelt mich nachsichtig an. »Shit happens. Ist nicht schlimm.«

»Gute Nacht, Val.«

Sie winkt mir zu und verschwindet im Haus der Carringtons, während Easton sich leise auf den Beifahrersitz gleiten lässt. Ich umklammere das Lenkrad und zwinge mich, mich auf die Straße zu konzentrieren. Aber das ist gar nicht so einfach, wenn man dem Kerl neben sich am liebsten eine scheuern würde.

Irgendwann habe ich mich ein bisschen beruhigt, und Eastons Stimme dringt zu mir durch.

»Es tut mir leid.«

Es klingt aufrichtig, und ich sehe ihn an.

»Das sollte es auch.«

Er zögert. »Wieso hast du denn Geld in deinem Kofferraum versteckt?«

»Weil eben.«

Das ist zwar keine Antwort, aber mehr habe ich gerade nicht zu sagen. Ich bin viel zu wütend.

Aber Easton beweist wieder einmal, dass er mehr Ahnung hat, als man denkt.

»Du hast es von Dad bekommen, stimmt's? So hat er dich dazu überredet, bei uns zu wohnen, und jetzt versteckst du es im Auto, damit du im Zweifelsfall möglichst schnell abhauen kannst.«

Ich beiße die Zähne zusammen.

»Ella.«

Als er seine warme Hand auf meine legt, zucke ich kurz zusammen. Dann legt er seinen Kopf auf meine Schulter, und sein weiches Haar kitzelt auf meiner nackten Haut. Nur mit Mühe kann ich mich davon abhalten, tröstend über seinen Kopf zu streichen. Er hat jetzt wirklich keinen Trost von mir verdient.

»Du darfst nicht einfach abhauen«, wispert er. »Ich will nicht, dass du gehst.«

Er küsst meine Schulter, aber in dieser Geste schwingt

nichts Sexuelles mit. Auch nicht darin, wie er meine Hand hält.

»Du gehörst zu uns. Und du bist das Beste, was dieser Familie je passiert ist.«

Okay. Wow.

»Du gehörst zu uns«, wiederholt Easton. »Tut mir leid wegen heute Abend. Ehrlich, Ella. Bitte sei nicht sauer auf mich.«

Sofort verpufft mein Zorn. Er klingt wie ein verlorener kleiner Junge, und ich kann gar nicht damit aufhören, ihm übers Haar zu streichen.

»Ich bin nicht sauer. Aber du musst mit dem Spielen aufhören, Easton. Vielleicht kann ich dir das nächste Mal nicht aus der Patsche helfen!«

»Ich weiß.« Er seufzt. »Es ist auch nicht gut, dass du mich heute Abend auslösen musstest. Ich verspreche, dass ich dir das Geld zurückgebe, jeden Cent. Ich ...« Er senkt den Kopf und drückt dann einen Kuss auf meine Wange. »Danke, Ella. Im Ernst.«

Seufzend sehe ich wieder auf die Straße. »Gern geschehen.«

Reed erwartet uns schon in der Einfahrt. Er sieht uns misstrauisch an, aber ich verschwinde schnell ins Haus, ehe er fragen kann, was eben los war. Das kann gern Easton übernehmen, ich bin jetzt viel zu müde dafür.

Ich verschwinde in mein Zimmer, schlüpfe aus meinem Kleid und tausche es gegen ein übergroßes Schlafshirt. Im Bad schminke ich mich ab und putze meine Zähne. Es ist zwar erst zehn Uhr, aber die Szene mit Tony hat mich so k.o. gemacht, dass ich direkt das Licht lösche und ins Bett klettere.

Es dauert eine ganze Weile, bis Reed in mein Zimmer

schleicht. Mindestens eine Stunde. Scheinbar haben die zwei Brüder ein ernstes Gespräch geführt.

»Du hast meinem Bruder heute Abend den Rücken freigehalten.« Seine raue Stimme ertönt irgendwo im Dunklen, dann klettert er zu mir ins Bett.

Als er mich an sich zieht, sodass mein Kopf auf seiner nackten Brust liegt, leiste ich keinerlei Widerstand.

»Danke«, sagt er und klingt so gerührt, dass ich mich schon fast unwohl fühle.

»Ich habe einfach nur seine Schulden bezahlt. Das war keine große Sache«, meine ich.

»Von wegen!« Er streichelt meinen Rücken. »Easton hat mir von dem Geld in deinem Auto erzählt. Natürlich hättest du es diesem Idioten nicht geben müssen, aber ich bin trotzdem irre froh, dass du es gemacht hast! Ich habe Easton richtig zur Sau gemacht, weil er sich auf den Kerl eingelassen hat. Das andere Wettbüro mag sauber sein, aber Loreno ist richtig übel.«

»Hoffentlich lässt er den Mist nach diesem Abend einfach sein.« Ich bin trotzdem nicht ganz davon überzeugt. Easton braucht diesen Kick nun mal – ob es jetzt ums Spielen, um Alkohol oder um Sex geht. So ist er eben.

Reed zieht mich auf sich, und wir kichern beide, als unsere Beine sich im Laken verheddern. Er tritt es weg und zieht mich dann zu sich hinunter, um mich zu küssen. Während unsere Zungen sich aneinanderdrängen, streicht er über mein T-Shirt.

»Bist du sauer, dass ich diesen gruseligen Typen heute fertiggemacht habe?«, fragt er schließlich.

Ich bin viel zu abgelenkt von seiner umherwandernden Hand, um die Frage richtig zu verstehen. »Du hast Tony verkloppt?«

»Nein, dieses Arschloch Scott.« Sofort versteift er sich. »Keiner darf so mit dir reden. Das lasse ich nicht zu!«

Reed Royal, mein ganz persönlicher Drachentöter. Ich lächle und gebe ihm noch einen Kuss. »Ich weiß ja nicht, was das über mich aussagt, aber ich finde dieses Steinzeitgehabe irgendwie sexy.«

Er grinst. »Du musst nur was sagen, dann verpasse ich dir sofort einen Schlag mit einem Holzknüppel und zerre dich in meine Höhle!«

Ich pruste vor Lachen. »Irre romantisch!«

»Ich habe nie gesagt, dass ich gut darin bin.« Plötzlich klingt seine Stimme gepresst. »Dafür aber in anderen Sachen.«

Und wie. Wir küssen uns wie die Besinnungslosen, während er meinen ganzen Körper streichelt und schließlich einen Finger in mich hineinschiebt. Sofort vergesse ich alles; die Wette, den Club und auch Eastons Bitte, ihn nicht zu verlassen. Meine Güte, ich vergesse sogar meinen Namen.

Gerade gibt es nur Reed. Hier und jetzt ist er das Zentrum meines Universums.

Das Wochenende vergeht wie im Flug. Am Samstagmorgen kommt Callum nach Hause, sodass Reed und ich uns heimlich im Poolhaus treffen müssen. Am Samstagabend gehen Val und ich essen, und ich knicke endlich ein und erzähle ihr von all den schmutzigen Dingen, die zwischen Reed und mir passiert sind. Sie ist ziemlich aufgeregt, neckt mich aber auch damit, dass wir immer noch nicht aufs Ganze gegangen sind, und findet mich deshalb wohl ein bisschen prüde.

Ich habe aber überhaupt nichts dagegen, es langsam angehen zu lassen. Klar, irgendwie fände ich es wahnsinnig verlockend, den letzten Schritt auch noch zu tun. Aber etwas scheint Reed zurückzuhalten, es ist fast so, als hätte er Angst. Ich weiß nicht genau, woher das kommt. Schließlich fallen wir doch fast jeden Tag übereinander her!

Am Montagmorgen bringt Reed mich zur Schule. Leider vergeht der Tag viel zu schnell. Heute Abend wird das Testament eröffnet, aber ganz egal, wie sehr ich die Zeiger der Uhr anflehe, langsamer zu ticken: Der Schulgong ertönt zu früh. Viel zu früh. Ich bin wirklich noch nicht bereit für das, was kommen soll, als ich die Treppe hinunter zur Limousine gehe.

Auf dem Weg in die Stadt ist Callum ziemlich wortkarg, und auch Durand ist wie üblich sehr schweigsam. Als wir aber schließlich an dem glänzenden Haus ankommen, in dem *Grier, Gray & Devereaux* ihren Sitz haben, lächelt Callum mich ermutigend an.

»Könnte ziemlich harten Tobak geben da drin«, warnt er mich. »Aber vergiss in Dinahs Fall nie: Hunde, die bellen, beißen nicht. Meistens jedenfalls.«

Ich habe Steves Witwe seit unserer letzten Begegnung nicht mehr getroffen und freue mich überhaupt nicht auf unser Wiedersehen. Sie anscheinend auch nicht. Sobald ich und Callum das schicke Büro betreten, schnaubt sie einmal laut.

Ich werde den vier Anwälten vorgestellt und dann zu einem unbequemen Sofa geführt. Callum lässt sich gerade neben mir nieder, als eine uns wohlbekannte Gestalt hinter einem der Anwälte hervortritt.

»Was machst du denn hier?«, faucht Callum. »Ich habe dir doch gesagt, dass du nicht kommen sollst!«

Brooke lässt sein scharfer Tonfall scheinbar völlig kalt. »Ich bin hier, um meiner besten Freundin Beistand zu leisten.«

Dinah stellt sich neben sie und hakt sich bei ihr unter.

Sie könnten mit ihrem langen blonden Haar und ihrer zierlichen Gestalt Schwestern sein. Plötzlich fällt mir auf, dass ich überhaupt nichts über ihre gemeinsame Vergangenheit weiß. Ich hätte Callum wirklich mal fragen können! Immerhin wirken die beiden so, als stünden sie sich sehr nah.

Tja, man könnte wohl sagen, dass Brooke und ich jetzt in den zwei gegnerischen Lagern stehen. Natürlich halte ich zu den Royals, und so angewidert, wie Brooke mich gerade ansieht, weiß sie das auch. Wahrscheinlich dachte sie, dass ich zu ihr halte; dass Dinah, sie und ich ein Team bilden würden gegen die männlichen Royals. Und jetzt lasse ich sie hängen.

»Ich habe sie gebeten zu kommen«, meint Dinah mit eisiger Stimme. »Und jetzt lasst uns anfangen. Wir haben bei *Pierre's* für den frühen Abend einen Tisch reserviert.«

Okay. Wir sind wegen der Eröffnung des Testaments ihres verstorbenen Mannes hier, und sie macht sich Sorgen, dass ihr Tisch vergeben werden könnte? Die Frau ist schon so eine Nummer!

Ein weiterer Mann löst sich aus der Gruppe. »Ich bin James Dake, der Anwalt von Mrs O'Halloran.« Er streckt Callum die Hand entgegen, der erst die Hand und dann Dinah ungläubig mustert.

Ich kenne mich in diesem Bereich nicht so richtig aus, aber es ist offensichtlich, dass Callum wenig begeistert von der Tatsache ist, dass Dinah ihren Anwalt und Brooke mitgebracht hat.

Widerwillig lässt er sich aufs Sofa sinken. Brooke und Dinah sitzen uns gegenüber. Die Anwälte lassen sich auf ihren Stühlen nieder und Mr Grier raschelt auf dem Schreibtisch mit Papier und räuspert sich dann.

»Dies ist der letzte Wille und das Testament von Steven George O'Halloran«, beginnt er.

Der grauhaarige Mann lässt einen langen Monolog an juristischem Kauderwelsch vom Stapel, in dem es auch um Hinterlassenschaften an Leute geht, von denen ich noch nie gehört habe. Dann werden ein paar Charity-Organisationen genannt, die ebenfalls bedacht werden, und außerdem wird Dinah Wohnrecht auf Lebenszeit zugestanden. Ihr Anwalt guckt so finster, dass klar ist, dass das kein guter Deal für sie sein kann. Es sind auch noch beachtliche Summen für Callums Söhne vorgesehen, falls – an dieser Stelle räuspert der Anwalt sich noch einmal laut und vernehmlich – »Callum seine ganze Kohle für Alkohol und Blondinen verjubeln sollte«.

Callum lächelt kaum merklich.

»Und an jeden gesetzmäßigen Nachfahren, der meinen Tod überleben sollte, hinterlasse ich …«

Ich bin zu beschäftigt damit herauszufinden, was *gesetzmäßiger Nachfahre* bedeutet, um das Ende des Satzes mitzukriegen. Als Dinah einen entrüsteten Schrei ausstößt, zucke ich zusammen.

»Was? Nein! Das werde ich nicht hinnehmen!«

Ich lehne mich zu Callum, um zu erfahren, was genau der Anwalt da gerade verkündet hat. Wow. Anscheinend bin *ich* dieser ominöse »gesetzmäßige Nachfahre«. Steve hat mir sein halbes Vermögen hinterlassen, und zwar … Ich werde fast ohnmächtig, als ich die Summe höre. Heilige Scheiße. Der Vater, den ich nie kennengelernt habe, hat mir keine Million hinterlassen. Auch nicht zehn Millionen. Sondern *hundert* Millionen.

Ich kippe um. O Gott.

»Und ein Viertel des Unternehmens«, fügt Callum hinzu. »Die Anteile werden auf deinen Namen überschrieben, sobald du einundzwanzig bist.«

Am anderen Ende des Raums springt Dinah auf und

stürzt auf ihren hohen Absätzen beinahe zu Boden, als sie zu den Anwälten herumwirbelt.

»Er war *mein Ehemann!* Alles, was er besessen hat, steht mir zu, und ich weigere mich, es mit dieser Göre zu teilen, von der noch nicht einmal sicher ist, dass sie wirklich seine Tochter ist!«

»Der DNA-Test ...«, setzt Callum zornig an.

»Den hast *du* gemacht!«, kreischt Dinah. »Und wir wissen alle, dass du über Leichen gehen würdest, wenn es um deinen geliebten Steve geht!« Sie wendet sich wieder an die Anwälte. »Ich verlange einen weiteren Test. Und zwar einen, der von *meinen* Leuten durchgeführt wird.«

Grier nickt. »Dieser Bitte kommen wir gern nach. Ihr Ehemann hat mehrere DNA-Proben hinterlassen, die in einem privaten Labor in Raleigh gelagert werden. Ich habe mich höchstpersönlich um die entsprechenden Unterlagen gekümmert.«

Auch Dinahs Anwalt schlägt einen besänftigenden Tonfall an. »Wir werden Miss Harper um eine Probe bitten, ehe wir gehen. Ich werde den Vorgang überwachen.«

Die Erwachsenen reden und zetern immer weiter, während ich völlig verdattert und stumm dasitze. Jedes Mal, wenn ich daran denke, wie viel Geld ich geerbt habe, macht mein Verstand einfach dicht. Es ist mehr Kohle, als ich mir je erträumt habe, und in gewisser Hinsicht habe ich ein richtig schlechtes Gewissen. Ich habe Steve nie kennengelernt. Da steht mir doch nicht die Hälfte seines Vermögens zu!

Callum bemerkt, wie verwirrt ich bin, und drückt meine Hand, woraufhin Brooke angewidert die Lippen verzieht. Ich versuche, den Hass, der in mir aufsteigt, zu unterdrücken, und konzentriere mich stattdessen darauf, tief ein- und auszuatmen.

Ich kenne Steve nicht. Er mich genauso wenig. Aber trotz des Schocks wird mir eines klar: Er hat mich geliebt. Oder hätte es zumindest gern getan.

Und es ist ein schreckliches Gefühl, diese Liebe nie erwidern zu können.

34. Kapitel

Auch Stunden nach der Eröffnung des Testaments fühle ich mich wie betäubt. Stehe unter Schock. Bin wahnsinnig traurig. Ich weiß nicht, wie ich dem Schmerz in meinem Brustkorb beikommen soll, also rolle ich mich einfach auf dem Bett zusammen und tue gar nichts.

Und ich zwinge mich, nicht an Steve O'Halloran zu denken oder daran, dass ich ihn nie kennenlernen werde.

Auch an Dinahs Drohungen, die sie ausgestoßen hat, als Callum und ich die Kanzlei verlassen haben, denke ich nicht. Und genauso wenig an die zornigen Dinge, die Brooke Callum entgegengebrüllt hat, als er sich geweigert hat, mit ihr Essen zu gehen, um *zu reden*. Wahrscheinlich will sie ihn jetzt doch zurück. Irgendwie überrascht mich das überhaupt nicht.

Eine Weile später kommt Reed ins Zimmer. Er schließt die Tür ab und legt sich dann zu mir aufs Bett, um mich in den Arm zu nehmen.

»Dad hat gesagt, dass wir dich erst mal in Ruhe lassen sollen. Zwei Stunden habe ich dir gegeben, aber die sind jetzt um. Also los. Rede mit mir, Baby.«

Ich vergrabe mein Gesicht in seinem Nacken. »Keine Lust.«

»Was ist denn in der Kanzlei passiert? Dad ist einfach nicht mit der Sprache rausgerückt.«

Er ist offenbar wild entschlossen, mich zum Reden zu bringen. Verdammt. Stöhnend setze ich mich auf und sehe ihm in seine besorgten Augen. »Ich bin Multimillionärin«, platzt es aus mir heraus. »Nicht einfach nur Millionärin. *Multimillionärin.* Ich dreh echt durch.«

Er verzieht den Mund.

»Hey, ich meine es ernst! Was soll ich denn mit so viel Geld anfangen?«, heule ich.

»Investiere es. Spende es irgendeiner Wohltätigkeitsorganisation.« Reed zieht mich an sich. »Du kannst machen, was du willst.«

»Ich ... habe das doch gar nicht verdient.« Die Antwort ist mir herausgerutscht, noch ehe ich mich bremsen kann, und plötzlich sprudelt alles aus mir heraus. Ich erzähle ihm von der Verlesung des Testaments, von Dinahs Reaktion und der Erkenntnis, dass ich für Steve wie eine echte Tochter war, auch wenn wir uns nie kennengelernt haben.

Reed unterbricht mich während meines wirren Monologs kein einziges Mal. Genau das habe ich gebraucht. Jemanden, der zuhört. Nicht jemanden, der mir schlaue Ratschläge gibt oder versucht, mich zu beruhigen.

Als ich schließlich verstumme, macht er genau das Richtige. Er küsst mich, lang und innig, und sobald ich seinen starken Körper an meinem spüre, verschwindet meine Nervosität. Zumindest halbwegs.

Er küsst sich an meinem Hals entlang, an meinem Kiefer und meinen Wangen. Mit jedem Kuss verfalle ich ihm mehr. Es macht mir beinahe Angst und löst eine Art Fluchtimpuls in mir aus. Ich habe noch nie jemanden geliebt. Klar, meine Mom schon, aber das ist nun wirklich was anderes. Was ich gerade empfinde, das ... verschluckt alles. Es ist heiß, es zieht, es ist mächtig und tut weh, und es ist einfach überall. Bringt mein Herz zum Überlaufen und strömt durch meine Adern wie Lava.

Ja, Reed Royal ist in mir. Zwar nur im übertragenen Sinne, aber von mir aus darf es auch gern bald im wörtlichen passieren. Ich brauche ihn, und ich will ihn jetzt sofort. Hektisch fingere ich an seinem Reißverschluss herum.

»Ella!«, stöhnt er und schlägt meine Hände weg. »Nein!«

»Doch«, wispere ich. »Ich will das.«

»Aber Callum ist zu Hause!«

Diese Bemerkung wirkt auf mich wie eine kalte Dusche. Es stimmt, Callum könnte jeden Moment an die Tür klopfen. Und wahrscheinlich wird er das auch tun, weil er gemerkt hat, wie außer mir ich war.

Ich stöhne frustriert auf. »Du hast recht. Das geht jetzt nicht.«

Reed küsst mich wieder und rappelt sich dann auf.

»Ist bei dir denn alles okay? Easton und ich wollten eigentlich mit ein paar Jungs aus dem Team ein Bier trinken gehen, aber ich kann das auch absagen, wenn du jetzt nicht allein sein willst.«

»Nee, nee, schon okay. Geh ruhig. Ich muss mir diese Geldsache noch mal in Ruhe durch den Kopf gehen lassen und bin heute wahrscheinlich keine sonderlich gute Gesellschaft.«

»Ich bin in ein paar Stündchen wieder da«, verspricht er mir. »Wir können ja einen Film gucken oder so, falls du dann noch wach bist.«

Sobald er weg ist, rolle ich mich zusammen und schlafe dann zwei Stunden durch. Puh, mein Schlafrhythmus wird völlig durcheinandergeraten! Tatsächlich wache ich nur auf, weil mein Telefon plötzlich läutet. Erstaunt stelle ich fest, dass es Gideon ist. Ich habe sämtliche Telefonnummern der

Royals gespeichert, aber es ist das erste Mal, dass Gideon mich anruft.

Schläfrig nehme ich den Anruf entgegen. »Hey. Was gibt's?«

»Bist du zu Hause?«

Sofort schrillen in mir sämtliche Alarmglocken. Es sind zwar nur vier Worte, aber irgendetwas an seiner Stimme macht mir Angst. Er klingt wütend.

»Ja, warum?«

»Ich könnte in fünf Minuten da sein.«

Was ist denn da los? Eigentlich kommt Gideon unter der Woche nie nach Hause.

»Können wir eine kleine Spritztour unternehmen? Ich muss mit dir reden.«

Ich runzle die Stirn. »Warum können wir uns nicht hier unterhalten?«

»Weil ich nicht will, dass jemand was mitbekommt.«

Ich setze mich auf und fühle mich bei dieser Vorstellung ganz und gar nicht wohl. Nicht dass ich davon ausgehe, dass er mir die Kehle aufschlitzen und mich dann in einen Straßengraben werfen will, aber seine Bitte ist schon ganz schön merkwürdig. Gerade weil es Gideon ist.

»Es geht um Savannah, okay?«, murmelt er. »Und ich will, dass es unter uns bleibt.«

Ich entspanne mich ein wenig, bin aber trotzdem total verwirrt. Gideon hat Savannah mir gegenüber noch nie erwähnt, die Geschichte kenne ich nur von Easton. Trotzdem bin ich langsam neugierig.

»Wir treffen uns draußen«, gebe ich nach.

Sein großer Geländewagen steht schon in der Einfahrt, als ich die Stufen der Eingangstreppe hinuntergehe. Ich steige ein, und Gideon startet den Motor, ohne ein Wort zu sagen. Seine Miene ist wie versteinert, und seine Schultern sind angespannt. Er schweigt, bis wir fünf Minuten später an einem kleinen Parkplatz ankommen und er den Motor wieder abstellt.

»Schläfst du mit Reed?«

Mir klappt vor Staunen der Kiefer herunter, und mein Herz hämmert wie verrückt, als ich sehe, wie wütend er mich anguckt.

»Ähm. Ich ... Nein«, stammele ich. Es stimmt ja!

»Aber ihr seid zusammen«, bohrt Gideon weiter nach. »Läuft da was?«

»Warum willst du das wissen?«

»Ich versuche rauszukriegen, wie groß der Schaden schon ist, den er angerichtet hat.«

Schaden? Wovon zum Teufel redet er da?

»Wollten wir nicht über Savannah sprechen?«, frage ich unbehaglich.

»Es geht ja auch um sie. Und um dich. Und Reed.« Sein Atem geht schneller. »Was auch immer ihr da macht, ihr müsst dringend damit aufhören. Sofort, Ella. Du musst es beenden.«

Mein Puls rast. »Warum?«

»Weil nichts Gutes dabei rauskommen kann.«

Er fährt sich mit der Hand durchs Haar, sodass ich eine kleine Rötung an seinem Hals bemerke. Sieht aus wie ein Knutschfleck.

»Reed ist total verkorkst«, sagt Gideon rau. »Genauso verkorkst wie ich, und du bist ein nettes Mädchen. Auf der *Astor*-High gibt es doch noch eine Menge anderer Jungs. Außerdem geht Reed bald aufs College.«

Gideon redet wirres Zeug, lauter sinnloses, wirres Zeug. Was soll das?!

»Ich weiß doch, dass Reed spinnt«, meine ich schließlich.

»Ach, du hast doch überhaupt keine Ahnung. Kein bisschen«, unterbricht er mich. »Reed, ich und Dad, wir haben eine Sache gemeinsam. Wir machen die Frauen, mit denen wir zusammen sind, kaputt. Wir treiben sie bis an die Kante einer Klippe, und dann stoßen wir sie runter. Du bist eine vernünftige Person, Ella. Aber wenn du hierbleibst und weiter mit Reed zusammen bist, dann ...« Er verstummt und atmet heftig ein und aus.

»Dann was?«

»Stell nicht so viele Fragen und hör mir einfach zu«, faucht Gideon. »Beende die Sache mit meinem Bruder. Du kannst mit ihm befreundet sein, so wie mit Easton und den Zwillingen. Aber du solltest dich nicht auf eine feste Beziehung mit ihm einlassen.«

»Und warum nicht, verdammt noch mal?«

»Mann, bist du immer so kompliziert?! Ich versuche, dich davor zu bewahren, dass er dir das Herz aus der Brust reißt und du am Ende aus lauter Verzweiflung eine Überdosis Pillen schluckst!«, bricht es aus ihm hinaus.

Oh. Jetzt ergibt das alles Sinn. Seine Mutter hat sich umgebracht ... Um Himmels willen, hat Savannah etwa etwas Ähnliches versucht?

Reed und ich haben die Sache schon besprochen, aber ich glaube nicht, dass Gideon bereit ist, das zu hören. Und bestimmt lässt er auch nicht locker, ehe ich auf seine komischen Forderungen eingehe. Na schön. Dann mache ich das eben. Reed und ich müssen uns sowieso vor Callum verstecken, da können wir gleich auch noch Gideon an der Nase herumführen.

»Okay.« Ich lege meine Hand beruhigend auf seine. »Ich werde die Sache mit Reed beenden. Es stimmt schon, zwischen uns läuft was, aber es ist nichts Ernstes«, lüge ich.

Er fährt sich mit der Hand durchs Haar. »Bist du dir sicher?«

Ich nicke. »Ich wette, dass es Reed auch total egal ist. Vermutlich lässt er es allein dir zuliebe bleiben, wenn es dich so aufregt.« Ich drücke seine Hand. »Entspann dich, okay? Ich will wirklich die Familiendynamik nicht kaputtmachen. Ist okay für mich, wenn es vorbei ist.«

Gideon atmet einmal lang aus.

»Okay. Gut.«

Ich ziehe meine Hand wieder zurück. »Können wir jetzt heimfahren? Wenn jemand vorbeikommt und uns sieht, dann läuft doch die *Astor*-Gerüchteküche sofort wieder auf Hochtouren.«

Er gluckst schwach. »Hast recht.«

Als er den Motor startet und losfährt, sehe ich starr aus dem Fenster. Die ganze Rückfahrt über schweigen wir, und als er mich daheim absetzt, steigt er nicht einmal aus.

»Fährst du zurück ins College?«, frage ich.

»Jepp.«

Er gibt Gas, und aus irgendeinem Grund glaube ich ihm keine Sekunde, dass er zum College fährt. Zumindest nicht heute. Außerdem hat mir sein Ausbruch ganz schön Angst gemacht. Und seine Bitte, mich von Reed fernzuhalten, genauso. Apropos: Reeds Wagen steht vor der Garage, und ich seufze erleichtert auf. Er ist wieder da. Und da alle anderen Autos weg sind, selbst der Wagen von Durand, haben wir das Haus sogar für uns.

Ich flitze ins Haus, nehme zwei Stufen auf einmal. Oben am Treppenansatz sehe ich nach rechts zum Ostflügel, wo bis auf Reeds Tür alle offen stehen. Die Zwillinge und Easton sind nirgendwo zu sehen, und auch mein Zimmer ist leer.

Ich war noch nie in Reeds Zimmer – irgendwie treffen wir uns immer in meinem –, aber heute habe ich keine Lust, darauf zu warten, dass er zu mir kommt. Gideon hat mich ganz schön aus dem Gleichgewicht gebracht, und Reed ist wahrscheinlich der Einzige, der mir sein komisches Verhalten erklären kann.

Ich will schon an die Tür klopfen, muss dann aber grinsen, weil mir einfällt, dass bei mir alle immer unangekündigt ins Zimmer hereinplatzen. Soll Reed doch mal seine eigene Medizin zu schmecken bekommen! Gut, es ist ein bisschen kindisch, aber ich hoffe fast, dass er sich gerade einen runterholt, wenn ich reinkomme. Einfach nur, um ihm eine Lektion in Sachen Privatsphäre zu erteilen.

Ich reiße die Tür auf und sage: »Reed, ich ...« Die Worte bleiben mir im Hals stecken.

35. Kapitel

Die Klamotten sind auf dem Boden verteilt wie eine obszöne Brotkrumenspur. Ich folge dem Pfad mit meinem Blick, sehe hochhackige Schuhe, die umgefallen sind. Sportschuhe liegen daneben. Ein Hemd, ein Kleid, Unterwäsche ... Ich schließe die Augen, als könnte ich die Bilder so wieder loswerden, aber sobald ich wieder hinschaue, ist leider alles unverändert.

Schwarzes Spitzenzeug, das ich selbst nie tragen würde und das so aussieht, als wäre dessen Besitzerin gerade ins Bett geklettert.

Mein Blick wandert weiter über starke Oberschenkel in Jogginghosen, ein Paar Hände, die lose ineinander verschränkt sind, und seine muskulöse Brust, auf dessen linker Seite eine neue Schramme zu sehen ist, ungefähr da, wo sein Herz sitzt. Schließlich sehe ich ihm in die Augen.

»Wo ist Easton?«, platzt es aus mir heraus. Mein Verstand weigert sich, die Szene zu begreifen. Ich versuche mit aller Macht, eine plausiblere Geschichte zu erfinden als die, die offensichtlich vor mir liegt. Irgendeine Geschichte, in der ich versehentlich im falschen Zimmer gelandet bin und Reed auch, weil er zu betrunken war.

Aber Reed sieht mich nur mit stählernem Blick an, beinahe so, als wollte er mich dazu herausfordern, weiterzufragen.

Der wird nicht lockerlassen, ehe er dich nicht rumgekriegt hat, höre ich Valeries Stimme in meinem Kopf widerhallen.

»Und wo sind die Jungs, mit denen ihr Bier trinken wolltet?«, stoße ich verzweifelt hervor. Ich gebe Reed jede Chance, eine andere Version zu erfinden. Eine Erklärung.

Lüg mich an, verdammt noch mal! Aber den Gefallen tut er mir nicht. Er schweigt einfach weiter.

Als Brooke hinter ihm wie ein gespenstischer Schatten hervortritt, legt die Welt eine Vollbremsung hin. Wie in Zeitlupe sehe ich, wie sie mit der Hand über Reeds Rücken streicht, dann über seine Schulter und schließlich ihre perfekt manikürte Hand auf seiner Brust ruhen lässt.

Es steht außer Frage, dass sie nackt ist. Sie küsst Reed auf den Hals, ohne mich auch nur eine Sekunde aus den Augen zu lassen. Und er macht keinen Mucks. Nicht die kleinste Bewegung.

»Reed …« Ich kann nur flüstern, spüre seinen Namen wie ein leichtes Kratzen in meiner Kehle.

»Echt traurig, wie verzweifelt du klingst.« Brooke macht in diesem Zimmer einen völlig deplatzierten Eindruck. »Du solltest gehen. Außer du …« Sie streckt ein nacktes Bein aus und schlingt es um Reeds Hüfte. »Außer du willst zusehen.«

Reed macht nicht den mindesten Versuch, sich von Brooke zu lösen, und der Schmerz in meiner Brust wird beinahe unerträglich.

Ihre Hand wandert über seinen Arm, und als sie ihn am Handgelenk packt, bewegt er sich leicht – es ist eher ein kaum merkliches Zucken. Alarmiert sehe ich zu, wie sie ihre Fingerspitzen über seinen Bauch gleiten lässt, und ehe sie nach dem Teil von ihm greifen kann, von dem ich dachte, es würde mir gehören, drehe ich mich abrupt um und verschwinde. Ich habe mich getäuscht. So gründlich getäuscht, dass ich gar nicht weiß, wie ich das in meinem Kopf sortiert bekommen soll.

Als wir damals so oft umgezogen sind, dachte ich, ich bräuchte Wurzeln, ein Zuhause. Als Mom ihren zigsten Freund hatte und auch der ein bisschen zu sehr nach mir geschielt hat, habe ich mir eine solide Vaterfigur gewünscht. Wenn ich nachts allein zu Hause war, weil sie so lange arbeiten musste, gekellnert hat, gestrippt oder sonst irgendetwas, was ich lieber nicht so genau wissen wollte, dann habe ich mich nach Geschwistern gesehnt. Und als sie krank wurde, habe ich für einen plötzlichen Geldsegen gebetet.

Und jetzt habe ich das alles und bin schlechter dran als je zuvor.

Ich renne in mein Zimmer und stopfe meine Kosmetiktasche in meinen Rucksack, meine zwei Röhrenjeans, fünf T-Shirts, Unterwäsche, die Stripausrüstung aus dem *Miss Candy's* und das Kleid meiner Mutter.

Mit aller Macht halte ich die Tränen zurück, weil Heulen mich jetzt wirklich nicht weiterbringt. Jetzt hilft es nur, einen Fuß vor den anderen zu setzen.

Im Haus ist es totenstill. Brookes Lachen, als ich ihr gesagt habe, dass es auch gute Männer gibt, hallt in meinem Kopf wider.

Auch gegen die Bilder, die ich plötzlich vor mir sehe, kann ich nichts tun. Ich sehe, wie sein Mund über ihre Haut streift, wie er sie berührt. Als ich aus dem Haus herauskomme, stolpere ich und muss mich schlagartig übergeben.

Auch wenn ich jetzt einen ekelhaften Geschmack im Mund habe, bleibe ich nicht stehen. Ich springe ins Auto, starte den Motor und steuere mit zitternden Händen die Einfahrt entlang. Irgendwie warte ich immer noch auf eine filmreife Szene, in der Reed aus dem Haus gerannt kommt, dem Auto nachstürmt und schreit, dass ich nicht gehen darf.

Aber es passiert nichts. Gar nichts.

Keine Versöhnung im strömenden Regen. Gerade strömen nur meine Tränen über meine Wangen. Verdammt.

Die monotone Stimme des Navigationssystems lenkt mich an mein Ziel. Als ich angekommen bin, ziehe ich den Schlüssel, schnappe mir die Fahrzeugpapiere und stecke sie in das Buch von Auden. Auden hat geschrieben, dass man immer irgendwo eine Zukunft hat, ganz egal, wie oft man nach einem schlimmen Erlebnis das Gefühl hatte, eine echte Bruchlandung hingelegt zu haben. Dass es keinen Sinn macht, wegen eines Verlustes zu lang zu trauern.

Aber hat er dermaßen gelitten? Und hätte er ein solches Buch schreiben können, wenn er *mein* Leben gelebt hätte?

Ich lege den Kopf aufs Lenkrad. Von den heftigen Schluchzern beben meine Schultern, und mir wird erneut übel. Trotzdem steige ich aus dem Auto und tappe auf wackligen Beinen zum Eingang des Busbahnhofs.

»Ist alles okay bei dir, Honey?«, fragt mich die Frau am Ticketschalter. Sofort muss ich wieder aufschluchzen.

»Meine ... Meine Oma ist gestorben.«

»Oh, das tut mir leid. Und du musst jetzt zu ihrer Beerdigung, ja?«

Ich nicke heftig.

Sie tippt mit klackernden Fingernägel etwas in den Computer ein. »Hin- und Rückfahrt?«

»Nein, nur eine Hinfahrt bitte. Ich glaube nicht, dass ich zurückkomme.«

Ihre Hände schweben unentschlossen über der Tastatur.

»Bist du dir sicher? Es ist viel billiger, wenn du die Rückfahrt gleich dazubuchst.«

»Ich habe hier nichts mehr verloren«, murmele ich.

Wahrscheinlich ist es der Kummer in meinem Blick, der
sie von weiteren Fragen abhält. Schweigend druckt sie
das Ticket aus und drückt es mir in die Hand. Ich nehme
es entgegen und steige in den Bus, der mich gar nicht
schnell genug so weit weg wie möglich von diesem Ort bringen kann.

Reed Royal hat mich zerstört. Ich habe eine ordentliche
Bruchlandung hingelegt und weiß nicht, ob ich mich davon
noch mal erholen werde. Dieses Mal kann ich für nichts
garantieren.

Über die Autorinnen

Erin Watt ist das Pseudonym zweier Autorinnen, die ihre Liebe zu toller Literatur und ihre Schreibsucht verbindet. Außerdem haben beide eine schier unerschöpfliche Fantasie. Was die beiden außer ihren Familien und Haustieren am liebsten mögen? Coole und manchmal auch total verrückte Einfälle. Und ihre größte Angst? Dass sie sich eines Tages trennen könnten.

Manchmal lohnt es sich zu warten, doch manchmal lohnt es sich zu kämpfen.

Jennifer L. Armentrout / J. Lynn

Wait for You

Roman

Aus dem amerikanischen Englisch
von Vanessa Lamatsch
everlove, 432 Seiten
ISBN 978-3-492-06701-0

Avery Morgansten zieht ans andere Ende der USA, um ein neues Leben zu beginnen. An der West Virginia University hofft sie, endlich Frieden zu finden. Doch dann trifft sie Cameron Hamilton. Mit seinen blauen Augen, seinem schiefen Grinsen und seiner ansteckenden Fröhlichkeit passt er so gar nicht in ihr neues, ruhiges Leben – und er lässt keine Gelegenheit aus, sie um ein Date zu bitten. Avery hat jedoch ihre Gründe, sich von ihm fernzuhalten, und sie erteilt ihm einen Korb nach dem anderen. Aber so schnell gibt Cam nicht auf …
»Wair for You«-Reihe, Band 1

Leseproben, E-Books und mehr unter **www.everlove-verlag.de**